W0030800

Thomas Montasser

Die verbotenen Gärten

Thomas Montasser

Die verbotenen Gärten

Roman

Claassen

Der Claassen Verlag ist ein Unternehmen
der Econ Ullstein List Verlag GmbH & Co. KG.

ISBN 3-546-00276-8

Satz: Leingärtner, Nabburg
Druck und Bindung: GGP Media, Pößneck

Für Mariam,
die Blüte im Rosengarten meiner Seele

Nach Jahren noch wird dieses Werk ja leben,
wenn einst von uns kein Stäubchen mehr besteht!
Darin soll sich ein Bild von uns erhalten:
wohl seh ich, wie das Leben schnell vergeht.
Vielleicht, dass für den Derwisch aus Erbarmen
ein Einsichtsvoller einst zum Himmel fleht!

SAADI

Das Glück und das Unglück deines Lebens

»Das Glück und das Unglück deines Lebens werden dir widerfahren in den verbotenen Gärten. Leben und Tod werden dir begegnen in den verbotenen Gärten.« Für einen Augenblick war die Welt stumm. Nur diese Worte hörte ich im milden Licht des Nachmittags. Wer immer dies zu mir gesprochen hatte, verbarg sich hinter einer Wand aus Blattwerk, die mich an die reich verzierten Decken im Palast des Sultans erinnerte. Doch ich ahnte, wessen Wort mir in dieser müßigen Stunde galt, und ich spürte, dass darin Gefahr lag. Mein Blick glitt am Geäst entlang, suchte Einlass in die Tiefe, aus der die Stimme zu mir gedrungen war, leise, zierlich fast, und doch so nah, als hätte mir jemand die Worte ins Gesicht gehaucht.

»Es ist nicht nötig, dass du mich siehst«, fuhr sie fort, bewegte sich dabei aber, so dass ich ihren Schatten erkannte und sie mit verschleiertem Blick verfolgen konnte. Ich lauschte eine Weile, ehe mich meine Neugier zu einer Entgegnung zwang: »Ist es nötig, dass ich spreche?«

»Vielleicht ist es nötig, wer weiß? Doch es kann tödlich sein. Du bist in den *Haram* des Sultans eingedrungen. Kein Fremder darf seinen Fuß in diese Gärten setzen. Und kein Mann außer dem Herrscher der Gläubigen.«

Die Erkenntnis, dass ich in die verbotenen Gärten des Sultans geraten war, legte sich kettengleich um mich, fesselte mich, schnürte mir den Atem ab. Ich war gelähmt, Zunge und Leib versagten mir die Dienste. Mit einem Mal wurde dieses Paradies zur Schlangengrube.

»Du wusstest das nicht?«, fragte sie ungläubig. Offenbar hatte sie meine Verwirrung bemerkt. »So hast du keinerlei Vorkehrungen zu deiner Sicherheit getroffen? Ich ahnte es.« Sie trat hinter dem Strauch hervor. Ich kannte ihr Gesicht nicht, denn es war bei unserer ersten Begegnung, anders als jetzt, verschleiert gewesen. Doch ich erkannte sie an ihrer Stimme und an der Art ihrer Bewegungen. Wie meine Mutter, in dem Augenblick als sie das Schicksal unserer Familie und meine Absicht fortzugehen erkannte, legte sie ihren Blick über mich und sprach, einem langen, liebevollen Seufzer gleich: »Dein erster Schritt in diesen Palast, den ich aus den Fenstern des *Harams* beobachten konnte, dein erstes Wort im großen Saal der Zitadelle, das ich hinter den Vorhängen hören konnte, dein erster Blick auf meine Hüften, den ich spüren konnte, als hättest du sie berührt, alles an dir lässt erkennen, dass das Verbotene dein Schicksal ist. Das Verbotene aber verbirgt sich im Reich der Gläubigen in diesen Gärten, die dich anziehen, ohne dass du es wünschst.« Ein sachter Wind glitt durch die Zweige und trug andere Geräusche zwischen uns, das Schreien von Kindern, das Lachen von Frauen, ein fernes Stöhnen. So rein war die Luft, dass mir war, als befänden wir uns auf dem Gipfel eines Berges und rund um die Mauern des Palastes stürzten steile Wände in die Tiefe.

»Dein Spiel war mutig. Selbst der Sultan hätte wohl verstanden, wenn du seinen Wunsch ausgeschlagen hättest, das Spiel der Könige gegen ihn auszutragen. Doch dein Weg führt dich in Gefahren, wo Leben und Tod auf dich warten. Ich habe es gesehen: Leben und Tod, Glück und Unglück erwarten dich in den verbotenen Gärten. Sieh dich vor, damit du in den Stunden der Wahrheit stark bist.«

Jedes Haar an meinem Körper brannte, als ich alle meine Kräfte sammelte und mich hochriss, um der dunklen Prophezeiung ein Ende zu bereiten. »Was immer du gesehen hast, es ficht mich nicht an«, versuchte ich meiner Stimme einen festen Ton zu geben. »Zu glauben, Gott wolle mir durch eine Sklavin ein Zeichen senden, ist Hoffart. Mein Schicksal liegt in Seiner Hand. Alle Zeit und an jedem Ort. Ich werde wie jeder

Rechtgläubige demütig erwarten, was Gott mir an Prüfungen auferlegen und an Gnade erweisen will.«

»*Wa Allah*, der Glaube und die Demut allein werden dir bei allem, was dein Schicksal ist, helfen, und Er wird dir letztlich wohlgesonnen sein. Doch in diesem Augenblick, Fremder, lass mich dem Einzigen und Erhabenen, lass mich Ihm zur Hand gehen und dich vor den Wächtern des Sultans retten. Denn kurz ist die Zeit, die uns bleibt, ehe dein Leben verwirkt ist. Noch kann es dir gelingen, diese Gärten zu verlassen.« Sie gab mir ein Zeichen, ihr zu folgen, und führte mich auf schmalen Pfaden in einen Teil des Palastes, der von der Stadt abgewandt liegen musste. Keine Seele begegnete uns, keine Stimme drang an mein Ohr, es schien ein verfluchter Ort zu sein, denn selbst die Pflanzen wichen zurück und drängten sich an die Mauern und Rinnsale, die den Weg kreuzten. Schließlich gelangten wir an einen Pavillon, nicht größer als die Klause eines Einsiedlers in den Wäldern meiner Heimat. Dort gab Schirin mit einem Mal den Weg frei und wies mich an, durch eine kaum erkennbare schmale Pforte zu gehen, die auf einen roh gemauerten, überdachten Pfad führte. Dunkel und nur von gelegentlichen Lichteinlässen erhellt, erstreckte sich ein langer, sich sacht neigender Weg vor mir, dessen Düsternis mich an den Kerker von Tripolis erinnerte. »Nimm diesen Weg«, hörte ich die reine Stimme meiner Kassandra hinter mir rufen. »Er wird dich ans Licht führen.« Als ich mich umwandte, war sie verschwunden.

Siehst du dies Mädchen dort?

»Siehst du dies Mädchen dort?«, fragte Saadi. »Sie ist das Leben.« Er wies mit müder Hand über den Platz auf eine junge Frau, die eben aus dem Bazar getreten war und sich den seidenen Schleier, der leicht über ihrem Kopf lag, zum Schutz gegen die Sonne ein wenig tiefer in die Stirn zog. Mir war, als ginge von dieser Gestalt, die sicherlich fünfzig Schritte oder mehr entfernt war, ein süßer Duft aus, der sich mit der geschmeidigen Luft von Schirâz verband. »Sieh ihren Leib«, sagte Saadi. »Er gebiert die Erben der Welt. Sieh ihre Brüste, wie sie sich beim Gehen wiegen. Sie gießen den zarten Spross und verleihen ihm Kraft.« Er sog genüsslich den Duft des Kaffees ein und senkte kaum merklich die Stimme, als er fortfuhr: »Betrachte diese Hüften, die auch dem alten Mann noch Lebenssaft entlocken und das Herz des Jünglings in Aufruhr versetzen. Würdest du dieses zierliche Weib zu Hause hören, sei versichert, sie wäre es, die den Dingen ihren Lauf verleiht, während ihr Mann auf dem Teppich sitzt, seine Großtaten preist und sich den Bart zaust.«

Das Mädchen verschwand flinken Schritts zwischen bunt beschürzten Leibern, und ich bedauerte, dass ich sie zum ersten und gewiss auch zum letzten Mal gesehen hätte an diesem herrlichen Tag, den der Weltenschöpfer hatte werden lassen.

Der Duft dieser Stadt hatte mich zu Saadi geleitet. Letztlich waren es die Rosen gewesen, die verhindert hatten, dass ich den falschen Weg einschlug. Denn von diesen Rosen hatte mir Saadi erzählt, als wir uns zum ersten Mal begegnet waren, immer wieder. »Schirâz ist ein Rosengarten«, hatte er gesagt. »Schirâz ist die Blüte der Erde. Bei allen Städten, bei allen Ländern, die ich gesehen habe, ist die Stadt des Löwen die Mitte aller Schönheit.«

Es sollte Jahrzehnte dauern, Reiche sollten vergehen und entstehen und Tausende gläubiger Seelen sterben, ehe ich Schirâz kennen lernen und Saadi wieder sehen durfte. Die Welle des Lebens trug mich weit hinaus in die Ferne und allzu kurz nur zurück in die Heimat, wo ich verloren fand, wohin zurückzukehren ich geträumt hatte. So war ich gestern in der kurzen Dämmerung des Fars über den Hügel geritten und hatte sie erblickt, die Perle des Morgenlandes, die Quelle der Weisheit, die Stadt aller Städte: Schirâz, die Heimat des Mosleh ad-Dîn Saadi, des größten Dichters seiner Zeit, des Weisen, der wie ein Heiliger verehrt wurde – am sechsten Tag des Monats *Farwardîn* durfte ich seine Welt endlich betreten.

»*Wa Allah!*«, sagte ich. »Du hast Recht, mein Freund. Doch sieh selbst: Dieser junge Mann dort drüben, dessen Arme einen Stier zähmen könnten, dessen Beine eine Gazelle fangen und dessen Lenden ein ganzes Volk zeugen könnten. Ist er nicht ebenso das Wunder der Schöpfung, ist er nicht Leben wie dies Mädchen?«

Saadi sah gar nicht hin. Er blickte in seine Schale, in der sich nur noch ein dunkler Satz von Kaffee befand, und brummte lächelnd: »Natürlich, mein Freund. Er hat Arme, stark, um ein Dutzend Tataren zu erschlagen, Beine, die siebenmal die Mauern von Antiochia erstürmen würden, und Lenden, die eine Armee zeugen könnten. Vielleicht hat er sogar noch das Herz, die neuesten Waffen zu erfinden, so wie es die Franken getan haben, seit sie gegen die Gläubigen in den Krieg gezogen sind. – Aber sag, ist das Leben? Sieh mich an: Bin ich Leben? Nein, alter Freund, wir kommen auf die Welt, um zu sterben. Für Allah und den Glauben, wenn wir glücklich sind, aber doch, um zu sterben. Jede von uns armen Kreaturen.«

Saadis Trübsinn war noch nicht gewichen, obwohl die vergangene Nacht das Licht der Hoffnung wieder in mir entzündet hatte …

Du schweigst, mein Freund

»Du schweigst, mein Freund. Warum? Warum tust du mir das an, wie habe ich dich gekränkt? Ich bringe dir eine Reise dar, die zwei Jahre meines Lebens gekostet hat. Ich werfe mich in den Staub vor dir, trage die Kleidung deines Volkes, spreche mit der Zunge deines Propheten zu dir, bin dem Ruf gefolgt, der durch die Welt hallt – und finde doch nur dein Schweigen?« Da saß er vor mir, Saadi, der Mann, mit dem ich die dunkelsten Stunden meines unwürdigen Lebens verbracht hatte. Der Mann, der mir in tiefster Finsternis das Licht und in größter Trauer die Hoffnung gewesen war. Und er schwieg. Schwieg nach Jahren der Trennung. Schwieg nach all den Geschehnissen zwischen unseren Völkern. Blickte sanften Auges geradewegs durch mich hindurch. Saadi sah wohl meine Tränen, aber er fühlte sie nicht. Längst schon hatten mich zwei Frauen aus seinem bescheidenen Hause an den Schultern gefasst, um mich sanft von ihm wegzuziehen. Nur mühsam konnten sie dies Unternehmen zum Erfolg bringen. Als ich mich schließlich fortführen ließ und, keines Wortes mehr fähig, meine müden Glieder auf ein prächtiges Kissen bettete, setzte sich, züchtig mit dem Tuch bedeckt, Saadis älteste Frau Mehrbânu an meine Seite und seufzte mehr, als sie sprach: »Dies Leid ist schon vor mehreren Wochen über uns gekommen. Saadi, unser Leben, spricht nicht mehr, nicht mit Euch und auch nicht mit uns. Er will seine Gedanken nicht mehr mit uns teilen.«

»Warum, im Namen des Allmächtigen? Wie kann er seine Lippen verschließen, an denen so viele Menschen hängen?«

»Zu viele vielleicht, o Herr. Ich weiß es nicht. Ich bin nur eine alte Frau, deren Kraft nicht mehr reicht, in ihm die Lebensgeister zu erwecken. Mein Geist ist zu klein, als dass sich seiner an ihm messen wollte. Mein Mut zu gering, um noch große Taten zu vollbringen. Allah hat beschlossen, seine Lippen zu versiegeln. Uns steht es nicht zu, diesen Beschluss zu ändern.«

Ihre Stimme erstarb in einem leisen Schauer, der durch ihren kleinen, gekrümmten Körper lief. Ich bin sicher, er war begleitet von heftigen Tränen, doch konnte ich ihr Gesicht, das vom Halbdunkel des Raumes und einem locker umgeworfenen Kopftuch bedeckt war, nicht genau sehen. Ärger durchflutete mich. Ich wollte nicht wahrhaben, dass dieser Entschluss meines greisen Freundes endgültig war. Nun schwieg auch ich. Tausend Gedanken und Erinnerungen durchschossen mein Herz auf der Jagd nach der Erkenntnis, wie dieses Schicksal zu ändern sei. Saadi, mein Freund, spricht nicht mehr. Ich erinnerte mich an eine Begebenheit vor vielen Jahren. Saadi saß stolz auf seinem Pferd. Wir hatten die Stadtmauern von Damaskus hinter uns gelassen, um in die Berge zu reiten und für einige Stunden aus der Umklammerung der Stadt zu entkommen, und die Sonne stand noch nicht hoch am Himmel, als wir am Wegesrand einen jungen Mann sitzen sahen, der freudestrahlend seine wunden Füße rieb und uns überschwänglich begrüßte: »Allah sei mit Euch, Reisende, an diesem glücklichen Tag. Wer immer Ihr seid, preist Ihn und freut Euch an Seiner Pracht, atmet dies Leben, das Er mir heute neu geschenkt hat!« Er stand auf und begann zu tanzen und zu singen:

»In jedem Augenblick vergeht ein Lebenshauch;
Kaum hast du ihn bemerkt, ist er dahin wie Rauch!
Konntest dreißig Jahre sorglos leben,
Und dich am Ende eines einz'gen Tages doch begeben?
Dem Dummen Schande, der den Tag nicht ehrt –
Das Paradies sei ihm auf Erden wie im Jenseits auch verwehrt!«

Ich drehte mich zu meinem alten Feund Saadi um, kniete mich vor ihn hin, als wollte ich ein Gebet an ihn richten, und begann, ihn an diese Begebenheit zu erinnern. »Du entsinnst dich des jungen Mannes, den wir einst auf dem Weg von Damaskus hinauf in die Berge gesehen haben. Er sprach und sang uns das Lob des Allmächtigen und lehrte uns, den Tag zu ehren, den Er uns schenkt. Jeden Tag unter dieser Sonne. Der Weltenschöpfer hatte ihm das Leben neu geschenkt, da dieser junge Heißsporn vom Statthalter in Damaskus zum Tode verurteilt worden war. Ich habe mich oft seiner erinnert, du dich sicher auch. Bruder, geliebter Freund, jetzt, wo wir noch sprechen können, brich dein Schweigen, tu's um deinet- und meinetwillen. Wenn morgen dich der Todesengel ruft oder mich, wird dich das Schicksal zwingen, deine Lippen für den Rest der Zeiten zu verschließen.«

Eine junge Frau trat hinter mich und versuchte mich erneut zur Seite zu ziehen. Ich ließ sie nicht gewähren. Sie sprach mit ungewöhnlich tiefer Stimme, deren Reinheit und Heiterkeit meine Erinnerung an Saadis Stimme lebendig werden ließ: »Fremder, wer immer du seist. Wir verstehen dein Bemühen und achten es. Wir wissen, dass du nicht ungebührend und respektlos sein willst. Und doch – mein Vater ist zu dem Entschluss gekommen, den verbleibenden Teil seines Daseins auf Erden dem Dienst an Allah zu weihen und Stillschweigen zu wahren. Du selbst bist ein reifer Mann und weit gereist, wie ich sehe. Hast der Völker und Länder zahlreiche kennen gelernt. Würde es nicht auch dir zur Ehre gereichen, Saadis Entschluss zu teilen und dich auf den Pfad der Zurückgezogenheit und des Schweigens zu begeben?«

»Ihr seid Saadis Tochter?«

Sie musste mein Erstaunen erkannt haben, denn sie trat einen Schritt zurück, um ihre Würde wiederherzustellen. »Allah hat mir die Güte erwiesen«, sagte sie und beugte nur unmerklich ihr jugendliches Haupt. »Doch wer seid Ihr?«

»Saadi weiß es. Ihr sollt es von ihm erfahren. Denn, bei all meiner Verehrung und bei unserer alten Freundschaft: Kein Wort mehr wird über meine Lippen kommen und mein Fuß wird sich nicht mehr von dieser Stelle rühren, ehe er nicht geredet hat, wie es Brauch und Tugend ist. Denn es ist nicht recht, des Freundes Herz zu verletzen. Doch es ziemt sich wohl, einen unbedachten Eid ungeschehen zu machen.« Ich senkte mein Gesicht nahe hin zu Saadis ruhigen Zügen und blickte ihm in die von Klugheit sprühenden Augen. »Der junge Mann damals, erinnerst du dich, warum er überlebt hat? Der Statthalter hatte ihn begnadigt. Auf dem Weg zum Richtblock hatte er Gott gelästert und den Padeschah. Der Sultan, der zu weit entfernt saß, um zu verstehen, fragte seinen *Wazir,* was der Verurteilte da rufe. Und der erwiderte: Er lobt Allah und Euch und sagt, dass Gott mit denen ist, die ihren Zorn überwinden und Vergebung mit den Menschen üben. Darauf begnadigte der Sultan den Verurteilten. Ein anderer jedoch, der die wahren Worte des Missetäters verstanden hatte und sie dem Sultan kundtat, fiel bei ihm in Ungnade. Denn dem Sultan war die Lüge, die Gutes stiften wollte, lieber als die Wahrheit, die dem bösen Herzen entsprang.«

Saadi hob nun den Blick, sah mir ebenfalls geradewegs in die Augen und seine Lippen taten sich auf. »Die falsche Tat im richtigen Sinne ist Gott wohlgefälliger als die richtige Tat im falschen Sinne?«

»Du sagst es«, lachte ich und konnte meine Tränen nicht mehr zurückhalten. Saadi aber beugte ungerührt das Knie, stand erstaunlich leichtfüßig auf, nahm mich am Arm und schob mich sanft mit sich ins Freie.

»Du bist ein wahrer Sufi! Es war schon immer ein Genuss, mit dir die Klinge des Geistes zu kreuzen«, sprach er mit einem Lächeln vor sich hin, während ich noch unfähig war, meine Zerknirschung hinunterzuschlucken. Draußen hatte sich die Dunkelheit gänzlich über die aufblühende Stadt gesenkt. Die Muezzins waren verstummt, die Gebete waren gewiss in den meisten Häusern und Höfen gesprochen. Vom Wind aus allen Richtungen herbeigetrieben, umschwirrten uns Geräusche mannigfacher Art. Doch nichts vermochte den Klang von Saadis Stimme, den ich so lange vermisst hatte, aus meinem Ohr zu verbannen.

»Sieh, mein Freund, es besuchten mich Tag für Tag hundert Gäste, denen ich bereitwillig eine Schale Kaffee anbot, mit denen ich nicht selten meinen Gebetsteppich teilte und die oft genug unter meinem Dach Zuflucht vor der Nacht fanden. Ich gab dies gerne und gebe es immer noch, wo Allah mir eine Gelegenheit dazu schenkt. Vor einigen Monden allerdings lernte ich eine Gruppe junger Männer kennen, die ich – Allah sei gepriesen für diese Gunst – seither nicht mehr gesehen noch beherbergt habe. Ihr Anführer, Rokne ad-Dîn Sahaf, ein eitler Pfau, öffnete mir die Augen. Nachdem ich weit über Mitternacht hinaus mit den jungen Herren, die aus Rey gekommen waren, um meine Meinung über diese und jene Frage des Glaubens zu erfahren, diskutiert hatte, fing ebenjener Rokne ad-Dîn erneut an, seine erste Frage diskutieren zu wollen. Er benahm sich wie ein Scholastiker.« Wobei Saadi dies Wort aussprach, als hätte er »Aussätziger« gesagt. Ich wusste nicht, ob mir dies nahe gehen sollte oder nicht.

»Dazu warst du zu erschöpft?«, fragte ich, um mir sogleich selbst mit der flachen Hand gegen die Stirn zu schlagen. Doch Saadi fasste es nicht als Beleidigung auf, vielleicht auch, weil er nach dem »Scholastiker« auf eine Revanche gewartet hatte. »Nein«, sagte er. »Ein Gläubiger wird niemals zu erschöpft sein, um die Dinge des Herrn zu bedenken.« Der alte Mann setzte sich auf eine steinerne Mauer, die den Wegrand säumte, und strich mit sanfter und sehr ruhiger Hand über die Rosen, die zum Teil bereits aus ihren Knospen geschlüpft, zum Teil aber auch noch fest verschlossen waren. »Es ist alles Eitelkeit. Das dachte ich. Ich fühlte es. Mich ekelte vor diesen selbstherrlichen Söhnen. Ich suchte in ihren Worten, in ihren Gesichtern, in ihren Fragen nach ihren Vätern. Nach ihren Müttern. Nichts. Da war nichts, verstehst du? Sie fragten nach Gott, aber sie hätten ebenso gut nach dem Geheimnis des Hirsebaus fragen und es diskutieren können. Es war das, was man ihnen auf der *Madresseh* in Rey beibrachte. Kluges Reden statt klugem Denken.«

Ich sog begierig den Duft der Rosen ein, deren Wasser ich vor Jahren erstmals getrunken und seither immer wieder an den unterschiedlichsten Orten der östlichen Welt gekostet hatte und deren Aroma allein sich mit den Blütenwassern von Mashad vergleichen ließ. Meine Hand begann wie von selbst einige Rosenzweige zu brechen, während mein alter Freund sanftmütig fortfuhr, sich zu erklären: »Ich schützte tatsächlich Müdigkeit vor. Man sieht das einem Mann von mehr als siebzig Jahren nach.« Er lachte leise über die Unwissenheit der Jungen. »Aber ich dachte noch lange nach, als es im Hause still geworden war. Ich muss zugeben, siebzig Jahre aus der Hand des Allmächtigen in Empfang zu nehmen bedeutet auch, siebzig Jahre Leben zu verlieren, nach und nach. Siebzig Jahre lang verliert man Dinge, die einem lieb geworden sind. Sicher, man gewinnt neue hinzu. Doch welche junge Frau ersetzt dir die alte, die du so ins Herz geschlossen hattest? Du liebst sie um ihretwillen, nicht als Ersatz! Welches Dach hat dieselben Stimmen gehört wie das Dach deines Jugendhauses? Welche Tochter tritt an die Stelle des Sohnes, den du verlierst, weil du zur falschen Zeit am falschen Ort warst?« Er seufzte so tief, wie nur ein Greis seufzen kann. »Schließlich wurde mir klar, dass ich nichts war als ein alter Narr, der ebenso eitel wie diese jungen Gecken aus Rey seine Zunge spitzte, um den andern zu gefallen. Also beschloss ich, mich in die Einsamkeit zurückzuziehen und die Welt mit meinem Gefasel zu verschonen. Weißt du, mein Freund, wenn du erst einmal den Ruf hast, ein Weiser zu sein, ist jede Liste, die du deiner Tochter auf den Bazar mitgibst, eine Offenbarung für die Schar der Gläubigen. Sie lesen von deinen Lippen ein Gebet, wenn du nur ausspuckst. Und wenn du deine Sandalen schnürst, fallen sie nieder zum Gebet, um es dir gleichzutun. Kurz, ich wollte dafür sorgen, dass fortan keine leichtfertigen Sprüche mehr über meine Lippen kämen und ich die letzten Tage, die mir der Gerechte schenkte, nicht mehr an nutzlose Gespräche verschwendete, sondern für die innere Suche nach dem rechten Glauben nutzte.«

Saadis Garten war ein Paradies auf Erden. Obwohl die Nacht sehr finster war, entfaltete doch das wenige Licht, das aus dem Hause drang, vereint mit dem Funkeln der Sterne vor unseren Augen, die sich längst an die Dunkelheit gewöhnt hatten, alle Pracht persischer Gartenbaukunst. Sie bestand im Wesentlichen darin, nicht nützlich zu sein, sondern einfach schön. Sie wollte dem Auge gefallen, der Nase wohl auch, doch sicherlich nicht dem Magen. Meine Hände hatten, die Dornen nicht spürend, längst zu viele Rosenzweige gepflückt, um sie noch halten zu können, und ich begann, sie im Saum meines Mantels zu sammeln. Ein kleiner Bach kreuzte den Weg. Daran, dass wir ihn ein weiteres Mal überschritten, merkte ich, dass wir uns wieder dem Hause näherten, von dem wir uns zwischenzeitlich ein gutes Stück entfernt hatten. Der Garten des Saadi war beträchtlich, doch wirkte er bei all seiner Größe lieblich und friedlich, er beeindruckte die Sinne, nicht aber den Geist. Bäume, die mir fremdartig schienen, standen zum Teil dicht verschlungen und in kleinen Grüppchen, ragten in den Nachthimmel, als wären die Plejaden in sie hineingegossen. Nichts Drohendes ging von ihnen aus. Der alte Mann und ich, selbst schon im Alter, das Paradies zu blicken, wenn dem Allmächtigen danach wäre, hatten wieder zueinander gefunden. Wir sprachen dieselbe Sprache, weilten lange in verflossenen Zeiten von Glück und Schrecken und setzten unseren Fuß erst wieder über die Schwelle des gastlichen Hauses des Mosleh ad-Dîn Saadi, als die ersten Vögel schon ihr Lied angestimmt hatten. »Saadi, mein Freund«, sagte ich. »Du hast mein Glück erneut begründet in dieser Nacht. Ich habe dich lange gesucht und war heute Nacht der glücklichste Mensch unter dem Mond. Danke, dass du mir dein Herz und deine Lippen aufgeschlossen hast. Ich weiß es zu schätzen. Dein Garten hat mir diese Blüten geschenkt, die der Tag weit öffnen wird. Ich hoffe, dass dein Entschluss, dich wieder den Menschen zuzuwenden, anhält, um meinet- und um aller anderen willen. Lass mich dir die Rosen schenken, jede einzelne für eine Nacht, die ich mit dir so glücklich plaudernd verbringen will wie diese.«

Saadi legte mir beide Hände auf die Schultern und strahlte müde hinter seinem weißen Bart. Einen Augenblick legte er den Kopf in den Nacken, als suchte er den Himmel nach Worten ab, dann ließ er ihn wieder sinken und sagte leise:

»Was nützt dir denn von Rosen dieser prächt'ge Strauß?
Nimm tausend Blätter aus dem Garten dir heraus –
So musst nach wenigen Tagen du doch sehen,
Die Blüte welkt, der Garten bleibt bestehn.

Mein Freund, schenk diese Rosen meiner Tochter, die du vorhin beleidigt hast. Sie wird dir verzeihen, da sie gut ist und Gutes erkennt. Ich aber will dir einen Rosengarten bescheren, der die Zeiten überdauert.«

»Hilf mir, Bester, was schwebt dir vor, was willst du damit sagen?«

»Ich könnte«, sagte er und strich mit sanfter Hand seinen Bart, »zur Freude wohlwollender Leser und zum Nutzen all der Wissbegierigen, die mich seit Jahren heimsuchen, ein Buch des Rosengartens verfassen, einen *Gôlestân*, dessen Blätter dem Wind des Herbstes trotzen werden und der sich ewiger Frühlingslust erfreut.«

Mein Herz machte einen Sprung, als dieser Gedanke über seine Lippen kam, und ich ließ fallen, was ich während der Nacht gesammelt hatte, griff nach dem Saum seines Mantels, packte ihn fest und rief: »Das hast du versprochen, Mosleh ad-Dîn Saadi, Weiser aus Schirâz, und wirst es tun. Denn der Edle hält, was er verspricht! Dies Buch werde ich mit mir nehmen, wenn ich die Stadt des Löwen verlasse. Und das wird sein, noch ehe der Rosengarten verblüht ist.«

Du darfst mich begleiten, Fremder

»Du darfst mich begleiten, Fremder«, sagte Zahra mit ihrer dunklen, weichen Stimme. »Gewiss brauchst du vieles, was du nur auf dem Bazar finden wirst. Mein Vater hat mich angewiesen, dir die Türen zu öffnen und dir behilflich zu sein, wo immer du Hilfe benötigst.« Sie setze das hinzu, nicht als wäre es der Schicklichkeit halber angebracht, sondern als wäre es erheiternd für sie, dazu besonders ermahnt zu werden. Nun, da sie wusste, dass ich Freund und Vertrauter ihres Vaters war, achtete sie nicht mehr besonders darauf, jede Strähne ihres dunklen Haars bedeckt oder gar die Augen niedergeschlagen zu halten. Im Gegenteil, sie musterte mich auf eine Weise, die auch für Frauen des Abendlands nicht ziemlich gewesen wäre. Unverkennbar hatte sie den Geist ihres Vaters geerbt. Als Sohn hätte ihr die Welt offen gestanden. Als Tochter musste sie sich mit dem Haus begnügen. Aber manches Mal kam die Welt ins Haus. So jedenfalls schien sie meinen Besuch aufzufassen. Denn obwohl ich Kleidung und Sprache der moslemischen Welt angenommen hatte – vermutlich hätte auch Zahra nicht erkannt, dass es eine Tracht aus der Gegend von Aleppo war –, so konnte doch ein jeder schon nach kurzer Zeit erkennen, dass ich mitnichten ein Sohn des Orients war. Mein Haar war noch nicht gänzlich weiß geworden, so dass die rötlichen Spitzen die ursprüngliche Farbe ahnen ließen. Meine hellen Augen waren so ganz und gar untypisch für einen Araber, wenn vielleicht auch nicht für einen Perser.

Vor allem aber meine Schwierigkeiten in der Aussprache bestimmter Laute der iranischen Sprache, die es in keiner Sprache diesseits von Konstantinopel gab, verrieten mich als möglichen Franken, als Christen vielleicht, ganz sicher aber als Barbaren.

»Gern will ich dieses Angebot annehmen«, sagte ich, vielleicht etwas zu sichtlich erfreut, da sie doch die Augen niederschlug, was mir sehr Leid tat. Denn es waren bezaubernd schöne Augen von einer tiefen Farbe wie der dunkelste Bernstein, von langen, dichten schwarzen Wimpern umrahmt. Also beeilte ich mich hinzuzufügen: »Die lange Reise hat viele meiner Vorräte gänzlich aufgezehrt. Ersatz tut not. Doch in dieser Stadt bin ich fremd und werde Eure Hilfe gut gebrauchen können.«

Sie lächelte selbstbewusst. »Ich warte vor der Tür auf Euch. Lasst Euch Zeit.«

Nur wenige Augenblicke später befanden wir uns auf einer der belebtesten Straßen, die ich im Laufe meines Lebens gesehen hatte. Nur Konstantinopel und Damaskus hätten sich mit diesem bunten Treiben messen können, das sich rings um die große Moschee nahe beim Bazar einem reich bestickten Teppich gleich dem Blick darbot. Schreiber hatten ihre Pulte in dem Schatten der Akazien aufgestellt, umringt von Händlern und Halunken, die eine Eingabe für das Gericht bei ihnen verfassen lassen wollten. Spieler säumten den Weg und präsentierten ihre geschickten Flunkereien, was mich erstaunte, denn unter den Söhnen Allahs galt das Glücksspiel als eine der größten Sünden und wurde in den meisten Städten streng bestraft. Kinder liefen uns zwischen den Beinen herum. Pferde, Kamele und Karren besiedelten die eigentlich großzügigen, ja prächtigen Straßen so dicht, dass wir hintereinander gehen mussten. Händler kamen und gingen. Mullahs und Gelehrte hatten sich zum Wortstreit mitten auf dem Platz vor dem Bazar niedergelassen und reichten Schläuche mit Wein herum, damit die Gemüter nicht allzu rasch kühlten. Die Frauen trugen buntere Kleider als in den meisten Städten östlich von Byzanz. Die fein ziselierte Sprache der Perser schwebte über allem, gleich ob als wütender Aufschrei eines betrogenen Käufers oder lustvolles Lachen einer jungen Frau. Zahra hatte für all dies sicherlich kein Ohr mehr. Sie hatte vermutlich zeit ihres Lebens nichts anderes gehört und gesehen als dieses bunte Gemisch aus wunderbaren Farben, Formen und Tönen, dieses Vexierspiel für die Sinne, das einem Wüstenreiter wie mir als Rausch vorkam an diesem Tage, da die Sonne sich langsam in den Zenit schob. Bald würde das üppige Leben nachlassen, wenn die Hitze zu drückend und das Licht zu stechend würde.

Als wir aber in den Bazar eintraten, war es um uns schlagartig kühl, ruhig und dunkel. Meine Augen mussten sich erst an die Dunkelheit gewöhnen. Beinahe hätte ich Zahra verloren, hätte sie mich nicht nach einigen Atemzügen am Arm gepackt und sanft mit sich gezogen. »Das schickt sich nicht«, flüsterte sie mir zu. »Aber ehe ich Euch verliere, will ich lieber gegen die Sitte ungehorsam sein. Mein Vater würde mir nicht verzeihen, wäre ich gegen seinen Wunsch ungehorsam, Euch unversehrt und wohlgemut wieder zu sehen.«

Ich musste lachen. »Ich bin kein Kind«, sagte ich und entwand meinen Arm behutsam ihrem leichten Griff. »Ihr könnt mich schon wieder loslassen. Gewiss habe ich mehr Bazare durchwandert als Ihr und werde auch aus diesem heil zurückfinden. Aber vielen Dank, dass Ihr Euch so fürsorglich um mich müht.«

Diesmal nahm sie mir mein etwas ungelenkes Wesen nicht übel, sondern begann, den Blick nach vorne gerichtet, mich unbekümmert auszufragen, während wir nebeneinander durch die dunklen Pfade des Hauptbazars von Schirâz schritten: »Mein Vater hat keinen Zweifel daran gelassen, dass Ihr nicht zu jenen Männern gehört, die seit seiner Rückkehr nach Schirâz vor beinahe zwanzig Jahren so gut wie täglich unser Haus bevölkern. Ihr müsst ein ganz besonderer Mensch sein. Mein Vater sagt, er habe Euch mehr als eines seiner zahlreichen Leben zu verdanken, die ihm der Allmächtige geschenkt hat. Sagt, was habt Ihr getan, das ihn so dankbar gegen Euch macht? Wie habt Ihr ihn kennen gelernt? Was verbindet Euch mit ihm?«

Ich ließ meinen Blick, der sich nunmehr gut an die Dunkelheit gewöhnt hatte, durch das ausgedehnte Bauwerk schweifen und ließ mir Zeit mit der Antwort, denn es bereitete mir Vergnügen, ihre Neugier ein wenig zu schüren. Der Bazar sah nicht viel anders aus als die meisten Bazare zwischen Antiochia und Samarkand – und nur diese konnte ich zum Vergleich heranziehen. Die Straßen waren hoch überdacht, wobei sich über der Mitte der Straßen Kuppel an Kuppel fügte. Beinahe jede dieser Wölbungen hatte in der Mitte ein rundes Loch, das etwa eine Elle Durchmesser haben mochte, vielleicht auch zwei, und durch das die Sonne ihre schrägen Strahlen warf. Nur durch diese Öffnungen wurde der Bazar von Tageslicht beleuchtet. Zugleich schützte die Form die Händler und die Kunden davor, nass zu werden, wenn sich an seltenen Regentagen der Himmel entleerte. Die Ware, deren Wert oft unermesslich war und ganze Familien auf Generationen hinaus hätte ernähren können, wurde vor Fäulnis und Verderben geschützt. Und das Herz, das in harten Sommern von der Hitze gepeinigt war, konnte hier aufatmen. Die *Bazari* hatten kein schlechtes Leben. Sie nahmen sich, wie man hörte, einigen Einfluss heraus, auch auf das Leben außerhalb dieser überdachten Handelswege.

Aus den Augenwinkeln blickte ich zu Saadis Tochter, die so gelassen aussah wie ein Mädchen im Kreise ihrer Schwestern. Das war durchaus ungewöhnlich, zumal es sich für eine junge Frau nicht ziemte, auf offener Straße mit einem Mann, der nicht zu ihrer engeren Familie gehörte, den Weg zu teilen. Gleichwohl wollte ich es ihr nicht so leicht machen und fragte nun dagegen: »Was sagte Euch denn Euer Vater, dessen Zunge Allah segnen möge?«

Sie blieb an einem Stand stehen, an dem allerlei Getier verkauft wurde, und ich hätte nicht sagen können, ob diese Lebewesen als Nahrung gedacht waren, als Haustiere oder zu sonstigen Zwecken. Zahra bedeutete dem Händler, der sie wortlos, aber mit großer Demut grüßte, den Deckel eines Korbes zu öffnen. Mit flinker Hand griff sie hinein und zog eine Schlange heraus, derentwegen auch ein alter Gaul gescheut hätte. »Die Schlange«, sagte sie und hielt mir das Tier erschreckend nahe vors Gesicht, »hat sieben Leben. Die Katze hat neun. Aber meines verdanke ich Abu Jân.« Sie wandte ihren Blick wieder dem Händler zu, warf den Kopf leicht in den Nacken, wie es die Perser zu tun pflegten, wenn sie etwas kurz und bündig ablehnten, und ließ das Tier sacht in den Korb zurückgleiten. »Abu Jân«, wiederholte sie. »Ein ungewöhnlicher Name für einen *Farengi:* ›Vater des Jân.‹« Sie sagte dies mit viel Zärtlichkeit, als wüsste sie um mein Schicksal und das meines Sohnes.

»Jean. Ein französischer Name.«

»Es klingt schön, wie Ihr es aussprecht.«

»Es klingt schön, wie Ihr es aussprecht!« – Das war wieder zu viel gewesen. Sie schloss die Lippen und öffnete sie erst wieder, um einige Stände weiter einen Händler anzuweisen, einen Hahn für sie zu schlachten und zu rupfen, bis sie wiederkäme. Mit leichter Zunge und mit leichter Hand wechselte sie immer wieder von feinster Zartheit zu überraschender Direktheit. Sie vereinte offenbar viele weibliche und auch männliche Eigenarten in sich.

»War es Eure Mutter, die ich gestern Abend kennen lernte?«, fragte ich, um das Gespräch wieder aufzunehmen.

»Sie ist eine meiner Mütter«, antwortete sie mit großem Ernst und zu meiner Verwirrung.

»Eine Eurer Mütter? Wie viele habt Ihr denn?«

»Es hängt davon ab, wie Ihr sie zählen wollt. Ich selbst würde sagen, drei.« Sie wusste, dass sie das nicht unerklärt lassen konnte. Also fuhr sie nach einiger Zeit mit einem Seufzen fort: »Die zwei Frauen Saadis erwarteten zur gleichen Zeit ein Kind. Beide kamen am selben Tag nieder, als mein Vater nicht in Schirâz war. Unsere alte Amme Zainab entband die beiden, versorgte sie und die Säuglinge, die sie in Körbe im Nebenraum gelegt hatte, und ging, um nach Saadi zu schicken. Sie kam nicht wieder.«

»Sie ließ die niedergekommenen Weiber und die hilflosen Säuglinge allein zurück?«

»Sie wurde am nächsten Tag gefunden, tot unter einem Strauch am Hügel. Sie hatte niemanden finden können, der sich zu so später Stunde noch auf den Weg gemacht hätte. Ihre Kräfte waren einfach am Ende gewesen. Sie war alt. Wir Kinder überlebten. Die Mütter überlebten. Sie musste mit ihrem Leben für unseres bezahlen.« Sie atmete tief durch. »Ja, drei Mütter. Weil sich nicht mehr feststellen ließ, welches Mädchen von welcher Frau stammte, und weil uns das Leben auch von der alten Zainab geschenkt worden war.«

Ich teilte den Weg also mit einer Frau, die Tochter dreier Mütter war. Welch ungewöhnliches Geschöpf.

B'esmellah e rahman e rahim!

»B'esmellah e rahman e rahim!« Das war alles, was ich in der Tiefe des Kerkers hörte. Meine Augen starrten in die Finsternis, aus der sich nur ein schmaler Fensterbruch heraushob, hinter dem der ferne Gewitterhimmel von Tripolis erkennbar war, unerreichbar, nicht nur, weil kein ausgewachsener Mann jemals durch die Öffnung dort droben gepasst hätte. Ich war also nicht allein, doch auch nicht in Gesellschaft eines Christenmenschen. Das war arabisch. Ich hatte diesen Ausspruch in der kurzen Zeit meines Aufenthalts im Heiligen Land schon mehrmals gehört, von Händlern und Mullahs, von Kaffee trinkenden bärtigen Männern unter Turbanen und von klagenden Weibern. Ein Moslem teilte dieses Verlies mit mir. Allein ich konnte ihn nicht sehen. In den Eingeweiden dieser Burg herrschte eine beinahe greifbare Dunkelheit. Ich glaubte, seinen Atem zu spüren, so gefährlich nahe fühlte ich seine Gegenwart.

»Wer seid Ihr?«, fragte ich.

»Allah sei mit dir, *Farengi«*, entgegnete mir der Unsichtbare mit keineswegs tiefer, aber sehr voller Stimme. Offenbar beherrschte er meine Sprache, was mich neugierig machte. Angestrengt versuchte ich, im Dunkel etwas zu erkennen.

»Ich sitze direkt unter dem Lichtschacht«, half er mir. Seine Augen kamen mit dieser Höhle offenbar besser zurecht. Vielleicht, weil er das wenige Licht, das sich hierher verirrte, durch lange Übung sorgfältiger aufzunehmen gelernt hatte. Doch:

lange Übung – war das hier möglich? Ich spürte die Kälte, die mir Schmerzen bereitete. Und den Geruch, von dem mir übel wurde.

»Wer seid Ihr?«, fragte ich, ohne jede Rücksicht auf Sitte und Form. Mit ausgestrecktem Arm tastete ich mich an den Rand des Raumes und ließ mich an der Wand hinabsinken, um so zum Sitzen zu kommen. Der Boden war feucht.

»Setzt Euch besser zu mir«, sagte der Geist, dessen Konturen ich mir langsam einbildete, schmal und schwarz. Zögernd erhob ich mich wieder und tastete mich an der Wand entlang bis unter das Fenster, wo ich plötzlich geradewegs in weit geöffnete Augen blickte. Er hatte sich erhoben und stand mir nun gegenüber, beinahe gleich groß, nur, soweit das in der Finsternis erkennbar war, um einiges älter und geschmückt mit einem mächtigen Bart. Er ließ sich nieder. Ich sank neben ihn.

»Ihr solltet Euch vorstellen«, sagte er. »Das wäre angemessen, da Ihr doch in mein Reich eingedrungen seid.«

»Ein Reich der Finsternis«, sagte ich. »Ich hätte gerne auf Eure Gastfreundschaft verzichtet. Leider war ich dumm genug, einem meiner Landsleute zu vertrauen, der sarazenische Jungfrauen christlicher Nächstenliebe zuführt. Jean d'Eron, verarmter Ritter aus dem Burgund.«

»Seid Ihr nicht schon wieder um einige Erfahrungen reicher?« Es klang so gar nicht ironisch, sondern vielmehr wie eine aufrichtige Feststellung, weshalb ich über diese Bemerkung lachte. »Ja, das bin ich«, entgegnete ich. »Noch reicher wäre ich, würde ich erfahren, mit welchem wenig vorsichtigen Sohn Mohammeds ich die Ehre habe.«

»Abu Abdallah Musarrif ad-Dîn Ibn Mosleh ad-Dîn«, antwortete er, als wäre damit alles gesagt.

Wir schwiegen. Wir schwiegen lange. Das Gewitter ging nieder. Wir wechselten den Platz, als das Wasser über den Lichtschacht herunterzurinnen begann. Er zog mich wie einen alten Freund in einen anderen Winkel, der zu meiner Überraschung trocken blieb – wie ich später feststellte, weil der Moslem durch ein geschickt angeordnetes System von kleinen Gräben auf dem sandigen Boden für eine Entwässerung gesorgt hatte. »Es funktioniert wie ein persischer Garten«, erklärte er mir später einmal, als die glühende Sonne genügend Licht für ein eingehendes Studium der Anlage erlaubte.

Seine Hand hatte mich gut am Ärmel gepackt. Dafür hätte ich sie ihm, dem Ungläubigen, abhacken lassen können. Hätte ich? Hier unten stand ich wohl nicht mehr auf der Seite des Rechts. Jedenfalls nicht gegenüber einem Ehrbaren meines Standes. Ob gegenüber einem Muselmanen, wer hätte das zu sagen vermocht?

Inzwischen hatten sich meine Augen so weit an das Dunkel gewöhnt, dass ich die ganze Gestalt des Mosleh ad-Dîn ausmachen konnte, die entgegen meinem ersten Eindruck nicht in Schwarz, sondern in einen hellen wollenen Überwurf gekleidet war. »Wie lange seid Ihr schon hier?«, fragte ich.

»Hier unten? Seit einigen Tagen und Nächten. Ich werde bleiben, solange die Gichtanfälle des Kerkermeisters anhalten. Dann wird er mich wieder nach oben zu den Erdarbeiten schicken und ich werde mit den Juden über die Frage disputieren, wem diese Erde zusteht, über die die Christen herrschen, der die Juden entspringen und die mit dem Blut der Moslems getränkt wird.«

»So seid Ihr Sklave und verrichtet niederen Dienst«, stellte ich fest.

»Bisweilen ja«, lächelte Saadi, denn um keinen anderen handelte es sich, und nun konnte ich auch das Weiß seiner Zähne erkennen. »Bisweilen aber bin ich auch der Medicus, der Narr oder der, wie sagt Ihr, Beichtvater eines hohen Herrn. Man kommt hier in der Zitadelle ganz gut zurecht, wenn man den Dingen ihren Lauf lässt.«

Ich fror. Ich war kaum einige Sätze lang in diesem Gemäuer und fror bereits. Was führte dieser Ungläubige, der schon seit Tagen an diesem Ort weilte, für Reden. Machte ihm die Kälte nichts aus? »Wenn man den Dingen ihren Lauf lässt, dann wird man dabei umkommen«, sagte ich.

»Man wird immer umkommen. Ich predige nicht Untätigkeit, sondern behaupte, dass das Schicksal nicht nur Schatten, sondern für jede Seele auch Licht bereithält. Seht, Ihr wurdet mir in diese Finsternis geschickt und erleuchtet einen meiner dunkelsten Tage. Allah sei gepriesen für Seine Mildtätigkeit.«

»Ich wüsste nicht, wie man diesem Loch etwas abgewinnen könnte.«

»Man gewinnt Ruhe. Der Blick des Auges schärft sich. Das Herz öffnet sich weiter. Hätte ich Euch draußen im grellen Licht des Tages unter all dem lärmenden Volk erblickt, Euer Leuchten wäre mir verborgen geblieben. So aber tratet Ihr in dunkelster Nacht wie ein Lichtstrahl in mein Leben.«

Erst viel später verstand ich, wie sehr Saadi nach dieser Art von Erkenntnissen lebte. Er sah Licht in der Dunkelheit und empfand Liebe, wo Hass herrschte. Er konnte größte Freude in der Trauer finden und sättigte sich am Hunger. Das Empfinden von Durst war ihm Quelle der Erkenntnis und in Augenblicken größter Angst schöpfte er den stärksten Mut. Saadi konnte im Gegenteil einer Sache das Wesentliche erkennen und erkannte sich stets selbst dabei. Er sah sich in der Welt mit scharfem Auge – und das sollte auch ich schon sehr bald erleben.

Die Nacht war endlos. Saadi murmelte stundenlang Gebete, rezitierte den Koran, was für mein ungeübtes Ohr manchmal klang, als würde er schnarchen oder einem Erstickungsanfall erliegen. Doch dann mündete alle gaumenbrecherische Rede stets aufs Neue in einer Anrufung Gottes, in einer Lobpreisung, wie ich sie mich später selbst unzählige Male würde sagen hören. Doch bis dahin war es ein langer Weg und ich war noch unerfahren und hochnäsig, war überzeugt, den höheren Glauben zu haben und die tieferen Einsichten zu besitzen. Wie wir alle damals.

Der Lichtschacht warf wenig mehr als ein schemenhaftes Leuchten der Nachtgestirne auf unser Verlies, als die Verriegelung gelöst wurde und uns der Kerkermeister eine Schale mit dem Fuß hereinschob, in der vermutlich etwas Essbares war. Er hatte tatsächlich nur eine Schale hereingeschoben. Was tun? Ich konnte unmöglich als Rechtgläubiger aus derselben Schale wie ein Muselman essen, ohne meine Seele auf direktem Wege der ewigen Verdammnis anheim zu geben. Ich stand vor dem Behältnis, gepeinigt gleichermaßen von grimmigem Hunger und dem Bedürfnis, Wasser zu lassen. »Wo kann ich …«

»Jede Ecke ist gleich gut«, sagte Saadi ungerührt. »Wir können es uns nur dadurch leichter machen, dass wir auf den Weg des Wassers Rücksicht nehmen. Und der geht zur Türe hin, so wie ich die Dinge geregelt habe. Der Kerkermeister soll schließlich merken, dass er nicht allein hier unten sitzen muss.«

Tatsächlich hatte Saadi seine kleinen Gräben so angelegt, dass unser Unrat unter der Türe hindurchfloss und seinen Gestank mehr draußen verbreitete als drinnen. Oder besser: mein Unrat. Denn Saadi aß nichts, trank nichts und hatte deshalb auch kaum jemals Erledigungen unreiner Art zu verrichten. Er fastete mit einer Ausdauer und Leichtigkeit, wie ich noch nie einen Menschen hatte fasten sehen. Auf diese Weise erledigte sich die Frage nach der Teilung des Essens. Er überließ es mir. Und ich überließ es zum größten Teil den Ratten, deren Eindringen in unsere Zelle wir nicht verhindern konnten. »Man versucht mit diesen Mahlzeiten offenbar, die Gefangenen dem Henker gefügiger zu machen«, scherzte ich. »Wer davon gekostet hat, wünscht sich wohl, er möge sein Handwerk verstehen und dem Elend ein Ende bereiten.«

Saadi, der, wie ich später merkte, einen feinen Sinn für Belustigungen hatte, verstand in dieser Frage keinen Spaß. »Ich möchte diese Zelle nicht mit einer Leiche teilen«, sagte er. »Versucht zu essen, so viel Ihr könnt, da Ihr zu fasten nicht gewohnt seid.«

»Ich denke«, sagte ich, »ich sollte es dir mit Fasten gleichtun. Das kann mir nur zum Vorteil gereichen. Mein Gott wird es mit Wohlwollen auf meine Sünden anrechnen.«

Saadi schwieg. Ich dachte schon, er wollte darauf nicht antworten, als er unvermittelt eine Geschichte zu erzählen begann: »Ein Derwisch war einst bei seinem Fürsten geladen, an einem Festmahl teilzunehmen. Wie nicht anders erwartet, boten sich seinem Auge vielerlei Köstlichkeiten dar, die ein Vielfaches der Gäste gesättigt hätten. Doch der Derwisch wollte seinen Ruf als bescheidener Mann festigen und aß weniger, als seinem Hunger entsprach. Als es später ans Gebet ging, betete er länger und lauter als sonst. Die Gesellschaft war angemessen beeindruckt von seiner Frömmigkeit. Als er aber zu Hause war, begegnete er seinem Sohn, der auf ihn gewartet hatte. Er wies ihn an, ihm etwas zu essen zu holen. ›Aber Vater‹, sagte der Sohn. ›Gab es denn beim Fürsten nicht ein Festmahl?‹ – ›Doch‹, sagte der

Vater. ›Aber ich habe nichts Rechtes gegessen.‹ – ›Dann solltet Ihr auch Euer Gebet wiederholen‹, schlug der Sohn vor. – ›Wie kommst du denn darauf?‹, wollte der Vater wissen. ›Nun‹, sagte der Sohn. ›Mir scheint, dann habt Ihr auch nichts Rechtes gebetet.‹«

Der Fremde brachte dies in sehr feiner Sprache vor und ich war überrascht, wie gut er diese beherrschte. Andererseits empfand ich seine Rede als sehr respektlos. Konnte es angehen, dass ein Ungläubiger einem Christenmenschen derlei moralisierenden Vortrag hielt? Ich wusste damals nicht, wie ich mich ihm gegenüber verhalten sollte. Zum einen war er die einzige Sicherheit, im Bauche der Burg nicht verrückt zu werden. Denn die Finsternis war auch mit geweitetem Auge beinahe unerträglich und alle Geräusche kamen entweder von fern wie aus einer anderen Welt oder waren abscheulich. Andererseits war ich niemals in meinem Leben einem Muselmanen so nahe gewesen – so gefährlich nahe. Sicher, dieser Mosleh ad-Dîn hatte mir bisher keinen Anlass gegeben, besonderen Argwohn zu hegen. Indes hatte ich auch keinerlei Grund, ihm Vertrauen zu schenken. Er war ein Sohn Mohammeds. Er und seinesgleichen hatten einst die Heilige Stadt in ihre Gewalt gebracht. Das Schwert des Islam kämpfte blutig gegen die Christenheit, wo immer es ihrer habhaft werden konnte. War ich nicht in dieses ferne Land gekommen, um ebenjene zu bekriegen, die mir nun in Gestalt des Mosleh ad-Dîn feinsinnig und gelehrt gegenübersaßen und vielleicht in Wahrheit den Untergang der Christenheit vorbereiteten?

Auch Saadi sagte nichts weiter. Er schien mich auch nicht zu beobachten, sondern verfiel in einen ganz und gar ruhigen Zustand, den er nur gelegentlich aufgab, um sich murmelnd im Gebet zu verbeugen, ein Ritual, das er dutzende Male wiederholte und das ihn dieser Welt anscheinend ganz entrückte.

Tatsächlich wechselten wir kein Wort mehr, bis nach zahllosen Stunden der Kerkermeister erneut den Riegel von der Tür zog und mit einer Fackel eintrat. »Der Moslem«, sagte er nur, als sei damit alles klar. Für Saadi war es das offenbar auch, denn er stand auf und glitt geschmeidig wie ein ausgeschlafener Fuchs hinaus, worauf der blendende Lichtschein mitsamt der grimmigen Erscheinung unseres Aufsehers ebenfalls wieder verschwand, die Tür zugewuchtet und der Riegel vorgeschoben wurde. Das rasselnde Geräusch blieb mir im Ohr. Es verging aber auch sehr viel später nicht. Es hatte nichts mit dem Schloss zu tun. Das rasselnde Geräusch entstammte meinen Eingeweiden. Offenbar hatte sich die Kälte bereits in meiner Lunge festgesetzt. Ich war schon nicht gesund an Land gegangen. Die stürmische See hatte mir zugesetzt. Aber jetzt war es doch sehr viel deutlicher geworden. Meine Augen tränten. Das hatte ich zunächst der Dunkelheit angelastet. Doch wenn ich nun in mich hineinhorchte, war es weniger die Seele, die mir wehtat, als vielmehr jedes einzelne Glied meines Körpers.

Saadi blieb lange fort. Ich hörte nicht, wie er zurückkam, da mich der Schlaf übermannt hatte. Später meinte ich, ihn beten zu hören. Doch warum beugte er sich dabei über mich? Nein, das war kein Gebet – er wollte mich töten. Wollte mich seinem Götzen opfern! Ich versuchte zu schreien, doch eine unsichtbare Faust riss meine Stimme davon. Schon legte der sarazenische Teufel Hand an mich, schändete mein christliches Herz. Ich formte mit bebenden Lippen ein »Ave Maria«, doch das »Amen« versank bereits in Bewusstlosigkeit.

Ich erinnere mich, dass ich die Erwartung des Jenseits sehr gefasst ertrug. Mein Leichentuch war schwerer, als ich erwartet hatte. Ich schwitzte darunter. Nach einiger Zeit begann ich zu fürchten, dass die Hitze nicht von dem Tuch, sondern vom nahen Fegefeuer stammte. Doch hätte mich dann nicht bereits helles Licht umgeben? Sicher war es auch denkbar, dass das Fegefeuer finster war. Ich erinnerte mich vage, dass der Pfarrer, wenn er auf unserer Burg die Ostermesse las, von der »Finsternis des Fegefeuers« gesprochen hatte, durch die wir würden gehen müssen. Allein, das schien mir zweifelhaft, wenn ich auch sonst eine hohe Meinung von unserem Geistlichen gehabt hatte. Vielleicht war es das ewige Licht, das die himmlischen Heerscharen umgab. Gewiss war ich auf Erden kein Engel gewesen, aber mein junges Leben war doch immerhin so rein, keine schwere Schuld auf sich geladen zu haben. Ich hatte noch keinen Menschen getötet, nicht einmal einen Ungläubigen. Im

Gegenteil, ich hatte meine Schwester vor dem Ertrinken gerettet, hatte aufrichtiger gebetet als meine Brüder, hatte selten gelogen und nie eine der anderen Todsünden begangen. Oder? Mich befielen Zweifel. War es nicht schon Sünde, sich selbst ohne Sünde zu wähnen? Was hatte der Moslem gesagt? Nichts Rechtes gebetet… Würde der Herr diesen Umgang nicht als sündhaft betrachten? Ich hatte eitle Gespräche geführt mit dem Manne! Ich sah die Röte hinter meinen Lidern aufsteigen. Das musste das Feuer der Reinigung sein. Und ich hatte es verdient!

Durch welche Länder kamst du?

»Durch welche Länder kamst du auf deinem Weg nach Schirâz? Haben die Franken einmal mehr zum Kreuzzug aufgerufen und wir Seligen hier im fernen Persien haben es nur noch nicht gemerkt?« Ein heftiges Husten unterbrach Saadis Rede und ich nahm die Gelegenheit wahr, schnell zu antworten: »Nein, teurer Freund. Gott sei Dank ist seit einem Menschenleben kein Christenkönig mehr auf diesen Wahn verfallen. Es wäre auch sicherlich keinem gut bekommen.«

»Seit meinem Menschenleben«, sagte Saadi und erinnerte mich daran, dass das Jahr seiner Geburt wohl um die Zeit des dritten christlichen Kreuzzuges gegen die Muselmanen gelegen haben musste. Gleichwohl hatte dieser alte Mann, der bereits länger auf Erden wandelte, als die meisten Menschen alt werden, kaum ruhige Zeiten erlebt. Nicht persönlich und auch nicht, was die Zeitläufte anbelangte. Jede der vielen Falten in seinem edlen Gesicht konnte für einen Krieg in einem der Königreiche stehen, die er bereist hatte und in denen ihm nicht immer die ihm gebührende Wertschätzung widerfahren war.

»Ich kam über Bassora, den prächtigsten Hafen am Persischen Meer.«

»So hast du gewiss Bagdad besucht und warst Gast am Hofe des Kalifen?« Saadis Stimmung heiterte sich etwas auf.

»Der Kalif, Allah möge ihm immer währende Gunst schenken, würde eher mit dem Teufel speisen, als seine Tafel mit mir zu teilen, geschweige denn sein Dach!«

Wir mussten beide lachen, denn der Kalif lehnte zwar jeglichen Kontakt zu christlichen Fürsten und ihren Gesandten aus Gründen der Reinheit des Glaubens ab, hielt sich aber in seinem Harem dennoch eine bemerkenswerte Zahl an christlichen Sklavinnen als Kurtisanen, wie allgemein, vor allem aber unter den Sklavenhändlern bekannt war. Leyla, die aus den Zutaten, die wir vom Bazar mitgebracht hatten, ein märchenhaftes *Fessendjun* bereitet hatte, häufte ungefragt auf unser beider Teller große Mengen dieses wahrhaft königlichen Mahls. Der Duft von Granatapfelsirup und Safran stieg mir in die Nase, der sich mit dem des frischen Brots verband und wie eine Wolke aus Moschus auf meine erheiterten Sinne wirkte. Sicherlich hatte der Wein, den wir aus vollen Bechern genossen, sein Teil dazu getan, dass mir so fröhlich zumute wurde, dass ich die ganze Welt hätte umarmen mögen. Der Wein, sagt man, kommt aus Schirâz. Hier soll der Geburtsort des Traubensafts liegen, in diesen Bergen und Hügeln um die blühende Stadt im Fars. Wer einmal diesen Tropfen gekostet hat, wird es gerne glauben, auch wenn ihm die eifrigen Händler in Syrien ganz anderes erzählen mögen oder gar die spitzäugigen Griechen, die die Welt erfunden zu haben glauben. »Dein Dach indes ist der Inbegriff von Gastlichkeit, lieber Saadi. Ich weiß nicht, was ich mehr loben soll, deinen Wein, der auf Erden seinesgleichen sucht, deine Zunge, deren Worte wie Diamanten blitzen, oder die Kochkunst deiner Frau, die den Hofstaat des Kalifen vor Neid erblassen ließe – und den des Sultans dazu!«

Leyla errötete sichtlich. Obwohl sie sicherlich bereits an die sechzig Jahre zählte, hatte sie doch etwas Jugendliches an sich, eine gewisse Unsicherheit auch, die eher einem zarten Mädchen ziemte als einer reifen Frau. Gleichwohl konnte ich mir gut vorstellen, dass sie ihrem Gemahl auch in ihrem Alter noch so manche lustvolle Nacht zu schenken fähig war – wenn in Saadis hohem Alter solcherlei Belustigung noch stattfand. Dies zu fragen, hätte ich mir bei aller Freundschaft nie erlaubt.

»Du bist also statt zum Kalifen lieber in die Schenke gegangen, gib es zu!«

»Da gibt es nichts zu bestreiten, mein Freund. Die Schenken von Bagdad sind für manche Erkenntnis gut, wie du weißt.«

»Dann erzähle uns doch, welche Art von Erkenntnis du in diesen Tagen gewinnen konntest«, forderte mich Saadi auf und ließ sich den Becher ein weiteres Mal nachfüllen.

Ich überlegte ein Weilchen. »Da wir gestern von dem jungen Mann bei Damaskus sprachen, der dem Tod vom Pflock gesprungen war, fällt mir eine interessante Begebenheit ein, die man sich in Bagdad erzählte. Es soll da einen Derwisch geben, der im Rufe steht, dass Allah seine Gebete erhört. Der Kalif ließ ihn zu sich kommen, und nachdem er ihm ein fürstliches Mahl bereitet hatte, ähnlich vielleicht dem unseren hier ...« Ich verbeugte mich gegen Saadis Frau, die höchst aufmerksam lauschte und versuchte, dies hinter Geschäftigkeit zu verbergen. »Nachdem er den Gottesmann also verköstigt und ihn hinreichend ob seines Glaubens und seiner Demut gelobt hatte, bat er ihn, Allahs Segen für ihn zu erbitten.«

»Glaubte denn der Alte, das würde ihn vor Allahs Zorn retten?«

»Nun, wie ich sagte, es heißt, der Derwisch hätte guten Erfolg mit seinen Bitten. – Jedenfalls sagte darauf der Derwisch: ›Oh Allerhöchster, nimm seine Seele weg aus dieser Welt, je schneller, desto besser.‹ Du kannst dir vorstellen, dass der Kalif nicht gerade beglückt war. Er also rief: ›Um Himmels willen! Soll das etwa ein Bittgebet um Segen sein?‹ ›Gewiss‹, sagte der Derwisch. ›Wenn Allah meine Bitte erhört, so wäre das ein Segen für alle Gläubigen – auch für dich.‹«

»Ließ ihn der Kalif köpfen?«

»Wo denkst du hin? Ganz im Gegenteil. Der Kalif schenkte ihm neue Kleider und sein bestes Pferd, so sehr fürchtete er die Bittgebete, die der Derwisch womöglich auf dem Richtblock gesprochen hätte.«

Saadi lächelte vor sich hin. »Ich kenne die Geschichte. Es ist die Geschichte des Hadschadsch.«

»Ich weiß«, sagte ich. »Es ist die alte Geschichte.«

»Also nichts Neues in Bagdad.«

»Nein, nichts Neues. Sie erzählen dieselben Geschichten, sie trinken denselben gepanschten Wein, sie verkaufen dieselbe rohe Seide und sie sprechen dieselben Gebete.«

Der Abend war weit fortgeschritten, als wir mit dem Essen fertig waren. Jeder von uns hatte sicherlich mehr als einen Krug Wein getrunken. Ich hatte mehr gegessen als während der gesamten letzten sieben Tage meiner Reise. Der Mond stand hoch und ich wankte nach draußen, um mir einen Strauch zu suchen, der nach der Hitze des Tages etwas Feuchtigkeit gebrauchen konnte. Zwei Schafe schlummerten in der Nähe des Bächleins. Ich wusste nicht, ob sie zum Haushalt gehörten oder auf einer Wanderschaft hierher gelangt waren. Schirâz lag friedlich zwischen den Bergen. Für eine Stadt von so immenser Schönheit fand ich das erstaunlich. In meiner Heimat hätte eine Ortschaft solchen Reichtums keine Woche ohne Überfälle räuberischer Banden erlebt, wäre sie so mangelhaft gesichert gewesen wie Schirâz. Wohl gab es eine Stadtmauer. Doch konnte jedes Katapult mühelos alle Geschosse von den Hügeln aus darüber hinwegschleudern. Auch Wachen gab es – jedoch hatte keine auch nur aufgeblickt, als ich spät meinen Fuß auf die Straßen der Stadt setzte. Soldaten, wie sie sich in Aleppo, in Akra, in Damaskus, Bagdad oder Bassora zu Hunderten auf den Straßen herumtrieben, waren hier nicht zu sehen. Waffen, so schien es mir, gab es nur zur Zier, dafür aber schönere als an jedem anderen Ort der Welt. Dolche, reich geschmückt mit Elfenbein und Edelsteinen, zierten hier nicht den Gürtel des Kriegers, sondern den des Kaufmanns.

Gleichwohl hatte ich nicht den Eindruck, dass es sich bei Schirâz um eine Stadt ohne jeden Argwohn handelte. Es gab zu viel von dem, was es in einer rechtgläubigen Stadt von Moslems nicht hätte geben dürfen, das war mir schon am ersten Tag sehr deutlich aufgefallen: Eiferer und Neider, Wucherer und Betrüger, Spieler, Trinker und Gaukler. Nur Huren hatte ich keine gesehen. Aber das konnte auch an den Wegen gelegen haben, durch die mich Saadis Tochter wohlweislich geführt hatte.

Es war sehr frisch in diesen ersten Nächten, da auf den Bergkuppen noch Schnee lag und die Sonne nur die Täler tagsüber in heiße Kessel verwandelte. Umso überraschter war ich, als ich, nachdem ich meine Besorgung erledigt hatte, beinahe über die nur in einen leichten Überwurf gekleidete Zahra gefallen wäre, die sich nahe dem Haus unter einen Baum gesetzt hatte.

»Verzeiht«, sagte ich. »Ich hatte zu dieser Stunde niemanden mehr hier draußen erwartet.« Mir wurde bewusst, wie unangenehm meine Lage war. Hatte sie mich schon die ganze Zeit beobachtet?

»Das ging mir auch so«, sagte sie. »Aber ich hätte damit rechnen können, da ich schließlich wusste, dass Ihr mit meinem Vater eine lange Nacht der Erinnerungen feiern würdet.«

»Ja«, sagte ich. »Das ist wohl ein Ritual, dem man nicht entkommt. Wo sich alte Freunde treffen, erstehen alte Zeiten wieder. Statt sich die Dinge zu erzählen, die sich in der Zwischenzeit ereignet haben, tauscht man das aus, was man schon vor langer Zeit gemeinsam erlebt hat.«

»Das muss so sein, Abu Jân. Dadurch geraten Eure Seelen in Einklang und Ihr findet den Weg, auf dem sich Eure Erzählungen über all die anderen Dinge treffen können.«

Die junge Frau schien mir jetzt nicht mehr so forsch wie am Tage. Sie hatte auch nicht den herausfordernden Unterton in der Stimme, der mich in unterschiedlicher Weise gereizt hatte. Vielmehr klang sie freundlich und klug – was vielleicht auch damit zusammenhing, dass ich eben nicht mehr nüchtern war und mich anstrengen musste, damit meine Gedanken nicht wie eine Faust voll Sand zerrannen.

»Setzt Euch ein wenig zu mir, falls Euch nicht zu kalt ist«, sagte sie.

»Friert Ihr denn nicht hier draußen?«, konnte ich mein Erstaunen nicht verbergen.

»Nein. Meine Seele hat sich zu sehr nach dem Frühling gesehnt, als dass mich die frische Luft davon abhalten könnte, die Abende im Freien zu genießen. Wir hatten einen harten und langen Winter.«

»Saadi hat mir früher oft von Schirâz erzählt. Es war eine einzige Lobeshymne, nächtelang, besonders als wir im Kerker saßen. Ich kenne diese Stadt schon seit vielen Jahren, obwohl ich erst gestern meinen Fuß in sie gesetzt habe. Stellt Euch vor, ich wusste den Weg nicht genau, aber der Duft der Rosen hat ihn mir gewiesen, weil ich aus den Erzählungen Eures Vaters wusste, dass Schirâz wie der Harem eines Fürsten riecht.«

Sie schlug die Augen nieder. »Verzeiht«, fügte ich rasch hinzu. »Das war natürlich nicht schicklich.«

»Offen gesagt, erstaunt mich, wie gut Ihr die Sitten und Gebräuche der Moslems kennt. Ihr stammt aus dem Frankenreich, wie ich hörte. Wie kommt es, dass Ihr Euch hier beinahe bewegt wie ein Gläubiger? Hörte ich Euch gestern, als Ihr Euer Haupt unter unseren Türbalken senktet, gar ein *Yâ Allah* murmeln? Auch sprecht Ihr unsere Sprache beinahe so gut wie ein *Arabi*.«

»Ihr seid sehr liebenswürdig und ich danke Euch für das Lob. Aber ich weiß natürlich, dass meine Sprache noch sehr mangelhaft ist und es wohl auch immer bleiben wird. Nun, ich kam als Kreuzfahrer ins Heilige Land und suchte den Weg nach Jerusalem, lebte viele Jahre lang in Syrien, in Galiläa, Jerusalem und Bagdad. Ich bin weit durch die moslemische Welt gereist – nicht so weit wie Saadi, wie ich betonen muss. Ich vermute, ich kenne nicht einmal die Namen aller Länder, durch die er sein Pferd gelenkt hat.«

»Hattet Ihr die Absicht, gegen die Gläubigen zu kämpfen, als Ihr nach Jerusalem aufbracht?«, fragte sie und sah mich nun mit sehr schönen, sehr ernsten Augen an.

»Ja und nein«, sagte ich wahrheitsgemäß. »Eigentlich war ich nur ein junger Mann, den auf seiner Burg nichts hielt. Das Schicksal führte mich zu einer Pilgergruppe. Und die führte mich nach Genua.«

»Nicht nach Jerusalem?«

»Nein.« Ich wandte den Blick in den Himmel, der sich mit seinen Sternen wie eine Landkarte über uns ausbreitete. »Die Pilger hatten Rom zum Ziel.«

»Ihr meint *Rum*, die Stadt, die Ihr Byzanz nennt?«

»Oh nein, ich meine Rom, die alte Stadt der Römer, wo der Papst sitzt.«

»Euer Kalif?«

»In gewisser Weise, ja. Der Papst ist der Herr über die Gläubigen. Die christlichen Gläubigen«, fügte ich rasch hinzu. »Genua ist nur eine Zwischenstation, die manche Reisenden auf dem Weg nach Rom nehmen, wenn sie aus dem Norden oder aus dem Westen kommen. Dort liegt einer der wichtigsten Handelshäfen der christlichen Welt. Eine beeindruckende

Stadt, wenn auch nicht so prächtig wie die Städte, die ich in arabischen und persischen Fürstentümern kennen lernen durfte. Nun, in Genua entschied erneut das Schicksal, mich nicht nach Rom zu führen, sondern nach Jerusalem. Ich schloss mich einer Gruppe von Rittern an, die sich nach Tripolis einschiffte. Mein Pferd und meine Herkunft fanden Gefallen bei den hohen Herren und sie nahmen mich in ihren Kreis auf.«

»Euer Pferd und Eure Herkunft?«

»Ja«, lachte ich. »In dieser Reihenfolge, wie ich vermute. Damals sah ich das natürlich anders. Da war ich noch ein stolzer Edelmann, der viel auf sein Rittertum hielt und sich zum Helden geboren glaubte.«

»Meinem Vater zufolge seid Ihr dieser Held sehr wohl geworden.«

»Saadi ist gütig gegen den Toren. Die Wahrheit ist, der Kluge ist kein Held. Solange ich ein Held war oder es doch zumindest dachte, war ich nicht klug. Und seit ich klüger bin, bin ich beileibe kein Held mehr.«

Sie stand auf, zog ihren Umhang etwas fester um sich und die Kapuze übers Haar. Erst jetzt fiel mir auf, dass sie bisher mit offenem Haar neben mir gesessen hatte. In der Dunkelheit war das kaum zu erkennen gewesen. »Wollen wir noch einige Schritte durch den Garten gehen? Es wird etwas frisch, wenn man zu lange reglos sitzt.«

»Gerne«, sagte ich, doch fühlte ich, dass meine Beine, die bereits die vorangegangene Nacht Stunden durch diesen Park gewandert waren, müde und schwer waren und frühen Schlaf einer langen Wanderung vorgezogen hätten. Überhaupt war ich mir nicht sicher, ob nicht ein nächtlicher Spaziergang mit dieser jungen Frau ungebührlicher war als eine Zurückweisung ihres Ansinnens. Doch ehe ich noch antworten konnte, hatte sie sich bereits so weit vom Ort unseres Gesprächs entfernt, dass ich mit lauten Worten riskiert hätte, jemanden im Haus zu wecken. Also folgte ich ihr so flink als möglich und ging dann eine Weile schweigend neben ihr einher. Die Nacht war nun entschieden kalt geworden. Vielleicht hatte auch der Wein inzwischen das Blut in meinen Gliedern niedersinken lassen, so dass meine innere Wärme erloschen war. Die Rosen hatten ihre

Blüten geschlossen, der Duft hing nur noch in Spuren in der kristallklaren Luft. »Ich habe auch ganz andere *Farengi* kennen gelernt. Und von weitaus schlimmeren noch gehört«, sagte Zahra mit leiser Stimme. »Eine Reise nach Tripolis oder nach Jerusalem hat Euch zum halben Moslem gemacht? Das scheint mir wenig wahrscheinlich!«

»Die Reise war nur der Weg. Das Ziel ist mir bis heute nicht bekannt. Aber die Erkenntnisse, die mir dieser Weg täglich näher bringt, sind dies Leben wert, fern von der Heimat, ohne Frau und Familie, mit Freunden, die man nach einem halben Menschenleben wieder sieht – oder nie mehr.«

»Und welcher Art sind diese Erkenntnisse?« Sie blieb stehen und sog tief die Nachtluft ein. Dabei schien mir, als sehe sie mich durch ihre geschlossenen Lider geradewegs an. Ihre Brust hob sich unter dem Umhang und die Spitzen zeichneten sich im Mondlicht ab. Langsam durchdrang mich wieder Leben. Die Frische der Nacht weckte meine Sinne, die Forschheit ihrer Fragen schärfte meinen Geist. »Ich vermute wohl, dass manche dieser Erkenntnisse ähnlich denen sind, die Euer geliebter Vater in unvergleichlich reiferer Form erlangt hat. Unsere Freundschaft ist ein Gleichnis für manche Weisheit, die jedem wahrhaftigen Manne zuteil wird, der Jahre seines Lebens auf Reisen zubringt. So bin ich überzeugt, Saadi und ich ehren denselben Gott, auch wenn wir ihn anders nennen. Wir wissen, dass die Schurken in allen Lagern leben und meist die Maske des Ehrenmannes tragen. Wir zollen dem einfachen Mann Respekt und würdigen seine Verdienste und spotten der Reichen und Einflussreichen, wenn ihre Künste hohl sind.«

»So seid Ihr ein weiser Mann?«

»Weise ist nicht, wer sich für weise hält. Und würdet Ihr die Umstände meines ersten Aufenthalts im Land der Diener Allahs kennen, so wäre Euer Urteil sicherlich weniger gnädig und Euer Sinn überaus belustigt.« Überraschenderweise fragte sie nicht weiter nach. Also kehrten wir langsam wieder zum Haus zurück. Sie verabschiedete sich mit einer leichten Verbeugung, die ich erwiderte, ehe sie ihren Fuß über die Schwelle setzte. Ich wartete noch einige Augenblicke, ehe ich ebenfalls unter der niedrigen Türe durchschlüpfte und mich möglichst leise zu meinem Nachtlager begab. Ich lobte Saadi für seine Weitsicht, ein Haus mit vielen Zimmern errichtet zu haben, wenngleich ich mir nicht sicher war, ob es bei dieser Bauweise in seinem Sinne gelegen hatte, dass nächtliche Begleiter seiner Töchter unbemerkt hereinschleichen konnten.

Eine weitere Nacht in Folge war sehr fortgeschritten. Es begann erneut bereits leicht zu dämmern, als ich endlich die Augen schloss, verwirrt vom Geist und von der Schönheit Zahras, von ihrer gänzlich unscheuen und deshalb auch gänzlich unmoslemischen Art, sich mit einem Fremden zu unterhalten, mit dem sie keine familiären Bande verknüpften. Am meisten aber beunruhigte mich, dass ich diese junge Frau zunehmend anziehend fand. Ihre Augen, in denen sich die Sterne spiegelten, blickten mich noch an, als ich die meinen bereits geschlossen hatte. Und mein Geist fand auch im Schlaf keine Entfernung von ihr. Als der Muezzin zum Morgengebet rief, beschloss ich, mich einige Tage von ihr fern zu halten.

Dies ist kein Tag zum Sterben

»Dies ist kein Tag zum Sterben, Großvater!«, flehte ich den alten Mann an und packte ihn am Ärmel, als ob ich dadurch seine Reise hätte hinauszögern können.

»Jeder Tag ist ein Tag zum Sterben, mein Junge«, flüsterte er und ließ seinen Blick die schütteren Wände unserer Burg hinaufgleiten. Seine tonlose Stimme fand keinen Halt in meinen Ohren. »Nein«, insistierte ich. »Sieh durch das Fenster. Es ist ein prächtiger Maientag. Der Herr lässt die Sonne scheinen. Die Vögel singen. Die Bäume wiegen sich im Wind. Alles sprüht vor Leben. Du darfst uns nicht verlassen!«

Mein Großvater sagte nichts, sondern lächelte durch seine Schmerzen hindurch und legte mir die müde Hand auf die Schulter. Nach einer Weile zog er mich zu sich, so dass sich unsere Herzen ganz nahe waren und meine Tränen sein Wams tränkten. »Du hast Recht«, sagte er. »Der Herr zeigt uns, dass das Leben weitergeht, auch wenn wir nicht mehr sind. Du bist noch jung. Dein Leben wird dir viel Freude bringen und viel Leid. Die Freude aber erkennst du nur, weil du das Leid siehst. Also freu dich, dass du dieses Zimmer des Todes verlassen wirst und inmitten einer Welt voll Leben stehst. Du kannst diese Welt erobern. Du hast auf dieser Burg eine Heimstatt, die dir immer währende Zuflucht sein wird. Also geh hinaus und kehr zurück, wenn die Geister der Vergangenheit dich rufen oder wenn deine Seele schmerzt.«

Ich war geschüttelt von Krämpfen. Mein Mut verließ mich ob der grausamen Wahrheit, die ich in mir trug und dem alten

Manne nicht zu sagen wagte, der hier seine letzten Atemzüge über mein dichtes, jugendliches Haar hauchte. Er ahnte nicht, dass sein Körper, nachdem ihn der Geist verlassen hatte, nicht wie Generationen vor ihm, seine Ruhe unter den Ulmen hinter der Burgkapelle finden würde. Diese Burg war nicht letzte Ruhe für ihn, sondern letzte Station. Dies war das schändliche Werk meines Bruders, der unser aller Erbe verspielt und seine Ehre verloren hatte. Dies konnte ich meinem Großvater, den das Schicksal mit dem Tod unseres Vaters bereits hart geschlagen hatte, nicht beichten. Es fraß in mir, quälte mich, bereitete mir Übelkeit – und doch konnte es nicht heraus. Diese Offenbarung wollte ich unserem Großvater vor seiner letzten Reise nicht antun. Also schwiegen wir bis zur Nacht. Dann wurde seine Hand schwerer, sein Atem leichter und sein Blick verlor sich in der Ferne.

Sie trugen ihn zu viert hinaus und legten ihn auf den Wagen. Die Pferde standen bereits im Geschirr, den Kutscher kannte ich nicht. Der Weg war, das wusste ich, nicht allzu weit. Man hatte beschlossen, den alten Baron d'Eron hinunterzubringen und wie die Bauern bei der Dorfkirche zu begraben. Allein die Schande, die dies für die Familie bedeutete, hatte meinen Bruder von einem öffentlichen Begräbnis absehen lassen.

Es gab nur eine kurze Totenwache, die in der Sakristei stattfand, da der Herzog das Anwesen so schnell wie möglich wieder in seinen Besitz bringen wollte. Raimond nahm keinen Abschied von unserem Großvater. So blieb mir erspart, den Raum mit ihm zu teilen, während ich unserem Großvater im Stillen sagte, was alles ich ihm noch hätte sagen wollen. Es war das letzte Mal, dass ich einem Menschen mein volles Herz ausschüttete. Als der Morgen die Kammer trüb erleuchtete und erste Geräusche in das Pfarrhaus drangen, war ich mit ihm und mit mir im Reinen. Mein Entschluss war, Großvaters Rat zu folgen und die Welt für mich zu erobern – wenn auch wohl ohne Wiederkehr in diese alte Heimat.

So stahl ich mich davon, ohne Rücksicht auf das Begräbnis. Nur unserer Mutter, die für uns alle litt, sagte ich Lebewohl. Sie war eine gute und brave Frau, unserem Vater ein gutes Weib und uns eine liebevolle Mutter gewesen. Die harten Jahre seit

Vaters Tod hatten sie altern lassen. Aber wenn sie lachte, tanzten immer noch die Vögel im Wind. Und wenn sie eines ihrer munteren Küchenlieder sang, klangen die Töpfe dazu, als kämen die Gaukler übers Land. Ihre Tränen waren versiegt, als ich mein Haupt unter den niederen Balken ihrer Kammer beugte. Sie hatte sich in Schwarz gekleidet und saß auf dem Bett im Alkoven, ohne dass ihr Gesicht auch nur den geringsten Ausdruck gezeigt hätte. Ihr Blick war zur Tür gewandt, als hätte sie mich jeden Augenblick erwartet. Ich sah ihr an, dass sie wusste, ich würde ohne Wiederkehr gehen.

Also ging ich auf sie zu, küsste ihr Haar, das noch voll war, aber schon gänzlich ergraut, wie ich kurz zuvor das lichte Haar des Großvaters geküsst hatte, und kniete vor ihr nieder, um mir ein letztes Mal ihren Segen geben zu lassen. Sie tat es mir gleich, küsste mich auf die Stirn und auf die Wangen. Dann drückte sie mir einen Rosenkranz in die Hand, den sie gewiss seit Stunden gehalten hatte, und murmelte ihr geliebtes »Geh in Frieden«.

Mein Herz zerriss nicht, als ich die letzte Biegung nahm, nach der man unsere alte Burg nicht mehr vom Weg aus sehen konnte. Die Buchen bedrängten einander im kräftigen Frühlingswind. Ein Gewitter, das über den Bergen hing, gebot mir, rasch voranzukommen, um nicht allzu früh im Regen zu reiten.

Da mein Bruder gegen des Herzogs Sohn zwar Haus und Hof verspielt hatte, nicht aber das Vieh, und da das Zaumzeug als eines jeden persönlicher Besitz zu betrachten war, war mir wenigstens erspart geblieben, meine Reise zu Fuß anzutreten. Stattdessen trug mich eine prächtige Füchsin zügig durch das Burgund, vorbei an hundert Jahre alten Weinstöcken und durch ausgedehnte Buchen- und Eichenwälder. Mein Zaumzeug entsprach zwar meinem Stolz, war aber auch eine stete Verlockung für das Gelichter, das die Wege seit den Zeiten des ersten Kreuzzugs säumte, da durchreisende Fremde reiche Beute und wenig Gegenwehr versprachen. Ich hielt mich deshalb ein wenig abseits der gefährlichen Routen und lenkte den Gaul durch das weiche Moos, wobei mich eine Mischung aus Jagdlust und Hunger schon bald dazu anhielt, nach einem hübschen Fasan oder einem fetten Dachs Ausschau zu halten.

Das Glück war mir in Form eines Hasen hold, der sich zwar dank seines Alters leicht mit dem Bogen erlegen ließ, aber auch entsprechend zäh war. Die Zubereitung eines Hasen, frisch erlegt, so dass sich daraus ein herzhafter Bissen ergab, erforderte durchaus einige Zeit, vom Geschick ganz abgesehen. Die Dunkelheit brach bereits herein, als ich den Rest für den nächsten Tag sorgfältig in ein sauberes Leinentuch schlug und in meinem ledernen Beutel verstaute.

Gaja war mir vertraut, als gehörte sie zur Familie. Sie war ein ruhiges und kluges Tier. An ihrer Flanke konnte ich gut schlafen, ohne Sorge tragen zu müssen, dass sie mich in der Nacht erdrückte. Der Waldboden hingegen war ein ungewohntes Lager, feucht und immer kälter, je länger die Nacht dauerte. So saß ich schon wieder im Sattel, noch ehe die ersten Lichtstrahlen über die Bergkuppen blitzten.

Als ich nach Châlon kam, bauten dort die ersten Händler gerade ihre Stände auf. Es war für mich der Ort, an dem ich mich erkundigen wollte, wie es um die Wege in den Süden stand, an dem ich mich mit Proviant versorgen und meine weiteren Pläne schmieden wollte.

Châlon war eine stolze Stadt. Ihre Bewohner übten sich in Hochmut und zeigten jedem Fremden gegenüber, dass sie sich ihres Reichtums bewusst waren, wiewohl gerade dieser Reichtum vor allem von den Fremden herrührte, die in den letzten hundert Jahren durch die Straßen der Stadt gezogen waren, um Jerusalem, die Heilige Stadt, von den Ungläubigen zu befreien und der Christenheit zurückzugeben, was ein Raub der Heiden geworden war.

Im eher bescheidenen Hafen hatten einige Kähne angelegt, um Fracht für den Süden aufzunehmen, für die Städte, die noch schneller wuchsen und längst nicht mehr genug Waren aus dem Umland beschaffen konnten. Für die Händler war dies eine willkommene Entwicklung, trieb sie doch die Preise in stolze Höhen. Die Bauern und ihre Lehnsherren indes spürten meist wenig davon. Für sie galten immer noch die Regeln, die seit Jahrhunderten bestimmt hatten, was wofür zu bezahlen sei. Und sie taten den Teufel, daran etwas zu ändern, hing doch ihr eigenes Recht ebenfalls von jahrhundertealter Tradition ab. Schon unser Vater hatte darunter gelitten. Zahlreiche Edelmänner im Burgund waren über eine Generation verarmt.

Ich sprach zwei Tagelöhner an, ob sie mir Rat erteilen könnten, den Hafenmeister zu finden. Doch sie grinsten mich nur aus ihren zahnlosen Mündern stumpfsinnig und versoffen an, so dass ich mich weiter umsah. Ein kleines Mädchen bot mir Hilfe an. Artig machte sie einen Knicks und blickte mir dann sehr frech in die Augen: »Vielleicht kann ich Euch helfen, Sire. Für drei Sous.«

»Einen«, entgegnete ich, obwohl ich eigentlich nicht das Bedürfnis hatte, mir von einer Göre helfen zu lassen. Aber sie rührte mich und erinnerte mich mit ihrem langen blonden, offenen Haar ein wenig an meine Schwester, die etwa in diesem Alter beinahe ertrunken und heute in der Picardie mit einem geschäftstüchtigen Marquis verheiratet war.

»Zwei!«

»Ich merke schon, du bist unter Händlern aufgewachsen. Gut, zwei. Sag mir, wo ich jemanden finde, der mir verlässliche Auskunft gibt über die günstigsten Wege nach Rom. Die zwei Sous erhältst du, wenn mir sein Rat vernünftig erscheint.«

Statt zu antworten, nahm sie mich bei der Hand und zog mich in eine Gasse nahe beim Hafen. Vor einem schiefen Holzbau blieb sie stehen und gebot mir zu warten. Sie verschwand unter einer niedrigen Tür und kam wenig später mit einer äußerst zierlichen Frau zurück, die unschwer als Hure zu erkennen war. Dem Anschein nach war sie eher geneigt, ihren Tag zu beenden als ihn anzufangen. Ich hatte mich schon abgewendet, um möglichst schnell mein Glück an berufenerer Stelle zu versuchen, da berührte sie mich am Arm und flehte: »Zwei Sous?«

Der Preis schien mir nicht zu hoch für den Versuch. Und ihre Stimme, aus der noch erstickte Tränen zu klingen schienen, ging mir zu Herzen. Also wandte ich mich ihr wieder zu, um ihre Auskunft zu erhalten. Stattdessen trat sie ein Stück zur Seite und wies mit der Hand ins Haus. Da erst wurde mir das Missverständnis bewusst, das zwischen uns bestand. »Nein«, stammelte ich »Das ist es nicht.« Was hatte ihr das Mädchen bloß erzählt? »Ich brauche nur eine Auskunft.«

Sie blickte auf das Mädchen, das so wohlgepflegt aussah wie eine Tochter adligen Geschlechts. Dann richtete sie ihre großen Augen wieder auf mich und wagte ein bescheidenes Lächeln. »Natürlich«, sagte sie. »Wie konnte ich nur glauben … Was wollt Ihr wissen?«

»Eigentlich brauche ich nur Auskunft, wo ich guten Rat für eine Reise ins ferne Rom finde.«

»Welcher Art soll dieser Rat sein?«

»Ich will wissen, welche Route sich empfiehlt, ob mit Pilgerzügen zu rechnen ist, hier oder an einem Ort in der Nähe.«

»Das muss eine Fügung des Himmels sein«, lachte sie. »Auch wir sind auf dem Weg nach Süden. Nach Marseille zwar nur, aber ich denke, bis dorthin können wir unsere Reise teilen.«

Ich hatte nicht vor, meinen Weg mit einer Hure zu teilen. Oder mit einem Kind. Sicherlich am wenigsten mit beidem.

Friede mit dir, Fremder

»Friede mit dir, Fremder«, sagte der Besucher, noch ehe er sein Haupt wieder aufgerichtet hatte. »Ich komme auf Weisung des *Atabek* von Schirâz, der ein alter Freund Eures Gastgebers ist.« Und er verbeugte sich nochmals gen Saadi, der ihm freundlich zunickte. Dann wandte er sich wieder mir zu: »Du hast den großen Saadi, unseren Meister und unser Vorbild, bewogen, sich wieder der Sprache zuzuwenden und uns seine Worte zu schenken. Dafür will dir der Fürst seine Gunst erweisen. Er wird heute, am dritten Tage nach Eurer Ankunft, da Ihr genügend Zeit hattet, Euch von der langen Reise zu erholen, zu reinigen und zu kräftigen, zu Euren Ehren ein Festmahl geben.« Er machte dem Sklaven, der ihn begleitete, ein Zeichen, worauf dieser schnell durch die Türe huschte und alsbald mit einem großen Bündel wieder hereinkam. »Zum Dank«, sagte der fürstliche Bote, »und um Euch, da Ihr sicherlich auf der Reise keinen großen Staat mit Euch führtet, hinreichender Ehre zu versichern, lässt Euch der Fürst dieses Kleid überreichen, das Ihr, so es Euch angemessen erscheint, heute Abend tragen mögt.« Er verbeugte sich nochmals und richtete seine Aufmerksamkeit dann auf Saadi: »Edler Saadi, der Fürst bittet Euch, seinen Empfang mit Eurer Anwesenheit zu krönen. Erweist ihm die Ehre, sein Gast zu sein und den Palast mit Eurem Geist zu füllen. Der Fürst dürstet danach, wieder Eure Zunge zu hören. Ihr werdet mit Eurem Gast in einer Sänfte abgeholt.«

Es war ein Prachtgewand aus Seide, mit goldnen Fäden bestickt, reich an Ornamenten und Bordüren, ein weites Hemd, das mir bis zu den Knöcheln reichte – es war offenbar Kunde zum Hof gelangt, dass ich ein recht großer Geselle war –, und eine knielange Weste, die über der Brust zu verknöpfen war. Dazu ein schlichter Turban von sehr edlem Tuch und ein Überwurf mit weiten Ärmeln, eine Art Kaftan mit tausend winzigen Blumen goldbestickt. Selbst angemessenes Schuhwerk fehlte nicht. Ein paar schmale, sehr niedrige und leichte Lederschuhe, deren Spitzen leicht nach oben zeigten, waren, in ein feines Leinentuch geschlagen, dem Paket beigefügt, so dass ich nach wenigen Augenblicken aussah wie ein echter Prinz des Morgenlands. Während ich mich noch eitel um mich selbst drehte und in Verzückung über das wunderbare Gewand und was dadurch aus mir geworden war, erging, trat, nicht ohne leises Gemurmel, damit ich nicht unschicklich überrascht würde, Saadis Tochter Zahra durch die Tür meines Zimmers. Sie hielt einen prächtigen Krummdolch in den Händen, wie ihn sich die Mächtigen unter den Tatarenkriegern hatten fertigen lassen, als sie weite Teile des Iran erobert und seine Stämme unterworfen hatten. »Nimm diese Klinge dazu«, sagte sie und reichte mir das stolze Stück, das offenbar nie zu Kriegszwecken gedacht gewesen war, da es mit mehreren wertvollen Edelsteinen besetzt und äußerst fein gearbeitet war. »Es wird dein Bild vollenden.«

»Diese Ehre steht mir nicht zu«, widersprach ich. »Ein so kostbares Juwel kann unmöglich meinen Gürtel zieren.« Ich sah ihren leicht unwirschen Gesichtsausdruck und fügte rasch hinzu: »Und wird der Fürst Waffen in seiner Gegenwart überhaupt dulden, zumal tatarische?«

»Er wird euch nicht für einen Sohn Dschingis Khans halten«, lachte sie und ihre weißen Zahnreihen blitzten wie Perlen. »Ihr könnt sagen, dies sei der Dolch eines besiegten Feindes.«

»Und seine Gastfreundschaft mit Lüge entgelten? Nein, Tochter Allahs, verzeiht, aber diesen Rat werde ich nicht annehmen. Und auch den Dolch nicht, besagt er doch, dass das Kleid, das mir der Fürst zudachte, nicht vollkommen war. Gehe ich aber so, wie er mich kleidete, wird er mein Erscheinen für so vollkommen halten, wie er das Geschenk für mich dachte. –

Hätte er wirklich ein unvollkommenes Geschenk darreichen wollen, soll ihm dafür meine Unvollkommenheit an diesem Abend gebühren.«

Sie legte den Dolch auf eine Truhe neben der Tür. »Es sei, wie Ihr sagt«, murmelte sie und ich hörte, wie belustigt sie war. Natürlich hatte sie durchschaut, dass meine Rede ihren Vater nachahmte. »Das Stück gehört jedenfalls Euch. Tragt es, wann immer Ihr wollt. Und lasst es, wenn Ihr es nicht für nötig erachtet.« Damit entschwand sie. Kaum war sie weg, beugte ein fürstlicher Lakai den Kopf in den Raum und gab mir zu erkennen, dass die Sänfte vor dem Hause bereitstände.

Saadi wartete bereits, als ich den Vorhang zur Seite schob und mich in dieses ungewohnte Fortbewegungsmittel zwängte. Die Sänfte, heißt es, sei der bequemste Weg. Ich bestreite das. Die meiste Zeit meines Lebens bin ich selbst geritten, auf Pferden, auf Kamelen, auch auf Maultieren und Eseln, wenn es sein musste. Die Sänfte war das Fortbewegungsmittel der Frauen. Vier starke Sklaven, manchmal auch nur zwei, trotteten meist mehr schlecht als recht über die Pfade der Stadt. Nur selten bewegten sie sich mit einer Geschmeidigkeit, die nötig war, damit der Getragene nicht durchgeschüttelt wurde wie in einem Würfelbecher. Jeder Kamelhöcker ist besser für des Menschen Rücken als dieser Pferch auf acht Beinen.

»Willst du den Prinzen überstrahlen?«, neckte mich mein alter Freund. Und ich musste ihm Recht geben: Ich war unschicklich elegant gekleidet. Solcherlei Pracht stand mir nicht. »Ihn und alle anderen bei Hofe«, entgegnete ich lachend.

Der Weg war kurz, der Palast lag im Zentrum der Stadt bei der großen Moschee und beim Bazar. Von außen war er sicherlich ein stolzes Bauwerk. Durch eine große Anzahl von fein gearbeiteten hölzernen Säulen, die auf mächtigen kunstvoll beschlagenen Steinblöcken fußten, schritt man ins Innere, wobei immer mehr Lichter Decken und Wände erleuchteten. Alle paar Schritte standen Palastwachen oder Sklaven, um zu Diensten zu sein. Einige eindrucksvolle Fluchten weiter betraten wir einen prächtigen Saal, in dem wohl hundert oder mehr Edle der Stadt versammelt waren, in der Mehrzahl reich gekleidete

Männer, die einander an Stolz und Hochmut zu übertreffen versuchten. Jeder von ihnen blickte drein, als sei er der Mittelpunkt der Welt. Jeder bis auf einen: Inmitten dieser feinen Gesellschaft bewegte sich rundlich und klein, jedoch überaus elegant ein gemütlicher Herr mit einem gepflegten weißen Bart und vergleichsweise schlichtem Staat – der *Atabek*, der Fürst von seldschukischen Gnaden. Dies raunte mir Saadi zu, ehe er mich zur Seite zog, um für uns beide einen Platz zu suchen, von dem aus wir einen guten Überblick hatten und wo er mich über die Gesellschaft näher ins Bild setzen konnte.

Doch die Höflinge hatten uns bereits ausgemacht und blickten nun fast alle in unsere Richtung. Auch der Fürst nahm Kurs auf uns. »Großer Saadi!«, rief er. »Ich bin beglückt, dich hier bei Hofe zu sehen. Begrüße mich!«

Ihr wart bewusstlos, Freund

»Ihr wart bewusstlos, Freund«, murmelte die sehr nahe Stimme des Moslems, der den Kerker mit mir teilte. Ich spürte seinen Atem an meiner Wange. Seine Hände waren damit beschäftigt, mir feuchte Lappen auf die Stirn zu legen, Blätter von verschiedenen Pflanzen, wie ich später merkte. Noch am Leben zu sein verwirrte mich. Statt dem Allmächtigen ins Antlitz zu schauen, starrten meine benetzten Augen wieder ins Dunkel unter einem Gebirge von Stein. Von meines Mitbewohners sachter Stimme abgesehen, legte sich erneut die Stille wie ein Kissen auf meine Ohren, durch das nur selten Geräusche drangen und dann wie von sehr, sehr fern.

»Was ist mit mir geschehen?«, fragte ich.

»Ihr habt hoch gefiebert«, klärte mich Mosleh ad-Dîn auf. »Die Kälte, die Feuchtigkeit, vielleicht auch die mangelhafte Nahrung und die Dunkelheit haben Eure Kräfte geraubt und Euch auf das Lager geworfen.«

»Lager?«, fragte ich und spürte, dass ich mich auf einen weichen Untergrund gebettet fand, wärmer als der Boden und vor allem trocken. Es war eine alte Pferdedecke, wie ihr Geruch mir verriet. Der warme Pferdegeruch machte sie noch angenehmer für mich. »Woher habt Ihr die?«, fragte ich. Doch Saadi antwortete nicht. Er öffnete mit erfahrener Hand mein Hemd und begann, mir auch auf die Brust die besagten Blätter zu legen, die rasch eine erstaunliche Wärme zu entfalten begannen. Ich ließ ihn gewähren, nicht nur, weil ich zu Gegenwehr kaum in der

Lage gewesen wäre. Mir war längst klar geworden, dass dieser Mann nicht mein Verderben war, sondern allenfalls meine Rettung. Er begann wieder zu murmeln, Gebete, wie ich vermutete, denn das Wort »Allah« kehrte ständig wieder, in immer wechselnden Betonungen. Einmal klang es wie »Ellah«, einmal wie »Ollah«, oft hing ein »Lahh« am Ende seiner Verse und stets schlug er die Augen nieder, wenn er den Namen seiner Gottheit aussprach. Das beeindruckte mich. Zum ersten Mal gestand ich mir ein, dass mich überhaupt die Art und Weise, wie die Muselmanen ihrem Gott huldigten und ihren Glauben pflegten, beeindruckte. Sie beteten frühmorgens, mitten am Tage und abends. Jeder tat das, und es gab nichts, was so wichtig gewesen wäre, den Gläubigen vom Gebet abzuhalten. Sie respektierten einander in ihrer Anbetung des »Allah« und führten seinen Namen viel öfter in der Rede, als ich es von getauften Seelen gewöhnt war. Auch der einfache Händler, der Wirt und sogar der Tagelöhner – wie mir erst jetzt auffiel – pflegte die Lobpreisung des muslimischen Gottes, wie selbst die Jesuiten und Franziskaner es nach meiner Erfahrung nicht taten.

»Was betet Ihr, Freund?«, fragte ich und merkte erst, als ich es aussprach, dass ich seine Anrede aufgegriffen hatte. Doch nun war es bereits geschehen. Er schien zu merken, dass mir das »Freund« herausgerutscht war, und lächelte wissend, als er antwortete: »Es ist eine Sure des Korans, unseres heiligen Buches.« Er sinnierte eine Weile, wohl um eine möglichst treffliche Übersetzung zu finden, und rezitierte dann, ohne auch nur ein einziges Mal über einen Ausdruck in Verlegenheit zu geraten: »Wenn Gott Not über dich kommen lässt, gibt es niemanden, der sie beheben könnte, außer Ihm. Und wenn Er dir Gutes erweisen will, so gibt es niemanden, der Seine Gunst von dir abwenden könnte. Er trifft damit, wen immer Er von Seinen Dienern treffen will. Und es ist Er, der barmherzig ist und der bereit ist, zu vergeben.«

Es waren kluge Worte. Ich hatte nie einen Vers oder auch nur ein Wort aus dem Koran gehört. So sagte ich: »Allein, ich bin nicht sein Diener.«

»Ich kann nicht glauben, dass in dir das Böse seine Heimstatt hat«, entgegnete Saadi. »Vielmehr scheint mir, dass du ein gottesfürchtiger Mann bist, der dem Allmächtigen lediglich auf die Weise eines Christen dient. Wenn dem aber so ist, dann bist du sehr wohl ein Diener des Herrn.«

»Araber«, sagte ich. »Ich bin kein Geistlicher. Aber ich wüsste nicht, weshalb sich die Christenheit zum heiligen Kreuzzug hätte aufmachen sollen, wären wir alle Diener desselben Gottes und als solche gleich vor ihm.«

»Wir sind gewiss nicht alle gleich vor ihm. Doch das heilige Buch, unser heiliges Buch, sagt auch: ›Jeder hat eine Richtung, auf die er eingestellt ist, Jude, Christ oder Moslem. Wetteifert nach guten Dingen! Wo immer ihr sein werdet, wenn das Ende naht, Gott selbst wird euch am Jüngsten Tage allesamt beibringen.‹«

»Vielleicht hast du Recht, Moslem«, sagte ich. »Einstweilen hilfst du mir, die Vorfreude auf den Jüngsten Tag noch etwas zu genießen. Wie soll ich dir danken? Ich habe nichts – und im Vergleich zu deinen Fertigkeiten scheint mir, ich kann auch nichts, womit dir gedient sein könnte.«

»Eine gute Frage«, entgegnete Saadi. »Aber darauf wird sich eine Antwort finden. Natürlich erwarte ich nicht, dass du etwas für mich tust. Was ich an dir tue, tue ich für Allah. Aber für dein Seelenheil mag es ratsam sein, wenn auch du Gutes tust. Mangels eines anderen Mitmenschen, dessen du hier habhaft werden könntest, werde ich wohl oder übel das Objekt deiner Güte sein müssen. Lass mich zu gegebener Zeit darauf zurückkommen.« Es dauerte nicht lange, da löste Saadi sein Pfand ein.

Eines Nachmittags, der dank der sengenden Sonne nicht ganz so dunkel war, kam Saadi, den man zum Kommandanten der Burg gerufen hatte, eigenartig bedrückt zurück in das Verlies. »Allah stellt mich vor eine schwere Prüfung, Freund.« Saadis Stimme klang fern. Ich spürte, wie tausend Gedanken hinter diesen Worten schwirrten. »Kennt Ihr das Spiel der Könige?«

»Ihr sprecht vom Krieg? Denn nur diesen kenne ich als Spiel der Könige.«

»Deine Antwort ist weise und doch falsch. Ich spreche von einem Krieg ganz eigener Art. Wir nennen ihn *Schâtrandsch*. Es handelt sich dabei um ein Spiel, in dem man sich mit der

Geschicklichkeit der Gedanken aneinander misst. Auf einem Brett mit vierundsechzig Feldern stehen sich zweimal sechzehn Figuren gegenüber, davon jeweils ein König, der seine Kämpfer um sich schart, vom Wesir bis zum Unberittenen. Jede von diesen Figuren darf sich nur auf eine ganz bestimmte Weise über das Brett bewegen und den Gegner schlagen. Der König, der sich am Ende in die Enge getrieben und ohne Ausweg sieht, hat verloren.«

»Das klingt mir recht wie ein Spiel der Araber, ohne Ernsthaftigkeit und zur billigen Belustigung. Gewiss ziemt sich ein solcher Zeitvertreib nicht für einen gläubigen Christen.« Was ich nicht sagen wollte, war, dass ich mir dieses Prinzip nicht sonderlich gut vorstellen konnte. Wie sollte man sich zweiunddreißig verschiedene Arten, auf dem Feld vorzugehen, merken, ohne durcheinander zu kommen, wie wollte man all diese Figuren auseinander halten. Und wie sollte auf so vielen Feldern ein König jemals keinen Ausweg mehr finden? Offenbar wollte mich mein arabischer Kerkergenosse einer Prüfung unterziehen – und ich hatte nicht vor, mich von ihm zum Narren halten zu lassen.

»Im Gegenteil, mein Freund«, widersprach Saadi und schien beinahe ein wenig aufgebracht ob dieses Gedankens. »Es übt die Fähigkeit, kluge Pläne in militärischen, aber auch in allgemeinen Belangen zu ersinnen. Kein Fürst, will er sein Amt auch nur mit einem Funken Verantwortung erfüllen, sollte diese Fähigkeit gering schätzen.«

»Steht es dir denn an, Fürsten Ratschläge zu erteilen?« Wie hätte ich wissen sollen, dass Saadi schon zu dieser Zeit verehrter Gast an vielen Höfen gewesen war. Doch ganz wie ich es später noch so häufig erleben durfte, brüstete er sich seines Ruhmes nicht, sondern zeigte die Demut eines Derwischs, indem er entgegnete: »Du hast Recht. Es steht mir nicht an, doch steht es mir zu, die Worte weiser Männer zu zitieren. Und es gibt meines Wissens keinen solchen, der, so er mit dem Spiel der Könige Bekanntschaft gemacht hat, nicht ohne Einwand von seiner großen Nützlichkeit überzeugt gewesen wäre.«

»Das alles erklärt nicht die Verlegenheit, in der du dich wähntest, Araber«, versuchte ich, die Herrschaft über das Gespräch nicht zu verlieren.

»Verzeih, Franke. Es muss gesagt werden: Ich bin keineswegs ein Araber. Auch wenn ihr Christen keinen Unterschied macht zwischen den Muselmanen, seien es Mauren, Tadschiken, Türken, Sarazenen, Abessinier, Inder oder – wie ich – Iraner.«

»Iraner?«, fragte ich. Denn mir sagte dieser Begriff rein gar nichts.

»Perser«, warf er mir hin wie einen Brocken Fleisch dem Hund.

»Perser!« Damit konnte ich etwas anfangen. »Die Perser sind ein tapferes Volk, ein großes Volk!« Das war im Grunde alles, was ich über die Menschen jenseits des Tigris zu sagen vermochte. »Doch glaub nicht, ich befände mich allein im Irrtum. Auch du nennst mich, was ich nicht bin.«

»Farengi?« Saadi lächelte. »Das ist mir wohl bewusst. Für uns sind alle Christen aus dem Norden Franken. Doch wie soll ich wissen, aus welchem Reiche Roms du stammst?«

»Ich komme aus dem Burgund«, erklärte ich. »Das liegt in Frankreich, weit oben im Norden, in einer fruchtbaren Gegend, in der an den Hügeln Wein wächst und die Bauern glückliche Ernten einfahren, in der die Menschen fröhlich singen und gerne tafeln.«

»Das klingt, als sprächest du von meiner Heimat.« Ein tiefer Seufzer entrang sich seiner Brust. »Vielleicht wird uns das Schicksal nie wieder in unsere Heimatländer führen. Doch wann immer du nach Schirâz kommst, der Stadt meiner Väter, frage nach meinem Haus. Du wirst dort Gast sein, solange deine Sinne sich erfreuen an der Stadt der Rosen.«

Die stolze Stadt verblasste am Horizont

Die stolze Stadt verblasste am Horizont und schon jetzt, da wir sie kaum verlassen hatten, bestürzte mich die Frage, ob ich nach dieser Abreise von Genua wohl jemals die christlichen Königreiche des Abendlandes wieder sehen würde. Gewiss, wir würden die Straße von Messina passieren, auch würde unser Schiff den Hafen von Candia auf Kreta anlaufen. Doch bereits all dies setzte voraus, dass uns der Allmächtige gewogen blieb, uns gute Wetter bescherte – und dass wir nicht in die Hände der berüchtigten arabischen Seeflotten fielen. In den Spelunken von Genua war kaum von anderem die Rede als davon, dass die Galeeren der Türken weitaus schneller und die Maßnahmen ihrer Kapitäne gegen die Besiegten um ein Vielfaches grausamer waren als alles, was die Christenheit auf hoher See aufzubieten hatte. Statt, wie beabsichtigt, nach Rom war ich nun unterwegs ins Heilige Land, hatte eine große Entscheidung meines Lebens getroffen, weil mir aufgefallen war, dass alle jungen Ritter den Weg ins Königreich Jerusalem suchten, um Kaiser Friedrichs Kreuzzug zu unterstützen – und nur die Armen und Kranken sich aufmachten nach Rom. Ich aber wollte zu den Starken gehören und nicht zu den Schwachen, so dass mich ein vages Gefühl der Ehre auf diese Planken getrieben hatte und ich mich also ins Morgenland einschiffte.

Mir war die Seefahrt verhasst, stammte ich doch von festem Lande ab und hatte noch nie meinen Fuß auf schwimmende Planken gesetzt. Zwar war ich beeindruckt gewesen, wie mächtig die Barken waren, die aus aller Herren Länder, friedlich vereint durch den Handel, im weiten Hafen von Genua vor Anker lagen, wie groß diese Schiffe waren und wie viel Waren und Menschen sie zu laden im Stande waren. Doch traute ich weder der Kunst ihrer Baumeister noch den Launen der Wasser, deren Ende nicht zu erblicken war. Hinzu kam, dass ich bereits vor dem Lichten der Anker durch den leichten Seegang, der auch im Hafen herrschte, von Übelkeit befallen war, die sich, sobald wir uns auf dem offenen Meer befanden, dermaßen auswuchs, dass ich bald schon überzeugt war, der Tod auf See sei eine Gnade, und dass ich darum betete, Gott möge mich dieser Gnade für würdig befinden.

Es mochten wohl an die hundert Menschen an Bord sein, Männer und Frauen von unterschiedlichstem Stand. Entsprechend war auch ihre Unterbringung sehr unterschiedlich. Einige junge adlige Gascogner beanspruchten für sich gesonderte Kajüten, in denen jedem eine eigene Koje eingerichtet war. Sie hatten sich einige Fässer Wein an Bord bringen lassen, um sich nicht aus derselben Kelle bedienen zu müssen, aus der das einfache Volk trank. Außerdem hatten sie nicht wie ich ihre Pferde in der Heimat verkauft, sondern sie mit auf das Schiff genommen, einer von ihnen meine Füchsin Gaja, die er mir in Genua abgekauft hatte, da ich mich um des Geldes willen von ihr trennen musste, er seine Stute jedoch am Vorabend der Abreise verspielt hatte. Das Laster des Spiels war der Fluch junger Adliger. Ich fragte mich, ob auch Pferde die so genannte Seekrankheit zu verspüren vermochten, hütete mich aber, dies zu erforschen.

Der Kapitän war ein eigenartiger Geselle. Sein Auftreten war laut und derb. Er prahlte bei jeder Gelegenheit mit seinen Großtaten zu Lande und zur See. Doch zugleich hieß er, das Schiff in steter Nähe zum Land zu halten, als hätte er Angst, zu weit aufs offene Meer zu treiben. Seine Sprache spottete jeder Herkunft. In ihr vermischten sich Elemente des Italienischen und des Französischen, des Spanischen, ja sogar des Deutschen, und all dies in den unterschiedlichsten Dialekten, wenn er nicht gerade in einer Sprache redete, die überhaupt nicht mehr zu verstehen war. Das tat er meist, wenn er mit seiner Sklavin sprach.

Nie hatte ich einen Menschen von so dunkler Hautfarbe gesehen. Wohl hatte ich davon gehört, dass es Schwarze gab, in den maurischen Landen und noch ferneren Gegenden. Doch dieses Wesen sah so ganz anders aus als alles, was ich mir darunter jemals vorgestellt hatte – wenn ich mir denn überhaupt eine Vorstellung gemacht hatte. Sie war ohne Zweifel so jung, dass sie beinahe ein Kind zu nennen war. Auch war sie beinahe nackt, was, wie der Kapitän später einem uns begleitenden Kaplan erklärte, ganz und gar ihrer Stammestracht entsprach. Der Kapitän gefiel sich darin, auf sie hinzuweisen wie auf ein besonders wertvolles Beutestück. Und das war sie wohl auch.

Wenn sich das Mädchen unbeobachtet glaubte, drückte es sich zwischen die Taurollen nahe beim Heck des Schiffes. Dort vergrub es das Gesicht in die angewinkelten Arme, bis nur noch die Augen und der schwarze Haarschopf hervorblickten. Ihre Augen waren so weiß wie Gänsefedern, ebenso ihre Zähne, die sie oft zeigte. Denn sie lachte viel und laut. So war sie auch den jungen Gascognern bald aufgefallen, die keine Gelegenheit verstreichen ließen, den Kapitän dazu anzustiften, sie zu zeigen. Ihre nackten Brüste erhitzten sichtlich die Gemüter und den Kapitän erfreute dies ebenso sichtlich, war er doch der alleinige Besitzer dieser schwarzen Frau. Es stellte sich indes bald heraus, dass er dieses Privileg nicht unter allen Umständen für sich beanspruchte.

An einem Abend, als die See ruhig dalag und ein leichter Wind uns nicht schnell, aber sicher gen Messina trug, luden die drei Adligen den Kapitän auf ein Würfelspiel in ihre Kajüte. Auch mich luden sie ein, nicht etwa, weil sie mich als burgundischen Adligen für ihrer würdig erachtet hätten, sondern weil es ihnen Spaß machte, mich in meiner Krankheit leiden zu sehen. An diesem Abend, da mein Magen sich auf die Größe einer Walnuss zusammengezogen hatte und die stille See meine Eingeweide nicht tanzen ließ, wollte ich ihnen das Vergnügen nicht gönnen und gesellte mich hinzu, was die anderen verwundert zur Kenntnis nahmen. »Unser Burgunder wird noch zum Seemann«, rief Jacques de Breuille, der sich offenbar als Kopf der Bande verstand. »Seht Euch vor, Kapitän, ehe wir Sizilien passiert haben, wird er das Ruder übernehmen.«

»Und auf Kreta verkauft er Euch als Sklave!«, fügte Jean-Baptiste de Saint-Sever unter dem lauten Gelächter der anderen hinzu.

Auch Taoma, so hieß die schwarze Sklavin des Kapitäns, enthüllte ihre weißen Zähne bei diesen Scherzen. Da ich ohnehin nicht im Ruf stand, ein sonderlich heiterer Geselle zu sein, beschloss ich, die Edelmänner nicht vom Gegenteil zu überzeugen, sondern blieb schweigsam. Vielleicht leistete ich den vier Männern auch Gesellschaft, weil mich die Nähe zu dieser Tochter eines fernen Volkes reizte. Der Kapitän versäumte keine Gelegenheit, auf sie aufmerksam zu machen. Sie selbst schien Gefallen daran zu finden, dass die Männer Gefallen an ihr fanden. Sicher nicht alle Männer, aber doch die Herren im feinen Tuch, deren Gegenwart auch der Kapitän stets suchte.

Es gab noch andere Sklaven auf dem Schiff, wie ich nach einiger Zeit herausfand. Sie befanden sich unter Deck, und zwar ständig. Als ich in einem Anfall von Erschöpfung, nachdem ich mich einen ganzen Vormittag hindurch übergeben hatte, nach unten wankte, verfehlte ich die Tür und stieg zu weit in den Bauch des Gefährts hinab, wo es finster war wie in der Hölle. Dort sah ich wohl ein Dutzend Augenpaare mich anstarren und hörte Worte, deren Sinn ich nicht begreifen konnte. Mein Hinweis, dass wir wohl blinde Passagiere an Bord hätten, führte zu allgemeiner Erheiterung an Bord. Es verging fortan kein Tag mehr, an dem mir nicht irgendjemand mitteilte, er hätte noch weitere blinde Passagiere entdeckt und wir sollten sie alle über Bord werfen. »Es sind Sklaven, werter Herr«, erklärte mir der Kapitän, »die wichtigste Handelsware an allen Küsten des Mittelmeers.« Ich wies diesen Gedanken weit von mir. Doch bei genauerem Bedenken hatte der Mann wohl Recht: Von den Italienern wusste man, dass sie alles verkauften, auch Sklaven. Die Normannen waren ihnen zwar als Händler keineswegs ebenbürtig, standen ihnen jedoch in ihrem Mangel an christlicher Demut in nichts nach. Das Kaiserreich Nicäa lebte von seinen Sklaven, die Rum-Türken zumal. Die afrikanischen Lande hatten keine wertvollere Währung. Doch was mich am meisten beschäftigte, war, dass ich selbst in Marseille regen Handel mit Menschen gesehen hatte. Im Schutze meiner Kindheit und unserer Burg waren mir die Geschichten über Sklaven, die man kaufte und verkaufte wie das Vieh, stets als eine ferne Sitte noch fernerer Länder erschienen, als etwas gänzlich Abwegiges. Und nun saß ich wenige Ellen über den Köpfen von Menschenware, die unter Deck vor sich hin vegetierte, und beobachtete mit einer gewissen Aufregung, wie ein junges Mädchen unbekannter Herkunft mit aufreizender Gelassenheit den Rittern an Bord die Sinne berückte. Je mehr sich an diesem Abend das Blut mit Wein vermischte, umso eindeutiger wurden auch die Anträge der drei Gascogner, zunächst nur an den Kapitän, als hätte er etwas zu verkaufen, dann an das Mädchen. Ich fürchtete anfangs, es könnte dem Kapitän ähnlich ergehen wie meinem Bruder, der Hab und Gut der gesamten Familie verspielt hatte, dass er nämlich sein Schiff verlieren könnte und vielleicht seine Sklavin setzen würde – bemerkenswerter Weise kam mir dies in ebensolcher Reihenfolge in den Sinn.

Doch das Glück war dem Kapitän verdächtig hold und mehr als einmal zweifelte ich an seiner Redlichkeit. Immerhin war dies für ihn vertrautes Gelände, während die drei jungen Heißsporne die Möglichkeiten nicht kannten, deren man sich auf diesem Schiff womöglich bedienen konnte, um die Chancen im Spiel zu steigern. Vielleicht war es aber auch nur der Wein, der, wie ich selbst feststellen konnte, überaus süß und kräftig war. Er war so dick, als sei er mit Blut vermischt, und fast schmeckte er auch so. Ich fragte mich, wie wohl das Blut einer Schwarzen schmeckte. Sah es überhaupt genauso aus wie das Blut eines Christen? War es rot oder war es schwarz wie die Farbe der Haut?

Ihre Handflächen und, was mich noch mehr faszinierte, auch ihre Fußflächen waren von weit hellerer Farbe als der Rest ihrer Haut. Überhaupt schien sie nur aus Haut zu bestehen, die Sinne des Betrachters waren gefesselt von dieser Andersartigkeit. Ihre Brüste, klein und zart, waren schamlos offenbar, doch man erblickte nur die Farbe der Haut. Ihr Gesäß, rund und prall, war so dunkel wie die Erde in unseren Weinbergen. Alles an ihr war Farbe.

Natürlich bemerkte sie auch, dass ich sie anstarrte. Aber das war sie zweifellos gewöhnt. So schenkte sie mir, der offenbar nicht weiter interessiert war, von Zeit zu Zeit ein keckes Lächeln und schlug die dunklen Augenlider nieder, um sie aber sogleich wieder zu öffnen und ohne jede Verlegenheit den Krug an ihre bloße Brust zu drücken und einem der Chevaliers nachzuschenken. Was für ein ungewöhnliches Schauspiel. Geschmeidig wie eine Katze umstreifte sie die Gascogner ein ums andere Mal. Dabei ließ sie ihre kleine Hand wie zufällig über die nackten Unterarme der Männer streifen oder berührte mit ihrer Brust die Wange eines der Herren. Derben Handgriffen entzog sie sich flink, aber elegant. Nur wenn sie zwischen zwei gleichermaßen aufdringlichen Gesellen stand, musste sie sich gelegentlich dem massiven Zugriff entwinden. Dabei legte sie niemals ihr spöttisches und aufreizendes Lächeln ab. Sie trug es wie ein Kleidungsstück, wie einen Schild, hinter dem sie ihre Waffen verbarg.

Die Würfel polterten auf dem morschen Tisch und fielen, je später der Abend wurde, umso häufiger zu Boden. Längst bückten sich die edlen Herren nicht mehr selbst, sondern scheuchten die kleine Sklavin durch die Kajüte, um sie die Spielsteine auflesen zu lassen. Je gewagter dabei ihre Verrenkungen waren, um an die oft in entfernteste Winkel gerollten Würfel heranzukommen, umso größer war das Vergnügen der Männer. Ich war mir sicher, dass so mancher Fehlwurf nicht unabsichtlich geschah.

Je vergnügter die Herren waren, umso mehr redeten sie auch auf mich ein, mich an dem Spiel zu beteiligen. Vielleicht hofften de Breuille oder Antoine de Tarbes, durch meine Teilnahme ihre Verluste wettmachen zu können. Denn diese beiden hatten inzwischen manches an Münzen auf dem Tisch gelassen. Gewiss stand mir nicht der Sinn nach einem Spiel. Zu tief saß in mir die Lehre, die mein Bruder sich und unserer Familie erteilt hatte. Indes war mir natürlich bewusst, dass die Offenbarung des Ruins meiner Familie den Spöttern nur neues Futter für ihre Lästermäuler geliefert hätte. Also schob ich mit scheinbar schwerer Zunge völlige Betrunkenheit vor, die mich am Spiel hindern würde, ein Argument, das bei diesen jungen Abenteurern immer galt. Taoma blickte mich mit skeptischem Blick aus den Augenwinkeln an. Sie, die den Krug führte und stets aufs Neue füllte, die den Herren nachschenkte und eines jeden Atem roch, wusste, dass mein Becher, womöglich neben dem des Kapitäns, der trockenste geblieben war.

Es war nicht mehr allzu weit bis zum Morgengrauen, als endlich der erste der Ritter unter den Tisch sank und ein anderer seinem Magen nicht mehr Erleichterung nur durch die Blase verschaffte. De Tarbes war von allen der Standfesteste. Er leerte den kargen Inhalt seiner Börse auf den Tisch und blickte mit starrem Blick zuerst auf die wenigen Münzen und dann in das immer noch muntere Auge des Kapitäns. »Du bist ein Schurke«, sagte er, rülpste er eher. Sein Blick wanderte zurück zu den Geldstücken, um dann auf Taoma haften zu bleiben, die sich inzwischen fröstelnd in einen Winkel zurückgezogen hatte und ihren nahezu nackten Körper unter einer groben Wolldecke verbarg. »Paß auf, du Schwein von einem Kapitän«, hob de Tarbes wieder an. »Du sollst auch noch den Rest aus meinem Sack bekommen. Aber du überlässt mir dafür dieses kleine Luder für einen Tag und eine Nacht.«

Das Mädchen riss erschrocken die Augen auf und blickte den Kapitän, der sie von seinem Platz aus nicht sehen konnte, flehend an. Der lachte, legte die Hand auf de Tarbes' Münzen und zog sie zu sich heran. Er blickte dem Gascogner mit breitem Grinsen ins Gesicht, hob die Hand ein wenig und betrachtete das Geld. Dann nahm er seinen prall gefüllten Beutel, legte ihn mit Bedacht daneben und beugte sich weit über den Tisch. »Guter Mann«, sagte er und betonte jede Silbe. »Auf einem Schiff erlässt der Kapitän das Gesetz. Und vor Sonnenaufgang lautet das Gesetz, ein jeder bekommt, was er gewinnt.« Er sog laut die Luft ein und setzte sich mit riesigem Brustkorb aufrecht hin. »Ich setze meinen Gewinn dieser Nacht gegen Eure paar Münzen. Gewinnt Ihr, so bekommt Ihr die Kleine und mein ganzes Geld. Verliert Ihr, so schlaft Ihr eine Etage tiefer bei den Sklaven.« Er brach in lautes Gelächter aus, als hätte er den Scherz seines Lebens gemacht, während er die Würfel im Becher versenkte und darin rollen ließ. Statt sie aber zu werfen, hielt er den Becher dem Gascogner hin, nahm seine Hand weg und legte die Hand seines Gegners darauf. Beides stellte er behutsam auf den Tisch. Dann verbeugte er sich und meinte: »Ihr seid Gast auf meinem Schiff, Ihr werft zuerst.«

Der Gascogner warf.

Dann warf der Kapitän.

Während dieses Schauspiels starrte die kleine Sklavin zu Boden, als ginge sie das ganze böse Spiel nichts an. Sie konnte nur hören, dass nach dem zweiten Wurf der Beutel mit des Kapitäns Münzen vom Tisch genommen und ihm die Münzen des Gascogners hinzugefügt wurden. Dann stand einer der Männer auf und verließ die Kajüte. Immer noch wagte Taoma nicht aufzublicken. Ein weiteres Mal hörte sie einen Mann aufstehen. Langsam trat er auf sie zu. Sein Schritt wankte vom schweren Blut und vielleicht auch vom Seegang, der langsam wieder stärker geworden war. »Du hast Glück gehabt, Kleine«, sagte der Kapitän und strich mit seiner Stiefelspitze an ihrem Bein entlang. »Ich bin froh, wenn ich noch selber stehen kann. Also bleib liegen und schlaf dich aus, damit du morgen nicht wieder blass bist wie ein verdammter Franzose.« Noch einmal lachte er, als wollte er vor allem seine Eingeweide in Bewegung bringen. Dann drehte er sich um und kämpfte sich zur Tür vor, die er mit seinem ganzen Gewicht aufstieß, so dass er fast hinausgestürzt wäre.

Als ich am anderen Morgen erwachte, fand ich mich Arm in Arm mit der schwarzen Sklavin des Kapitäns. Sie hatte sich offenbar an mich gedrückt, als sie bemerkte, dass ich in tiefen Schlaf gefallen war. Nun war ich vor ihr erwacht – und mein erster Gedanke galt dem Kapitän. Was, wenn er plötzlich in der Tür stünde. Und dann war da noch Jacques de Breuille, der nach wie vor unter dem Tisch lag. Und Jean-Baptiste de Saint-Sever, dessen Füße über die Koje hingen, als habe er es nicht mehr ganz geschafft, sie hineinzuziehen, ehe ihn der Schlaf übermannte. Vermutlich hatte er nicht einmal bemerkt, dass das Bündel, als das ich zusammengekauert in einer Ecke der Kajüte lag, aus mehr als einem Menschen bestand.

Der Atem des Mädchens ging schnell, sie zuckte und seufzte leise, wohl weil sie träumte. Welcher Art waren die Träume eines solchen Wesens? Träumte sie wie eine weiße Frau? Träumten Frauen überhaupt wie Männer? Und wovon? Ich betrachtete den zarten Nacken, der unter der Decke hervorkam. Sie schien einmal eine Verbrennung gehabt zu haben, denn an einer Stelle war die Haut runzlig und noch dunkler. Eine Narbe, fast als hätte der Henker das Beil über sie gezogen, um dann doch nicht auszuholen. Ihr Haar war so schwarz, dass ich beinahe fand, es sei blau. Und es war kraus wie das Haar, das die Scham des Mannes und der Frau zierte, seit das Feigenblatt sie nicht mehr schützte. Der Gedanke, dass das Mädchen Haar auf dem Kopf trug, wie es andere Frauen unter den Röcken hatten, erregte mich. Schnell begann ich ein Paternoster zu murmeln, worauf sich das Mädchen zu regen begann und sich dann plötzlich umdrehte und mir verwundert ins Gesicht blickte. Dann schien sie sich zu erinnern, warum sie hier an meiner Seite lag, und schenkte mir ein Lächeln, so unschuldig und liebenswert, wie ich noch niemals eines gesehen hatte. Sie legte den Finger auf die prallen Lippen, damit ich schwieg, hauchte mir einen kleinen Kuss auf die Lippen, zog die Decke fest um sich und schlüpfte lautlos durch die Tür wie eine Frau, die ihren Geliebten nach einer gemeinsamen Nacht verließ, nicht ohne ihn vorher noch einmal ihrer Liebe zu versichern. Erneut verspürte ich eine heftige Erregung und beschloss, an Deck zu gehen, um mich zu erleichtern. Das würde auch den Aufruhr meiner Sinne etwas besänftigen.

Es hatte wieder ein heftiger Wind eingesetzt. Der Bug des Schiffes tauchte tiefer in die Wellen denn je und mit zunehmendem Wachsein meldete sich die Übelkeit wieder. Ich verzichtete auf das übliche Stück Brot mit dünnem Wein und einem Streifen Speck, das allmorgendlich für die Passagiere in der Kombüse bereitstand. Wie so oft in diesen Tagen war ich froh, wenn mein Magen nichts von sich geben konnte. Er hätte es getan.

Immerhin trieb der Wind lediglich weiße Wolken über die See, die keine Unwetter brachten und nicht für zusätzliches Wasser von oben sorgten. In der Ferne war von Zeit zu Zeit die Küste zu erkennen. Zweifellos segelten wir längst in den Gewässern des Königreichs Sizilien, wenngleich ich nicht bemerkt hatte, dass wir die Pontinischen Inseln passiert hätten. Nun, vielleicht war das nächtens geschehen. Inzwischen hatten wir wohl Neapel und Amalfi hinter uns gelassen und näherten uns dem Golf von Eufèmia, wo der Kapitän gedachte, den Hafen von Amantea anzulaufen, ehe wir anderntags die Straße von Messina passierten.

In der Takelage tummelten sich einige Möwen, deren Kreischen sich mit dem Gebrüll der Matrosen vermischte. Die Männer arbeiteten hart und mussten gegen den heftigen Wind all ihre Kraft einsetzen. Das Schiff hielt immer wieder mit hoher Geschwindigkeit auf die Küste zu, wohin Äolus seine Geister blies, so dass der Kapitän Sorge trug, wir könnten auf einem vorgelagerten Felsen kentern. Also ließ er einige Segel reffen und begnügte sich damit, langsamer zur See hin zu kreuzen. Ich war darob nicht unglücklich, bedeutete dies doch, dass das Schiff sich nicht mehr mit gleicher Gewalt in die Wasser stürzte, sondern, schaukelnd zwar, aber nicht mehr so rau, über die Wellen rollte.

Später drehte der Wind auf Südost, was uns zwar aus der Gefahr brachte, an die Küste getrieben zu werden, aber uns auch zunehmend vom Festland wegtrieb. Der Kapitän und seine Mannschaft schienen mir durchaus geschickt im Umgang mit dem Wetter, doch bauten sich gegen Nachmittag tiefblaue Wolken vor uns auf, die mir Angst einjagten, und nicht nur mir. Es schien, als seien uns die Götter dieser Meere nicht mehr wohlgesonnen. Die Masten ächzten unter der Last der Winde. Der Kapitän ließ auch die letzten großen Segel reffen und übernahm das Ruder selbst. »Zum Teufel!«, rief er und lachte, als wollte er dem Wetter trotzen. »Warum haben wir keine Galeere. Dann könnten wir die Sklaven jetzt an die Ruder setzen und auf den Wind pfeifen!«

Selbst ich wusste, dass das kaum möglich gewesen wäre, da schwere See die Ruderblätter zerschmettert und eine Weiterfahrt unmöglich gemacht hätte. Doch hier ging es nicht um Vernunft, sondern um Kraft. Die starken Arme der Seeleute, nass von der sich ständig am Bug brechenden Gischt, glänzten in den ersten aufzuckenden Blitzen. Ich kämpfte mich unter Deck, um sogleich wieder nach oben zu streben. Es war unerträglich auf dem Schiff, aber es war unmöglich für mich, die Wellen nicht zu sehen, die mich beinahe in den Wahnsinn trieben. Es kam mir wie ein Kampf des Menschen gegen die Götter vor, die hier ihr Spiel trieben, den Schaustellern auf dem Jahrmarkt gleich, wenn sie die Hähne aufeinander losließen. Und ich war wie aus Versehen zwischen die Gladiatoren gelangt und sah mich nun unmenschlicher Gewalt von jeglicher Seite ausgesetzt. Zugleich faszinierte mich, wie geschickt und furchtlos die Seemänner auf jede Laune der See, der Winde und des Regens reagierten. Das Tosen des Wetters war längst zu laut, um Befehle zu brüllen. Diese Kräfte sparten sich der Kapitän und seine Vorgesetzten. Und doch schien jeder Handgriff genau zu den Maßnahmen der restlichen Mannschaft zu passen. Die Matrosen befestigten die Taue, damit die Masten sich nicht gegen die hereinbrechenden Wellen bewegen und bersten konnten. Der Kapitän versuchte, das Schiff stets in Richtung der sich auftürmenden See zu stellen, damit es nicht seitlich unter den Wellen begraben wurde. Es gab Augenblicke, da konnte ich nicht mehr unterscheiden, ob wir uns im Himmel oder im Meer befanden, so sehr vereinigten sich die Elemente und machten uns zu einem Sandkorn in der Schöpfung. Wer sich nicht mit aller Kraft an irgendeinem befestigten Gegenstand fest hielt, wurde unweigerlich in die Fluten gespült. Mehr als ein Matrose ging so über Bord und so mancher Passagier. Ich selbst hatte mich mit meinem Gürtel an der Reling vertäut, wo mich herabstürzende Wanten beinahe erschlugen.

So dauerte der Sturm einige Stunden und die Finsternis des Unwetters wich der Dunkelheit der Nacht, die von den plötzlichen Blitzen ebenso zerrissen wurde. Ich war mir sicher, dass einer dieser Blitze für uns bestimmt war, erwartete augenblicklich, vor den Herrn gerufen zu werden. Wäre es möglich gewesen in diesem unablässigen Ansturm von Wasser die Lippen zu Worten zu formen, so hätte ich laut gebetet. So aber drehten sich die Worte ein ums andere Mal in meinem Kopf, als fänden sie keinen Ausgang, während ich versuchte, zwischen all den hereinbrechenden Wassermassen einen kurzen Atemzug zu ergattern und mit schmerzenden Augen irgendetwas zu erkennen.

Gegen Morgen wechselte das Schwarz der Wolken hin zu hellem Grau und der Regen riss ab. Je glatter die See wurde, umso mehr verließen den Kapitän, der die ganze Nacht hindurch gekämpft hatte wie ein Löwe, die Kräfte. Auch er hatte sich an seinem Ruder festgebunden, Kopf, Hände und Brust bluteten, ohne dass man eine Wunde hätte erkennen können.

Erste Möwen kreischten wieder über uns, als der Mann endlich zu Boden sank und von zwei kaum weniger erschöpften Matrosen losgebunden und der Länge nach hingelegt wurde. Einer flößte ihm Wasser ein, einer untersuchte ihn auf Verletzungen. Ich selbst fühlte mich, als bestünde ich nur noch aus Wasser. Meine Kleider hingen in Fetzen an mir herab und meine Beine konnte ich kaum mehr fühlen. Immer noch waren die Wellen gewaltig. Niemals hätte ich gedacht, dass es solche Wellen überhaupt gab, doch sie waren nichts im Vergleich zu dem, was uns die Mächte der Finsternis in den vorangegangenen Stunden dargebracht hatten. Ich sank auf die Knie, die so wund waren wie der Rest meines geschundenen Körpers, und richtete den Blick in den Himmel, um dem Herrn ein Dankgebet zu sprechen – da sah ich plötzlich vor uns einen gigantischen Berg aus dem Wasser steil emporragen. »Schnell!«, rief ich, nicht wissend, wem ich was bedeuten wollte. »Seht nur!«

Sogleich waren die Seeleute, die eben noch all ihrer Kräfte beraubt schienen, wieder auf ihren Plätzen. Einer sprang ans Ruder und rief den anderen Anweisungen zu. Nur der Kapitän rollte in seiner gnädigen Ohnmacht hin und her. Hinter jeder hohen Welle trat nun der Berg aufs Neue und immer näher hervor. Zwar schien die Gefahr gering, dass wir diesen riesigen Fels nicht würden umschiffen können, doch bestand in solcher Nähe zum Land stets die Möglichkeit, dass ein Kliff den Bug des Schiffes spaltete oder eine Sandbank es zum Kentern brachte. Gott sei Dank beruhigte sich das Wetter weiter. Und bald schon konnten wir einen unaufgeregten Blick auf die ganze Schönheit dieses Berges werfen. »Stromboli«, sagte einer der Seemänner und legte mir müde einen schweren Arm auf die Schulter. »Wir sind weit abgekommen.«

Der Kapitän hatte sich bald genügend im Griff, um das Kommando wieder zu übernehmen. Vielleicht etwas zahmer im Ton als sonst bellte er seine Anweisungen über Deck und scheuchte uns Passagiere nach unten. Dort herrschte ein nahezu apokalyptisches Durcheinander. Was nicht befestigt gewesen war, lag nun, vielfach geborsten und zerstört, in den Ecken. Menschen lagerten verletzt auf ihren Kojen oder auf dem blanken Boden, zerschmetterte Planken ragten quer durch die schmalen Kajüten. Vor allem aber herrschte ein entsetzlicher Lärm, ein Geschrei von Mensch und Tier. Jetzt erst dachte ich an die Gäule der jungen Edelmänner und an die Sklaven, die im selben Deck untergebracht waren. In banger Ahnung blickte ich die Leiter hinab, von wo der Gestank des Elends und der Schrei der Angst heraufdrang. Ein Matrose stieg mit einer Fackel hinunter und kam wieder herauf. Er holte den Kapitän und den Schiffszimmermann, worauf alle drei erneut hinabstiegen. Ich schloss mich ungefragt an, ohne dass ich wusste, was mich dorthin gezogen hatte. Vielleicht war es die Neugier, einmal echte Sklaven aus nächster Nähe zu sehen, denn das Mädchen des Kapitäns genoss zweifellos eine herausgehobene Stellung. Vielleicht war es auch die Faszination der Angst, die die Treppen emporkroch und dazu führte, dass sich im Deck darüber Schweigen ausbreitete.

Was wir sahen, war kaum beschreiblich. Die Sklaven hatten sich an den Ketten, mit denen sie aneinander gefesselt waren, schwer verletzt, viele waren erdrosselt worden, als der Sturm Mensch und Tier durcheinander geworfen hatte, andere erdrückt. Einigen war erkennbar das Genick gebrochen worden von den Halsreifen, mit denen sie festgeschmiedet waren, anderen nur die Glieder. Die Pferde lagen mit gebrochenen Beinen auf dem Boden und brüllten vor Hunger und Schmerz, während die Sklaven nur unter dem Elend der Welt stöhnten oder leise ihre Tränen vergossen. Der Boden des weiten Raumes war mit einem Teppich von Blut bedeckt.

Sogleich begann der Schiffszimmermann mit seinem Werkzeug, die Sklaven freizuschlagen. Zuerst zertrümmerte er die Ketten der Toten, auf dass man sie rasch ins Meer werfen konnte und so den Ratten leichte Beute entzog. Ich musste diesen traurigen Ort fliehen, weil ich nicht mit ansehen konnte, wie wenig der Mann darauf achtete, nur das Metall zu schlagen und nicht den toten Körper. Blut und Fleisch spritzten nur so von seinem Werkzeug.

Das Meer wurde ruhiger, der Himmel klarer. Majestätisch erhob sich nicht weit entfernt der Berg aus dem Wasser, der uns beinahe zum Kentern gebracht hätte, nachdem der Sturm überwunden war. »Stromboli«, sagte einer der Seemänner und deutete auf die Insel. Ich blickte wohl verständnislos, so dass er wiederholte: »Stromboli. Der Vulkan.«

Von Stromboli hatte ich noch nichts gehört. Aber ein Vulkan, das schien mir Teufelszeug. Sollte uns also nun, da wir diese Höllenfahrt geschunden, aber lebendig hinter uns gebracht hatten, gleich die nächste Katastrophe heimsuchen? Der Matrose schien meine Gedanken zu erraten, denn er lachte und stieß mich mit einem Augenzwinkern in die Seite. »Wird nicht ausbrechen. Keine Sorge.«

Je mehr aber die Wolken sich verzogen, umso deutlicher zeichnete sich vor dem blauen Himmel eine Rauchfahne über dem Bergkegel ab, die sich unheildräuend über unser Schiff hinzog. Auch wenn er nicht ausbricht, so dachte ich, kann das kein gutes Zeichen sein. Und wen einmal der Zweifel packt, der blickt auf die Dinge des Schicksals mit anderen Augen …

Wann immer du glaubst, Allah hätte dein Leben geordnet

»Wann immer du glaubst, Allah hätte dein Leben geordnet, schickt er dir Boten des Schicksals, die dich an dein Menschsein erinnern«, grübelte Saadi an einem unserer Abende im Garten seines Hauses. »Zu dieser Erkenntnis bin ich gelangt, als ich mich in Damaskus auf wohl geleiteten Pfaden glaubte. Der Sultan empfing mich, wann immer ich den Wunsch danach hatte, und er hörte meinen Rat mit Ernst und Wohlwollen. An den Universitäten und in der Freitagsmoschee harrten die Studenten oftmals Stunden aus, um mir ihr Ohr leihen zu können. So hatte ich auch ein Auskommen und kannte keine Not. Die Gebete stärkten mich, nicht nur im Glauben, sondern auch im Geist und körperlich. Alles schien mir glänzend arrangiert. Bis zu jener Stunde, als Allah es für geboten hielt, den Faden meines Lebens mit dem eines anderen Lebens zu verknüpfen. Wie beinahe jeden Tag in dieser Zeit führte mich mein Weg über die heißen Mittagsstunden ins nahe gelegene *Hamam*, dessen Kühle und gedämpftes Licht Erfrischung und Entspannung bedeuteten.«

Ich kannte dieses Badehaus. Es war eines der einfacheren, aber sicher auch eines der wertvollsten, die Nur ed-Dîn, der großmütige Emir von Aleppo, hatte erbauen lassen, nachdem ihm Damaskus nach vier Jahren wiederholter Belagerungen zugefallen war. Viele Damaszener verbanden nur Gutes mit Nur ed-Dîn. Seine Moscheen, seine Schulen und Krankenhäuser waren mitunter beliebter als die alten Einrichtungen. Ich sah dieses Hamam vor mir, das sich dem Besucher wie eine geheimnisvolle Grotte öffnete und ihn in eine Vielzahl von kleinen Nischen und Seitenräumen führte. Ein mildes Licht aus hunderten von kleinen Rundfenstern fiel durch die Decke und ergoss sich über die rötlich getünchten Wände. Ich konnte das Gemurmel von Wasser und Altmännergesprächen hören, das in diesen Bädern ab der Mittagszeit zwischen den kleinen Parzellen dahinplätschert. Saadi hatte auch dort, wie überall, wo er hinkam, einen festen Platz gehabt, einen Diwan, der ihm stets reserviert war und wo sich, wenn er anwesend war, rasch eine Traube von aufgeweckten oder einfach nur neugierigen jungen Männern versammelte, um seinen Worten zu lauschen. Er hatte zu jener Zeit in Damaskus so gut wie keine Möglichkeit, sich der Ruhe hinzugeben, wenn nur sein Name die Runde machte. Damals schon war das so, dachte ich, während ich in seine glänzenden Augen blickte und ihm weiter zuhörte.

»An diesem Tag war ich früher unterwegs, weil ich meine Schüler in der Moschee zur Vorlesung des großen Ibn Abi Usaibi'a, der Allmächtige sei seiner Seele gnädig, geschickt hatte. Usaibi'a verstand sich in unübertrefflicher Weise darauf, die Vorgänge im Inneren des menschlichen Körpers zu schildern, ohne dabei in Widerspruch zur Rechtgläubigkeit zu geraten. Von ihm stammt der Spruch: ›Wer sich der Anatomie widmet, nimmt zu im Glauben an Gott.‹ Er hat diesen Ausspruch zwar später Abu l-Walid Ibn Rusd zugeschrieben, doch hatte er deshalb nicht weniger Recht damit.«

»Du bist also ins Hamam gegangen …«, drängte ich, denn ich kannte Saadi und wusste, dass er vom Hundertsten ins Tausendste verfallen und stundenlang mit seinen Erzählungen Länder und Zeiten durchkreuzen konnte – ohne zwangsläufig wieder auf sein Thema zurückzukommen.

»Ja, ich nahm mein Bad, und zwar in einiger Ruhe, da meine Studenten sich ja alle bei Usaibi'a befanden und seinen anatomischen Ausführungen lauschten, während ich mein Ohr in den Klang des Wassers versenkte und mir Brust und Bein kühlte. Um mich nicht doch noch stören und vor allem nicht festhalten zu lassen, gab ich mich nicht allzu lange dem Müßiggang hin, sondern schnürte meinen Turban recht bald wieder und trat aus dem Badehaus, gerade als die Sonne am heißesten brannte. Blind vor Licht wankte ich einige Schritte und wäre beinahe über ein junges Weib gefallen, das sich redlich mühte, ein Bündel auf den Kopf zu heben. In aller Höflichkeit versuchte ich, mich bei ihr zu entschuldigen. Doch sie würdigte mich keines Blickes. Kaum war ich wieder im Besitze meines Augenlichts, hatte sie das Paket auch schon auf ihr Haupt gehoben, das Gesicht züchtig verschleiert und schritt zügig davon. Während dieser Augenblicke hatte ich unablässig das Gefühl, ich müsse mich aus dem Staub erheben, mich aufrichten – doch ich stand! Ja, ich war damals, wie du weißt, durchaus ein stolzer junger Mann von gutem Bau. Gleichwohl fühlte ich mich wie ein Wurm vor diesem Wesen. Sie stand über mir wie eine Königin.«

Statt weiterzuerzählen, begann Saadi, mit viel Gefühl und bloßen Händen einen Granatapfel zu zerteilen, den er aus einer üppig mit Obst gefüllten Schale genommen hatte. Den Saft, der ihm dabei durch die Finger troff, ließ er geschickt in seine Kaffeeschale rinnen, so dass sich daraus ein fruchtiges, erfrischendes Getränk ergab. Ich sah seine Augen und sah, dass sie in diesen hundert kleinen roten Früchten, die sich unter der Schale des Granatapfels verbargen, hundert Bilder erblickten, die auf für mich geheimnisvolle Weise mit seiner Erzählung zusammenzuhängen schienen. Schließlich sprach er mit einem Lächeln auf den Lippen weiter:

»Ihr Schritt führte mich, wie nicht anders zu erwarten, zu einem schönen Anwesen jenseits der Großen Moschee. Als ich hinter ihr herlief, konnte ich mich nicht entscheiden, ob ich ihre zierlichen, bloßen Füße betrachten sollte, die über und über mit Staub bedeckt waren, oder ihre Hüften, die sich breit unter der schmalen Taille hervorhoben. Ihr Tschador hatte sich beim Gehen ein wenig schief um den Leib geschlungen, wodurch ihr wunderschöner Körperbau deutlicher sichtbar wurde. – Während sich meine Studenten Anatomie von Usaibi'a beibringen ließen!« Er musste lachen, doch sein Lachen erstarb in einem tiefen Seufzer. »Allah sei Dank, dass ich dieses Wesen erkennen durfte!« Wieder verfiel er in ein kleines Schweigen, und ich fragte mich, ob er »Erkennen« im biblischen Sinne gemeint haben könnte. Saadi blickte mich aus den Augenwinkeln an, als hätte er diesen Gedanken gelesen.

»Oh, Allah hat mir damit kein Glück gebracht«, sagte er. »Er wollte mich prüfen. Und ich ließ es bereitwillig geschehen und zeigte dem Weltenschöpfer, dass wir armen Seelen immer noch und immer wieder sehenden Auges in unser Verderben rennen. Und weißt du: Ich würde es immer wieder tun. Es gibt kein Entrinnen. Auch damals gab es kein Entrinnen für mich. Ich war gefesselt von der jungen Frau, die ohne sich ein einziges Mal umzublicken das Anwesen betrat, um sogleich vom Park verschlungen zu werden. So stand ich da und wartete. Je länger ich wartete, umso stärker fühlte sich mein Herz hingezogen zu dieser Frau hinter den Mauern. Ich begann, das Anwesen mit langsamen Schritten zu umkreisen, und studierte dabei sorgsam jede Nische in der Mauer, jeden Baum, der dem Grundstück nahe stand, jedes Gebäude, das daran grenzte. Es gab nur ein Tor, das von außen her unbewacht schien. Doch war ich mir sicher, dass hinter der Mauer ein Posten stand. Denn es war ein großer Park, der eine Vielzahl von Häusern umfassen mochte, vielleicht sogar einen Palast, wie ihn sich die einflussreichen Kaufmänner seit Generationen zu bauen pflegten.

Ich hatte das Anwesen fast umrundet, als ich an ein Gebäude stieß, das früher wohl eine Karawanserei gewesen, jetzt aber zu klein war, um gegen die großen Karawansereien bestehen zu können, die die Reisenden aus Byzanz und Bagdad, aus Jerusalem und Kairo aufnahmen und lange Pilgerprozessionen für den Hadsch nach Mekka auf den Weg schickten. Außer einigen spielenden Kindern war niemand auf der Seite des Hauses zu sehen, die unmittelbar an das Anwesen grenzte, in dem die Schöne verschwunden war. Ich nahm einen Denar aus meinem Beutel und rief die Kinder: ›Wer mir als Erster sagen kann, welche Farbe das Spruchband über dem Hauptportal der Großen Moschee hat, bekommt von mir diesen Denar.‹ Sofort rannten sie los und waren schon nicht mehr zu sehen. Mir blieb wenig Zeit. Ich stieg rasch über einen einfachen Anbau empor zum Dach des alten Gemäuers und zog mich von dort an der Mauer hoch, auf der ich mit zitternden Händen und weitaus stärker zitterndem Herzen anlangte. Drüben ließen sich glücklicherweise die Blätter einer nicht allzu hoch gewachsenen Dattelpalme ergreifen und ich schwang mich hinab, wobei ich in knöcheltiefem Wasser landete. Es hatte die schönste Zeit des Tages vor dem Abend begonnen. Die Hitze hatte ihren Zenit überschritten, die Vögel fingen wieder an zu singen und die Mücken zu stechen. Ein leichter Wind vom Gebirge her setzte ein und die Mauern begannen sich rötlich zu färben, um später in kupfernem Braun in der Nacht zu versinken.

Ich befand mich in einem prächtigen Garten und erblickte etwa in der Mitte des Anwesens eine hohe Mauer, die sich quer durch das Grundstück zog. Offenbar gab es hier einen offiziellen und einen inoffiziellen Bereich, was dafür sprach, dass es sich um einen Perser handelte, der hier zu Reichtum gelangt war und seinen Besitz mit einem *Biruni* umgeben hatte, der die Bewohner dieses Anwesens vor der Neugier der Außenwelt schützte. Dort würde ich die junge Frau suchen müssen, die mich durch ihre bloße Erscheinung zu solch unbesonnenem Handeln verführt hatte. Heute mag es erstaunlich erscheinen, aber ich bedachte damals nicht im Geringsten, was ich da tat. Ich drang in den Besitz eines anderen ein, in seinen Schutzbereich, ohne Gast zu sein und ohne einen zwingenden Grund zu haben.« Saadi lächelte. »Doch was ist zwingender als die Liebe.«

Eine Nachtigall hatte zu singen begonnen. So hielt Saadi inne und wir lauschten eine Weile. Bald gesellte sich eine zweite Stimme dazu – die Antwort. Würden sich die beiden finden? Würden sie einander zugetan sein?

Auch Saadi lauschte. »Ihre Stimme war wie der helle Klang springender Wasser. Ihr Haar duftete nach Mandelöl. Sie hatte den Rand ihrer großen Augen mit schwarzem Puder bestrichen. Das machte sie noch größer. Schwarze Augen. Schwarzes Haar – und eine sehr dunkle Haut. Mir war natürlich klar, dass sie unmöglich eine Tochter des Hauses sein konnte. Niemals würde ein Perser in Damaskus seine Tochter allein zum Bazar schicken – zumal nicht einer, der auch in der Fremde sein Haus mit einem Biruni umgibt. Nein, es musste eine Dienerin sein, und ich hoffte, sie würde nicht im *Andaruni* leben, im inneren Teil des Anwesens. Denn dann wäre es eine Todsünde, dorthin vorzudringen.

Natürlich lebte sie im Andaruni. Ich stapfte aus dem Teich, wo die Insekten bereits angefangen hatten, ihrem blutigen Handwerk nachzugehen und sich an meinen Beinen gütlich zu tun, und schlich mich tiefer ins Innere des Grundstücks. Ganz in der Nähe stand ein kleines Haus, eines, wie man sie für diejenigen Sklaven zu bauen pflegte, die nicht bei der Familie lebten. Mit den Schritten eines Luchses näherte ich mich einem der kleinen Fenster und blickte hinein. Es war jedoch niemand da. Also drückte ich mich heimlich daran entlang in Richtung auf die durch das Anwesen verlaufende Mauer. Etwas weiter entfernt begann jemand, Fackeln zu entzünden, die den inzwischen fast ins Dunkel getauchten Garten schon bald an mehreren Stellen beleuchteten, wobei sich einige der Lichter auch in den Teichen spiegelten, von denen es mehr als einen gab. Ich war über diese Beleuchtung ganz glücklich, führte sie doch dazu, dass die Bäume lange Schatten warfen, in deren Schutz ich nun das Grundstück durchqueren konnte und der Mauer sehr schnell näher kam. Diese zweite Mauer stellte keinerlei Hindernis dar. Zahlreiche Bäume und Büsche wuchsen daran empor, so dass ich mit einigen beherzten Griffen drüben war – im Inneren, im Herzen des Anwesens, im heiligen Bereich der Familie, dort wo niemandes Blick sich aufhalten darf.

Es gab zwar keinen Palast, aber doch ein sehr stolzes zweistöckiges Haus, dessen Größe vermuten ließ, dass es auch in seinem Inneren nochmals einen kleinen Garten gab. Die Fenster waren sorgsam mit Vorhängen bedeckt. Die Nacht war laut, viel Getier schrie und ein stetes Gelärm wurde mit dem Wind von den Plätzen der Stadt über die Mauern getragen. So konnte ich sorglos an den Wänden des Hauses entlangwandern, ohne befürchten zu müssen, dass mich ein knackender Zweig oder ein Stein verraten würde. Eine Weile schlich ich wie ein Dieb durch die Nacht, bis ich an ein Fenster kam, hinter dem ich Stimmen hörte. Es waren die Stimmen zweier Männer. Ich hätte natürlich weitergehen und mein schändliches Werk fortsetzen sollen, statt mit feuchter Hand den Vorhang leicht zu lüften, um zu sehen, wer der Herr in diesem Hause war. Gewiss war es die Neugier, die mich bewog, zumal ich hörte, dass hinter dem dicken, dunklen Damast kein Arabisch gesprochen wurde, sondern Persisch. Ich erblickte durch den Spalt, nicht breiter als die Beine einer Heuschrecke, einen gütig wirkenden, ziemlich alten Mann, der jedoch aufgebracht zu sein schien und offenbar mit seinem Sohn schimpfte. Der Jüngere, ihm vom Gesicht her sehr ähnlich, lehnte an einem Tisch und aß Feigen. ›Du hättest mich vorher fragen sollen!‹, zeterte der Alte, dessen Kleider eher bescheiden waren.

›Hätte ich dich gefragt, dann wäre dieses Geschäft nie zustande gekommen‹, entgegnete der Junge. ›In der Zeit, die ich gebraucht hätte, um dich rufen zu lassen, hätte al-Hamdun ohne zu zögern seine Kamele beladen und auf die Reise geschickt.‹ Er brach eine neue Feige, aß ihr Inneres und warf die Schale achtlos zu Boden. Der Alte sah es, bückte sich und hob sie auf, was den Sohn sichtlich anwiderte.

›Das Geschäft wäre verloren gewesen?‹

›Ohne Zweifel.‹

›Aber du hättest recht getan. – Gute Geschäfte kannst du alle Tage machen, Sohn. Morgen schon wird der nächste Franke seine Habseligkeiten in Jerusalem haben wollen. So kannst du morgen ein Geschäft machen. Das rechte Handeln aber kehrt nicht wieder.‹

Ohne auf die Moral einzugehen, warf der Sohn ihm hin: ›Es war kein Franke.‹

›Es war ein Freund der Franken. Also war er ein Franke.‹

›Vater, wenn Ihr jeden Rechtgläubigen, der mit den Franken Handel treibt, einen Franken nennt, dann gibt es nur noch Franken …‹

Ich besann mich wieder des Grundes für mein Eindringen und schlich weiter. Allerdings wurde es nun schwieriger, denn ich entdeckte wachende Dienerschaft in der Nähe. Und ich näherte mich dem Eingang des Hauses, der hell erleuchtet war. Hinter einer Akazie suchte ich Schutz vor der Entdeckung, während ich überlegte, wie ich nun weiter vorgehen könnte. Die Situation begann schwierig zu werden. Eine Entdeckung wäre tödlich gewesen. Das wurde mir erst in diesem Augenblick bewusst. Niemand hätte dem Händler einen Vorwurf machen können, wenn er mich auf der Stelle hätte erschlagen lassen. Der edle Herr, den ich eben noch belauscht hatte, hätte das wahrscheinlich nicht befohlen. Bei seinem Sohn aber war ich mir weniger sicher. Im Zweifel erschlägt dich jeder Wachposten, bevor du ihn erschlägst.«

Ich amüsierte mich heimlich über die Ausführung meines alten Freundes, der bei allem Stolz und aller Anmut seiner Erscheinung inzwischen doch ein Greis geworden war, dessen Pferd sich eher aus Gutmütigkeit bewegte denn ob seiner harten Ferse.

»Während ich so in der Finsternis stehe und mir der Tatsache bewusst werde, eben die größte Dummheit meines bisherigen Lebens zu begehen, höre ich Stimmen aus einem Fenster über mir, das mir vorher gar nicht aufgefallen war. Diesmal waren es Frauen. Wie sollte ich wissen, ob meine Angebetete dabei war? Immerhin hatte sie mich in diese Situation gebracht. Immerhin war ich ihretwegen so weit gegangen, meine ganze Existenz aufs Spiel zu setzen. Ich beobachtete die Wachen eine Weile und stellte dann fest, dass sie offenbar mit einem Würfelspiel beschäftigt waren. Wann immer ein Spiel geendet hatte, begab sich einer von beiden auf einen Weg, von dem er einige Zeit später wiederkehrte, worauf dann das nächste Spiel begann. Also wartete ich, bis ebendieser Zeitpunkt erreicht war, denn dann waren beide an ein und demselben Ort und ich konnte sie zugleich im Auge behalten – und sie waren von ihrem Spiel gefesselt und nicht allzu aufmerksam.

Mit größter Vorsicht stieg ich die Akazie empor, was umso schwieriger war, als der Baum sehr eng stehende Äste hatte. Um leise zu sein, stieg ich langsamer. Es war mir eine Ewigkeit, als ich endlich nass von Schweiß oben angelangt war. Das heißt, ich war auf der Höhe des Fensters, musste aber feststellen, dass ich zu weit davon entfernt war, um es mit der Hand zu erreichen. Die Äste des Baumes reichten wohl dorthin, aber sie waren zu dünn, mich zu tragen. Mich mit der einen Hand festhaltend, brach ich mit der anderen einen Zweig, so leise als möglich – und doch zu laut.«

Saadis Tochter brachte frischen Kaffee aus dem Haus. Sie goss das heiße, dunkle Getränk in die halb vollen Schalen und wandte sich sogleich wieder zum Gehen, wurde jedoch von ihrem Vater zurückgehalten. »Zahra, bring uns Wein!«, forderte er sie auf.

»Ihr wisst, Vater, dass Ihr nicht zu viel Wein trinken solltet«, sagte sie so leise wie möglich.

»Der Arzt darf mir derlei Vorschriften machen, wenn er so alt ist wie ich«, zürnte Saadi halb scherzhaft, halb im Ernst und gab ihr einen Wink, der wohl bedeuten sollte: »Nun tu, wie dir befohlen.«

»Der Kaffee ist wunderbar«, versuchte ich, seine Verstimmung zu lindern. »Woher stammt er?«

»Er stammt angeblich aus dem Jemen«, lachte Saadi sogleich. »Wir kaufen ihn bei einem Händler aus Bassora, der jedes Jahr zwei-, dreimal durch Schirâz kommt. Ich habe ihn im Verdacht, seine Ware von den Türken zu beziehen, auch wenn er mir tausendmal versichert, sein Kaffee stamme von den ältesten Pflanzen der Welt, von denen schon die Lippen des Propheten gekostet hätten. Warum zu sehr forschen? Wer alles wissen will, dem ist das Unglück sicher. Wichtig ist, dass das Gebräu schmeckt.«

Ich sagte nichts, weil mich der Fortgang der Geschichte interessierte. Natürlich merkte Saadi das. »Weißt du, mein Freund«, sagte er mit schelmischem Lächeln, »bei allem Glück und Unglück, das mir meine damalige Begegnung in Damaskus gebracht hat, bin ich der Meinung, das ist eine Geschichte, die ich dir nicht bei Kaffee erzählen sollte, sondern bei Wein.«

Und so warteten wir, bis Zahra endlich, nach langer Zeit, mit einem Schlauch Wein, einem Krug Wasser und zwei Bechern heraustrat. Zunächst dachte ich, sie wolle sich dazusetzen, doch es sollte wohl nur eine Mahnung an ihren Vater sein, dass sie noch etwas stehen blieb. Schließlich ging sie wieder hinein und Saadi schenkte mir und sich Wein ein. »Ich pflege Wein immer nur in Gesellschaft zu trinken«, sagte er.

»Wie kommt es, Saadi, dass ein gläubiger Moslem Wein trinkt, da es doch der Koran verbietet?«

»›Man fragt dich nach dem Wein und dem Losspiel. Sag: In ihnen liegt eine schwere Sünde‹, lehrt uns die heilige Schrift. Der Prophet, seine Ehre möge ewig währen, offenbart uns Gottes Wort schon in der zweiten Sure. Aber er fügt auch hinzu: ›Und dabei sind sie für die Menschen von großem Nutzen.‹« Er hob seinen Becher und sog mit tiefen Sinnen den Duft des roten Saftes in sich ein. »Man sagt, die Quelle des unsterblich machenden Lebenswassers sei von Dunkelheit umhüllt und ihr Ort sei unbekannt. Das ist nur zur Hälfte richtig. Zwar liegt die Quelle im Dunkel der Jahrtausende, doch der Ort war alle Zeit Schirâz.«

Die Nacht ward noch lang. Und wie sehr ich selbst von seiner Geschichte betroffen war, vermochte ich erst viel später zu erfassen.

Aus der Mitte des Lärms

Aus der Mitte des Lärms von Messina trat das Schweigen in Gestalt eines schmalen Mannes an Bord, dessen Gesicht unter der Kapuze kaum zu erkennen war. Seine Hände waren so blass wie das ausgebleichte Tuch seiner Kutte, die von einer dünnen Kordel zusammengehalten wurde und sich viel zu üppig um seine kümmerliche Figur wand, faltig genug, um zwei Männer zu kleiden. Der Kaplan trat leicht gebückt auf den Steg und setzte den blanken Fuß so langsam an Deck, dass es für einen Augenblick schien, als würde er schweben. Sein ganzes Gepäck bestand aus einem Leinensack, dem nicht anzusehen war, ob darin mehr als ein Laib Brot und einige Münzen ihren Weg in das Königreich Jerusalem nahmen.

Ich lehnte an der Reling und beobachtete den Hafen. Mich wunderte, wie sehr er Genua glich, wenngleich die Stadt sich über ihm türmte wie die geblähten Segel einer Galeere, eindrucksvoll, prächtig und alt. Als der neue Passagier hinter mir vorbeischlich, wehte mich ein Hauch von Moder an, der nichts gemein hatte mit dem Gestank, der den Kutten vieler Geistlicher, zumal der Pilger, entwich, die das Bad mit Hoffart und die Pflege des Körpers mit Wollust gleichsetzten. Es war der hartnäckige Geruch von schwerer Krankheit, den der Gast an sich trug, und ich fragte mich, ob er das Leiden mit an Bord brachte oder ob er es wohl vor kurzem erst überstanden hatte. Er musste gespürt haben, dass meine Gedanken um ihn kreisten, denn er wandte sich plötzlich um, wie jemand, der merkte, dass er beobachtet wurde, zögerte kurz und trat dann an mich heran, wobei mich sein Geruch einhüllte wie der Staub der Straße an einem heißen, windreichen Tag. »Verzeiht, mein Herr, und Gott zum Gruße«, flüsterte er. »Sprecht Ihr meine Sprache?«

Er sprach deutsch. Ich nickte, um sogleich anzufügen: »Wenig. Leider.«

Er lächelte. Ich sah es nicht, denn sein Gesicht lag vollständig im tiefen Schatten der Kapuze. Aber ich spürte es. »Wie schön. Zwei Wörter in der Sprache meiner Heimat.« Und er seufzte und hustete, ehe er fortfuhr: »Ob Ihr mir wohl sagen würdet, wo die niedersten Stände auf diesem Schiff ihren Platz finden?«

»Nun«, ich war verwirrt, »die Stände ... Es gibt wohl bevorzugte Kajüten für die adligen Herren und die wohlhabenden Reisenden ...«

Abwehrend hob er die müde Hand. »Die Leibeigenen, so es welche gibt, sind gerade meiner armen Seele als Begleiter würdig.« Er meinte wohl die Sklaven, denn Leibeigene, wie es sie in seiner Heimat gab und in meiner, schienen auf dem Schiff nicht mitzureisen. »Sklaven«, sagte ich also, »Sklaven sind im untersten Deck. Vermutlich«, fügte ich an, denn mir wurde bewusst, dass ich weder wusste, wie viele von ihnen letztlich den Sturm überlebt hatten, noch wie viele womöglich auf dem großen Sklavenmarkt von Messina eben in andere Hände wechselten.

»Habt Dank, mein Herr, und seid gesegnet«, flüsterte der Prediger und schlug ein Kreuz über mir, worauf auch ich mich bekreuzigte und an den Rosenkranz dachte, den ich in meinem Gürtel barg, das Geschenk meiner Mutter, das Wertvollste, was meinen Weg durch die Länder begleitete.

So langsam, wie er an Bord gekommen war, schwebte der Geistliche über das Deck und die steilen Treppen geradewegs hinunter, die jeder Mensch, der bei Sinnen war, rückwärts nahm wie eine Leiter.

»Ein Prediger!«, rief hinter mir der Neffe des Herzogs von Cluny, der sich von einem der Händler am Hafen frischen Wein auf das Schiff bringen ließ, um wenigstens bis

Zypern keine Entbehrungen leiden zu müssen. Zwei Fässer und, wie es in dieser Gegend wohl üblich war, auch einige versiegelte Tonkrüge, wie ich sie zuerst in Marseille gesehen hatte. »Das wird unseren armen Seelen gut tun! Endlich werden wir hier morgens die None und abends die Vesper gelesen bekommen!«

»Und wenn du nicht fromm bist, werter Herzog, dann gewiss auch die Leviten!«, fügte Antoine de Tarbes hinzu, der hinter einem der Weinlieferanten auf das Deck sprang. »Der Bursche sieht ja so sauertöpfisch aus, dass wahrscheinlich statt seiner das Schiff krank wird auf See!«

Jean-Baptiste de Saint-Sever, der sich ebenfalls hinzugesellte, streckte sich, als sei er eben erst aus seinem Lager gekrochen, und wies unter allgemeinem Gelächter auf de Tarbes' Beinkleider: »Vielleicht kann er dir ja ein Stück Kutte abgeben. Du scheinst auch auf dem Landgang nicht auf das Schaukeln verzichten zu können!« De Tarbes' Hose stand offen, was ihm jedoch keineswegs peinlich war. Stattdessen streckte er seinen wohlgerundeten Bauch vor und drehte sich zu den feixenden Seemännern hin, die auf dem Oberdeck damit beschäftigt waren, allerlei Gerätschaft zu vertäuen, und prahlte: »Es gibt eben Riesen, die lassen sich nicht allzu lange an die Leine nehmen. *Wozu die Mühe, Hemd und Hose aufzuräumen, wenn man doch muss ständig sich aufbäumen!*«

»Ihr solltet das Dichten lassen, Sire«, warf nun launig der Kapitän ein, der zu seinen Männern getreten war. »Es gehört wohl nicht zu Euren Qualitäten.«

»Ein wahres Wort, Mann!«, pflichtete Saint-Sever bei. »Er beleidigt unsere Ohren!«

Doch de Tarbes nahm den Scherz des Kapitäns mit anderem Ohr als die Beleidigungen seiner Kumpane, griff unvermittelt nach seinem Dolch und schleuderte ihn schneller, als ein »Amen« dauert, nach dem Kapitän. Der machte nicht einmal den Versuch, der Waffe auszuweichen, sondern blickte nur voll Überraschung auf den jungen Adligen. Umso gelassener war er, als der Dolch vielleicht zwei Ellen hinter ihm mit einem kurzen Tocken im Steuerrad stecken blieb. Nach einem Augenblick des Schweigens holte er kurz Atem und sagte so gleichmütig, wie es nur ging: »Ein wunderbarer Dolch. Ich danke Euch, Sire. Ich wollte Euch schon lange fragen, ob Ihr ihn mir schenken wollt.« Darauf drehte er sich um, zog das Messer aus dem Holz und steckte es in seinen Gürtel, als sei nichts Besonderes vorgefallen, ehe er sich wieder seiner Arbeit widmete.

Wir verließen Messina bei strahlendem Wetter. Es war ein Donnerstag und die Winde wehten günstig, so dass wir schon bald das Königreich Sizilien aus dem Blick verloren. Weiterhin hielt der Kapitän seinen Kurs hart an der Küste, um der Gefahr eines Überfalls durch die Jünger Mohammeds zu entgehen. So stand ich viele Stunden an Deck und beobachtete die Möwen, die über den Masten kreisten und immer wieder herabstießen, um im Flug Fische aus dem Wasser zu picken, von denen es riesige Schwärme gab, die gelegentlich unter dem Schiff hindurchkreuzten und wie ein versunkener Schatz aus der Tiefe silbern heraufblitzten.

Des Kaplans wurde ich erst wieder gewahr, als ich am Morgen des nächsten Tages, es war noch trübe und kalt, auf Deck trat, um den Gestank aus meinen Eingeweiden zu bekommen, der über Nacht immer drückender geworden war unter Deck. Er kauerte am Bug des Schiffes und war ins Gebet versunken. Irgendwo, weit dort vorn, einige Tagereisen mit dem Schiff entfernt, wartete seiner Jerusalem, die Heilige Stadt, und es war zu erkennen, dass es ihn anzog wie den Falter das Licht. Ich kniete mich neben ihm nieder und schloss mich seinem Gebet an, ohne dass wir ein Wort gesprochen hätten. Danach verschwand er wieder unter Deck. Teilte er wirklich das grausame zweite Unterdeck mit den Sklaven?

Nachdem ich eine Weile gewartet hatte, schlich ich mich ebenfalls wieder unter Deck. Statt jedoch in meine Koje zurückzukehren, stieg ich ein Deck weiter hinab, wobei ich mich unbekümmert gab, als geschehe dies aus Versehen. Eine einzige kleine Öllampe warf ihr Licht auf den lang gestreckten Raum, in dem mehr Sklaven angekettet zu sein schienen als zuvor. Offenbar hatte man in Messina die Waren, die man frisch geladen hatte, von Sklaven an Bord bringen lassen, die gleich auf dem Schiff geblieben waren. Anders konnte ich mir nicht erklären, dass plötzlich so viele Männer hier waren. Denn sicher war, dass viele der ursprünglich auf diesem Deck Gefesselten bei dem Sturm ums Leben gekommen waren.

In einer Ecke kniete der Kaplan. Neben ihm lag ein dunkelhäutiger Mann, aber kein Mohr, dessen Augen so weit aufgerissen waren, dass man glauben konnte, sie würden jeden Moment herausspringen. »Sein Geist hat sich verwirrt«, sagte leise der Kaplan, als er mich bemerkte. »Er wird sterben.«

»Woher wisst Ihr das?«, fragte ich und beugte mich hinunter.

»Ich habe ihn auf dem Markt von Messina gesehen. Einer der französischen Herren hat ihn gekauft, um im Heiligen Land einen Diener zu haben.«

»Was verspricht sich der Edelmann von einem Irren als Knappen?«

»Seine Seele ist krank geworden. Ich sah dem Handel zu. Der Mann war mit seiner Familie versklavt worden. Er stand mit seinem Weib und seinem Sohn zum Kauf. Doch der Herr wollte nur ihn. Der Händler bestand darauf, den Preis für alle drei zu bekommen. Da zahlte ihm der Herr den Preis, nahm aber nur den Mann mit.«

»So könnte doch den beiden anderen ein besseres Schicksal widerfahren«, sagte ich und wünschte, der Sklave, der verkrampft und reglos auf dem nackten Boden lag, würde es vielleicht verstehen und daraus Hoffnung schöpfen. Doch der Kaplan atmete schwer, schüttelte den Kopf, der, wie ich nun erkennen konnte, kahl geschoren war, und murmelte: »Ich fürchte, ein gutes Schicksal kann ihnen nicht mehr widerfahren. Aus Zorn über das schlechte Geschäft und damit der Händler sie nicht ein zweites Mal würde verkaufen können, schnitt der Herr den beiden Ohren und Nasen ab.« Mit sanfter Hand fuhr er dem Elenden über das ebenfalls kahl geschorene Haupt. »Seither gibt er kein verständliches Wort mehr von sich, seither hat er diesen Blick, seither ist seine Seele krank.«

Hinter mir kam jemand die Treppe herab. Es war Taoma, die Sklavin des Kapitäns. Als sie mich sah, zuckte sie zurück. Zweifellos war es ihr nicht erlaubt, hier im zweiten Deck bei den Sklaven zu sein. Doch ich lächelte sie aufmunternd an, so gut ich das nach der Erzählung des Kaplans vermochte. Sie trat heran. Der Geistliche wandte den Blick zu Boden, um nicht die Haut der schwarzen Frau sehen zu müssen, die in ihrer Blöße schlimme Sünde war.

Ich sagte dir die Unwahrheit, Freund

»Ich sagte dir die Unwahrheit, Freund.« Mein Kopf war berauscht vom fürstlichen Fest, doch mein Herz war von einer unsichtbaren Faust umklammert. Schon dachte ich, meine Stimme sei zu leise gewesen, da Saadi nichts erwiderte. Doch ich hörte seinen Atem stärker gehen. Und dann blieb er stehen und blickte in den Himmel. »Der Mensch, der ohne Lüge ist in seinem Leben, kann kein Mensch sein«, sagte er schließlich und legte mir den Arm um die Schulter. So, nahe beisammen, schritten wir langsam weiter durch die Nacht, entfernten uns von den noch andauernden Feierlichkeiten, wobei uns die Sänftenträger in geringem Abstand folgten, wohl darauf bedacht, uns zu Diensten zu sein, falls unsere Beine des Gehens müde würden.

»Bagdad«, vermochte ich nur zu sagen, beinahe zu seufzen.

»Es musste so kommen. Was ist schon ein Abbaside, was ist schon ein Kalif im Vergleich zum Leibhaftigen. Also hat Hülagü Bagdad erobert.« Nun schloss mein alter Freund doch die Augen und ich sah seine Wange im Mondlicht glitzern. »*Wa Allah*, das ist das Ende des Kalifats …«

»Es ist das Ende des Kalifats.« Meine Stimme wollte nicht mehr wiederkehren. So war ihm gleich bewusst, dass es nicht nur das Ende des Kalifats war. Die Tataren hatten alles getan, um ihren Ruf zu festigen. Bagdad war keine Stadt mehr. Hülagü und seine Krieger hatten die Perle des Orients, die Stadt der

Städte, vollkommen zerstört. Wenige Gebäude waren unbeschädigt, keine Frau war ungeschändet geblieben. Junge Männer lebten nicht mehr in Bagdad.

»In was für einer Zeit leben wir, mein Freund?«, fragte mich Saadi. »Von Westen schänden die Christen unsere Heiligtümer, von Osten brandschatzen die Tataren unsere Kultur. Sind wir nur noch ein Würfel im Becher der Weltbeherrscher? Allah zürnt uns! Allah zürnt uns ob unseres Frevels. Wir huldigen dem Wein und ergötzen uns am Tanz, üben Müßiggang und sündigen mit den Weibern.«

So sehr klang er wie ein jähzorniger Greis, dass ich fast versucht war, ihn nicht zu verstehen. Doch wollte ich seine Wut so nicht stehen lassen. Also antwortete ich ihm: »*Wa Allah*, Saadi, mein Freund, die Christen sind eine alte Plage. Und die Tataren überrennen Völker über Völker – beileibe nicht nur moslemische. Sie haben keinen Gott. Sie leben von ihrer Grausamkeit und für ihre Grausamkeit. Über Bagdad ist großes Unglück gekommen, wie über weite Teile der Welt. Aber auch die Mitte der Welt wird auf ihren Ruinen neu erstehen.«

Saadi indes schüttelte nur traurig den Kopf und sank am Wegrand nieder, nicht ohne den Sänftenträgern einen Wink zu geben, dass sie sich endlich entfernen sollten. »Ich kann nicht glauben, dass diese Teufel von Menschenkraft aufgehalten werden können. Nun bin ich so alt geworden und immer noch eilt der Säbel schwingende *Iblis* von Sieg zu Sieg. Ich war noch jung, im dritten Lebensjahrzehnt, als ich unter diesem Baum hier saß und eine Schrift studierte, die ich mir vom Hofe mitgebracht hatte. Du weißt, mein Großvater war Wazir des Atabek. Da kam ein müder Mann die Straße herunter, sein Maultier führte er am Zügel. Darauf saß seine Frau, dünn wie eine Feder und blass wie Lehm. Die beiden gaben ein Bild des Jammers ab. Ich lud sie ein in unser Haus, wo der Mann erzählte, dass sie aus Nischapur kämen und den Tataren gerade noch entflohen wären. Damals wähnte ich die Tataren noch weit entfernt. Die Erzählungen über ihre Verbrechen waren mir mehr wie eine Legende erschienen denn als bittere Wahrheit. Doch Allah war gnädig, uns diese armen Menschen zu schicken, damit uns die Augen geöffnet würden.

Ich ging damals nach Bagdad, weil ich dachte, diese Stadt wäre die natürliche Grenze für alle weiteren Eroberungen der Mongolen. Ich wollte weit weg, wollte nach Westen, wollte dem Kalifen begegnen und bei aller Eitelkeit mein Leben Allah weihen. Also legte ich meine bestickten Gewänder ab und hüllte mich in das nackte Leinen der Derwische und begann meine Wanderung. Sie hat mich beinahe drei Dutzend Jahre lang durch mindestens ebenso viele Länder und Provinzen geführt. Doch überall war Krieg und Zerstörung.«

»Dennoch war Bagdad sicherlich eine gute Wahl«, warf ich ein. »War es doch die führende Stadt der Wissenschaften und Weisheiten.«

»Ja, das war es«, stimmte Saadi zu. »Ich erinnere mich gut an den Tag, als ich dort ankam. Schon weit vor der Stadt herrschte mehr Leben als an irgendeinem anderen Ort, den ich bis dahin gesehen hatte. Isfahan war ein Dorf gegen Bagdad. Auch wenn mir vieles schöner dort erschienen war, lieblicher, so war doch die Gewalt, die vom Leben Bagdads ausging, ungeheuerlich. Aber du kennst ja Bagdad.

Meine erste Unterkunft war bei einem Korangelehrten, bei dem der Bruder meines Vaters unterrichtet worden war, Scheich Abu l'Farag Sams ad-Dîn Ibn Gauzî, Allah erbarme sich seiner. Er war so alt, dass niemand sich erinnern konnte, bei wem er einst zur Schule gegangen war. Natürlich wagten wir alle nicht, ihn zu fragen. Er musste einer der ersten Lehrer an der *Nizamije* gewesen sein. Sein Haus lag nahe der Schule und also auch nahe an den lautesten Tavernen der Stadt. Was mir hätte Ansporn sein sollen, stets die Lehre vor Augen zu haben, spornte mich vielmehr dazu an, das muntere Leben zu sehen. Vor allem aber entdeckte ich meine Liebe zur Musik.

Ibn Gauzî, der sich meinem Vater in der Pflicht fühlte, mich zu einem gottgefälligen Moslem zu erziehen, riet mir sehr, von meiner Leidenschaft Abstand zu nehmen. ›Die Entsagung der Welt und das Leben in Zurückgezogenheit sind die Tugenden, die Allahs Auge gerne sieht!‹, hielt er mich unablässig an. Doch ich war jung und mein Hang zur Musik war stärker.

Auch wenn ich ihm keinen Kummer bereiten, sondern sein Wort achten wollte, fand ich doch an der Musik und an der Gesellschaft musizierender Derwische großes Vergnügen. Wann immer ich aber an meinen zürnenden Lehrer dachte, sagte ich mir:

Wohnt der Kadi uns bei,
so muss auch er der Kunst durch Beifall huldigen.
Trinkt der Stadtvogt Wein,
so wird er auch den Trunkenen entschuldigen.

Bis ich eines Nachts in einer Versammlung saß, in der ein junger Sänger sein Lied in so jammervollem Tone anstimmte, dass mehr als einer sich die Ohren zuhielt oder ihm gar bedeutete, seinen Gesang zu beenden. Wie spricht doch der Araber?

Gern lauscht man auf des Sängers schöne Stimme;
bei dir, o Sänger, ist dem Schweigen lauschen schöner.

Denkst du, dass einem nur
dieser Gesang gefalle?
Hältst du den Mund und gehst,
so freun sich alle.

Als dieser Meister seine Laute anstimmte, sprach ich zu mir: ›Allah, zeige deine Größe und verschließe meine Ohren oder trage mich zur Pforte hinaus, auf dass ich nichts mehr hören muss!‹

Doch es half nichts: Ich wollte meinen Freunden die Freude nicht verderben und blieb also die ganze Nacht bis zum Tagesanbruch und brachte viele Stunden in dieser Qual zu. Als aber der Morgen anbrach, nahm ich meinen Turban ab und mein Gold vom Gürtel und legte es dem Sänger als Ehrensold vor die Füße, umarmte ihn voll Inbrunst, dankte ihm aus ganzem Herzen und versicherte ihn meiner Gunst. Meine Freunde vergnügten sich darüber und verlachten mich ob meiner Wirrnis. Nur einer erhob tadelnd die Stimme und sprach: ›Du lässt es an Vernunft mangeln, Ibn Mosleh, wenn du diesem Unwürdigen dein

Ehrenkleid des Scheichs überlässt, der im Leben noch keinen *Dirham* verdient und für kein Gran Gold gearbeitet hat!‹

›Guter Freund‹, erwiderte ich, ›Allah möge dich für deine Sorge segnen. Doch zügle deine Zunge. Denn dieser Ehrwürdige hier hat mir in den vergangenen Stunden seine Wunderkraft offenbart!‹

›So weihe uns ein in die Wunder, deren uns dieser Sänger teilhaftig werden lässt‹, sagte also der Freund, ›auf dass wir alle ihm unsere Gunst bezeugen können und ihn bitten, uns die Scherze zu verzeihen, die wir auf seine Kosten gemacht haben.‹

›So wisse denn, dass mein großmütiger Lehrer, den der Allmächtige allezeit im Saume Seines Herzens bergen möge, mich seit langer Zeit dazu ermahnt, der Musik zu entsagen, ja mich gar sehr vor ihr gewarnt hat. Doch habe ich mein Ohr vor seinem Drängen stets verschlossen, bis mich in der vergangenen Nacht ein glückliches Geschick zu dieser Einkehr gebracht hat. Hier aber verhalf mir dieser Sänger zur Reue über die Missachtung der Lehren meines Lehrers und zu dem Entschluss, fortan aller Musik zu entsagen!‹«

Ratlos sah ich Saadi an, der, anders als es die vermeintlich muntere Geschichte hätte vermuten lassen, nicht in fröhlich-wehmütiger Erinnerung neben mir saß, sondern in tiefer Verzweiflung. Er fing meinen Blick auf und meinte: »Du fragst, weshalb ich gerade auf diese Geschichte komme? Was sie mit dem Tod der Stadt Bagdad zu tun hat? Vielleicht nichts. Doch ich sehe, dass der Kalif, Allah sei seiner Seele gnädig, sich ebenso verhalten hat, wie ich als junger Mann es tat. Er konnte vom Hochmut nicht lassen, bis Allah mit einem Schlage all seine Freude zerstörte.« Und nach einer kleinen Pause, in der wir uns wieder erhoben, um die verbleibende Strecke zum Haus zurückzugehen: »Wie ich heute Abend am Hof des Atabek hörte, hatten die Tataren dem Kalifen angeboten, die Stadt zu verschonen, wenn er sie friedlich übergäbe. Er jedoch, der jede Schlacht bereits verloren hatte, wollte den Gesandten des Steppenfürsten nicht empfangen. Für den Kalifen war es eine Frage der Ehre, für die Tataren war es ein Beispiel, was passiert, wenn man sie missachtet – für die Menschen in Bagdad war es ein Todesurteil. Es ist die alte Lehre von der Erfahrung, die lehrt, was die Vernunft nicht begreifen will.« Saadi seufzte tief. »Vielleicht sollte ich das einmal aufschreiben. Aber wer würde es lesen.« Er lachte: »Lesen vielleicht! Aber wer würde es beherzigen! Die Welt ist unverbesserlich. Und so werden die Tataren noch viele Totenlieder anstimmen und nach ihnen werden es andere tun.«

Durch das Bassora-Tor verließ ich Bagdad

Durch das Bassora-Tor verliess ich Bagdad, während durch das Hamedân-Tor das Unglück über sie kam. Sie hätten von überall her kommen können, denn die Stadt war umzingelt. Doch sie kamen wie ein Pfeil von einer Seite her und brannten sich, einer Wunde gleich, in das Fleisch der Königin der Städte. Die äußeren Bezirke blieben zunächst nahezu unbeschädigt. Hülagü wollte alle Gewalt im Innersten Bagdads zuerst entfesseln, dort, wo in Verblendung bis zuletzt der Kalif an seine eigene Macht und Größe glaubte.

Und so sah ich aus einiger Entfernung eine dünne Rauchwolke, die sich über der Mitte der Stadt erhob. »*Wa Allah!*«, entfuhr es mir, wie in letzter Zeit immer öfter, auch wenn ich nicht mit einem Moslem sprach. »Feuer im Palastbezirk.« Ich wendete den Gaul, um wieder zur Stadt hin zu reiten. Der Kalif selbst kümmerte mich wenig. Doch Freunde in seiner Nähe und Freunde Saadis, die ich im Palast und seiner Umgebung wusste, ließen mich Sorge tragen. Darüber, dass meine Hilfe im Falle eines großen Brandes wenig bewirken würde, machte ich mir keine Gedanken. Rasch trieb ich mein Pferd zurück. Bald schon bemerkte ich Rauchsäulen auch über ganz anderen Bezirken der Stadt, und noch ehe ich das Bassora-Tor wieder erreichte, wusste ich, dass es kein Unfall gewesen war, sondern dass dahinter mächtige Kräfte stecken mussten. Was tun? Sollte ich tatsächlich in die Stadt zurückkehren und mich selbst in Gefahr begeben?

Die Entscheidung wurde mir abgenommen, weil ich das Tor versperrt fand. Am Fuße der Mauer lagen in ihrem Blut einige Wachen, denen die Köpfe abgeschlagen worden waren. Die Luft vibrierte, sie zitterte von einem unbeschreiblichen Lärm, einem schrillen Ton, wie ich ihn noch nie gehört hatte. Was mochte das sein? Rauchschwaden hüllten mich ein und nahmen mir den Atem. Über die Mauern der Stadt sah ich nun zu allen Seiten hin Menschen stürzen, Lebende, die sich retten wollten, Tote, die von ihren Mördern über die Brüstung gestoßen wurden. Ich drückte mich an die Wand, selbst am ganzen Leib zitternd, spürte in meinem Rücken den Stein grollen. Gegen die Tür wurde immer wieder heftig geschlagen. Offenbar versuchten die Menschen, die Schlösser zu sprengen und das Portal aufzurammen, dessen schwere Eisenbeschläge jetzt statt Schutz den sicheren Tod bedeuteten. Das hohe, gellende Geräusch, das mich beinahe taub machte, wurde mir mit einem Mal klar: Es war der Schrei der Todesangst Tausender und Abertausender von Menschen, die sich in einer Hölle gefangen sahen, aus der kein Entrinnen möglich schien. Ich fiel auf die Knie und dankte Gott, dass er mich nicht sehen ließ, was im Inneren der Stadt geschah. Da plötzlich erblickte ich sie, wie sie um die Mauern preschten und mit unglaublicher Geschwindigkeit näher kamen – die Tataren, die Teufel des Fürsten der Finsternis, die mit martialischen Schreien auf ihren kurzbeinigen Hengsten ritten. Schnell ließ ich mich zu Boden fallen und griff mit beiden Händen nach dem blutigen Stumpf am Körper eines der Torwächter. Das Blut war noch warm und nicht geronnen. Ich schlug mir die Hände vors Gesicht und wurde ohnmächtig ob meiner eigenen Tat. Und Gott ließ mich am Leben.

Als ich erwachte, war es Nacht. Doch weit übers Land strahlte die brennende Stadt am Tigris. Das Tor war nun geöffnet. In weit ausholendem Galopp jagten kleinere Gruppen der Mörderbande heraus, verzweifelte Menschen vor sich hertreibend. Niemals zuvor hatte ich Jäger gesehen, die mit solcher Behändigkeit und in so rascher Folge Pfeile anlegten und auf ihr Wild abschossen. Und eine Jagd war es, die sich die Eroberer aus den Tiefen der Steppe hinter Buchara und Samarkand gönnten. Eine erbarmungslose Treibjagd, gegen die alle Gräuel, die ich bisher an Menschen verübt sehen musste, verblassten. Hatte ein Tatar sein Wild erlegt, so riss er abrupt sein Pferd herum, um erneut in die Stadt zu galoppieren und neue Opfer zu suchen. Es war völlig klar, dass nicht nur die Palastwachen längst ermordet waren, dass die Stadt ohne jeden militärischen Schutz war, denn nicht einen Säbelträger des Kalifen, nicht einen Lanzenbewehrten aus den Reihen der Muslime erblickte mein Auge, das zu öffnen ich kaum wagte. Immer noch lag ich reglos neben dem starren Körper eines Unglücklichen, Aug in Auge mit dem gebrochenen Blick seines abgetrennten Kopfes, der von einem vorbeipreschenden Pferd geradewegs neben meinen geschleudert worden war. In der Nähe hörte ich Menschen stöhnen, einen kleinen Jungen weinen. Er war von einem tatarischen Pfeil ins Bein getroffen worden und auf den Weg gestürzt, wo er sich vor Schmerzen krümmte.

Ich verfluchte Gott, weil er mir den Mut nicht gab, hinüberzukriechen. Wohl eine Stunde lagen wir so, der Kopf des Wächters, ich und der Junge, dessen Wimmern langsam leiser wurde. Wohl ein halbes Dutzend Mal ritten die schwarzen Teufel über ihn hinweg, auf der Jagd nach fliehenden Frauen und Männern – wie durch ein Wunder blieb er, abgesehen von seiner Wunde, unverletzt. Dann entdeckte er mich. Er blickte mich an und sah, dass ich ihn beobachtete. Und er wandte den Blick ab. Er will nicht, dass ich ihn sterben sehe, dachte ich. Er ist verletzt und schwach. Doch er ist so stolz, dass er meinen Blick von sich weist, ehe er vor Allah tritt.

Ich hätte hinüberkriechen können zu ihm. Doch ich stand auf und ging in der Mitte des Weges. Als ich mich eben über ihn beugte, da preschten erneut die Kämpfer des Tataren aus dem Tor und fegten weit hinaus, wo sie ihre Pferde wendeten, um mit demselben höllischen Galopp wieder in die Stadt zurückzujagen und alles in Blut zu ertränken. Ich stand gebeugt über dem Jungen. Kein Lufthauch hatte mich gestreift. Auch ihn nicht, der mich anstarrte, als sei ich der

Leibhaftige. Erst später wurde mir klar, dass ich grauenerregend ausgesehen haben musste mit meiner Maske aus geronnenem Blut.

Ich hob ihn auf und trug ihn in den Schatten eines Stützpfeilers der Stadtmauer, wo ich ihn auf die Seite seines unverletzten Beines legte und begann, die zerfetzte Hose auf der verletzten Seite bis oben hin aufzureißen. Der Pfeil war ungewöhnlich kurz und stark – und er steckte tief. Als ich ihn mit aller Kraft mit einem Ruck herauszog, blieb die Spitze im Bein stecken. Der Junge wurde ohnmächtig. Sollte ich die Spitze herausschneiden? Ich betrachtete meinen Dolch, der zu diesem Zweck sehr wohl geeignet gewesen wäre. Doch nicht wenige Wunden, das wusste ich aus meiner Kindheit, wenn auf der Burg Unfälle geschehen waren, etwa beim Bau neuer Gebäude oder auf der Jagd, begannen erst zu brennen, nachdem man das Fleisch geschnitten hatte. Gewiss, es galt als sicherer, die Wunde mit einer glühenden Klinge zu behandeln. Doch andererseits, hier ein Feuer zu entzünden, auch ein kleines, würde die Meute vielleicht auf uns aufmerksam machen. Der Junge hatte drei Möglichkeiten. Entweder ich brannte das Messer und schnitt die Pfeilspitze heraus oder ich schnitt, ohne das Messer vorher zu brennen, oder ich ließ die Spitze in seinem Bein, verband ihn und betete. Ich wählte den dritten Weg. So gut es in der Dunkelheit ging, schnürte ich sein Bein mit dem Stoff meines Turbans. Dabei bemerkte ich, dass meine Hände bereits voll getrockneten Bluts waren, und begriff, dass ich aussah wie ein lebender Leichnam. Doch das schien mir nun wie ein großes Glück. Ich zog den Jungen näher an die Mauer, wo er beinahe von einem herabfallenden Mohren erschlagen worden wäre. Offenbar begnügten sich die Jäger nicht mit ritterlichen Gegnern, sondern machten alles nieder, was sich bewegte.

Ich bettete den Kopf des Jungen auf mein Bündel und legte mich in einer Haltung, die jedem Toten zur Ehre gereicht hätte, vor ihn hin, wobei ich mich des ermordeten Mohren bediente, um uns zum Tor hin, wo es nun ruhiger wurde, ein wenig Schutz zu verschaffen.

Das Feuer hatte weite Bereiche der Stadt ergriffen. Auch über uns türmten sich Rauchschwaden und so färbte sich gegen Morgen der Himmel nicht blau, sondern grau, ja nahezu schwarz. Der Junge war wieder zu sich gekommen. Da ich ihm nicht zugewandt lag, konnte ich es nicht sehen, aber ich spürte es an seinem keuchenden Atem und seinem Zucken. Gleichwohl gab er keinen Laut von sich. Die Tataren waren fort, offenbar vertrieben von dem beißenden Rauch und der Hitze, die sie selbst verursacht hatten. So kämpfte ich mich hoch und sah ihn an. Seine Augen glänzten fiebrig, doch das mochte auch für meine gelten. Er war größer, als es mir zunächst vorgekommen war, vielleicht zwölf Jahre alt, aber zierlicher, als er selbst es vermutlich gern gehabt hätte.

In der brennenden Stadt Schutz zu suchen, war abwegig. Wir mussten versuchen, zum Fluss hinab zu kommen, obwohl ich nicht wusste, was uns dort erwarten würde. Der Tigris lag dem Bassora-Tor nahe, Bedenken machte mir nur, dass es praktisch keinen Schutz auf dem Weg dorthin gab. Weithin sichtbar war der Reisende auf dieser Strecke. Ich wandte mich um und blickte meinem Leidensgefährten ins jugendliche Gesicht. Der Schrecken, der ihn erfasste, als er mein blutverkrustetes Gesicht erstmals im fahlen Licht des Tages sah, war mehr als deutlich. »Allah ist groß«, sagte ich und streckte ihm meine geöffneten Handflächen hin zum Zeichen meines guten Willens. »Er wird uns durch diese Zeit bringen und der Gerechtigkeit zum Sieg verhelfen.«

Der Knabe nickte nur und murmelte: »*Inschallah.*«

»Wirst du es schaffen, bis zum Fluss auf einem der Pferde zu reiten?« Ich deutete auf eine versprengte Gruppe von Gäulen, die aus der Stadt entsprungen waren und nun orientierungslos auf der Ebene gen Südosten hin standen und an vertrockneten Grasbüscheln nagten. Wieder nickte der Junge.

Ich holte eines der Tiere ein und band ihm den Riemen meiner Tasche als Ersatz eines Zaumzeugs durch das Maul. Dann half ich dem Jungen auf den Rücken des Pferdes, nahm den provisorischen Zügel und führte es hinter mir her hinab zum Fluss. »Wie heißt du?«, fragte ich, um einen Augenblick nicht an die Krieger der Finsternis denken zu müssen.

»Abdallah.«

»Abu Jân«, entgegnete ich.

»Warum tut Ihr das für mich?« Er sprach mit einem starken Akzent, der darauf schließen ließ, dass er nicht von hier stammte. Ich versuchte, meiner Stimme ebenfalls einen starken Einschlag zu geben, einen nicht näher definierbaren Akzent, damit er mich nicht sogleich als Ungläubigen enttarnte.

»In Zeiten der Not fordert der Allmächtige von uns Barmherzigkeit und Hilfsbereitschaft.«

»Sollten wir dann nicht zurückkehren, um unseren Brüdern zu helfen?«

»Gewiss«, erwiderte ich, konnte mich aber eines Lächelns nicht enthalten. »Doch wird Allah mit Zorn auf Unvernunft blicken, wo Vernunft weiterhilft. Wir werden zunächst darauf achten müssen, dass wir einen sicheren Ort finden, von dem aus wir tun können, was möglich ist, und in dessen Schutz wir auch andere bringen können.«

»Das ist klug.« Dann schwieg er. Er schwieg lange. Unser Weg blieb unbehelligt. Entlang der Straße, die wir ab und an verließen, um nicht allzu deutlich und weithin sichtbar zu sein, fanden sich kleinere Weiler, von denen noch die äußeren Mauern standen. Vor mancher Hütte lagen die Leichen ihrer früheren Bewohner, Männer, Frauen, Kinder, manches Mal grotesk aufgereiht wie Trophäen, die als Zeugen des Triumphs von den Eroberern zurückgelassen worden waren.

Nahe dem Wasser schienen sich die Bewohner eines der Weiler besonders tapfer gewehrt zu haben. Denn zwischen den völlig vernichteten Gebäuden, die dem Erdboden gleichgemacht worden waren, staken zwei hohe Lanzen, auf denen die Köpfe zweier Tataren aufgespießt waren. An ihren Zöpfen, ihren herabhängenden Bärten und den typischen Helmen waren sie leicht zu erkennen. Offenbar hatte die Wehrhaftigkeit, mit der die Bewohner einige ihrer Feinde zu töten im Stande gewesen waren, den besonderen Zorn der mongolischen Krieger erweckt, so dass dieser kleine Ort, an dem vor Tagesfrist vielleicht noch Kinder gespielt hatten, an dem Frauen Brot gebacken und abends Freunde beim Wein gesessen hatten, buchstäblich ausgelöscht worden war. In wenigen

Monaten würden der Wind und das erste Hochwasser des nahen Flusses dafür sorgen, dass keine Erinnerung an die Menschen mehr existierte, die hier gelebt hatten und gestorben waren.

Zum Fluss hin häuften sich noch einmal die Hütten. Gelegentlich sahen wir nun sogar Lebende, die sich hilflos zwischen Ruinen bewegten.

Wir saßen eine lange Nacht gebeugten Hauptes

Wir sassen eine lange Nacht gebeugten Hauptes über dem Gitter, das Saadi auf den Boden des Kerkers gezeichnet hatte. Die Dunkelheit, die rund um den Lichtfleck, den der Mond auf den Boden warf, herrschte, machte es uns doppelt schwer, alle Einzelheiten zu erkennen, die Saadi, so weit es ihm eben mit den primitiven Mitteln, die uns zur Verfügung standen, möglich war, in den Sand gezeichnet hatte. Er erklärte mir das Spiel der Könige. Und er tat es gut. Wirklich handelte es sich um ein Spiel, das eigentlich nur so tat, als sei es Spiel. Doch es war eine Schule der Geschicklichkeit.

Als der Morgen sich ankündigte, beugte Saadi sein Haupt zum Gebet, während ich das meine zum Schlafe niederlegte. Wenn morgen der Allmächtige mich zu sich riefe, so wollte ich ihm ausgeschlafen gegenübertreten, während Saadi stets fromm seine Gebete verrichtete zu jeder Zeit, zu der es schwerer fiel, gottgefällig zu sein, als alles andere auf der Welt.

Ich wurde geweckt von der sich öffnenden Tür, durch die ein frischer Luftzug in unseren Stall drang. Wie Vieh erhob ich mich aus dem Staub, während Saadi schon stand und aussah, als hätte er lange auf diesen Augenblick gewartet. Ob er überhaupt geschlafen hatte? Er hatte schließlich, wie ich des Öfteren bemerkt hatte, die Eigenart, manche Nacht zu durchwachen und dazusitzen, als sei sein Inneres auf ganz anderen Wegen.

Durch die langen Gänge, die nur gelegentlich von einer Fackel erleuchtet waren, schlich ich hinter Saadi und vor dem

Kerkermeister her, das beklemmende Gefühl im Bauch, dass ich die Hälfte meiner Lektionen der vergangenen Nacht vergessen hätte. Der Wazir durfte fast alles, der König fast nichts. Das war der erste überraschende Lehrsatz gewesen. Dann der Elefant, der nur gerade, aber doch in zwei Richtungen gehen durfte, während die Bauern nur in eine Richtung und nur einen Schritt gehen, aber doch in anderer Richtung schlagen durften … Das musste alles ungefähr stimmen. Und doch: Konnte das für Saadis Zwecke reichen? Zu gewagt schien mir das Vorhaben, als dass ich auch nur entfernt an einen Erfolg hätte glauben mögen. Überhaupt: Welchen Grund sollte der Kommandant haben, sich auf Saadis Vorschlag einzulassen, sein Spiel an mir zu testen?

»Sieh«, hatte mein persischer Freund bei hereinbrechender Nacht gesagt, »der Gesandte Al-Kamils hat den Gesandten Friedrichs zu einem Spiel herausgefordert. Die beiden waren uneins, wer von ihren Herren der größere Meister im Felde sei. Stellvertretend für die Schlacht vor den Toren Jerusalems soll das Spiel entscheiden, wem die Stadt zufallen soll.«

»Doch seid Ihr weder der Gesandte des einen noch des anderen, mein Freund«, erwiderte ich. »Welche Figur des Spiels also seid Ihr?«

»Ich hoffe lediglich, nicht der Bauer zu sein, der geopfert wird. Wenn immer du dich gewundert hast, weshalb ich so häufig und offensichtlich zu nicht zu schwerer Arbeit aus dem Kerker gerufen wurde, dann wünschte der Gesandte Friedrichs, das Spiel der Könige durch mich zu erlernen. Das ist ihm leidlich gelungen. Bald wird sein Spiel gegen den Mann des Sultans stattfinden. Also macht er Ernst: Er gibt mir die Möglichkeit, meine Freiheit wiederzuerlangen, wenn ich gegen ihn gewinne, oder meinen Kopf mit dem Spiel zu verlieren.«

»Aber das ist doch Wahnsinn!«, hatte ich gerufen und die Finsternis im Kerker wie helles Licht gegenüber der Umnachtung des Boten Friedrichs empfunden. »Kann eines Mannes Leben an solch ein Spiel geknüpft werden? Und welchen Zweck verfolgt Friedrichs Gesandter damit?«

»Es werden viele Leben mehr daran geknüpft. Der Zweck ist offensichtlich: Er zwingt mich auf diese Weise, so gut zu spielen, wie es mir möglich ist – und damit ernsthaft zu prüfen, ob ich mein Handwerk an ihm mit Erfolg geübt habe.«

»Warum aber spielt Ihr dann nicht gegen ihn und nehmt die Gelegenheit wahr, Eure Freiheit wiederzuerlangen?«

Saadi hatte müde und nachsichtig lächelnd den Kopf gewiegt. »*Wa Allah*«, hatte er geseufzt, »Ihr kennt nicht die Launen der hohen Herren. Seht, es gab einmal einen Wazir am Hofe des Atabek von Schirâz. Er war ein sehr kluger Mann, auf dessen Rat der Fürst viel gab. Der Atabek pflegte ihn immer dann nach seiner Meinung zu fragen, wenn er die anderen Meinungen bereits kannte. Dabei war Mohammad Ibn Abbas, so war sein Name, ein bescheidener Ratgeber, der niemals etwas sagte, ohne gefragt worden zu sein, und der sich aus den Staatsgeschäften stets heraushielt. Um nicht in den Verdacht zu geraten, eigene Interessen zu verfolgen, antwortete er stets in Bildern und überließ es dem Fürsten, diese Bilder zu übersetzen. Darob war ihm der Atabek sehr dankbar. Denn es ermöglichte ihm, auch Fragen zu stellen, für die er keinen Rat von Ibn Abbas hätte einfordern dürfen, etwa solche der Familie. So stand der Wazir in hohem Ansehen und genoss die Dankbarkeit des Atabek. Doch hohe Ämter haben viele Feinde. Und wer an der Spitze steht, ist stets das Ziel von Neid und Missgunst. So blieb es nicht aus, dass andere Diener des Fürsten Zwietracht zu säen versuchten. Einmal schlug eine dieser Schlangen vor, die Treue Mohammad Ibn Abbas' zu prüfen und ihm eine Frage zu stellen, die ihn selbst betraf: Was soll man einem Herrscher raten, dessen Wazir ihn vielleicht hintergeht, wenn man sich der Sache nicht sicher ist?

Der Atabek fand Gefallen an der Frage und stellte sie seinem treuen Wazir. Der wog die Antwort lange ab, ehe er schließlich sagte: ›Mein Fürst, das Amt des Wazirs ist wie der Sattel eines Pferdes. Wer darauf nicht sicher sitzt, dem ist das beste Pferd Gefahr. Der Herrscher, der sich auf seinen Berater nicht verlassen kann, kann nicht mit sicherer Hand sein Reich führen. Die Frage, die Ihr stelltet, will sehr wohl bedacht sein und nichts darf dabei die Entscheidung beeinflussen. Daher bitte ich Euch, mein Fürst, gebt mir die tiefste Zelle in den Kerkern des Palasts und lasst mich dort zehn Tage die Frage bedenken. Sagt jedoch keinem den Grund meines Aufenthalts dort.‹

Der Fürst tat, wie es Mohammad Ibn Abbas erbeten hatte, und ließ ihn in den Kerker sperren.«

»Was aber geschah?«

»Wie Ibn Abbas es erwartet hatte, bemühten sich seine Neider, die glaubten, der Wazir sei in Ungnade gefallen, seine Stelle einzunehmen und sich gegenseitig schlecht zu machen. Der Fürst erfuhr so von jedem das Schlechte – allein von Ibn Abbas sprach keiner, so dass am Ende er allein ohne Fehl dastand, der Fürst ihn nach den geforderten zehn Tagen aus dem Kerker holen ließ und ihm dankte.«

»So ging die Geschichte gut aus!«

»Keineswegs«, erwiderte Saadi. »Denn die Frage ließ den Atabek nicht los. Ibn Abbas aber, der wohl erwartet hatte, was letztlich auch eingetreten war, wusste keine Antwort. Also ließ ihn der Fürst – ohne dass der Wazir darum gebeten hätte – erneut in den Kerker verbringen, damit ihm dort die Erleuchtung komme. Zwei Tage später starb der Atabek bei einem Jagdunfall. Sein Nachfolger aber fand, dass ein Wazir, der auf wichtige Fragen keine Antwort wusste, nicht nötig sei, und ließ Ibn Abbas im Kerker.«

»Was ist aus ihm geworden?«, fragte ich.

»Niemand weiß es«, sagte Saadi. »Aber ich möchte, dass meine Enkel einst wissen, was mit mir ward. Die Launen der Herrschenden sind des klugen Mannes Unglück. Des Gesandten Angebot lautet daher für mich: Stirb oder sei des Todes. Wie immer ich spiele, ich verspiele mein Leben.«

»Wie aber kannst du dein Leben in meine unerfahrenen Hände legen, da ich doch dieses Spiel nur wenig königlich, ja kaum beherrsche?« Mir war übel geworden bei dem Gedanken, welch grausames Spiel hier mit mir gespielt wurde. Doch Saadi legte seine Hände auf meine und beugte sein Haupt vor mir und sagte: »Wie viel größer ist doch die Möglichkeit für mich, dass in diesen Händen mein Leben Leben bleibt, wenn ich sie vergleiche mit den eigenen Fingern, durch die es jetzt schon rinnt wie Sand. Deine Seele ist rein, mein Freund, und Allah wird mit dir sein, da ich dir all mein Vertrauen geschenkt habe.«

An diese Worte dachte ich, als ich hinter Saadi her und wie er auf einem Esel den steinigen Weg nach Montfort aufnahm, inmitten eines Trosses gepanzerter Reiter, Sklaven und Lasttiere. Es irritierte mich immer noch, dass sich die christlichen Herrscher von Tripolis wie die Muselmanen, ja beinahe mehr noch als sie, Sklaven hielten, die sie behandelten wie Vieh, dem man mit dem Stock den Weg zeigte und das man mit der Peitsche vorantrieb. Mein Status war unklar. Ich war Gefangener, was ich hinreichend zu spüren bekam, denn es war offensichtlich unter der Würde aller anderen Kreuzfahrer, das Wort an mich zu richten. Doch hatte ich auch nur geringe Lust, mich meinen Übeltätern anzudienen und das Gespräch mit ihnen zu suchen. Zum einen zehrte in mir die Entwürdigung, bisher keine Gelegenheit bekommen zu haben, mich zu verteidigen und das Missverständnis aufzuklären, das mich in die Kerkerhaft und beinahe ums Leben gebracht hatte. Zum anderen lastete Saadis Plan, in den ich auf subtile Weise verstrickt war, schwer auf meiner Seele. Ich schwankte ständig zwischen Beten und Hoffen, der Erinnerung an alle Figuren und Züge und dem Vergessen, das über mir schwebte wie das Damoklesschwert.

Beinahe eine Tagereise legten wir zurück, ehe wir durch ein dicht bewaldetes Stück zur Burg Montfort gelangten, die, majestätisch oberhalb eines Flüsschens gelegen, golden in der Abendsonne leuchtete. In mehreren Stockwerken türmte sich die Festung vor uns auf, ein Fels des Glaubens in einem Ozean des Heidentums. Mein Herz wuchs und ich hörte den frommen Gesang christlicher Mönche im Lärm der Zikaden, roch den Weihrauch der heiligen Mutter Kirche in der flirrenden Luft, spürte die Reinigung der Taufe, als wir die Tiere durch eine Furt unterhalb der Burg trieben und bis zu den Knien nass wurden.

Die Kraft des Glaubens und die Macht des Willens

»Die Kraft des Glaubens und die Macht des Willens hatten es geschafft, dass Tausende von Meilen fern aller abendländischen Zivilisation solche steinerne Manifeste der Christenheit gebaut worden waren! Hatte man je eine solche Festung der Sarazenen in unserer Heimat gesehen? Ich weiß nicht, ob Ihr das verstehen könnt«, versuchte ich zu erklären, »aber mich erfüllte Stolz auf meine Glaubensbrüder.«

Wir hielten inne, als wir ein Stück oberhalb der Stadt auf den nördlichen Hügeln angelangt waren, von wo aus wir einen herrlichen Blick auf Schirâz hatten. »Ja«, sagte Zahra. »Das kann ich verstehen. Denn wenn mein Blick auf diese Stadt fällt, dann erfüllt mich ähnliche Eitelkeit. So, wie euer Bollwerk als unbesiegbare Waffe in kriegerischen Zeiten steht, so widersteht diese Stadt und so widerstehen weite Teile Persiens allen Stürmen der Zeit als ein Zeugnis hoher Kultur.« Sie ließ sich im Schatten eines Maulbeerbaums nieder und fächelte sich mit den herabhängenden Tüchern ihres Tschadors Luft zu. »Zuerst kamen die Araber. Sie brachten uns den Koran und lehrten uns den rechten Glauben, *alham do l-Ellah*. Doch sie kamen als Krieger. Wer aber waren ihre wichtigsten Wazire? Perser. Später kamen vom Norden her die Türken und zuletzt aus dem Osten die Tataren. Sie alle überfielen unser Land, plünderten es und rissen die Herrschaft an sich. Und doch: Seht Euch das an!« Ihre dunklen Augen verwiesen mich auf die friedliche Siedlung in diesem milden Tal, das Gott in einer besonders feinsinnigen

Stunde geschaffen haben musste. In der Tat, hier war kein Krieg. Hier lebten die Menschen nach alter persischer Sitte wie seit Jahrhunderten. Wohl sprachen sie andere Gebete und dankten dafür ihren Eroberern von einst, auch zollten sie ihren Tribut nicht mehr dem eigenen Fürsten. Vielmehr sammelte er die Reichtümer stellvertretend für den mongolischen Großfürsten an, dem er sich unterstellt hatte, und der Atabek vor ihm hatte den Zins an die Türken in Isfahan und Bagdad abgegeben. Aber war nicht letztlich alles beim Alten geblieben?

»Ihr habt Recht«, pflichtete ich der edlen Tochter Saadis bei. »Euer Volk und eure Kultur scheinen ein Diamant zu sein, dem man egal welche Fassung geben kann. Er wird immer überstrahlen, was ihn umgibt. Gewiss bringt mancher Schmuck sein Leuchten besser zum Vorschein, anderer hindert es. Doch letztlich muss wohl jeder Eindringling dem Reiz und dem Reichtum Persiens erliegen.«

»Das habt Ihr schön gesagt«, lachte Zahra. »Ich werde Euch gelegentlich bei Vater damit zitieren, wenn Ihr mit ihm uneins seid.«

Dann saßen wir eine Weile schweigend nebeneinander, ein Zustand, den ich als sehr verwirrend empfand. Zwar blickte ich mit großem Genuss über das Tal, das in den letzten Tagen, Saadi hatte mir dies erklärt, begonnen hatte, sein Sommeraussehen anzunehmen. Das hieß, der Fluss, der die Stadt bei meiner Ankunft noch wie ein glitzerndes Perlenband zerteilt hatte, war nahezu versiegt, was ja auch seinem Namen entsprach: *Rudkhaneje-Khoshk*, der trockene Fluss. Doch wollte sich mein beim Aufstieg in Bewegung geratenes Herz nicht wieder beruhigen. Und das lag gewiss nicht daran, dass ich körperliche Anstrengung nicht gewohnt war.

»Erzählt mir etwas aus Eurer Heimat«, forderte Zahra mich auf.

»Nun, ich erinnere mich, dass ich Eurem Vater einst erzählte, wie die Landschaft aussieht, in der ich meine Jugend verbracht habe. Er entgegnete mir darauf: ›Das klingt, als sprächest du von meiner Heimat.‹ Wie Ihr euch denken könnt, sieht es im Burgund, woher ich komme, keineswegs so aus wie hier. Wohl gibt es Hügel und Wälder, Flüsse und fröhliches Volk. Doch die Felsen sind andere und ebenso die Bäume. Auch sind die Menschen wohl im Einzelnen wie überall auf der Welt, soweit ich das bisher beurteilen kann, aber im Großen und Ganzen doch ganz anders.« Zahra sah mich verwirrt an. Doch ich ließ mich nicht verleiten abzuschweifen, sondern fuhr fort: »Jedenfalls brachte mich Saadis Bemerkung auf eine Beobachtung, die ich mir so noch gar nicht bewusst gemacht hatte: So, wie aus der Ferne betrachtet alle Dinge und auch Menschen in ihren Grundzügen oft viel deutlicher zu erkennen sind, so geben Menschen auch in der Ferne ihr wahres Antlitz oft deutlicher preis.«

»Es mag sein, guter Freund, dass mich der Weg auf die Hügel etwas müde gemacht hat«, lächelte Saadis Tochter auf bezaubernde Weise und brachte mich prompt aus dem Konzept. »Was ich sagen will«, stammelte ich, »ist, dass der Mensch, wenn er fern der Heimat ist, also, wenn er in fremder Umgebung ist, dass er dann ...«

»Ah!«, rief sie aus und schwang sich sogleich wieder auf, um die Wanderung fortzusetzen. »Ich verstehe. Der Mensch zeigt sein wahres Wesen, wenn er nicht in vertrauter Umgebung ist. Die Beobachtung ist interessant. So seid Ihr in Eurem Innersten ein liebenswürdiger und kluger Mann?« Sie stolperte an einem losen Kiesel. Schnell sprang ich herbei und hielt sie fest. »Und ein hilfsbereiter dazu?«, fügte sie so schnell an, wie sie sich wieder gefasst hatte.

»Das zu entscheiden steht mir nicht zu«, entgegnete ich und suchte rasch weniger gefährliches Terrain zu erreichen, indem ich das Kompliment auf allgemeinere Weise erwiderte: »Doch wer will sich in einer so wunderbaren Stadt unter so wunderbaren Menschen schon in der Fremde fühlen?«

Wir stiegen noch ein wenig höher, vorbei an einigen Bergziegen, bis wir an eine kleine Quelle kamen, aus der klares Wasser sprang und die uns kühle Erfrischung versprach, ehe die Sonne ihren Zenit erreichte. »Was aber beobachtetet Ihr an Euren Landsleuten in der Fremde des Heiligen Landes?«, fragte Zahra, nachdem sie ihre Lippen einige Male benetzt hatte.

»Es fällt mir nicht leicht, das zu sagen«, gestand ich ein. »Doch hätte ich nicht viele aufrechte Gläubige gekannt, so wäre ich zu der Erkenntnis gelangt, das Christentum bestehe vor allem in den Lehren der Missgunst, des Neides, der Untreue, der Rachsucht und der Entwürdigung.«

»In den vier erstgenannten Punkten muss ich leider sagen, dass mir das auch alles eingefallen wäre. Was aber besagt der fünfte Punkt?«

»Nun«, rang ich nach Worten, »so schwer es mir fällt, mir scheint das beste Beispiel doch Euer Vater, dem Allah noch hundert gesunde Jahre schenken möge.«

»Das müsst Ihr mir näher erklären«, sagte sie und blickte mir dabei so tief in die Augen, dass mein Blick dem ihren nicht standhalten konnte, sondern den fast ausgetrockneten Flusslauf hinaufwanderte. »Ihr wisst, wie wir uns kennen lernten.«

»Ihr sagtet es mir bereits.«

»Richtig. Ihr wisst, was mit Saadi in der Zitadelle von Tripolis geschah?«

»Er wurde in den Kerker geworfen und musste dort wohl einige Wochen zubringen.«

»Er musste dort auch Erdarbeiten verrichten«, ergänzte ich. »In einer Gruppe, die hauptsächlich aus Juden bestand, die ebenso wenig verbrochen hatten wie Saadi, wurde er gezwungen, niederste Dienste zu leisten. Erdarbeiten, das bedeutet Arbeit unter brennender Sonne von morgens bis abends, Kloaken ausheben und neue Kerker errichten für andere arme Seelen, die ein ungnädiges Schicksal in die Hände der ritterlichen Herren von Tripolis verschlagen würde. Wer nicht tat, wie ihm geheißen, bekam die Peitsche. Wer sich als zu widerspenstig erwies, kam geradewegs auf den Sklavenmarkt, den am Sonntag der Pfarrer von der Kanzel herab als Werk der moslemischen Teufel brandmarkte.«

»Erdarbeiten«, wiederholte Zahra tonlos. »Davon hat er mir nie etwas erzählt.« Sie ließ ihre Hand durch den rötlichen Staub gleiten. »Ja«, sagte sie, »dann kann ich Euren fünften Punkt verstehen.« Und nach einer Weile: »Dann meint Ihr also, dass Euer Volk aus vielen guten Menschen besteht, die nur alle zusammengenommen eine teuflische Meute ergeben?«

»Das wäre vielleicht zu viel des Schlechten gesagt, aber im Großen und Ganzen kann ich es nicht bestreiten.«

»So wäre auch erklärt, wie es sein kann, dass Ihr zwar eine Dienerin Allahs sittsam auf den Berg begleitet und galante

Gespräche mit ihr führt, aber im Kreise Euresgleichen doch ein Kreuzritter seid, dessen höchstes Bestreben darin liegt, das Heilige Land der moslemischen Gottheit zu entreißen, gleich, wie viele Menschenleben es koste.« Dabei funkelte sie mich mit allem Glanz an, den ihre Augen zu bieten hatten. Sie war sich ihres Reizes bewusst. Natürlich meinte sie nicht, was sie sagte, sondern hielt mir mein eigenes Wort entgegen. So blieb mir nichts übrig, als sie zu bestätigen, wollte ich ihr nicht den Triumph gönnen, mich mit meinen eigenen Waffen zu schlagen: »Ja«, sagte ich also mit so zerknirschter Miene, wie es mir eben möglich war. »Ich selbst bin wohl der beste Beweis.«

»Für das Gegenteil, will ich meinen!«, lachte sie und bezauberte mich einmal mehr mit dem raschen Wechsel ihres Mienenspiels – vom Tiefernsten zum weit Strahlenden. »Mein Vater hat mir mehr über Euch erzählt, als Ihr selbst wisst.«

»Was mag Euer Vater – Allah möge ihm hundert Leben schenken – nur im Schilde führen, da er Euch so viel über meine Person offenbarte«, packte ich nun meinerseits die Waffen aus. Sogleich schlug sie sittsam die Augen nieder zu einer weiteren Miene, wie sie des Künstlers Pinsel nicht trefflicher hätte verfertigen können, und senkte die Stimme. »Nun, um nichts Falsches zu sagen, er erzählte freilich nicht mir von Euch, sondern verschiedenen Menschen zu verschiedenen Zeiten. Mir war gar nicht bekannt, dass er in vielen Fällen Euch meinte. Er erzählte vielmehr von einem alten christlichen Freund und wahren Moslem. Als ich noch kleiner war, verstand ich nicht, wie das sein konnte, und fragte Mehrbânu, die mir dann erklärte, dass Saadi einst in Tripolis einen Mann kennen gelernt hatte, von dem er behauptete, wenn nur die Hälfte aller Fürsten die Hälfte seiner aufrechten Gesinnung hätte, gäbe es doppelt so viel Gerechtigkeit auf der Welt. ›Er ist kein Moslem‹, hat er einmal gesagt, ›aber wenn er am Jüngsten Tage vor Allah tritt, dann wird Allah ihn den meisten Derwischen vorziehen.‹«

»Ich wusste nicht, dass er so gut über mich denkt. Aber vielleicht ist das ja eines seiner Geheimnisse: Er denkt gut und spricht gut über die Menschen und erkennt an, wo er Gerechtigkeit sieht. Aber weil er ein tiefgläubiger Sufi ist, wägt er nicht ohne Herz, sondern betrachtet in der Verfehlung auch die Größe der Schuld. Als wir einst gemeinsam vor einen despotischen Statthalter der christlichen Eroberer im Norden Galiläas traten, geschunden von Wochen im Kerker und einem steinigen Tagesritt ohne Rast auf Eselsrücken, da spuckte mein Landsmann vor Eurem edlen Vater aus und schmähte ihn mit bösen Worten. ›Wie wagst du es unter meine Augen zu treten, Knecht Allahs‹, rief er und war wohl aus auf den Beifall seiner schändlichen Kumpane. ›Dein Wollkleid stinkt und ist genügend verschmutzt, dass man überlegen sollte, es mitsamt seinem Träger zu verbrennen.‹ Und Saadi beugte sein Haupt und entgegnete mit sanfter Stimme und in reinster Sprache: ›Was Ihr sagt, ist wahr. Ich will es nicht bestreiten und hoffen, dass es Euch nie so ergehen möge. Doch weitaus schlimmer bin ich, als Ihr es ausgesprochen habt. Denn ich weiß meiner Fehler noch viel mehr.‹ Darauf verfiel der derbe Ritter in lautes Lachen und befahl, uns fortzubringen und uns andere Kleider anzulegen, damit wir nicht das Auge des Gesandten des Kaisers beleidigten. – Christus, unser Herr, sagt in der Bibel zum Selbstgerechten: ›Den Dorn im Auge des anderen siehst du, aber du erkennst nicht den Balken im eigenen Auge.‹ Christus sagt damit nichts anderes als Saadi. So wie Saadi von mir behauptet, ich sei ein guter Moslem, auch als Christ, so sage ich, er ist in seinem Innersten christlicher als die meisten Mönche. Spätere Jahrhunderte werden bedauern, dass er sein Leben nicht dem christlichen Gott geweiht hat.«

»Es gibt nur einen Gott.«

»Es gibt nur einen Gott«, pflichtete ich ihr bei und versank in ihren Augen.

Als wollte das Heilige Land uns den Zutritt verwehren

Als wollte das Heilige Land uns den Zutritt verwehren, blieb nach unserer Abreise von Zyperns Küsten jeglicher Wind aus. Unser Schiff trieb mit hängendem Tuch in Gewässern, die Spiegeln gleich zu den Horizonten hin ausgestreckt lagen und allenfalls von einigen Delfinen aufgewühlt wurden, die sich freundschaftlich in der Nähe unserer Planken balgten und wenig später wieder in der Weite des Meeres verschwanden. Wehte auch nur ein leises Lüftchen, sprang sogleich die ganze Besatzung auf, als würde das die Winde in ihrem Entschluss bestärken. Doch kaum auf den Beinen, fiel die Mannschaft schnell wieder zurück in ihren Trott und ich wünschte mir, dieses morsche Handelsschiff, das mir zu Beginn der Seereise stolz und beeindruckend erschienen war, sei eine Galeere, wie ich sie in den Häfen gesehen hatte, sowohl im kleinen Marseille als auch in Genua, Messina und zuletzt an den Küsten Zyperns, wo wir aus Vorsicht keinen Hafen angelaufen, sondern vor der Küste geankert hatten. Fischer waren mit ihren Booten zu uns gekommen und hatten getauscht, gehandelt und die Weinvorräte mit süßem zypriotischem Wein aufgefüllt, dessen Farbe so dunkel war, dass man bei einem abendlichen Becher glauben konnte, man trinke Tinte.

Wäre es doch nur eine Galeere gewesen statt dieses harmlosen Seglers. Die Geschicke der Passagiere wären anders verlaufen. So tief die Schatten waren, die das Schiff aufs Meer warf, so schwer lasteten die Vorkommnisse der vergangenen Tage auf der Besatzung. Der Kapitän und die drei jungen Franzosen hatten sich mehr als einmal in gewagte Wortspiele und Händel verstrickt. Keiner von ihnen konnte überdies schweigen. Vielmehr bemühte sich ein jeder, den anderen nach Kräften lächerlich zu machen, die drei Edelmänner den Kapitän und dieser umgekehrt jene. So war eine Atmosphäre entstanden, die krampfhaft heiter wirkte und dabei höchste Gefahr in sich barg. Es war, als würde zwischen eines jeden Zähnen bei den breit grinsend dargebotenen Scherzen und Sticheleien der Dolch blitzen, der schon im nächsten Augenblick gezückt werden konnte. Die Frage war lediglich, wer zuerst seine vermeintliche Gelassenheit verlor.

»Kapitän, seid Ihr nicht im Stande, dieses Schiff voranzubringen?«, rief de Tarbes, als erneut eine kleine Brise abgeflaut und die Mannschaft in Lethargie verfallen war.

»Wir hätten unsere Vorräte anders auswählen sollen, damit Ihr Eure Talente besser hättet zum Einsatz bringen können«, erwiderte der Kapitän.

»Ihr meint, wir hätten für Euch rudern können, wenn Euer Fraß nicht so mager wäre?«, fragte Saint-Sever in gehässigem Ton.

»Mehr Bohnen!«, rief der Kapitän in die Runde, auf dass es auch alle hören konnten. »Wir hätten mehr Bohnen mitnehmen sollen! Dann hättet Ihr wenigstens für die nötigen Winde gesorgt!«

»Schade, dass Ihr es nicht getan habt, Kapitän. So bleibt Ihr der Einzige, der hier laue Lüftchen über die Weltmeere bläst.« De Tarbes drehte sich um und streckte dem Kapitän demonstrativ sein Hinterteil entgegen. Seine Kumpane lachten dazu wie aus einem Mund und hoben die Kelche, die sie in diesen Tagen, wie mir schien, nur noch wegstellten, wenn sie an die Reling traten, um Wasser zu lassen. Dies aber taten sie häufig und gerne vor den anderen Passagieren, als bereitete es ihnen besonderes Vergnügen, ihr Gemächt auszupacken und den Blicken der Mitreisenden darzubieten. So trat de Tarbes nun an den Rand des Schiffes, keine zwei Hand breit neben der Sklavin des Kapitäns, die im Schatten einer aufgestellten Luke kauerte und mit wachem Geist, doch vermeintlich müden Augen der Auseinandersetzung folgte. Er verrichtete seine Angelegenheit betont ausführlich, darauf bedacht, dass sie ihn nicht übersehen konnte.

Von meiner Warte aus konnte ich ihn kaum sehen, da mein Blick von einem Mast versperrt war, umso besser aber sie, die wusste, dass sie nur falsch machen konnte, was sie tat: Blickte sie auf, so war ihr der Gram ihres Herrn sicher, ließ sie den Blick jedoch gesenkt, so träfe sie der Zorn des Ritters, der es erkennbar auf ihre Aufmerksamkeit angelegt hatte. Sie entschied sich, die Lider niedergeschlagen zu lassen, auch als der Edelmann noch einen halben Schritt näher an sie herantrat, so dass er sie beinahe berührte. Als er sein Geschäft endlich beendet hatte, zog er die Nase hoch und spuckte aus, jedoch nicht ins Meer, sondern zu seinen Füßen, geradewegs vor sie hin, ehe er sich umdrehte und langsam wieder zu seinen Gesellen trat. Taoma regte sich weiterhin nicht. Nur die Augen hatte sie, wie ich feststellte, geschlossen, und ich atmete innerlich auf, denn die Situation war mir bedrohlich erschienen.

In diesem Augenblick trat der Kaplan an Deck, der die meiste Zeit betend in der fauligen Finsternis im Bauch des Schiffes verbrachte. Seine Kapuze hatte er heruntergestreift und sein geierhafter Kopf schwebte über Deck, als sei er bereits auf halbem Wege ins Jenseits, während sein Körper unter der viel zu weiten Kutte verzweifelt versuchte, ihm dorthin zu folgen. Vorgebeugt und Psalmen murmelnd durchschritt er die streitbare Gesellschaft, ohne von ihr Kenntnis zu nehmen. Sein Blick fiel indes auf Taoma, die ihm am Herzen lag. Das hatte ich bemerkt. Schon während des Vorfalls vor der Küste Siziliens, als der Priester und die Sklavin gemeinsam die Verwundeten und Geschundenen unter Deck pflegten, als seien sie von gleichem Rang, war mir aufgefallen, dass zwischen den beiden keine Entfernung war. Diese Armeslänge, die Menschen von ihresgleichen, denen sie fremd sind, trennt, dieser Hoheitsraum eines Atemzugs, er existierte nicht zwischen ihnen. Der Blick des Gottesmannes, der beiläufig auf sie fiel wie der eines Ehemanns auf seine Frau an einem Tag, an dem zwischen beiden jedes Einvernehmen besteht, zeigte es. Auch die Gascogner hatten offenbar bemerkt, dass des Pfaffen Blick allein von dem schwarzen Mädchen angezogen worden war. Jacques de Breuille räusperte sich und fragte in so frommem Ton, wie es ihm nur eben möglich war: »Sagt, Pater, was spricht die Bibel zur Sklaverei?«

Der Kaplan hielt inne, wandte seinen Blick jedoch nicht dem Gascogner zu, sondern richtete lediglich den Kopf etwas höher auf, um nach einem kurzen Zögern dagegen zu fragen: »Was genau wollt Ihr wissen, edler Herr?« Und nach einem weiteren Augenblick: »Die Bibel spricht kaum vom Sklaventum. Doch lässt sich für alles, was das Leben an Fragen stellt, die rechte Antwort in der Heiligen Schrift finden.«

»Mich würde interessieren«, fuhr nun de Breuille fort, jedoch in Richtung des Kapitäns, »ob dem Christenmenschen erlaubt ist, Sklaven zu halten.«

Während der Kaplan endlich sein Gesicht dem Mann zuwandte, der ihn angesprochen hatte, richtete sich eines jeden anderen Blick an Bord auf die Unglückliche, die nach wie vor im Schatten saß, doch nun mit weit aufgerissenen Augen zu dem Kaplan hinstarrte. Niemals hatte ich Ähnliches beobachtet: Keiner sprach zu dem, den er ansah, und keiner sah denjenigen an, an den seine Rede gerichtet war. Wie um dies zu bestätigen, blickte nun der Kaplan geradewegs in den Himmel, als wollte er mit seiner schmalen, großen Nase die Antwort aus dem Duft des Meeres lesen. »Welch eine gute Frage!«, stellte er fest und verharrte auch in dieser Position einen Moment. »Was sagt uns die Bibel darauf? – Ich weiß es nicht. Nein, ich vermag es leider nicht zu sagen. Wohl gibt es einige Vorschriften, die uns Mose mitteilt, doch spricht er nur von den Rechten hebräischer Sklaven. Es ist darin kein Sinn für den Christenmenschen.« Er brach den Bann, indem er den Kopf wieder senkte und in die Runde blickte, keinen von uns anderen auslassend. »Die Bibel sagt nichts über die Sklaverei. Doch sagt sie viel über den Menschen und seinen Umgang mit anderen Menschen. Wenn Ihr Sklaven als Menschen betrachtet, so könnt Ihr gewiss sein, dass das Halten von Sklaven nicht gottgefällig ist.« Bei diesen Worten blieb sein Blick auf dem Kapitän haften, dessen Lächeln erstarrt war und dessen Augen unruhig flackerten. Und dann, den Kapitän fest im Blick, doch im Ton an Taoma gewandt, fügte er hinzu: »Einmal schreibt Paulus an Timotheus: ›Die Knechte, die unterm Joch sind, sollen ihren Herren mit

Ehren begegnen, auf dass nicht Gottes Name sowie die Lehre verlästert werden. Welche aber gläubige Herren haben, sollen dieselben nicht weniger ehren, weil sie Brüder im Glauben sind, sondern sie sollen ihnen ungleich dienstbarer sein, weil sie gläubig und geachtet sind und sich des Wohltuns befleißigen.‹ Ja, in der Tat«, erhob sich mit einem Mal die Stimme des Kaplans im Erkennen der eigenen Kenntnis, »die Bibel verwehrt dem Christenmenschen nicht die Sklaverei. Wer Sklaven hält, kann wohl tun. Dies schreibt Paulus!«

Antoine de Tarbes warf verächtlich den Kopf in den Nacken und gab ein kehliges Husten von sich. »Herr Pfaffe, wir werden am Sonntag alle für die Sklavenhalter beten.«

»Ja«, rief de Breuille dazwischen. »Und in Tyrus werden wir uns des Wohltuns befleißigen und möglichst rasch ein gutes Dutzend Sklaven kaufen!«

»Warum bis Tyrus warten?«, schaltete sich nun Saint-Sever ein. »Gibt es Sklaven, so lasst sie uns hier und heute erwerben.« Er stand auf und schlenderte auf dem Deck herum, als habe sein Auge weit zu schweifen, um eines Sklaven ansichtig zu werden. Als er schließlich vor Taoma stehen blieb, beugte er sich weit zu ihr hinunter und sprach ihr laut und auch zu uns hin deutlich vernehmbar ins Gesicht: »Wüsste man nicht, dass es das Liebchen des Kapitäns ist, man könnte es für seine Sklavin halten. Wie läuft doch das Luder unschicklich herum! Kapitän, seid Ihr denn kein Mann von Anstand?« Er wandte sich um und richtete seine Rede, den Kapitän fest im Blick, an die Sklavin: »Und du, schwarzes Mädchen, wie kannst du einem Herrn dienen, der seine Untergebenen nicht einmal gebührend einzukleiden weiß? Gibt es keinen edelmütigen Herrn auf diesem Kahn, der seine Kutte einer armen, nackten Seele überwerfen wollte?« Mit einem einzigen großen Schritt trat er auf den Kaplan zu. »Ach hätten wir doch nur einen barmherzigen Bruder unter uns.« Saint-Sever zog seinen Dolch aus dem Ärmel, wo er ihn stets trug wie ein Strauchdieb oder Taschenspieler, und ließ die Klinge über die Kordel gleiten, mit der des Priesters Kutte um den Hals geschnürt war, ehe er sie mit einem blitzartigen Ruck durchtrennte. »Es wäre so gottgefällig, so fromm, dieser armen Kreatur ein Kleid zu verschaffen, das ihre Blöße bedeckt.« Er ließ den Dolch auch über die Kordel gleiten, die die Kutte am mageren Bauch des Kaplans zusammenhielt. Eine weitere blitzschnelle Bewegung folgte, doch fiel des Priesters Überwurf nicht, da Saint-Sever wider Erwarten die Schnur nicht durchgeschnitten, sondern dergleichen nur vorgetäuscht hatte. Mit lautem Lachen begab er sich nun zurück zu seinen Kumpanen, die das Spektakel grölend verfolgt hatten, und griff an seinen Gürtel. »Hier seht ihr«, rief er, »was mir dieser Gauner von all meinem Vermögen gelassen hat!« Und er zeigte auf den Kapitän, der sich während des ganzen Auftritts von Saint-Sever zurückgelehnt und die Augen halb geschlossen gehalten hatte, um seine Geringschätzung zu zeigen. »Ich würde, um diesem armen Kind ein einziges Kleid geben zu können, all dies aufs Spiel setzen. Ich würde Euch die Kleine abkaufen!« Die beiden anderen Gascogner klatschten vor Vergnügen in die Hände, Saint-Sever aber, dadurch angespornt, schloss: »Doch was wäre das für eine traurige Vorstellung von Euch, Kapitän. Wenigstens kämpfen sollt Ihr für sie. – Nein, keine Angst, ich will Euch nicht mit Waffen fordern. Was hätte die Kleine davon, wenn einer von uns das Leben ließe. Spielt mit uns um sie. Gewinnt Ihr, so ist dieser Gürtel Euer. Gewinnt einer von uns, so ist das Mädchen mein!« Er warf den Gürtel, den er während der Rede von seinen Hüften gelöst hatte, auf den blanken Boden des Decks. In diesem Augenblick erhob sich ein kräftiger Wind und blähte die Segel, so dass das Schiff beinahe mit einem Ruck Fahrt aufnahm. Nach wie vor war keine einzige Wolke am Himmel zu sehen. Die Sonne stand schräg und warf ein fiebriges Licht über die Planken. Das Gesicht des Kapitäns, von dem Gestirn geradewegs angestrahlt, leuchtete wie die Glut eines Ofens, die blitzenden Augen ein Funkenflug des Zorns. Seine Stimme wurde verweht von der heftigen Böe. Doch seine Worte konnte ein jeder von seinen Lippen ablesen: »Ihr seid ein armer Mann.«

Eine Schlacht auf kleinem Felde

»Eine Schlacht auf kleinem Felde gedenkt Ihr zu spielen«, mahnte mich Saadi. »Doch bedenkt, Ihr spielt letztlich um die heilige Stadt dreier Religionen. Am Ende wird Euer Geschick auch darüber mitentscheiden, ob Jerusalem in einem neuen Blutbad versinkt oder ob die großen Herrscher des Orients und des Okzidents sich endlich einmal ohne Krieg einigen können.«

Wir standen in einem schattigen Winkel des Hofes, von dem aus man durch eine schmale Scharte im Mauerwerk über das weite Tal hinabsehen konnte. Wie ein Schiff zerteilte Montfort an seinem engen Felssattel diese Oase im nördlichen Galiläa. Steil fiel vor uns das Gelände ab. Von oben sah ich über die Kette von Befestigungswällen hinweg, durch die wir geritten waren. Drei Tore waren zu durchqueren. Durch das äußere, das man über die Straße von Akkon erreichte, gelangte man zu einem weiteren, das mit einem dreigeschossigen Turm versehen war. Der ganze Bau war überaus schmal und steil aufstrebend ausgerichtet. Der Burgfried beherrschte das ganze Tal und war von weit her zu sehen. Mich fröstelte, als ich in die Tiefe der Wälder unter uns blickte, wohl auch, weil mich nur noch kurze Zeit von meiner Prüfung trennte, an der, das war mir inzwischen klar geworden, nicht nur Saadis Leben hing, sondern womöglich auch meines: Wer immer sich auf solches Spiel einließ, musste die Niederlage teilen.

Man führte uns in einen großen Gewölbesaal, in dem wir uns an einer der dort aufgestellten langen Tafeln sättigen und unseren Durst löschen durften. Am anderen Ende des lang gestreckten Raums saßen einige Männer, die sich auf Arabisch unterhielten, Kaufleute offenbar, denn ihre Kleidung wies sie als wohlhabend aus und sie erweckten nicht den Eindruck, als seien sie etwas anderes als wohlgelittene Gäste. Es war zu keiner Zeit unüblich, dass Kaufleuten aus den arabischen Landen Einlass in Kreuzfahrerburgen gewährt wurde. Manches Mal wurden regelrechte Märkte abgehalten, auf denen die christlichen Ritter und ihr Gefolge die Gäste zu sein schienen – obschon man für gewöhnlich darauf achtete, dass es sich auch bei Orientalen um Christen und nicht um Moslems handelte, weshalb sich vor allem Armenier in der Nähe der Kreuzfahrer aufzuhalten pflegten, oder solche, die vorgaben, Armenier zu sein. Im Grunde war der Handel frei und – von gelegentlichen Sonderzöllen, am liebsten in Form von Naturalien, abgesehen – die Händler hatten keinerlei Beschwer. Für die Kaufleute bestand das größte Risiko darin, als moslemische Spione verdächtigt zu werden. Der Verdacht kam in solchem Falle regelmäßig der Verurteilung gleich. In keinem Lager wurde bei Spionen lange gefackelt. Sklaverei war eine Gnade, der Tod die Regel.

Einige Mägde stellten uns dünnen Wein und derbes Brot auf den Tisch, eine Mahlzeit, hundertmal köstlicher als der Fraß, den man den Häftlingen im Kerker vorwarf. Gierig verschlang ich einige Stücke Brot und trank dazu mit tiefen Schlucken, bis Saadi mich am Arm hielt und mir mit beinahe zärtlicher Stimme sagte: »Ich weiß nicht, ob wir hier nicht unsere Henkersmahlzeit verzehren. Auch weiß ich, dass du seit Wochen nichts Vergleichbares bekommen hast. Doch bitte ich dich im Namen Gottes und im Namen Jesu Christi, mäßige dich, sammle deine Kräfte und übe dich in Zurückhaltung. Tu dies, weil du weißt, dass üppiges Mahl dich müde macht und schwach. Gerade dich, der du lange Zeit darben musstest.«

Ich sah, dass Saadi sein Brot kaum angerührt hatte, dass sein Becher nur zur Hälfte geleert war und dass auch sein Blick Entbehrung sprach. Beschämt schob ich die Speisen von mir und sah ein, wie unklug ich gehandelt hatte.

Als man uns wieder hinaus auf den großen Burgplatz brachte, war die Nacht bereits hereingebrochen. In der Ferne schimmerte noch ein roter Streifen am Horizont, dort, wo das Meer lag und dahinter die afrikanischen Länder. Das Tal war in Finsternis getaucht und die Burg ragte schwarz und mächtig am Bergkamm hinauf. Wenige Fenster waren erhellt, vermutlich, weil die meisten Ritter und ihr Gefolge weiter nach Osten hin untergebracht waren, so dass man die Lichter ihrer Gemächer nicht vom Hof aus erblicken konnte. Unter dem Burgfried hatte man ein Zelt aufgeschlagen, das mich sehr an die Stände der Markthändler in Tripolis erinnerte, nur dass es innen mit Teppichen ausgelegt war wie das Zelt eines arabischen Kriegsherrn. Auf einem schmalen Schemel saß der Gesandte Friedrichs, groß, kräftig und prächtig gekleidet. Er hatte, wie die meisten höheren Ritter hier, sein Kettenhemd auf der Burg nicht angelegt. Aber sein ledernes Wams mit dem kaiserlichen Wappen und sein kostbar gewirkter Umhang wiesen ihn als hochrangigen Edelmann aus. Ich kannte die Wappen und Siegel des Reichsadels nicht sonderlich gut, da sich auf unsere Burg selten bedeutender Besuch verirrt hatte. Zu unwichtig waren unsere strategische Lage und unser politischer Anspruch. Auch waren weder unser Vater noch unser Großvater sehr erpicht darauf gewesen, ihren Einfluss zu erweitern und also mit anderen Lehnsherren in Fehde zu liegen.

Saadi trat vor und grüßte mit blumigen Worten den Gesandten. Der nahm von mir zunächst keine Notiz, sondern wies auf den Schemel gegenüber dem seinen und bedeutete Saadi, Platz zu nehmen. »Verzeiht«, sprach darauf der Perser. »Ihr habt das Spiel der Könige erlernt und mir erlaubt, Euch darin zu unterweisen. Nun wollt Ihr, Herr, Eure Kenntnis darin prüfen. Für diese Prüfung aber habt Ihr mich als Euren Gegner ausersehen. Dies scheint mir, verzeiht, wenn ich vorlaut bin, nicht die geeignete Methode. Seht, da Ihr an Euren Sieg oder Eure Niederlage wichtige Folgen für meine arme Seele knüpft, so fürchte ich, es könnte mir schwer fallen, Euch ein ganz und gar aufrichtiger Gegner zu sein. Wie könnte ich jeden Zug ohne Berechnung in eigenen Dingen tun, ich, der ich nur ein wankelmütiger Araber bin, der Leben und Freiheit ersehnt und Folter und Tod fürchtet.«

»Was also schlägst du vor, Araber?«

»Herr, ich habe lange über diese Angelegenheit nachgedacht und bin doch zu keinem Ergebnis gekommen. Da verschlug das Schicksal in meine Zelle einen Mann, der im Ruf steht, ein Großmeister des Spiels der Könige zu sein. Mehr noch: Allah hat in seiner unendlichen Weisheit einen Christen in meine Nähe geführt, einen Edelmann also, auf dessen Aufrichtigkeit und gerechten Sinn Verlass ist.« Mit diesen Worten trat Saadi einen Schritt zur Seite und wies auf mich. Wie von Geisterhand gelenkt, trat ich vor den Gesandten, verbeugte mich und betete meinen Namen vor ihm her: »Jean-Baptiste Baron d'Eron aus dem Burgund.« Den Baron hatte ich hinzugedichtet, stand der Titel doch tatsächlich meinem älteren Bruder zu.

Der Gesandte musterte mich einmal, zweimal, blickte zu Saadi, dann wieder zu mir. »Ihr seht nicht aus wie ein christlicher Edelmann!«, wandte er sich an mich. »Was ich sehe, sieht aus wie ein Tagedieb, der sich Pilger schimpft!«

»Aufgrund eines unerhörten Irrtums wurde ich in Tripolis eingekerkert und musste Wochen in einem dunklen Loch zubringen, in dem die Ratten fetter sind als die Gefangenen.«

»So hat sich dieser Irrtum aufgeklärt?«

»Keineswegs, verehrter Herr. Wie Eure Wachen bestätigen können, war auch ich bis in diese Burg in Ketten verbracht worden.«

»Nun, dann werden wir dies auch so belassen«, lachte der Gesandte. »Der Irrtum wird sich in Tripolis aufklären. Wenn er sich aufklärt.« Er winkte seinen Wachen und wies sie an, mir die Ketten wieder anzulegen, während Saadi bis auf weiteres ungefesselt blieb. Dann befahl er mir, ihm gegenüber Platz zu nehmen und das Spiel zu beginnen. Zwischen den beiden Schemeln war ein niedriges Tischchen aufgebaut, auf dem sich ein Spielbrett mit Figuren befand. Zum ersten Mal sah ich, was ich mir bisher nur hatte vorstellen können: Zweiunddreißig fein gearbeitete Figuren, alle, wie mir schien, aus Elfenbein geschnitzt und mit goldenen Malereien verziert, jede ein kleines Kunstwerk von einigem Wert. Der Gesandte bemerkte mein Erstaunen. »Für einen Großmeister dieses Spiels betrachtet Ihr es mit erstaunlich großer Ehrfurcht.«

Ich nahm meine ganze Aufmerksamkeit zusammen und erwiderte: »Es handelt sich um ein ausgesprochen schönes Werk, das große Ähnlichkeit mit einem Werk aufweist, das ich einst in Rom am Hofe des Papstes sah und das aus dem Königreich Sevilla stammte. Das Elfenbein kam aus Indien. Wenn Euer Künstler sein Handwerk beherrscht, dann hat er die Goldarbeiten von einem Faber Aurifex des Niltals fertigen lassen.« Ich konnte Saadis heimliches Lächeln an meiner Seite spüren, blickte aber nicht zu ihm. Der Statthalter war sichtlich verwirrt. »Ich bin sicher, die Figuren sind den Vorschriften entsprechend«, sagte er dann, um größtmögliche Autorität bemüht. »Also, lasst uns beginnen.«

Ich verneigte mich ein wenig, während Saadi einen weiteren kleinen Schritt zur Seite tat, so dass er mir beinahe schräg gegenüberstand. Nun sah ich ihn hinreichend gut, um seine winzigen Hinweise deuten zu können. Doch für die ersten Züge hatten wir vereinbart, keine Zeichen sprechen zu lassen. Saadi war sich seiner Sache sicher genug, um das Spiel zunächst einen eigenen Verlauf nehmen zu lassen. So beschränkte ich mich in der ersten Zeit darauf, lediglich vorsichtig zu sein, damit möglichst keine meiner Figuren geschlagen werden konnte. Die Methode, zunächst noch keine Zeichen einzusetzen, erwies sich als klug, denn in der ersten Zeit betrachtete der Statthalter Saadi mehrmals misstrauisch. Nicht geschlagen zu werden erwies sich jedoch als unerwartet schwierig. Denn der Ritter hatte einen guten Lehrmeister gehabt, einen sehr guten, wie ich immer verzweifelter feststellen musste. Mehr noch als die Tatsache, dass mir mein Gegner nach kurzer Zeit bereits drei Figuren abgenommen hatte, machte mir seine Aussage zu schaffen: »Ihr seid raffiniert, verdammt! Ich habe Euch tatsächlich unterschätzt.« – Ich konnte nicht entdecken, wodurch sich mein Gegenüber in Bedrängnis gebracht sah. Offenbar war mir durch Zufall oder Gottes Führung eine Konstellation gelungen, die mich in Vorteil brachte. So ließ ich mir mehr Zeit mit dem nächsten Zug, als ich wollte. Immer schneller eilten meine Augen über das Brett und doch wollte die Möglichkeit, die irgendwo bestehen musste, nicht Gestalt annehmen. In meiner Not blickte ich kurz zu Saadi auf und erkannte sofort, dass er mir offenbar schon seit dem letzten Zug eines unserer Zeichen machte, das erste in diesem Spiel. Mit einer kleinen Seitwärtsbewegung des linken Arms wies er mich an, das linke Pferd zu bewegen. Ich führte im Geiste diesen Zug aus und plötzlich wurde mir völlig klar, dass ich mitnichten des Gegners König im Visier hatte, sondern seinen Wazir, seine wichtigste Figur im Spiel. Ohne ihn war das Spiel schon halb zu unseren Gunsten entschieden. Also machte ich den Zug und der Statthalter musste mir, wollte er nicht seinen König in den sicheren Abgrund stürzen, seinen Wazir opfern.

Von nun an wanderte mein Blick in jedem Moment, in dem mein Gegner das Spielfeld im Auge hatte, zu Saadi, der mich mit Ruhe und steinerner Miene von Zug zu Zug leitete. Fasziniert wurde ich gewahr, wie viel Geschick und Witz in dieses Spiel einzubringen war. In kurzen Augenblicken begann es für mich ein eigenes Wesen zu entwickeln, das ganz getrennt war von Ort und Zeit. Dies half gewiss auch, die Müdigkeit zu verdrängen, die mich in meiner schwachen Verfassung nach Wochen im Kerker und einer beschwerlichen Tagereise auf dem harten Rücken eines Esels immer wieder hatte befallen wollen. Gelegentlich hatte ich das Gefühl, als würden Saadis Blicke alle Kraft in mir heraufbeschwören, damit ich die Stunden durchhielt, die eine um die andere ins Land gingen. Die Wachen lösten sich bereits zum zweiten Mal auf den Mauern ab, als plötzlich des Gegners König im Kreuze meines Wazirs, eines meiner Elefanten, eines Bauern und eines Pferdes stand: »*Mat!*«

»Bringt mir einen Krug Wein!«, rief der Statthalter den Wachen zu und wandte den Blick vom Feld. Er stand auf und reckte die steifen Glieder, was auch ich gerne getan hätte. Sein massiger Körper schleppte sich über den Hof zur Mauer, wo er unter lautem Seufzen seine Blase entleerte. Dann kehrte er zurück, ließ sich auf seinen Schemel fallen, füllte seinen Becher, den man ihm nebst einer großen Zinnkanne voll Wein inzwischen hingestellt hatte, und beugte sich dann zu mir vor: »Ihr habt gewonnen. Ich schenke Euch das Leben, Großmeister!« Das letzte Wort fiel aus seinem Mund wie ein Stück verdorbenes Fleisch, so ganz und gar voll Verachtung und Missgunst war es gesprochen. Saadi würdigte er keines Blickes. Ich war wie vor den Kopf gestoßen. Von einem Augenblick auf den anderen bemächtigte sich meiner alle Entbehrung und Anstrengung von Wochen, fiel alle Finsternis über mich herein, die sich in der Zeit der Kerkerhaft über mir aufgetürmt hatte, und beinahe schwanden mir die Sinne. Aus großer Entfernung sah ich, wie mich der Ritter beobachtete, wie er neben sich auf den Boden spuckte und mich erneut betrachtete. So mochte er einen Ausgepeitschten auf die hinreichende Tiefe seiner Wunden untersuchen oder eine Hure auf die Festigkeit ihres Fleisches. Erneut beugte er sich zu mir und lächelte süßlich: »Ihr seid hier schließlich zu zweit aufgetaucht. Das hatte ich nicht befohlen und auch nicht erwartet. Zwei Leben gewinnst du nur durch zwei Spiele.«

»So erlaubt, Herr, dass ich, da Ihr nun Gelegenheit hattet, Euch mit einem unabhängigen Meister zu messen, mein Schicksal selbst in die Hand nehme«, schaltete sich Saadi ein, dessen Sorge um meine schwindenden Kräfte unüberhörbar war. Der Gesandte Friedrichs indes weidete sich an meiner Verzweiflung und Saadis bösen Ahnungen: »Nein, mein Lehrmeister. Ihr selbst habt mich mit diesem klugen Spieler bekannt gemacht. Nicht Ihr seid es, der sein Schicksal in die Hand nimmt, sondern ich bin es, der die Zügel Eures Schicksals lenkt. Welche Hand wählt Ihr, Meister?«, wandte er sich unvermittelt an mich, der ich nicht einmal gemerkt hatte, dass er die beiden Wazire genommen hatte und nun in seinen großen Pranken hielt.

»Die rechte«, sagte ich wie von selbst.

»Natürlich«, kommentierte er. »Die rechte. Ihr spielt erneut mit Weiß.«

Ich eröffnete. Er konterte rasch. Ich spielte vorsichtig und merkte, wie ich langsam wieder wacher wurde. Offenbar hatte ich den toten Punkt der absoluten Müdigkeit überwunden. Nach einigen Zügen setzte auch Saadi wieder mit seiner Zeichensprache ein. Er spürte, dass ich mein Letztes für ihn geben würde, und ich spürte, dass er das wusste. Rasch verlor der kaiserliche Würdenträger seine wichtigsten Figuren, beide Türme waren bereits vom Felde sowie jeweils ein Pferd und ein Elefant. Als der Mond vom Firmament verschwunden war, waren auch die Reihen seines Fußvolks gelichtet, nur zwei *Piades* trotzten wacker Saadis geschickter Spielführung. Dann ging plötzlich ein Ruck durch den massigen Mann. Er bohrte seinen Blick in mich und ließ mich nicht mehr los, bis ich meinen Zug gemacht hatte – ohne Saadis Anweisung erheischen zu können. Doch mein Gegenüber antwortete nicht, sondern blickte zu Saadi, der scheinbar unverändert stand, scheinbar regungslos, mit steinerner Miene dem Spiel folgend. »Araber«, sagte der Deutsche. »Dein Turban wirft mir einen zu großen Schatten auf das Spiel. Du wirst dich hinter deinen Freund stellen!«

Mich überraschte zuerst die Mischung aus Witz und Brutalität, die in diesem Manne herrschte, denn Saadi trug mitnichten einen Turban, der ein Zeichen der Würde gewesen wäre an einem Ort und unter Umständen, da Würde nur für die eine Seite vorhanden war. Sogleich war mir aber auch klar, dass ich damit all meiner Sicherheit beraubt war und dass Saadis Leben von diesem Augenblick an allein in der Hand Gottes und im Geschick eines blutigen Anfängers dieses Spiels lag. Hatte ich bisher hauptsächlich darauf geachtet, Saadis Zeichen richtig zu deuten, so stellte ich schnell fest, dass jeder einzelne Zug, nun, da einzig meine Entscheidung zählte, um ein Vielfaches schwieriger war. In meinem Kopf begann sich alles wie in einer irrwitzigen Spirale zu drehen. Alles und nichts schien möglich, sinnvoll oder verhängnisvoll. Wann immer die Reihe an mir war, eine Figur zu setzen, dehnte sich die Zeit in unendliche Länge aus. Ob dies nur mir so vorkam oder ob es in Wirklichkeit so war, weiß Gott allein. Dieses zweite Spiel dauerte jedoch mit Sicherheit um ein Vielfaches länger als das erste. Denn ohne das Geschick eines Saadi auf der gegnerischen Seite entfaltete des Kaisers Gefolge durchaus kluge Strategien. Mit jedem Becher Wein, den er leerte, schien sich sein Geist größerer Wachheit zu erfreuen, während ich zunehmend das Gefühl hatte, dass alles an mir mit Ausnahme des Kopfes taub war von Anstrengung und Müdigkeit. Zweifellos war auch diese Nacht so kalt wie alle Nächte im Heiligen Land. Und doch war mein Haupt schweißüberströmt, mein wollenes Gewand bis zur Brust durchnässt, während mein Mund vor Trockenheit brannte.

Und wieder führte ein Engel meine Hand. »Verflucht sei der Tag, an dem Euer Vater zu Eurer Mutter, der Hure, ins Bett kroch!«, bellte der Gesandte mit einem Mal und schlug mit der Faust so heftig auf das Spielbrett, dass keine einzige Figur mehr auf dem Tisch blieb, sondern alle in den Staub fielen. Seine Augen blitzten Saadi an: »Araber, deinetwegen werden wir gegen deinesgleichen in die Schlacht ziehen müssen, um die Heilige Stadt aus euren dreckigen Pfoten zu befreien! Was bist du nur für ein schäbiger Lehrer!« Wieder spuckte er auf den Boden, diesmal in eindeutig demütigender Absicht. Saadi blieb ruhig. Ich konnte ihn, der immer noch hinter mir stand, nicht sehen. Aber seine Stimme klang, als hätte er sich die Antwort auf genau diese Situation bereits lange überlegt: »Verzeiht, Herr, es war Euer Wunsch gegen diesen Meister ein zweites Mal zu spielen. Gegen ihn zu verlieren gereicht unter dem Himmel keiner Seele zur Schande.«

»Du bist es, dessentwegen ich mich zum Gespött der Araber machen werde. Und zum Gespött des Kaisers des Heiligen Römischen Reichs dazu!« Wieder wuchtete er seinen schweren Körper hoch und begab sich zur Burgmauer, um sich zu erleichtern. Als er zurückkam, zog er mit besonderer Sorgfalt sein Wams zurecht und stellte sich kerzengerade vor uns auf, als käme nun der offizielle Teil seiner Rede. »Sag mir, Araber«, wandte er sich nun mit seidiger Stimme an Saadi. »Ist es angemessen, wenn Christ und Mohammedaner sich von Gleich zu Gleich begegnen?«

Saadi wusste natürlich, dass solche Frage nach all dem Vorangegangenen nicht arglos gemeint sein konnte. Also antwortete er in sehr orientalischer Weise: »Herr, es steht mir nicht zu, dies zu entscheiden, doch glaube ich, dass, da wir denselben Gott verehren und demselben Gott dienen und da dieser Gott das weiß, eine solche Begegnung gottgefällig ist.«

»Wie schön«, sagte der Gesandte. »So will ich versuchen, gottgefällig zu sein, und handeln, wie ein Araber handeln würde.«

Er winkte eine der Wachen herbei, die in der Nähe standen. »Bring diese beiden Männer in eines der leer stehenden Gemächer, eines, das nach Osten hin blickt, dann kann der Araber seinem Gott huldigen, wenn die Sonne aufgeht. Gib ihnen zu trinken und stell eine Wache vor dem Gemach auf. Morgen nach Sonnenaufgang werden die beiden ihre letzte Mahlzeit auf der Burg einnehmen. Den Franzosen schickt ihr zurück nach Tripolis, den Araber enthauptet ihr, sobald die Karawane aus Aleppo fort ist.«

»Die Händler werden am Vormittag abreisen«, sagte der Bewaffnete.

»Wunderbar, dann werde ich mir noch die Ehre geben, Euren letzten Atemzug durch meine Anwesenheit zu würdigen«, sagte der Gesandte zu Saadi, schon im Gehen begriffen. Doch Saadi rief ihm nach: »Herr, ist Euch Euer Wort so wenig wert?«

Der Ritter lachte. »Gottgefällig ist es, was ich tue, handle ich doch wie ein Araber! Sagtet Ihr nicht selbst, dass die Araber wankelmütig sind? Ich begegne euch von Gleich zu Gleich – und gleich morgen begegnet Ihr Allah!« Das Lachen über seinen Witz, in den auch die Wache einstimmte, hörte ich nur noch von ferne, denn meine Beine versagten und meinen Kopf befiel ein heftiger Schwindel, aus dem ich erst wieder erwachte, als ich Saadi beten hörte.

Er kniete auf dem Boden des Gemachs, in das man uns verbracht hatte, den Kopf tief auf den Boden gedrückt und mitnichten nach Osten zum Fenster hin gerichtet, sondern nach Süden, nach Jerusalem und Mekka zu, wie mir später klar wurde. Man hatte uns in der Tat in einer ganz normalen Kammer untergebracht, wie sie wohl die Knappen oder die Mägde bewohnten. Selbst die Fesseln hatte man uns abgenommen, so dass wir uns für die wenigen Stunden, die uns oder zumindest Saadi vom Schwert des Henkers trennten, wie freie Männer fühlen konnten. Diese Illusion währte jedoch nicht lange: Die Sonne fiel noch weit ins Innere des Raumes, da riss ein Wächter die Tür auf, ein kurzer, kräftiger Krieger marschierte herein, Ketten in der Hand, die er uns wortlos anlegte, worauf wir angewiesen wurden, uns in den großen Gewölbekeller zu begeben, wo wir uns schon bei unserer Ankunft leidlich hatten stärken dürfen. »Dein Henkersmahl, Sohn Allahs!«, spottete der Mann und stieß Saadi unsanft auf eine Bank, während ich mich selbst setzen konnte, ehe auch an mich Hand gelegt wurde.

Eine fahrige Magd kredenzte uns einheimisches Brot, weiß und trocken, eine Schüssel ranzigen Ziegenkäse und dünnen Wein. Saadi nahm wie immer wenig von allem, doch im Gegensatz zu mir aß er. Ich konnte an diesem Morgen nichts zu mir nehmen. Es fanden auch keine Worte auf meine Lippen. An die Tafel hinter mir setzte sich die muntere Gesellschaft von Kaufleuten, die wir schon am Vorabend bemerkt hatten. Unter allerlei Scherzen und handgreiflichen Späßen bestellten die Männer Brot, Datteln, dünnen Wein, Wasser und eine Schüssel Hafergrütze, als seien sie zu Gast in einer Schenke.

Saadi achtete nicht auf sie. Er war in sich gekehrt, aber er wirkte gelassen. Nach einiger Zeit brach er das Schweigen und forderte mich auf: »Erzähl mir von deiner Heimat, Ritter.«

»Ich kann nicht, Derwisch«, antwortete ich. »Die letzte Nacht zerfrisst meine Seele.«

»Das ist nicht nötig, Freund. Du hast getan, was du tun konntest. Mehr als das! Du hast das Spiel gewonnen ohne meine Hilfe. Du hast gekämpft für mich – nur scheint es, als ließe mir Allah keine Gelegenheit, dir in diesem Leben noch meine Dankbarkeit dafür zu erweisen.«

»Ich hätte besser nicht gewinnen sollen. Nachdem der Gegner einmal gedemütigt wurde, wäre es klüger gewesen, ihm auch einen Triumph zu gönnen.«

»Das hätte nichts geändert. Dann hätte er eben sein Wort gehalten – und den Daumen über mir gesenkt.« Saadi lächelte sein leises Lächeln, das mir erst an diesen zwei Tagen außerhalb der Finsternis des Kerkers wirklich vertraut geworden war. »Lass uns dieses Mahl wie das letzte Abendmahl eures Gottessohns und unseres Propheten Jesus teilen, der für uns alle heilig ist und aus geringerem Grund starb.« Er nahm das Brot, das vor uns lag, und brach es in der Mitte durch, worauf er eine Hälfte mir reichte und die andere Hälfte selber nahm. Dann goss er Wein in den Becher und stellte ihn vor mich hin. Ich trank, er nahm mir das Gefäß aus der Hand und trank von derselben Stelle. Dann aßen wir unser Brot und schwiegen wieder. Saadi blickte gerade vor sich hin, regungslos, bis plötzlich ein Blitzen sein Auge durchzuckte. Kein Muskel seiner Miene veränderte sich, doch ich konnte genau erkennen, dass sein Blick auf etwas gefallen war, das ihn zutiefst erregte. Während ich noch zu erforschen suchte, was ihn mit einem Mal so berührte, hörte ich in meinem Rücken eine kräftige Stimme nach der Wache rufen. »Warum trägt dieser Mann dort Ketten?«, fragte er, als einer der Ritterknechte an den Tisch gekommen war.

»Ihr meint den Araber? Er nimmt gerade sein Henkersmahl zu sich. Wenn er seinen letzten Bissen heruntergeschluckt hat, wird er seinen Hals nicht mehr gebrauchen. Der Scharfrichter wetzt bereits die Klinge.«

Es schien, als dächte der Kaufmann einen Augenblick lang nach. »Schade um einen so schönen Hals. Er hat ihn sich gewiss erst kürzlich gewaschen«, sagte er dann, worauf alle in Lachen ausbrachen und sich nicht weiter um uns kümmerten. Auch ich achtete nicht mehr auf die Händler, zu denen mich umzuwenden ich nicht gewagt hatte.

Nach einer Weile begann Saadi in einer Sprache zu mir zu sprechen, die ich nicht verstand. Verwirrt lauschte ich seinen vermeintlich sinnlosen Worten, bis mir endlich klar wurde, dass er mit dem Kaufmann von vorhin sprach, ohne dass dies eine der Wachen erkennen sollte. Jener schien dasselbe Spiel zu treiben. Die Antworten seiner Gefährten konnten unmöglich zu seiner Rede passen. Nach einer Weile begann ich ebenfalls in dieses Spiel einzugreifen, indem ich so tat, als würde ich Saadi antworten. Die Wachen würden den Unterschied zwischen meinem Arabisch und der unbekannten Sprache, die die beiden tauschten, nicht erkennen, die Mägde schon gar nicht. Dies ging einige Zeit, dann verbeugte sich Saadi, dessen Blick die ganze Zeit fest auf meine Augen gerichtet gewesen war, und die Kaufleute standen auf und verließen den Saal. Saadi seufzte tief auf und murmelte: »*Allah-u akbar.*«

Dumpf brodelnd schlug mir die Luft entgegen

Dumpf brodelnd schlug mir die Luft entgegen, als ich, der Empfehlung eines Matrosen unserer Barke folgend, die Stufen zum Gasthaus hinabschwankte. Der Seegang steckte mir noch in den Beinen, so dass ich mir schon beim Eintreten vorkam, als sei ich sturzbetrunken. Die Sicht war trüb hier unten, durch die speckigen Luken fiel nur ein matter Lichtschein von der Gasse her, die Öllampen verbreiteten Ruß und Gestank. Mich erinnerte dieser Anblick sehr an die Behausung der Stallknechte auf unserer heimatlichen Burg. Nur dass dort weitaus weniger Frauen gewesen waren. Ab und zu hatte sich eine Magd nach Einbruch der Dämmerung dorthin verirrt, um ein wenig nach dem Rechten zu sehen. Natürlich waren auch dort derbe Scherze gemacht worden. Doch hier war die Situation eindeutiger: Die Damen wurden offenbar vom Wirt dazu angehalten, die Gäste zu reichlichem Verzehr berauschender Getränke zu verführen, vielleicht auch zu anderen Dingen. Ich war überrascht, schon jetzt einige Gesichter zu sehen, die mir in den letzten Wochen auf der Reise vertraut geworden waren. Vor allem die jungen Edelmänner hatten es wohl nötig gehabt, ihre Trinkgelage von unter Deck in seichteren Gefilden fortzusetzen. Jacques de Breuille und der Neffe des Herzogs von Cluny lagen in den Armen draller Weiber, denen es an Freizügigkeit nicht mangelte. Die züchtigen Schals, die verdecken sollten, was die viel zu knapp geschnittenen Kleider frei ließen, hatten sie hinter den Rücken und über die Arme gewickelt. Ich begab mich in einen Winkel des kahlen Raums und ließ mich auf einer Bank nieder, an deren hinterem Ende ein Bündel Mensch seinen Rausch ausschlief. Offenbar machte ich ein zu finsteres Gesicht, denn obwohl mich zwei der Damen von einem ferneren Tisch aus musterten, wollte sich doch keine in meine Gesellschaft begeben, was ich dankbar als Gottes Fügung betrachtete.

Der Wirt, der plötzlich vor mir stand, ohne dass ich ihn zuvor bemerkt hätte, stellte einen Krug Wein und einen Becher vor mich auf den Tisch und machte mir ein Zeichen, ob ich essen wolle, indem er mit dem Finger mitten in seinen völlig zahnlosen Mund deutete. Ich schüttelte den Kopf, obwohl ich erbärmlichen Hunger hatte. Der Wein war besser, als ich es in dieser Höhle für möglich gehalten hätte. Er hatte eine ungewöhnliche Süße, wie sie weder den Weinen des Burgund noch denjenigen eigen war, die ich in Italien gekostet hatte. Auch war er weitaus schwerer, als es zunächst schien. Doch das merkte ich erst, als ich müde zu werden begann. Gerade als der Schlaf meine Nähe suchte, nach dem dritten oder vierten Becher, der Krug war fast geleert und die adligen Herren hatten sich von den Frauenzimmern in die Hinterzimmer ziehen lassen, da setzte sich zu mir ein kleiner, zierlicher Geselle im gepflegten Wams, in frischen Strümpfen und mit einer Florentiner Haube, derentwegen man ihn in meiner Heimat verlacht hätte. »Verzeiht, Herr. Stört es Euch, wenn ich diese Bank mit Euch teile?«, fragte er in vollendetem Französisch, dem aber doch sehr deutlich ein italienischer Akzent beigemengt war.

»Bitte«, sagte ich. »Nehmt Platz. Dies ist ein öffentliches Haus.« Insgeheim war ich ganz froh darüber, eine so gepflegte Erscheinung an diesem Ort zu erblicken.

»Was führt Euch ins Heilige Land?«, fragte er.

Ich antwortete zunächst nicht, sondern empfand es als angemessener, mich ihm nach einer kleinen Weile vorzustellen: »Mein Name ist Jean d'Eron.«

»Verzeiht, wie unaufmerksam von mir! Frater Antonio Brunello, Gottes niedrigster Diener, aber sein leidenschaftlichster.«

Ich musterte ihn sorgfältiger, als es schicklich ist. Doch das feine Tuch, die Messingschnallen, die roten Schuhe, das samtene Barett, all das schien mir sehr wenig zu einem Frater zu passen. Diesen Gedanken zu erraten fiel ihm natürlich nicht schwer, weshalb er sogleich demütig sein Haupt neigte und mit leisem Lächeln zu entschuldigen anhob: »Ihr habt völlig Recht, wenn sich Euer Widerwille an der Hoffart stößt, die meine Kleider bedeuten mögen. Mir selbst ist es äußerst unangenehm, mich in so eitler Pose zu bewegen. Doch seht, wir leben hier im Lande der Ungläubigen und unsere ritterlichen Kreuzfahrer sind in vielen Fällen schon lange Jahre von des Abendlandes christlicher Heimat entfernt. Sie haben sich zu sehr an das orientalische Elendwerk gewöhnt und hören nicht mehr auf den einfachen Mann Gottes, der sich in Säcke hüllt und in geziemender Armut lebt.«

»Meister Brunello«, entgegnete ich, »das alles geht mich nichts an. Ihr mögt Euch kleiden und Umgang pflegen, wie Ihr es wollt. Verteidigt Euch nicht gegen den Fremden, der Euch nicht angreifen will. Ich bin mit den Gepflogenheiten hier noch nicht vertraut und kann sicher so manche Lehrstunde vertragen.«

»Dann will ich Euch gerne behilflich sein. Habt Ihr schon eine Unterkunft?«

»Nun ja, mich hat zwar einer der Edelleute auf unserem Schiff eingeladen, mich seinem Tross anzuschließen. Allein, ich habe den Herrn bereits in Begleitung gesehen und glaube nicht, dass er selbst sich seinem Tross so rasch anschließen wird. In der Tat: Will ich nicht für heute Nacht enden wie dieser Geselle …« Ich deutete auf unseren schlafenden Banknachbarn, der inzwischen seine Stellung gewechselt und mit tiefem Bass zu schnarchen begonnen hatte. »So muss ich mich langsam umsehen.«

»Dann will ich Gott danken, dass er mir Gelegenheit gibt, ein gutes Werk zu verrichten, indem ich Euch zu der günstigsten und zugleich besten Unterkunft verhelfe, die Ihr so kurzfristig bekommen könnt!«, rief sogleich mein neuer Gönner aus und wollte sich schon schwungvoll aufrichten, als er noch einmal auf die Bank zurückfiel und sich räusperte. »Da sieht man, wie leicht einen die Liebe zu Gott von den Prüfungen des Tages abhält. War ich doch hierher gekommen, um meinem Körper zu geben, was der Allmächtige in seiner unendlichen Weisheit als tägliche Übung mir abverlangt.« Auf meinen verwirrten Blick fügte er hinzu: »Seht, die Sonne brennt hier erbarmungslos. Aber schlimmer noch ist sie draußen in den Wüsten, durch die ich in den ersten sieben Jahren nach meiner Ankunft im Heiligen Land gezogen bin, um Gottes Wort zu predigen. Einmal hatten mich die Heiden gefangen genommen und mich im brennenden Wüstensand begraben, so dass nur mein Kopf noch herausblickte. Und dann haben sie mir die Zunge auf meiner Bibel festgenagelt. In dieser Stellung erwartete ich die Stunde meines Todes. Doch es ...« Er winkte plötzlich ab und lachte: »Was erzähle ich Euch dies alles! Wie Ihr seht, hat der gütige Herr mich errettet und ich darf ihm weiter hienieden dienen. Allein, der Hals ist mir trocken seither und ich muss ihn täglich wenigstens zweimal mit reinem Wein wässern, um nicht für Wochen meine Stimme zu verlieren. Ihr habt nicht zufällig noch ein Schlückchen in Eurem Kruge?«

»Der Krug ist leer«, gestand ich. »Doch lasst mich mein Gewissen reinigen, indem ich einen zweiten Krug bestelle.« Dazu kam es jedoch nicht, weil erneut der Wirt gleich einer Erscheinung plötzlich vor mir stand, oder besser: vor meinem Gast, und einen vollen Krug vor ihn hinstellte sowie einen weiteren Becher. Er sagte etwas in mir unverständlicher Sprache zu ihm, worauf der Italiener lächelnd beide Hände hob und ihn dann hinfort winkte.

»Was sagte der Wirt?«, fragte ich neugierig.

»Er wollte nur meinen Segen«, entgegnete leichthin mein Gast.

»Er ist Christ?«

»Er ist Moslem. Aber er meint, man könne ja nie wissen.«

»Gabt Ihr ihm Euren Segen?«

»Natürlich.« Er trank mit vollen Schlucken einen ersten Becher.

»Ich kann mir nicht vorstellen, dass ein solcher Segen einem Muselmanen etwas bringt.«

»Man kann nie wissen!«, lachte Frater Antonio und strich sich den Bart, ehe er den zweiten Becher Wein hinabstürzte.

Eine dunkle Stunde unter der Sonne

Eine dunkle Stunde unter der Sonne brach an, die über uns strahlte, als wollte sie uns verhöhnen. Ich war mir immer noch nicht sicher, ob es sich des Kaisers Gesandter nicht doch noch anders überlegt und auch mir das Schicksal meines Freundes zugedacht hatte. So betete ich leise vor mich hin, als uns die Wachen auf den Burghof von Montfort hinausbrachten, wo sich derselbe großartige Blick über das grüne Tal bot wie gestern, nur in ganz anderem Licht. Geblendet blieben wir stehen und rührten uns nicht. »Es ist Zeit für eine interessante Frage«, sagte Saadi, ohne zu mir herüberzublicken. »Wird der arabische Ritter der letzten Nacht nun wieder ein italienischer sein oder wird er für einige Silberlinge das Spiel fortsetzen?«

»Du sprichst in Rätseln, Freund«, entgegnete ich, überzeugt, dass in dieser Lage Vernunft nicht mehr zu erwarten war, auch nicht von einem so klugen Mann wie dem Perser, dessen Schicksal ich hatte teilen dürfen und dem ich manches zu verdanken hatte, zuletzt mein Leben, das er im Kerker dem Gevatter Tod noch einmal aus den Händen genommen hatte. Was hätte ich darum gegeben, dieses Los von ihm nehmen zu können, das nun ausgerechnet von einem christlichen Ritter über ihn gebracht worden war und für das ich mich so verantwortlich fühlte, als hätte ich es selbst verursacht. Vielleicht hatte ich es tatsächlich verursacht. Immer wieder ging mir durch den Kopf, wie unklug es gewesen war, den Gesandten beim zweiten Spiel nicht gewinnen zu lassen. Stattdessen hatte ich in irrer Verblendung Saadis Leben buchstäblich verspielt, verbissen und zäh, als wollte ich seinen Tod geradezu herbeikämpfen.

Hinter dem Burgfried kam der Tross der Händler hervor, die auf ihren Pferden ritten und einige Kamele bei sich führten, die auf nahezu doppelte Größe mit fest verschnürten Bündeln bepackt waren. Zwei Esel trotteten daneben her. Es waren die Esel, auf denen Saadi und ich den Weg von Tripolis hergeritten waren. Ich erkannte es daran, weil meinem Tier das halbe Ohr fehlte. Vermutlich hatten die Armenier die Tiere günstig getauscht und auf der Burg war man froh gewesen, die Graufelle los zu sein, die doch irgendwie mit einem Fluch beladen sein mussten, nachdem sie mindestens einen Mann geradewegs zum Henker befördert hatten. Oder vielleicht zwei?

Ein Bewaffneter kam auf uns zu, hinter ihm der stämmige Mann, der uns am Morgen aus dem Gemach geholt hatte. Er war es auch, der uns nun die Ketten wieder abnahm. Ich wunderte mich, denn viele Verurteilte widersetzten sich am Richtblock und sorgten so für große Beschwernis der scharfrichterlichen Arbeit. Ein Knecht kam mit den beiden Eseln auf uns zu und gab jedem von uns eine Leine in die Hand. »Steig auf«, lächelte mir Saadi aufmunternd zu und schwang sich auf seinen Esel, als sei es ein edles Streitross. Ich blickte zu den Ritterknechten und zu den Kaufleuten und dann wieder zu Saadi. »Steig auf!«, sagte er ein weiteres Mal, doch ich stand wie festgewachsen auf dem staubigen Boden des Burghofs, bis mich zwei Knechte packten und so kraftvoll auf den Rücken des Esels beförderten, dass ich beinahe auf der anderen Seite wieder hinuntergestürzt wäre. Wie aus einem Munde lachten darauf all die Männer, die sich auf dem Hof befanden. Ein jeder trieb nun sein Tier an und die Knechte trieben meines an, worauf wir alle uns in Bewegung setzten und die drei Tore der Burg Montfort durchquerten. Am letzten Tor erblickte ich den Gesandten, der sich noch an einer Magd zu schaffen machte, aber offenbar ebenfalls im Aufbruch begriffen war. Er würdigte mich keines Blickes. Saadi aber musterte er wie eine Ware, die es zu kaufen oder zu verkaufen gab. Und mit einem

Griff an den prall gefüllten Beutel, den er an seinem Gürtel trug, rief er einem der Händler zu: »Ihr denkt an das Geschmeide! Sehe ich Euch nicht binnen Monatsfrist in Tripolis, so werdet Ihr Euer Haus und Euren Harem von den Bäumen pflücken können!«

»Seid unbesorgt, Herr«, rief der Kaufmann zurück, dessen Stimme ich als die vom Morgenmahl erkannte, »was Abu Dschafar Halabi verspricht, geschieht so sicher, wie der Morgen auf die Nacht folgt!«

Damit verließen wir die Burg und drangen ein in das Dickicht der Wälder, die sich gegen den Weg drängten und schon bald den Blick auf die steinernen Mauern verhüllten, so als wäre alles nur ein böser Taum gewesen.

Wir ritten nicht zurück nach Tripolis, sondern wandten uns nach einiger Zeit stärker gen Osten, in Richtung auf Damaskus. Saadi hatte sich zu den Kaufleuten begeben, die vorausritten, und unterhielt sich eifrig mit ihnen. Zwischen ihnen und mir ritten die Lasttiere. Mir folgte ein offenbar Geringer, der einfach gekleidet war und einfältig wirkte.

Gegen die Mitte des Tages gelangten wir an einen Fluss, der sich durch das dichte Grün bewegte wie eine träge Schlange. Dort saßen wir ab, die Händler nahmen den Tieren die schwere Fracht ab und überließen sie sich selbst, während sie ihre Teppiche ausbreiteten, um zu beten. Ich war verwirrt. Armenier, Christen, die sich gen Mekka neigten und Allah anriefen?

Nach dem Gebet endlich kam Saadi an meine Seite und setzte sich. Der Diener, der die Herren begleitete und der die ganze Zeit über hinter mir geritten war, brachte uns gedörrte Pflaumen, einige Feigen sowie zwei Schalen, mit denen wir Wasser aus dem Fluss schöpfen konnten, was ich für uns beide tat. »Sprich, Ibn Mosleh, wie kamen wir hierher und wie konnte Gott dich aus dem sicheren Griff des Henkers befreien?«

»Es ist eine alte Rechnung«, erklärte Saadi. »Allah gibt mir eine Gelegenheit, eine Schuld zu begleichen, und lässt mich darum am Leben.«

»Sprich nicht in Rätseln. Wie kann ich erahnen, welches Band dich mit diesen eigenartigen Armenierchristen verknüpft.«

»Diese Kaufleute sind nicht Christen noch Armenier, armenischer Herkunft allenfalls. Sie sind moslemische Händler aus Syrien. Dass sie als Armenier und als Anhänger deiner Religion auftreten, hat allein den Grund, damit sie ihren Geschäften ohne Beschwernis nachgehen können und nicht des Verrats bezichtigt werden können.« Saadi trank mit Bedacht und aß mit kleinen Bissen von seinen Pflaumen und Feigen. »Ihr Anführer, Abu Dschafar Halabi, stammt aus Aleppo, lebt jedoch mit seiner Familie in Damaskus. Er hat mich für einige Münzen und das Versprechen, dem Gesandten Friedrichs ein goldenes Geschmeide aus Kairo zu überlassen, von dem Franken freigekauft.«

»So ist er Euch zur Dankbarkeit verpflichtet?«

»Ich fürchte, es ist eher umgekehrt. – Der Preis war die Mitgift seiner Nichte, deren Hüter er seit dem Tod des Vaters ist.«

»Er hat Euch die Mitgift seiner Nichte überlassen?« Saadi lachte leise vor sich hin und nickte, während sein Blick über den Fluss wanderte, wo sich am östlichen Hügel ein Pfad entlangzog, der wohl unseren Weg fortsetzte. Ich bemerkte, wie ich wieder in die Denkart des Spiels der Könige zurückfiel und sich in mir die unterschiedlichen Überlegungen verdichteten, bis endlich eine Möglichkeit Gestalt annahm, die mir wie Gotteslästerung schien: Der Kaufmann hatte seine Nichte in jenem Gespräch über die beiden Tafeln des Gewölbesaals hinweg mit Saadi verlobt und mit der Mitgift Saadis und meine Freilassung erkauft. Saadi bemerkte, dass ich den Tatsachen auf die Spur gekommen war, und setzte eine Miene zwischen Betrübnis und Gerissenheit auf. Dann stand er auf und ging, um unsere Schalen nochmals mit dem klaren Wasser des Flusses zu füllen, während sich in meinem Kopf ein neues Rätsel zusammenbraute: Woher konnte Saadi wissen, dass dieser Mann eine Nichte hatte, die er verheiraten wollte? Schließlich fragte ich ihn, als er wiederkam: »In welcher Sprache hast du mit ihm gesprochen?«

»In meiner Muttersprache: Persisch.«

Schiffen gleich, die Wellen durchpflügen

Schiffen gleich, die Wellen durchpflügen, wankten die Kamele schwer bepackt über den Platz. Es war eine Karawane aus dem Osten, die Gewürze, Tuche und Essenzen aus dem Sultanat Delhi und noch entfernteren Fürstentümern nach Schirâz brachte sowie Farben, die für die berühmten Teppiche, die hier und in anderen Städten der Perser geknüpft wurden, überaus wichtig waren. Der Zug wurde begleitet von vielen Schwarzhäutigen, nur bekleidet mit einem Tuch, das die Lenden bedeckte. Sklaven, das war offensichtlich. »Saadi, mein Freund«, wandte ich mich an meinen Begleiter, dessen Augen ebenfalls dem Handelszug folgten. »Wie kommt es, dass in Schirâz kein Sklavenmarkt existiert? Auch hier sind doch diese Armseligen in jedem Haushalt zu finden.«

»Schirâz ist zu klein«, erwiderte Saadi. »Wer immer einen Sklaven erwerben will, bringt ihn mit aus Isfahan, aus Bagdad oder ferneren Städten.«

Wir schlossen uns der Karawane an und gingen die letzten Schritte mit zur Karawanserei, wo bereits die ersten Tiere entlastet und zur Tränke geführt wurden. Es war stets ein Ereignis, wenn eine Karawane von fern her in die Stadt einzog. Die Frauen drängten sich um die Händler, die ihre Waren abluden und bereits die ersten Geschäfte tätigten, noch ehe sie ihr Quartier bezogen hatten. Die Männer drängten sich meist nach den jüngsten Nachrichten, obwohl dies hier nicht im Mittelpunkt stand. Wäre die Karawane aus dem Herzen des Reiches gekommen, von Bagdad oder Damaskus – doch wie ich selbst hatte erfahren müssen, waren die Nachrichten aus diesen Regionen solche, von denen man hoffte, es gäbe sie nicht.

Der Handelszug war klein. Nur wenige Dutzend Kamele, einige Pferde und Esel und vielleicht sechzig Menschen, davon die Hälfte Sklaven, hatten die Reise gemacht. Die Größe des Zugs sprach dafür, dass das Ziel der Reise bald erreicht war und sich bereits viele Reisende verabschiedet hatten, was erfahrungsgemäß bei den Karawanen aus dem Osten in Ormuz der Fall war, wo mancher den Weg übers Meer suchte, um als Pilger nach Mekka weiterzureisen oder als Sklave auf den berüchtigten Märkten des Oman zu enden.

Ich konnte den Blick nicht von den dunkelhäutigen Männern wenden, deren Haar so schwarz war, dass es mir bläulich schien und deren Zähne und Augäpfel so weiß waren, als würden sie im Inneren von einer Kerze erleuchtet. Der Blick dieser Sklaven hatte etwas Abwesendes, als würden sie hinter ihren Mienen ein zweites Leben führen, das sich der Außenwelt verschloss. Das musste daran liegen, dass man ihren Willen gebrochen hatte. Die Sklaverei konnte das Los eines jeden Menschen werden, in jenen Landen zumal. Ganz unterschiedliche Schicksale führten die unterschiedlichsten Menschen in die Gewalt anderer. Diese Haut, sie erinnerte mich an Taoma. So wie ich jetzt diese Unglücklichen aus den Ländern jenseits des Indus beobachtete, so hatte ich seinerzeit auch Taoma beobachtet, die meiner ersten Reise zur See die lichtesten und die dunkelsten Stunden beschert hatte.

»Du spielst doch wohl nicht mit dem Gedanken, dir einen Sklaven zu kaufen?«, meinte Saadi, der meinen Blicken gefolgt war, spöttisch. »Zugegeben, einige der Jungen sind sehr hübsch und könnten dein Herz erfreuen.«

»Lieber Freund, Gott ist mein Zeuge, es mag ein Junge noch so hübsch sein, mein Herz erfreut allein ein Weib. Auch wüsste ich nicht, was ich mit einem Sklaven anfangen sollte.«

»Die Sklaverei ist allein dazu gut, die Sklaven freizulassen, auf dass sie einem anschließend nicht aus Furcht, sondern aus Dankbarkeit dienen.« Saadi beugte sich zu einem prächtigen Stoff nieder, den ein Händler über einem noch verschlossenen

Bündel ausgebreitet hatte, damit der Staub nicht die Farben bedeckte, und prüfte mit gefühlvoller Hand die Qualität. »Allah muss einen freundlichen Tag gehabt haben, als der Weber diese Goldfäden wirkte«, meinte er zu dem Händler. Der freute sich über die schönen Worte und entgegnete sogleich: »*Wa Allah*, edler Herr, da habt ihr wohl Recht! Einen sehr freundlichen Tag. Wie sonst hätte jemals etwas so Wundervolles entstehen können.«

»So meinte ich das eigentlich nicht«, erwiderte Saadi. »Ich dachte eher daran, dass er die Sinne des Webers durch allerlei schöne Dinge abgelenkt haben muss, dass dieser seine Arbeit so nachlässig erledigte.«

»*Wa Allah!*«, entfuhr es dem Händler wieder und er schien ernsthaft entrüstet. »Das habe ich doch noch nie gehört! Dieser Stoff wäre für den Kaiser von China recht und des Kalifen persönlich würdig!«

Nun wandte sich Saadi zu mir. »Seht nur, mein Freund, wie plump und derb dieses Tuch gewirkt wurde. Man sollte dem Händler verbieten, die Stadt nochmals zu betreten. Ich werde dem Atabek, der ein guter Freund ist, Bescheid geben, man möge diesem Schurken auf ewig Verbot erteilen, Schirâz noch einmal mit seiner Anwesenheit zu beleidigen! Auch scheint mir ein Dutzend Streiche mit der Rute das rechte Maß, mit dem hier zu wiegen ist.«

»O Herr«, rief nun der Händler. »Wie könnt Ihr so böses Spiel mit mir treiben, der ich ein ehrlicher Händler und weit gereist bin. Dieses Tuch ist tausendmal schöner als alles, was jemals zwischen Benares und Peschawar gewirkt wurde. Und …« Er machte eine kleine Pause und verbeugte sich tief. »Ich gebe es Euch für den halben Preis, damit Ihr Euch überzeugen könnt, wie viel Freude es Euch bereiten wird.«

»Und wie viel soll dieser halbe Preis betragen?«, fragte darauf Saadi mit strengem Blick.

»Fünfzig Dirham, Herr.« Der Händler beugte sich noch weiter hinab, nicht ohne Saadi dabei unablässig im Auge zu behalten, was ihm etwas Tückisches verlieh.

Saadi indes lachte. »Dafür wird man Euch die Hand abhacken.«

»Fünfundvierzig, Herr. Aber meine Familie wird hungern, bei Allah!«

»Für jeden Dirham werdet Ihr ein Jahr im Kerker zubringen.«

»Vierzig. Aber ich werde mein Kamel verkaufen müssen, um nach Hause zurückkehren zu können.«

»Ihr werdet nicht einmal die Zeit haben, Euer Kamel loszubinden, so schnell wird man Euch dafür aus der Stadt jagen!«, polterte Saadi.

Der Händler schwieg nun eine Weile und machte ganz den Eindruck, als würde er lange mit sich selbst ringen. Dann verbeugte er sich so tief, dass ich dachte, er würde jeden Augenblick vor Saadis Füße stürzen, ehe er sich wieder aufrichtete und meinte: »Dann, o Herr, werde ich kein Angebot machen können, das Euer Wohlwollen findet. Allah möge mir vergeben.«

Saadi wandte sich zum Gehen. Damit hatte der Händler nicht gerechnet, weshalb er schnell anfügte: »Obwohl …«

Mein alter Freund blinzelte mir zu und drehte sich nur halb nochmals zu dem Manne um. »Ja?«

»Vielleicht …« Wieder schien der Händler mit sich zu ringen, als ginge es um die Frage, ob er seine Kinder verkaufen solle oder lieber nicht. »Seht«, stammelte er dann. »Die Sache ist die: Ich muss in aller Eile zurück in meine Heimat. Nehmt Ihr mir Ware ab, so werde ich früher dort sein und meine kranke Familie umsorgen können.«

»So macht einen Vorschlag, Mann, wie wir uns einigen können.« Saadi baute sich nun so mächtig vor ihm auf, wie es sein alter Körper zuließ, während der Händler, der sicher zweimal so viel wog wie mein alter Freund, schmächtig neben ihm wirkte. »Ich könnte vielleicht mit siebenunddreißig einverstanden sein?«

»Vierunddreißig.«

»Sechsunddreißig.«

»Fünfundreißig. Und meine Enkel werden Euch verfluchen.«

»Sechsunddreißig. Und meine Frau wird mich verfluchen.«

Da lachte Saadi laut auf und sagte: »Das ist ein Grund, dem ich nichts entgegensetzen will. Dieses Schicksal sei Euch gegönnt für Euren Wucher. So legt das Tuch fein zusammen und bringt es mir am Abend in mein Haus.«

»Sehr wohl, verehrter Herr«, beeilte sich der Händler zu sagen. »Und wessen Haus ist das Eure?«

»Es ist das Haus des Mosleh ad-Dîn Saadi.«

Da fiel der Händler auf die Knie und packte Saadi am Saum seines Umhangs. »Ihr seid Saadi, seid es selbst?«

»Ich war nie ein anderer«, entgegnete Saadi und griff den Mann am Arm, um ihn zum Aufstehen zu bewegen, was ihm jedoch nicht gelang. »Nein, lasst mich!«, beharrte der Händler. »Eure Füße zu küssen ist eine Ehre, Eure Hand zu spüren, Ruhm. Und Eure Stimme zu hören, ist meinem Ohr und Herzen gleich einem Blick ins Paradies.«

Wie erinnerte mich dieses Ereignis doch an die Zeit, als ich Ibn Mosleh kennen gelernt hatte. Auch hier sah ich vor allem einen persönlichen Freund in ihm. Doch war er mehr, damals wie heute, die Menschen verehrten ihn, sein Ruf war mächtig, sein Ruhm groß. Und so konnte es einem in seiner Begleitung jederzeit geschehen, dass fremde Menschen plötzlich in öffentliche Lobpreisungen ausbrachen, da sie in ihm den großen Saadi erkannten, dessen Reisen sein Leuchten in alle Reiche von Ägypten bis weit in den Osten getragen hatten.

Saadi gelang es schließlich, den Mann in eine aufrechte Haltung zu bewegen und das Wort unter Gleichen an ihn zu richten. »Ihr werdet in dieser Karawanserei nächtigen?«, fragte er.

Der Angesprochene nickte nur und schien mit einem Mal beileibe nicht mehr sehr wortgewandt.

»So lasst uns hier heute Abend ein gemeinsames Mahl nehmen und den Becher heben. Ihr kommt aus dem Sultanat Delhi, so könnt Ihr uns doch manches Interessante erzählen!«

Glücklich verbeugte sich der Mann und murmelte Unverständliches, dem aber doch zu entnehmen war, dass sein Glück vollkommen war ob der Aussicht, den Abend mit einem der größten Gelehrten seiner Zeit zu verbringen. So verbeugten auch wir uns und zogen weiter, um uns andere Waren anzusehen, der Menschen Mienen zu studieren und den Nachrichten zu lauschen, die dem Zug von Süden und von Osten her gefolgt waren.

Im Reich des Poseidon

IM REICH DES POSEIDON ruhten die Elemente, kein Sturm zog herauf, keine Wolke querte den Himmel, kein Land kam in Sicht. Nur der Wind trieb unser Boot immer rascher gen Osten. »Die Winde stehen gut für Tripolis oder Sidon«, klärte mich der Steuermann auf. »Tyrus liegt zu weit im Norden.«

»Ist es Euch denn nicht wichtig, wohin Euch die Reise führt?«

»Wir werden uns nicht gegen die Götter stellen«, erwiderte der Matrose. »Schließlich müssen wir nach Tripolis und nach Tyrus. Entweder fahren wir von hier nach dort oder von dort nach da.«

Ich richtete meine Aufmerksamkeit wieder auf die Spieler, die sich in der Mitte des Decks niedergelassen hatten und bereits seit Stunden spielten. Der Wein hatte sie laut gemacht wie jede Nacht. Sie prahlten, beleidigten einander, schimpften und lachten. Das Deck war von einigen Öllampen trüb beleuchtet. Taoma war nicht mehr zu sehen. Sie hatte sich davongestohlen, als die wütenden Spieler ganz auf ihr Tun gerichtet waren. Vor dem Kapitän war ein beträchtlicher Haufen Geld aufgetürmt, ein kleinerer Haufen befand sich aufseiten seiner Gegner. Er musste wahrlich ein großartiger Spieler oder ein begabter Betrüger sein, wenn er gegen diese Übermacht eine so glückliche Hand hatte.

»Gut!«, rief de Tarbes, heiser vor Hass. »Dies ist das gesamte Gut, was uns verblieben ist. Dies und die Pferde gegen alles, was du in dieser Nacht gewonnen hast, und gegen die Sklavin, wenn der nächste Wurf unser ist.«

Der Kapitän, obzwar begünstigt vom Glück, verfügte nicht über die Gelassenheit, die mir sonst an ihm aufgefallen war. Das Spiel, das ihm hier aufgedrängt worden war, zerrte an seinen Nerven. Er beugte sich vor, beugte sich zurück, atmete tief und ließ den Kopf langsam kreisen, ehe er mit einem langen Seufzen nachgab: »Gut. Ihr werft zuerst.«

»Diesmal, verehrter Herr Kapitän«, wehrte de Breuille ab, »diesmal werft Ihr zuerst. Saint-Severs Wurf soll die Entscheidung bringen.« Er hielt ihm den Becher in der einen Hand und die Würfel in der anderen hin. Der Kapitän blickte sich auf dem Deck um, konnte aber Taoma nirgendwo entdecken. Das schien ihn zu beruhigen, denn plötzlich lächelte er und ließ die Würfel sorgsam und voll Gefühl in den Becher gleiten, den er nur sacht schüttelte und schließlich stürzte.

»Sieben.«

Saint-Sever nahm das Gefäß und die Würfel und schüttelte die Würfel ausgiebig und mit knappen, harten Bewegungen, ohne dabei den Kapitän aus den Augen zu lassen. Dann knallte er das Behältnis auf die Bretter, immer noch den Blick unverwandt auf den Seemann gerichtet. »Acht«, sagte er, ohne den Becher zu lüften.

Als hätte er ein Kommando ausgesprochen, sprangen seine beiden Freunde auf und griffen sich den Kapitän, der wie gelähmt war vor Überraschung oder Angst. Sie rissen ihm den Dolch vom Gürtel und verdrehten ihm die Arme so, dass er sich unmöglich noch bewegen konnte. »Wie schade für Euch, dass Ihr verloren habt, Kapitän. Wo Ihr doch bisher ein so gesegnetes Händchen hattet.«

Der Kapitän sagte nichts. Sein verzweifelter Blick suchte nach Hilfe unter seinen Matrosen, die jedoch lieber nichts unternahmen. Tripolis war nah, dies war keine Meuterei, morgen schon konnten sie eine neue Heuer haben. Morgen schon konnten sie aber auch von drei gewissenlosen Franzosen ermordet sein, weil ihr Kapitän sich leichtfertig auf ein Spiel eingelassen, ja vielleicht sogar seinem Glück etwas nachgeholfen hatte.

De Tarbes, der den Blick des Kapitäns erkannt hatte, lächelte ihn bösartig an: »Niemand scheint Euch im Recht zu sehen,

Monsieur. Spielschulden sind Ehrenschulden. Und wer seine Ehre schuldet, hat sein Leben verwirkt, nicht wahr?« Er machte Saint-Sever ein Zeichen mit dem Kopf, woraufhin dieser unter Deck ging und wenig später mit Taoma wieder hervorkam. »Sieh dir nur diese armselige Gestalt an, die dein Herr sein will!«, setzte de Tarbes seine schändliche Rede fort. »Er hat nicht gut für dich gekämpft. Du bist an meinen Freund, den edlen Jean-Baptiste de Saint-Sever gefallen. Das heißt, wenn er dich annimmt.«

De Breuille fiel in den Ton von de Tarbes ein und fügte an: »Was man annehmen soll, das sollte man vorher prüfen, Saint-Sever. Gib uns ein gutes Beispiel!«

Darauf zerrte dieser sie hinter einige an Deck vertäute Fässer und verging sich an ihr. Von Taoma war kein Ton zu hören, während der Kapitän abwechselnd laut aufheulte und brüllte wie ein Tier. Immer wieder versuchte er, sich loszureißen, bis endlich ein heftiges Knacken ihm den Atem nahm und seinen Widerstand brach. Offenbar hatte ihm einer seiner Peiniger die Schulter ausgerenkt oder auch gebrochen. Mit schmerzlichen Gesichtern standen der Kaplan und einige der Seeleute da, mir selbst liefen die Tränen über die Wagen. Was konnte man tun? War der Kapitän nicht des Todes, wenn man ihm zu Hilfe eilte? Würde die Sklavin nicht schneller vom Leben zum Tode befördert werden, wollte man ihr helfen? Und begab man sich nicht selbst in allerhöchste Gefahr, von einem dieser groben Burschen oder von allen zusammen umgebracht zu werden?

Saint-Sever kam hinter den Fässern hervor, als das Schiff gerade einen heftigen Dreh zur Seite machte: Der Steuermann hatte sich ebenfalls nicht mehr seiner Pflichten besonnen, sondern das Geschehen verfolgt. »Es geht doch nichts über eine hübsche Französin«, prahlte er, sein Hemd in die Hosen stopfend. »Die Afrikanerin hat zu viel Sonne abbekommen, so trocken, wie sie ist.«

Mit einem Ruck zog de Tarbes den verletzten Arm des Kapitäns hinter dessen Rücken nach oben, so dass dieser losbrüllte, bis ihm der Atem versagte. »Hörst du das, du Wurm?«, rief er in des Kapitäns Gebrüll hinein. »Mein Freund hat seinen Spaß nicht bekommen! Dein Einsatz war minderwertig! Das wirst du uns büßen, du Schurke!« Er stieß den Unseligen mit einer plötzlichen Drehung zur Seite und trat ihm so heftig in den Rücken, dass der Kapitän wie ein Holzpflock über die Reling rumpelte und ins Meer stürzte. Sosehr der Mann in den letzten Minuten gebrüllt hatte, so still versank er nun in den Tiefen, nicht fähig, mit seinem verletzten Arm und nach der durchlittenen Tortur auch nur ein Stück weit zu schwimmen. Die drei Ritter lehnten am Rande des Schiffs und sahen ihm beim Sterben zu, lachend und feixend: »Sagt man nicht, Seeleute seien die schlechtesten Schwimmer? Da ist unser Kapitän wie immer vorbildlich!«

Einer nach dem anderen drehte sich darauf um, rückte seine Kleider zurecht, als sei er eben bei einem Nickerchen ertappt worden und müsse sich nun aus seiner derangierten Lage befreien. »Was soll nun mit der armen Sklavin geschehen?«, fragte de Tarbes.

»Sklavin? Ist sie nicht frei, wenn ihr Herr das Zeitliche segnet?«, hielt de Breuille dagegen.

»Ich denke wohl!«, pflichtete de Saint-Sever bei.

»Nun, wenn sie frei ist,« meinte de Tarbes, »nehmt es mir nicht übel, so denke ich, es wäre doch ganz hilfreich, ich nähme sie zur …«

»Du willst eine Schwarze heiraten?«, feixte de Breuille.

»Wo denkst du hin, mein edler Freund! Zur Frau nimmt der Edelmann nur die Edelfrau! Doch da sie frei ist, so nehm ich sie zur Sklavin.« Sprach's und machte es sich vergnügt auf einem der Säcke bequem, hinter denen inzwischen der Morgen heraufschimmerte. Der Wind blies nun stetig und kräftig und trieb uns eilig an die Gestade des Heiligen Landes.

Die Dämmerung hatte ihr mildes Licht noch nicht vergossen

Die Dämmerung hatte ihr mildes Licht noch nicht vergossen, als zwei Boten ein sorgsam geschnürtes Paket an der Tür von Saadis Haus abgaben. Es stellte sich heraus, dass der Händler ihm das Tuch schenken wollte, »zum Zeichen der Dankbarkeit, dass Ihr einige Stunden Eures von Allah gesegneten Lebens in meiner Gegenwart zubringen wollt«, wie es in einem Brief, der dem Paket beigegeben war, hieß.

Saadi war davon weniger überrascht als ich, vermutlich weil ihm Ähnliches schon öfter widerfahren war. Wir beeilten uns, den guten Mann nicht allzu lange warten zu lassen, und begaben uns zu der Karawanserei, einer der größeren von Schirâz, die hell erleuchtet war und in deren Hof munteres Treiben herrschte. Nach der langen Reise und mannigfacher Beschwernis suchten die Männer, die im Zug ohne Weib reisten, die Nähe der Mägde, die es sich gerne gefallen ließen, dergestalt umworben zu sein, zumal, wie mir schien, die Muslime ihre Sinne besser unter Kontrolle hatten als manch abendländischer Ritter. So war ein vielfältiges Lachen zu hören, doch Grobheiten unterblieben, der Wein belebte die Sinne, doch betäubte er nicht den Geist.

Unser Händler erwartete uns in einer Nische des Hofes, wo er prächtig hatte decken lassen. »Setzt Euch, verehrter Saadi. Allah sei gepriesen, dass er meinen Fuß in Eure Nähe lenkte. Auch Ihr, verehrter Femder«, und dabei wandte er sich an mich, »nehmt Platz an meiner dürftigen Tafel, die ich zur Not unter diesem Gewölbe aufschlagen musste.« Dabei machte er eine entschuldigende Geste hinauf zur Decke des Bogengangs, der alles andere als bescheiden war, sondern ein ausgesprochen schönes und neues Bauwerk.

»Euer Geschenk habe ich erhalten, Freund«, entgegnete nun Saadi. »Doch fürchte ich, ich werde niemals einen Fuß auf Eure Schwelle setzen dürfen.« Und auf den verständnislosen Blick des Händlers hin fügte er an: »Nun wird mich wohl nicht nur der Fluch Eurer Frau treffen, auch den Eurer Enkel habe ich auf mich gezogen.«

Da lachte der Händler und setzte sich neben uns. »Wohl gesprochen, Scheich, doch seid versichert, wo Allah eine Tat gutheißt, wird meine fromme Frau sie nicht verfluchen. Dem Weisen aller Weisen eine Ehrengabe darzubringen, ist ohne Zweifel gottgefällig.«

Darauf endlich stellte er sich vor als Karim Abdelmalik Ibn Ajjub, Händler aus Ghazni, seit langen Jahren in Delhi lebend und stolzer Vater von fünfzehn Kindern dreier Frauen, von denen zwei glücklich am Leben waren. »Drei Söhne hat mir Allah nur geschenkt, aber was soll ich sagen, an den zwölf Töchtern hängt mein Herz am meisten. Erst zwei von ihnen sind inzwischen verheiratet – und die anderen zehn werden mich ruinieren, denn die Ehe bringt den Mann um den Verstand, aber den Schwiegervater um sein Vermögen.« Er lachte und seine Zähne blitzten weiß wie die der schwarzen Sklaven. Und er nahm seinen Kelch und erhob ihn auf Saadi und die Frauen, auf die Söhne, die Schwiegersöhne und auf Allah, dank dem alles sich stets zum Guten wende.

Kandierte Rosenblüten und süße Feigen, gefüllt mit gerösteten Pistazien, füllten die prächtigen Schalen, die vor uns auf dem Teppich standen. Gebäck von Kichererbsenmehl, bestäubt mit Zucker, sowie Limonensirup und schwarze Trauben. Feinstes Brot und Sesamdatteln, gefüllte Quitten und Kürbispüree sowie süß duftender Orangensalat ließen meine Sinne tanzen. Welche Pracht, welche unerhörte Verschwendung offenbarte der Händler aus dem fernen Delhi in diesen frühen Abendstunden zu Schirâz in der Provinz Fars, wo der Salguride mit mildem

Regiment herrschte und seine Untertanen vor den furchtbaren Tataren bewahrte.

»Erwartet Ihr noch weitere Gäste?«, fragte Saadi und deutete auf das reich gedeckte Mahl.

»*Wa Allah*«, entgegnete der Händler. »Wie könnt Ihr das vermuten? Dieses bescheidene Mahl ist Eurethalben gedeckt. Ich bete, dass es Euch Freude schenken möge. Mehr und Besseres war, fürchte ich, in der Eile nicht aufzutreiben.«

»Seid Ihr sicher, dass Ihr den richtigen Saadi an Eure Tafel gebeten habt?«

Da warf sich der stolze Mann zu Boden und sprach, ohne aufzublicken: »Verzeiht, Edler, wenn ich Euch beleidigt habe. Mein Mahl ist gering und meine Gesellschaft ist eine Schande für jeden gläubigen Muslim. Doch war mein Entzücken so groß und meine Verblendung so schwer, dass ich wagte, Euer Angebot, die Tafel mit mir zu teilen, anzunehmen.«

Saadi legte ihm die Hand auf die Schulter. »Guter Mann, erhebt Euch«, bat er. »Wenn Ihr nicht wollt, dass ein Greis an dieser Übung teilnehmen muss.« Der Händler erhob sich, hielt aber den Blick gesenkt, während Saadi mit freundlicher Stimme weitersprach: »Seht, ich bin ein Sufi. Es ziemt sich nicht für mich, einer so reichhaltigen Tafel beizuwohnen. Doch ziemt es sich auch nicht, Eure Gastfreundschaft zurückzuweisen. So bin ich nicht sicher, wie ich aus diesem Zwiespalt entkomme, ohne gegen eine wichtige Regel des Glaubens oder der Tradition zu verstoßen.« Er seufzte. »Aber vielleicht ist das ja das Wesen des Sufismus.« Ohne lange zu zögern, griff er nach einer kleinen Schale und füllte sie mit den Köstlichkeiten der Tafel. »Wie jedermann weiß, steht die Wiege des Sufismus in Syrien. Die syrischen Scheichs haben große Verdienste um die Religion und den Glauben. Einer von ihnen wurde einmal gefragt, was das wahre Wesen der Sufis sei. Er antwortete: ›Vor Zeiten waren die Sufis eine in alle Welt verstreute, innerlich und äußerlich aber gesammelte Gruppe; heute jedoch sind es Leute, die zwar äußerlich gesammelt, aber innerlich zerstreut sind.‹«

Da lachte der Händler und hob die Hände wie zum Gebet und stimmte mit beinahe singender Stimme ein *Qit'a* an:

»Wenn immerfort dein Herz bald da-, bald dorthin schweifet,
bist du in Einsamkeit nicht heilig und nicht rein!
Doch hast du Reichtum, Rang und Ackerland und Handel,
ist nur dein Herz bei Gott, so wohnst du doch allein!«

Saadi kannte den Reim, sein Herz erfreute sich so sehr daran, dass sich die beiden schon bald im Gespräch wieder fanden, als wären sie alte Freunde, die vergangenen Zeiten nachhingen. Vieles von dem, was der Händler und mein Gefährte sprachen, war mir unverständlich, pflegten die beiden doch eine Sprache, die mir nur entfernt vertraut war, so dass ich die Reden mehr erahnen musste. So schweiften mehr als einmal meine Gedanken ab und wandten sich den sonstigen Geschehnissen im Hof der Karawanserei zu, wo sich allerlei Volk versammelt hatte, nun nicht mehr, um Waren zu schauen, aber um Geschichten und Neuigkeiten zu lauschen. Viele, die die Karawane begleitet hatten, waren bereits nicht mehr da, wohl, weil sie am Ort ihrer Bestimmung angelangt und anderswo untergekommen waren. Doch immer noch fanden sich viele fremdartige Gesichter in den Winkeln des vierseitigen Baus, der ähnlich angelegt war wie die Freitagsmoschee, zumal auch hier in der Mitte ein schmales Bauwerk stand, ein Brunnen allerdings, kein Gebetsraum wie dort. Um den Brunnen herum, wo tagsüber die neu angekommenen Tiere versorgt wurden und wo niedere Hohlsteine als Tränke dienten, saßen nun die Jüngeren aus dem Zug, einige mit mir fremd und doch irgendwie bekannt erscheinenden Gesichtszügen. Ihre Wangen waren rot, doch war die Haut eigentümlich fahl, die Augen wirkten fiebrig schmal und das stumpfe schwarze Haar trugen sie alle kurz und in die Stirn gekämmt. Auch war ihre Kleidung von ganz anderer Art: Sie hatten fest vernähte Hosen und Jacken, der Kleidung in meiner Heimat nicht unähnlich, während hier alles Tuch sich weit und leicht um den Leib legte. Ihre Köpfe waren unbedeckt, doch trugen sie stets ihre Waffen bei sich, kurze Säbel und Bögen. – Da wurde mir mit einem Mal klar, weshalb diese Fremden eine so dunkle Saite der Erinnerung in mir anklingen ließen: Es waren Tataren. Oder zumindest ein verwandtes Volk. Ich hatte diese Gesichter bereits einmal gesehen, in Bagdad, wo die

Steppenkrieger eine fünfhundert Jahre alte Kultur ausgelöscht hatten.

Die kleinen Feuer dieser milden Nacht, an denen sich die Gäste wärmten und ihre Speisen zubereiteten, ließen plötzlich die Flammen von Bagdad wieder vor mir auferstehen, die sich einer glühenden Wand gleich vor uns aufgetürmt hatten. Ich wollte mir diese jungen Männer aus der Nähe ansehen und entfernte mich unter dem Vorwand, mich erleichtern zu müssen. Nachdem ich eine Weile unter den Bogengängen dahingeschlichen war, schlenderte ich langsam über den Hof zum Brunnen hin, aus dem zu dieser Stunde längst niemand mehr trank, da der Wein gereicht worden war und die Sonne nicht mehr brannte. Die Tataren beachteten mich nicht, sondern führten in seltsamer Sprache ein Gespräch, das vor allem aus Schweigen zu bestehen schien, denn zwischen ihren Reden herrschten lange Pausen. Wie ich erwartet hatte, verstand ich kein Wort. Nicht nur das, allein die Laute, die sie aussprachen, waren mir so fremd, dass ich glaubte, der Herr habe ihnen eine Sprache aus dem Tierreich an die Zungen geheftet. Wie wundersam war diese Nacht der vielen Sprachen. Ich wandelte wohl eine halbe Jahresreise entfernt von meiner Heimat unter Muslimen und anderen Heiden, redete selbst in der Sprache des Propheten und lauschte den Reden anderer, deren Heimat vielleicht ebenso weit von hier entfernt lag wie meine. Wie groß mochte diese Welt sein, wie viele Sprachen mochte sie bergen? Und warum, Gott, hast Du all diesen armen Seelen nicht Deine Weisheit offenbart?

Bestürzt über die weite Verbreitung des Heidentums trat ich wieder zu dem fein gedeckten Mahl des Händlers, der mit Saadi so angeregt sprach wie vorhin. Doch meine Miene brachte die beiden bald zum Schweigen. »Was ist dir, Freund?«, fragte Saadi mit sorgenvoller Stimme.

»*Wa Allah!*«, rief der Händler leise aus. »Ich habe Euch beleidigt! Das war nicht meine Absicht, verzeiht!«

Ich beeilte mich, ihm klarzumachen, dass es keineswegs mit ihm oder sonst einem Menschen zu tun habe, der diese Nacht bevölkerte, sondern vielmehr in mir selbst versenkt war, was mich zu großer Traurigkeit bewegte, nämlich die Ferne von der

Heimat und das Ausgeschlossensein von dieser Familie, in der sich die Moslems fanden, auch wenn sie fern der Heimat waren. Wer immer als Allahs Anhänger sich in die Weiten der Welt begab, konnte Jahre reisen und fand doch immer Menschen, die seinen Glauben und eine Sprache teilten, die auch er sprach. Dagegen fühlte ich mich einsam und enttäuscht. Was ich nicht sagte, war, dass die einzige Gelegenheit, bei der mir Ähnliches hätte widerfahren können, nämlich mein Aufenthalt in Tripolis, gezeigt hatte, dass es all dies bei den Christen nicht gab: Ich war zuerst an einen Betrüger geraten und dann an seiner statt eingekerkert worden, ohne dass mich mein Glaube oder meine Herkunft davor geschützt oder doch wenigstens in den Stand gesetzt hätte, ein Wort zu meiner Verteidigung vorzubringen.

Saadi und Ibn Ajjub ergingen sich zu meiner Belustigung in allerlei unglaublichen Geschichten und ich machte gute Miene dazu. Denn fest stand, diese Männer und ihre Völker boten mir mehr Heimat, als meine eigene Kirche und mein eigenes Volk mir zu bieten vermochten. Doch in den Tiefen meiner Seele blieb ich vor allem eines: traurig.

Unter dem Blätterdach eines Palmenhains

Unter dem Blätterdach eines Palmenhains vor den Toren von Damaskus saßen wir ab, und die Männer knieten nieder, um Allah für die behütete Reise zu danken. An einem kleinen Bachlauf wuschen sich die Muselmanen Gesicht, Hände und Füße, um die Stadt in vornehmer Weise zu betreten. Dann setzten wir unsere Tiere wieder in Bewegung. Saadi erinnerte mich auf seinem Esel an Jesus bei seinem Einzug in Jerusalem. So stolz wie Christus ritt Saadi auf dem Esel durch das Marstor, hinein in eine Stadt, deren Leben mir wie ein Märchen erschien. Die Luft füllte sich mit einem Mal mit Gerüchen, die Sonne schien heller und milder zugleich, mein Ohr vernahm ein Summen aus Tausenden von Stimmen und Geräuschen, die fast sichtbar schienen, so gegenwärtig wirkten sie auf mich. Es war wie das Eintauchen in ein Meer, voll von Tieren und Pflanzen, in dem das Wasser sprudelte und man das erste Element atmen konnte. Besonders stark beeindruckte mich das Licht, das hier ganz andere Farben bewirkte. Als hätte Gott auf diesem Flecken Erde eine andere Palette benutzt und seinen Pinsel besonders sorgfältig ausgewaschen, ehe er ihn ansetzte.

Vorbei an prächtigen und altersschwachen Häusern, an Palästen und kargen Lehmbauten trieben wir unsere Tiere, bis wir zu einer mächtigen Straße kamen, die, breiter als jede Straße, die ich bisher in einer Stadt gesehen hatte, sich einer Bogensehne gleich gerade durch die ganze Stadt zu ziehen schien. Ehe wir zu einem gewaltigen Torbogen kamen, der sich inmitten der

Straße erhob, bogen wir nach Norden hin ab in eine Straße, von der aus unzählige Gassen sich zu beiden Seiten hin verzweigten. Saadi gesellte sich zu mir und deutete auf die Minarette eines offenbar riesigen Bauwerks: »Sieh, die Moschee der Omaijaden, eines der Heiligtümer des Islam und eine der schönsten Gebetsstätten unter dem Firmament. Gelobt sei Allah!«

Ich war überwältigt, nicht nur von der Pracht, auch von der schieren Größe mancher Bauwerke. Mir war, als würde die Stadt von mir Besitz ergreifen. Wir ritten durch schmale Gassen, von denen immer wieder überdachte Wege abgingen, manchmal nahmen unsere Tiere auch zwischen Menschen, einfachen Karren und anderen Tieren hindurch dunkle Pfade, an deren Seiten Händler ihre Waren feilboten und alte Männer beim Kaffee saßen und wo gelegentlich durch eine unüberbaute Stelle Licht auf den Weg geworfen wurde. Vor einem hohen Gebäude, das wie ein Seitenaltar etwas zurückgesetzt in der Gasse lag, machten wir Halt. Die Männer stiegen ab und bedeuteten Saadi und mir, es ihnen gleichzutun. »Wir sind da. Gelobt sei Allah, der seinen Dienern Schutz und Fürsorge gewährt«, sprach Abu Dschafar Halabi, der Kaufmann, stolz seinen prächtigen Bauch zu uns wendend. »Ihr kennt dies Haus, Mosleh ad-Dîn, auch wenn Euch vielleicht dieser Zugang fremd ist. Es ist die Pforte für edle Gäste.« Die letzten Worte sprach er mit einem eiskalten Lächeln und sehr leisem Ton, was mich verwirrte, zumal ich nicht verstand, wie Saadi wohl das Haus, doch nicht seinen Eingang kennen konnte. Saadi indes blickte scheinbar demütig zu Boden und richtete den Blick auch nicht wieder auf, als wir von Halabis Begleitern ins Innere geleitet wurden.

Das Haus setzte in überraschender Weise die unübersichtliche Bauweise der Straßenzüge, durch die wir gekommen waren, fort. Zu beiden Seiten hin gingen Gänge und Treppen ab, nur geradeaus versperrte ein schwerer, von der Decke herabhängender Teppich das Weitergehen und insbesondere jeden Blick in das Innere des Gebäudes. »Seid meine Gäste!«, rief der Kaufmann und scheuchte seine Sklaven, die sogleich herbeigeeilt kamen, uns Zimmer zurechtzumachen und uns dorthin zu bringen. Als ich von der Treppe, die nach links hin einige wenige Schritte hinabführte, zurückblickte, schlüpfte Abu Dschafar eben durch den teppichverhangenen Durchgang ins Innere des Gebäudes.

Ein schwarzer Sklave führte mich zu einem schmalen Zimmer, Saadi wurde in ein ebensolches Zimmer direkt neben dem meinen verbracht. Durch ein schmales Fenster konnte ich auf die Gasse hinaussehen, die an dieser Stelle hell und freundlich war. Ich blickte auf Füße, meist unbeschuhte, die an meinem Gemach vorbeieilten oder schlurften, da das Zimmer zu mehr als der Hälfte unter der Erde lag. Ein ungewöhnlicher Raum für Gäste, wie ich fand. Über der Tür hing eine Tafel, auf der in kunstvoller Schrift arabische Schriftzeichen gemalt waren, zweifellos eine Sure des Korans. Eine Schale mit Wasser, eine Decke auf einem schmalen Lager, ein zusammengerollter Teppich, natürlich zum Gebet – viel mehr enthielt der Raum nicht. Saadi stand in der Tür. »Freund, wenn die Reise deine Kräfte nicht vollständig fortgenommen hat, so solltest du mich zum Bad begleiten.« Offenbar war meine Miene unschlüssig, weshalb er hinzufügte: »Das Hamam ist nur einen Steinwurf entfernt, wenn mein Sinn für die Himmelsrichtungen mich nicht täuscht.« Ich nickte. Wir gingen schweigend zum Badehaus, das, sehr schmal und dunkel, nur wenige Eingänge weiter die Gasse hinab gelegen war. Dunkle Männer saßen plaudernd in dem kühlen Saal und beachteten uns nicht. Ich war dankbar. Meine Kräfte waren inzwischen so sehr geschwunden, dass ich fürchtete, ich könnte mich einem Streit um meine Herkunft nicht erwehren, sollte einer der Moslems darauf aufmerksam werden. Saadi musste meine Sorge geahnt haben, denn er zog mich sogleich in einen Winkel, in dem sonst niemand saß. Dort blieben wir, nicht allzu lange, doch eben lang genug, um die Sinne wieder zur Ruhe zu bringen, Atem zu schöpfen nach den anstrengenden Tagen der Reise und vor allem nach den Todessorgen, die uns wochenlang geplagt hatten. Vielleicht auch nur mich, denn Saadis Gottergebenheit schien auch vor endgültiger Konsequenz nicht zu scheuen.

Zurück im Haus des Kaufmanns erwartete uns ein Mahl aus Brot, Wein und Schafskäse sowie Kräutern, Datteln und saurem

Joghurt. Man hatte die Speisen unter einem Zeltdach im Garten für uns gedeckt und ich wunderte mich, wie klein doch dieser Garten war im Verhältnis zu dem Haus, das mir, auch wenn ich bisher nur wenig davon gesehen hatte, überaus groß erschien. Da die Schatten sich bereits mit der kurzen Dämmerung vermischten, wurden einige Fackeln entzündet, die ein lebhaftes Licht auf die Bäume und Sträucher warfen. Abu Dschafar trat zu uns, desgleichen sein Sohn Dschafar, der mit uns die Reise gemacht hatte, sowie ein weiterer Sohn, den ich noch nicht kannte und der sich als Ibn Ismail vorstellte, was bedeutete, dass Abu Dschafar, der *Vater des Dschafar,* ursprünglich Ismail geheißen hatte – und ein älterer Mann, der Güte und Weisheit ausstrahlte, aber bedrückt wirkte. Die drei Erstgenannten waren in Tuche gewandet, die jedem Fürsten zur Ehre gereicht hätten, der Ältere trug einen einfachen Burnus. »Lasst uns den Becher auf diese glückliche Wendung des Schicksals erheben!«, rief Abu Dschafar so laut, als müsse er noch im nächsten und übernächsten Haus gehört werden. »Allah ist mit den Gerechten und gerecht ist, dass er dich, unseren verlorenen Sohn, wieder in unsere Arme zurückgeführt hat. Zum Zeichen unserer ewigen Verbundenheit trink diesen Wein aus meinem Becher.« Er stieß Saadi geradezu seinen Becher entgegen. Saadi hob den Becher sehr langsam an die Lippen und beobachtete, während er in mäßigen Schlucken trank, über den Rand des Gefäßes hinweg sein Gegenüber. Auch die beiden Söhne Abu Dschafars tranken und schenkten sogleich nach.

»Wann gedenkt Ihr die Feier stattfinden zu lassen?«, fragte nun Saadi zu meiner völligen Verwirrung.

»Was wollen wir lange warten?«, entgegnete Abu Dschafar und blickte Beifall heischend in unsere kleine Runde. »*Schanbe* ist der richtige Tag, um zu heiraten. Das ist morgen und das ist morgen in einer Woche. Nehmt Euch die Woche, um Euch vorzubereiten und lasst uns die Feier in acht Tagen ausrichten.«

Saadi nickte, trank einen Schluck und blickte zu Boden. »Ihr wisst, dass ich der Braut kein Geschenk darbringen kann.«

»Die Braut hat es nicht nötig, sich etwas von Euch schenken zu lassen. Sie wird selbst genügend mit in die Ehe bringen«, lachte Abu Dschafar und sein Lachen schien mir kaum zu seinen Worten zu passen.

»Was gedenkt Ihr der Braut in die Ehe mitzugeben?« Saadi klang eher gelangweilt als interessiert.

»Nun, gewiss wird sie Geld mitbringen, das Nötige für den Haushalt, einige Teppiche, vielleicht ein Kamel oder einen Esel – und natürlich einige Sklavinnen.« Die letzten Worte sprach Abu Dschafar mit Lauern im Blick und in der Stimme. Saadi blickte auf und ihre Blicke trafen sich. Abu Dschafar lächelte dünn. »Nein«, sagte er dann leise und er hätte mit seiner Stimme einen Faden der Länge nach zerteilen können. »Die Braut ist die Frau. Nicht die Sklavin.«

Von allen Seiten her begann plötzlich der Ruf der Muezzins über die Dächer von Damaskus zu wehen. Die Männer im Garten des Abu Dschafar Halabi schwiegen währenddessen und begannen, Brot, Käse und Wein zu teilen und auszuschenken und die kühler werdende Abendluft in großen Zügen einzuatmen. Was immer es für eine Beziehung zwischen Saadi und dem Kaufmann gab, sie war offenbar geprägt von einer Schuld, die nicht auf der Seite Abu Dschafars zu suchen war.

Die Männer verfielen zunehmend in eine Sprache, die ich nicht verstand, in der sie sich aber zu Hause zu fühlen schienen. Sie war dem Arabischen nicht unähnlich und manches Wort war mir bekannt. Doch den Sinn der Reden begriff ich nicht. So zog sich der Abend hin und ich war wohl anwesend, doch nicht dabei. Der ungewöhnliche Wortwechsel zwischen Saadi und Abu Dschafar allerdings ließ mich nicht los.

Erst spät, als Saadi und ich den Weg zurück in unsere Zimmer suchten, konnte ich meinen Freund fragen: »Von wessen Heirat war die Rede?«

»Die Nichte des Kaufmanns soll heiraten.« Er überlegte einen Augenblick, wurde wohl gewahr, dass ich den größten Teil der Unterredung nicht hatte verfolgen können, und fügte hinzu: »Er ist ihr Oheim. Abu Dschafar hat nur zwei Söhne.«

»Und wer ist der Bräutigam?«

Saadi lachte. »Wie gerne würde ich sagen: ›der falsche Mann‹. Aber ich fürchte, der Mann ist wohl der richtige. Die Braut ist die falsche.« Saadi nahm mich am Arm und zog mich sanft in seine Kammer, wo er eine Öllampe entzündete und mir einige Pinienkerne darreichte, die er offenbar auf der Reise gesammelt hatte. Wir schwiegen lange, lauschten den Geräuschen im Haus und auf den Straßen, wo sich noch immer allerlei Volk herumtrieb, obwohl es inzwischen tiefe Nacht geworden war. »Mein Freund«, begann Saadi schließlich. »Allahs Wege folgen ihren eigenen Gesetzen. Ich kam nach Damaskus, um Weisheit zu finden, und erkannte, wie töricht ich im Grunde war. Ich kam hierher, um weiterzuziehen, und schlug selbst die Tür des Käfigs zu, weil ich zu weit gegangen war.« Sein Lächeln war wehmütig, als er sagte: »Ich fürchte, der Bräutigam wird der Braut kein Glück bringen. Der Bräutigam bin ich.«

Die Stadt aller Städte

»Die Stadt aller Städte war damals nicht Schirâz. Bagdad hatte längst seinen großen Glanz verloren und Damaskus war weit und hatte noch nie als besonders schön gegolten. In meiner Liebe zu meiner Heimatstadt hatte ich nicht gedacht, irgendwo sonst auf der Welt einen Ort zu finden, der an Pracht Schirâz übertreffen würde. Dabei ist diese wundervolle Stadt heute dank der Weisheit ihrer klugen Fürsten und dank Allahs Güte, der die Zerstörungen des Krieges von ihr fern hielt, ein Juwel unter den Residenzen der gläubigen Herrscher. Aber damals, als ich meine Heimat verließ, traf es mich wie ein Schlag, als die erste große Stadt, in die ich auf meinem Weg nach Bagdad kam, sich schon von ferne wie ein Leuchten über die Hügel ankündigte. Gegen Isfahan wirkte Schirâz wie ein Dorf. Überall wurde gebaut, die Architekten des Sultans versuchten einander an Pracht zu übertreffen und die Baumeister der reichen Bazaris, die ihre eigenen Paläste errichten ließen, standen ihnen kaum nach. Die Stadt hatte beinahe so viele Gäste wie Bewohner. Es gab mehr Universitäten als Teppichhändler, mehr Juweliere als Schafzüchter, mehr Gewürzhändler als Töpfer. Diese *Tasbi* stammt aus Isfahan.«

Saadi hielt mir seine Gebetskette hin, die ich früher so oft durch seine feinen Finger hatte wandern sehen. Es ist ein beliebter Brauch bei den Muselmanen, ihre Gebete an einer Kette aufzureihen, einem Rosenkranz ähnlich, doch meist sehr schlicht. Dieses Werk indes war von besonderer Schönheit.

Saadis Kette trug zwar keine Verzierungen durch Edelsteine wie die Rosenkränze reicher Christen, doch war jede ihrer kleinen Kugeln mit großer Sorgfalt und Kunstfertigkeit verziert, indem der Künstler mit feinem Gerät eine Sure des Korans darauf eingraviert hatte. »Ein Wunder der Kunst. Der Graveur muss diese Schrift mit einem Staubkorn geritzt haben.«

»Ich habe ihm zugesehen bei der Arbeit.« Saadi lächelte versonnen, ließ alte Geschehnisse vor seinem Inneren neu erstehen. »Er benutzte natürlich eine feine Nadel von gehärtetem Eisen. Vor allem aber bediente er sich eines Geräts, das ich zuvor noch nie gesehen hatte. Es war ein geschliffenes Glas, durch das es ihm möglich war, selbst die kleinsten Dinge in brauchbarer Größe zu erblicken. Dieses Glas hielt er befestigt an einem eisernen Ring, den er über das Werkstück gespannt hatte, um so die Hände frei zu haben für seine feine Kunst.«

»Er benutzte eine Linse«, stellte ich fest.

»Ja, ein Wunderwerk, wie ich damals dachte. Nie zuvor hatte ich ein solches Instrument gesehen. Ich gestehe, als er sein Werk vollendet hatte, versuchte ich, ihm statt dieser Perlenkette die Linse abzukaufen.«

»Er weigerte sich?«

»Nein, er sagte mir, wo es dieses Instrument in allen Größen und Formen zu kaufen gab. Isfahan hatte diese Pracht. Was immer es auf der Welt zu erwerben gab, das konnte man in Isfahan finden. Aus dem Osten kamen immer noch die großen Karawanen von *Cathai* und aus dem *Pandschâb*. Die Tataren hatten zwar längst die edlen Städte Samarkand, Buchara und zuletzt auch Balkh geschleift. Doch die Handelswege waren sicherer als jemals zuvor. Es ist eine Schande, dass es dieser gottlosen Iblis bedurfte, um den Handel unter den Söhnen Allahs zu sichern. Aus dem Westen kam reger Handel über Hamedan, Bagdad und Damaskus. Und aus dem Süden führten all die wichtigen Handelsrouten aus dem Jemen, aus Oman und sogar aus dem fernen Afrika, die heute über Schirâz nicht hinausreichen, in die alte Hauptstadt Isfahan.«

Wir hatten uns wieder zum *Schohada*-Platz begeben, um im Schatten der Platanen eine Schale Kaffee zu trinken und den Menschen zuzusehen. Es herrschte Geschäftigkeit wie immer, vielleicht sogar noch etwas mehr. Das Volk hatte es eilig, da die Wolken über den Hügeln schweres Wetter verhießen. Saadi, der immer ein besonderes Feingefühl für die Launen der Lüfte gehabt hatte, beruhigte mich. Eine Partie *Nard* würden die Gewitter sicher noch aushalten. »Du merkst es daran, dass die Luft noch nicht drückend ist und dass der Wind noch weht.« In der Tat wirbelte beständig Staub über den weiten Platz, so dass wir unsere Kaffeeschalen mit den Händen bedeckt hielten, während Saadi um ein Brett, Spielsteine und Würfel bat. »Dieses Spiel habe ich während meiner Kindheit gespielt …«, setzte er an. Doch ich unterbrach ihn: »Waren wir nicht eben noch in Isfahan?«

»Spielt das eine Rolle?«

»Es war der Anfang deiner langen Reisen«, sagte ich. »Dich darf nicht verwundern, wenn mich interessiert, wie Allah dir die Welt öffnete. – Außerdem haben mich meine langen Wanderjahre zu meinem großen Bedauern niemals nach Isfahan gebracht.«

»Isfahan war damals ein Traum«, fuhr Saadi fort, während er mit seiner freien Hand die Spielsteine in ihre Reihe legte. »Alles, was sich ein gebildeter Mann für eine Stadt wünschen konnte, war Isfahan. Isfahan war die Stadt von Nizam al-Mulk und Omar Chaijam – und das spürte auch ich noch, als ich, Jahre nach dem Tod dieser großen Männer, durch die Stadtmauern ritt. Togrul hatte Isfahan zur Hauptstadt seines Seldschukenreiches gemacht. Isfahan, nicht Bagdad!« Er reichte mir die Würfel und blickte noch einmal prüfend in den Himmel, der sich bereits bedenklich schwarz gefärbt hatte. Der Platz begann nun leerer zu werden. Einige verspätete Hausfrauen, die sich im Bazar verplaudert hatten, huschten vorbei. Andere suchten den Weg hin zum Bazar, wo es sich gut für einige Stunden aushalten ließ. Mir wäre auch lieber gewesen, Saadi hätte ein Kaffeehaus unter den weitläufigen Dächern des Bazars gewählt.

»Dank der Weisheit Allahs und deiner Schamlosigkeit hast du deinen Fuß in die größten und schönsten Moscheen zwischen Byzanz, Mekka und Bagdad gesetzt. Der Allmächtige hat dir Einblicke beschert, die den *Farengi* sonst verschlossen bleiben. Doch nichts, nichts unter der Sonne ist so überwältigend wie die Liwane der Freitagsmoschee von Isfahan. Was Menschenhand sonst geschaffen hat, stellen die tausend Säulen in den Hallen dieses Bauwerks in den Schatten. Wenn Allah mir die Kraft schenkt, will ich diese Reise eines Tages nochmals auf mich nehmen, um einen Blick auf die Minarette des Südliwans zu werfen oder mich unter die Wölbung des Westliwans zu stellen, deren Facetten sich wie schützende Hände über den Betenden wölben. Du kannst dir das nicht vorstellen, Freund.«

Ich schwieg, zum einen, weil ich Saadi in seiner Begeisterung nicht hindern wollte, zum anderen, weil ich seit meiner kurzen Rückkehr in die Heimat Neues gesehen hatte, Unglaubliches, woran mich die Rede meines Freundes erinnerte. Immer noch wog ich die Würfel in meiner Hand, während der alte Freund den Blick durch mich hindurch ins ferne Isfahan schweifen ließ. »Weißt du, die Türken haben sich als überaus kluge Herrscher erwiesen. Togrul, der Falke, eroberte zuerst Chorassan. Er nahm mit seinen Türkentruppen Merw und Samarkand ein, drang nach Osten und vor allem nach Süden vor – und als er Ala ad-Daula Isfahan entriss, da plünderte er die Stadt nicht und ließ das Volk nicht niedermetzeln, sondern übernahm den Thron und regierte. Sorgsam und auf das Wohl des Volkes bedacht. Das haben ihm die Untertanen angerechnet. Überhaupt stand er im Ruf, ein kultivierter Mann gewesen zu sein. Du musst bedenken, sein Vater war noch ein Nomade der nördlichen Steppen gewesen, von wo heute die schwarzen Teufel des Hülagü über uns herfallen. Wirf!«

Ich ließ die Würfel fallen und eröffnete das Spiel. Saadi warf und zog mit Glück und Geschick. »Als er vor dem Kalifen stand, beanspruchte er nichts als das Recht, sich ›Schutzherr des Kalifen‹ nennen zu dürfen.«

»Was wohl gleichbedeutend war mit der Macht über die irdische Welt?«

»Gut erkannt«, lobte mich der alte Freund und nickte zugleich anerkennend über meinen nächsten Zug, da er stets durchblickte, welche Taktik ich zu verfolgen gedachte. »Ja, die weltliche Macht, das war dem Türken genug. Aber die wollte er ganz. Ich denke, er zeichnete sich vor anderen großen Eroberern dadurch aus, dass er sie auch ausübte. Er nannte sich nicht nur Sultan, er war es auch. Sein Wazir, Nizam al-Mulk, erbaute die *Nizamije*.«

»Ich finde es gewagt von einem Wesir, einer Universität den eigenen Namen zu geben. Zeugt das nicht von einem Mangel an Demut? Hätte nicht die Ehre der Namensgebung dem Sultan gebührt?«

»Nizam al-Mulk hat zweifellos die Schule nicht selbst benannt, das besorgte üblicherweise das Volk. Er hat sie ins Leben gerufen und vor allem hat er dafür gesorgt, dass die bedeutendsten Gelehrten der Welt nach Bagdad kamen, um an ihr zu lehren.«

»Oder, um an ihr zu lernen«, ergänzte ich und verbeugte mich dabei zu Saadi hin, von dem ich wusste, dass die Nizamije seine wichtigste Schule gewesen war, während ich die Würfel ein weiteres Mal kreisen ließ. Das Glück war mir hold, doch die geschickteren Züge machte Saadi, dessen feinsinniges Lächeln nun auf seinen Wangen festgewachsen schien.

»Für Togrul oder für Alp Arslan, seinen Sohn, war Bagdad nie Hauptstadt. Auch Malik Shah bevorzugte Isfahan. Man sagt, Bagdad sei den Türken wegen seiner einzigartigen Größe unheimlich gewesen. Ich glaube, es lag daran, dass Isfahan, dass der Sieg über Ala ad-Daula für Togrul und seine Nachfolger die Krönung ihrer Eroberungszüge gewesen war. Als Togrul auf dem Thron von Isfahan saß, war er nicht mehr der Steppenhäuptling, sondern der Fürst einer der kultiviertesten Städte der Welt. Von diesem Tage an durfte er sich zu den Edlen unter den Fürsten zählen.«

»Bliebst du lange in Isfahan?«, griff ich den Faden wieder auf, der zu Saadis Leben führte.

»Weniger als einen Monat. Es zog mich trotz aller Pracht nach Bagdad. Ich war jung und hungrig nach Wissen. Nun ja, vielleicht auch nach ein wenig Abenteuer. Außerdem bereiteten mir die Berichte über die Tataren große Sorgen, die bereits weite Teile Chorassans eingenommen und zuletzt gar Balkh erobert hatten. Die Geschichten, die man sich in jenen Tagen von den Steppenkriegern erzählte, troffen von Blut. Seit jeher waren Wanderer durch die Städte gezogen, um gegen einen

Krug Wein oder eine Mahlzeit in Karawansereien Neuigkeiten und Gerüchte zu verbreiten. Es gehörte dazu, dass man bei dieser Gelegenheit auf die jüngsten Kriege zwischen fernen Fürstentümern besonders lauschte. Für manche Karawane war es die letzte Gelegenheit, die Strecke, die man nehmen wollte, nochmals zu überdenken. Für die Jungen, die sich heimlich in den Winkeln herumdrückten oder sich besonders sorgfältig an den Kamelen zu schaffen machten, waren das Abenteuer. Also waren wir immer schon einiges gewöhnt, denn die Reisenden schmückten ihre Geschichten gerne bildreich aus. Das änderte sich, als die Tataren über den Norden herfielen. Die Boten aus fernen Provinzen wollten nicht mehr so genau erzählen, was sie gesehen und wovon sie gehört hatten. Manche Grausamkeit wollte nicht über ihre Lippen, vieles blieb angedeutet. Doch der Schreck, der ihnen beim Erzählen in den Augen stand, und die Geschichten, die sich über die Zeit aus dem einzelnen Erzählten ergaben, waren neu. Ich saß hier auf diesem Platz, ein junger Mann von fünfundzwanzig Jahren, als ein fürstlicher Bote die Nachricht brachte, dass die Steppenkrieger Balkh eingenommen hätten und dass es kaum Überlebende gegeben habe. Allah sei Dank, dass Letzteres nicht stimmte. Nur die Garde des Statthalters und die Soldaten waren bis auf den letzten Mann ausgerottet worden. Dschingis Khan hatte ihre Köpfe auf der Stadtmauer aufstellen lassen, ehe er sie niederreißen ließ.«

»Wie nahm euer Fürst die Nachricht auf?«

»Der Allmächtige hatte mir die Aufgabe zugedacht, ihm die Nachricht zu überbringen. Denn Zangi Ibn-Sa'd war auf der Jagd, als die Neuigkeiten am Hof berichtet wurden. Der Wazir, der mich nach dem Tod meines Vaters in seine Obhut bei Hofe genommen hatte, ersah mich aus, ihn zu suchen. Also ritt ich in die Berge hinaus – der Himmel wölbte sich ähnlich schwarz über mir wie heute –, um die Jagdgesellschaft zu suchen. Das fiel mir nicht schwer, da ich nicht nur jeden Stein im Umkreis eines halben Tagesritts kannte, sondern auch jeden Derwisch, der seine Klause unter einem Strauch eingerichtet hatte. Ich fand den Fürsten am Ufer des Rud-e Kor, nahe dem Ort Band-e Amir. Es war fast dunkel, als ich mein Pferd zum Fluss hinablenkte. Das fürstliche Zelt war von mehreren Fackeln hell erleuchtet. Die Männer Ibn Sa'ds hatten sich darum herumgruppiert und sich mit aufgestellten Satteldecken gegen den bevorstehenden Regen geschützt. Man kannte mich und ließ mich vor. Ibn-Sa'd lag im Arm einer Kurtisane – ich hätte schwören können, er hatte in seinem Tross keine Frauen mitgeführt. Es muss sich um eine Frau aus dem Ort gehandelt haben. Er hatte diese Angewohnheit, sich immer Mädchen von den Stadtregenten schicken zu lassen, manchmal deren Töchter, manchmal auch nur Sklavinnen. Gelegentlich hat er sie von seinen Reisen mit an den Hof gebracht.«

»Die Nachricht?«, fragte ich nochmals, um ihn von seinem Ausflug zurückzubringen, und warf besonders feurig die Würfel, die prompt im Staub landeten, so dass ich meinen Wurf wiederholen musste.

»Die Nachricht nahm er ohne jede Regung entgegen. Um genau zu sein: Er schien viel zu beschäftigt mit dem Mädchen. Ich sehe ihr Gesicht noch genau vor mir. Denn sie war wie vom Donner gerührt von den Neuigkeiten, die ich überbrachte. Sie hatte nicht das Recht, zu fragen oder irgendetwas zu sagen, ohne dass der Fürst sie dazu aufgefordert hätte. Doch ich konnte in ihren Augen lesen, dass sie dringend mehr wissen wollte. Vielleicht hatte sie Familienangehörige in Balkh, vielleicht stammte sie von dort oder sie war einfach eine kluge Frau, die sich für die Dinge interessierte, die in der Welt geschahen.« Er warf nun ebenfalls und machte seinen Zug. Allah war auf seiner Seite, führte seine Würfel mit Wohlwollen und mehr noch seine Hand. »Ich berichtete also mehr, als der Fürst verlangte, und hielt mich länger im Zelt auf, als es der Situation angemessen war. Natürlich wirkte sich dies auf das Feuer seiner Lenden aus – wer weiß, vielleicht habe ich in dieser Nacht einen weiteren Prinzen verhindert …« Kurz flackerte wieder die feine Klinge seines Lächelns auf. Doch er steckte sie schnell weg und fuhr fort: »Nach der Geschichte mit der geköpften Garde sprang er auf und stürzte aus dem Zelt. ›Macht mir ein Pferd zurecht und eines für den jungen Ibn Mosleh!‹ Natürlich sprangen sogleich ein halbes Dutzend Adjutanten zu ihren Tieren, um sie zu satteln und sich für den Ritt zu spornen. Doch Ibn-Sa'd winkte ab und befahl ihnen zu bleiben. Nur er und ich ritten in die Nacht hinein.«

»Wohin?«

»Das sagte er mir nicht. Es ging ein Stück nach Norden. Dann trafen wir auf einen kleineren Fluss, den ich bis dahin nicht gekannt hatte, vermutlich weil er später im Jahr kein Wasser führte. Über Band-e Amir war ich im Norden noch nie hinausgekommen. Später wies er, wie ich vermutete, nach Westen, wo angeblich Marv Dasht lag. Wir ritten allerdings nicht dorthin, sondern weiter an dem Fluss entlang. Die Nacht war schwarz wie Onyx. Manchmal konnte ich ihn nur ausmachen, weil ich sein Pferd hörte, das weiter vorne über Geröll stieg oder unsicher wieherte. Die Tiere des fürstlichen Hofes sind keine gewöhnlichen Gäule. Sie besitzen alle besondere Eigenschaften. Offenbar hatten Ibn-Sa'ds Leibwachen dafür gesorgt, dass der Fürst Pferde bekam, die sich in der Dunkelheit gut zurechtfanden.« Saadi warf und verbeugte sich, da ihm die Zahl der Augen erlaubte, seine letzten Steine vom Brett zu nehmen und also den Sieg davonzutragen. Auch ich verbeugte mich und erhob mich mit ihm. Wir gingen, nicht in Eile, aber auch nicht allzu langsam am Bazar entlang die Khiaban-e Bahman hinunter und über den Fluss in Richtung des Isfahantors, in dessen Nähe Saadis Haus lag. Ich sagte nichts. Er sprach. »Irgendwann in der Nacht, als ich längst keinerlei Orientierung mehr hatte und der Schlaf meinen Ritt zu gefährden begann, sagte Ibn-Sa'd: ›Allah hat uns den Weg gewiesen. Hier werden wir unsere Tiere zur Ruhe legen. Du darfst dich in die Arme des Schlafs begeben. Ich werde über dich wachen.‹«

»Er hielt Wache während der Nacht?«

»Er hielt Wache. Es war einer der Augenblicke, in denen ich seiner ungewöhnlichen Persönlichkeit gewahr wurde. Ibn-Sa'd war kein Eroberer, er war gewiss kein Held und er war wohl nicht einmal sonderlich tüchtig. Doch er sorgte sich um seine Untertanen. Und in dieser Nacht war er sogar bereit, mich persönlich zu beschützen. Ich habe später oft darüber nachgedacht. Heute glaube ich, dass Ibn-Sa'd sich einfach nur wünschte, dass ich mein Schicksal in seine Hand legte. Er wollte, dass ich mich ihm auslieferte.«

»Und hat sich der junge Saadi dem Fürsten ausgeliefert?«

»Er hat. Oder vielmehr: Der Schlaf hat mich ihm ausgeliefert. Denn natürlich wollte ich Ibn-Sa'd nicht an Mannhaftigkeit nachstehen und versuchte, die Müdigkeit zu vertreiben, zunächst, indem ich zum Barmherzigen betete, dann indem ich leise Verse der alten Dichter rezitierte, schließlich indem ich mir heimlich kleine Wunden an Armen und Beinen zufügte, um des Schmerzes wegen wach zu bleiben. Letztlich fiel ich in den Schlaf eines Säuglings und wurde erst von Ibn-Sa'd geweckt, als die Sonne bereits über die Berge blickte, weit über der Ebene. Ich sah mich umringt von turmhohen Säulen, die jeden Augenblick auf mich einzustürzen drohten. Nur einen Steinwurf entfernt stand auf einem gewaltigen Felsblock der Atabek, umweht von seinem Mantel, der ihn im Wind aussehen ließ wie einen riesigen Vogel. ›Sieh her, Ibn-Mosleh!‹, rief er und holte mit beiden Armen weit aus, als wollte er den ganzen Erdkreis umarmen. ›Dies ist das Erbe deines Volkes, der Thron des Dschamschid: Parsah, die Moschee der vierzig Minarette! Hierher kamen Fürsten aus hundert Provinzen, um Darius und Xerxes zu huldigen! Ägypter und Assyrer beugten ihre Knie vor diesem Thron, Ionier, Armenier und Lyder, Thraker und Libyer, Äthiopier, Inder und sogar Araber huldigten dem Shah-inshah an Noruz. Der Achämenide war Herrscher der Welt! Und was war mit den stolzen Seldschuken, den Türken, den Salguriden gar, meinem Volk? Wir existierten noch gar nicht, uns musste Allah erst aus dem Dunkel der Zeiten hervorholen. Nun stehe ich hier, der Salguride aus der Sippschaft eines Türkensklaven, und herrsche über dieses Stück Land, auf dem einst die Abgesandten der Völker ihre Opfer darbrachten und ihren Tribut entrichteten. Diese Ruine, gegen die Alexander seine Armee ziehen lassen musste, ich könnte sie morgen von meinen Steinwerkern abtragen lassen, um mir mein eigenes Denkmal zu setzen. Werde ich das tun?‹ Er stieg auf den Stufen des *Apadana* herab und setzte sich in andächtiger Bewunderung zu mir, um die Bauwerke der Vorzeit zu bestaunen. Ich wusste nicht, was sagen. Dass er ernsthaft die Frage an mich gerichtet hatte, konnte ich mir nicht vorstellen. Er hat dann auch selbst geantwortet: ›Nein, ich werde es nicht tun. Denn die Größe eines Fürsten zeigt sich auch darin, dass er es nicht nötig hat, die Größe eines anderen Fürsten zu schmälern. Alexander der Große ward einst gefragt: ›Wie konntest du all diese Länder, den Westen und den Osten erobern, da die Fürsten vor dir, die oft mehr Schätze, Macht, Jahre und Armeen hatten, dies nicht konnten?‹ Er aber sagte: ›Alle Völker, die ich erobert habe, habe ich nie geplagt und ihre Fürsten habe ich stets geehrt!‹ Sieh, Mosleh, Freund Allahs, wir sind groß und mächtig und wir haben ein stolzes Reich erobert. Der Kalif hat Togrul die Gewalt über alles Weltliche übertragen. Er hatte keine Wahl. Die Jahrhunderte vergehen. Es gab eine Zeit, da waren die Achämeniden der Mittelpunkt der Welt, später waren es die Sassaniden, dann kamen die Araber. Sie brachten uns den rechten Glauben, wofür Allah gepriesen sei und Sein Prophet. Jetzt ist die Zeit der Türken angebrochen. Wir haben das Erbe der Achämeniden übernommen. Die Mongolen, gegen die unsere Vorfahren feinen Geistes zu nennen sind, sie werden in derselben Finsternis verschwinden, aus der sie für kurze Zeit aufgetaucht sind. Unsere Kindeskinder werden nicht einmal mehr in den Erzählungen der Alten von ihnen hören. Denn sie ehren nicht die Fürsten und sie schänden die Völker. Doch hierin liegt die Kraft und wir besitzen sie!‹ Er riss sich wieder hoch und stellte sich vor den steinernen Säulen auf, als würden sie ihm noch mehr Größe verleihen. Ich selbst hatte nur geringe Kenntnisse von den politischen Geschehnissen und kannte natürlich nicht die Absichten der Seldschuken, deren Vasall der Atabek von Schiraz war. Vor wenigen Jahrzehnten hatten sie erst das gesamte islamische Reich bis hin zum westlichen Meer erobert, mit Leichtigkeit und schneller, als das irgendjemand vorauszusagen vermocht hätte. Ich dachte mir, vielleicht würden die Türken ihre Kräfte zusammenziehen und wieder ein großes Heer aufstellen, um den Tataren endlich ein ebenbürtiger Gegner zu sein. Vielleicht dachte ich das auch nicht, ich kann mich nicht mehr sehr gut daran erinnern. Ich weiß nur, wie beeindruckt ich war und wie dankbar, dass uns ein Herrscher vergönnt war von solchem Sinn für die persische Vergangenheit und Bedeutung. Heute würde ich sagen, durch die türkische Eroberung wurden nicht die Perser Türken, aber die Türken Perser.«

»Ibn-Sa'd täuschte sich«, stellte ich nüchtern fest, während ich vor Saadis Haus stehen blieb, zu dem wir inzwischen zurückgekehrt waren.

»Ibn-Sa'd täuschte sich, leider. Nie hat er mich mehr beeindruckt als in der Nacht seines größten Irrtums.« Saadi bedeutete mir einzutreten. »Wir ritten zurück zum Rud-e Kor, wo das Zelt stand. Das Gewitter war dort niedergegangen. Die Männer des Fürsten, durchnässt und müde, erhoben sich, als sie uns am Fluss heranreiten sahen. Uns hatte nur der Wind gejagt. Am Nachthimmel blitzten bereits wieder die Sterne. Den Sturm, der aus dem Norden herabzog und aus den fernen Steppen hinter dem Fluss *Amu Darja* stammte, sahen wir nicht.«

Gerade als die ersten Regentropfen in den Staub der Straße sickerten, neigte ich mein Haupt unter Saadis Tür und betrat die stille Welt seiner Familie.

Zahra hatte ein leichtes Mahl aus Safrantäubchen und Hirse zubereitet, wozu Leyla ihr vorzügliches Brot reichte, so dünn, dass man daraus einen Turban hätte wickeln können. Saadi selbst schenkte den Wein ein und reichte Wasser dazu, mit dem er und ich den schweren Traubensaft verdünnten, um die Sinne wacher und den Geist fröhlicher zu halten. Wir saßen unter dem Tor zum Hof, das sonst mit einem geteilten Teppich verhängt war, den man öffnete, wenn man durch diesen Hauptzugang in den Garten gelangen wollte, was aber kaum jemals jemand wollte, da stets nur die Nebenzugänge, kleinere Türen an den Seiten des Gebäudes, benutzt wurden. So schützte uns der nun zur Seite gebundene Teppich vor allzu übermütigen Regengüssen und bot uns einen hübschen Blick in die verschleierte Landschaft, die sich vor uns ausbreitete.

So natürlich der Wuchs der Pflanzen, so streng spiegelbildlich war Saadis Garten insgesamt angelegt. Allein der im hinteren Teil der Anlage verlaufende Bach störte die Symmetrie auf treffliche Weise. Saadis besonderer Witz allerdings zeigte sich in der Tatsache, dass ein rot blühender Busch, der auf der einen Seite des Gartens gesetzt war, seine Entsprechung niemals in einer identischen Pflanze fand, sondern in einem Gewächs anderer Natur, das dem einen nur von ferne täuschend ähnlich sah. »Du hättest, lieber Freund, auch Gartenbaumeister werden können. Selbst wenn die Wasser vom Himmel stürzen und den Blick verdüstern, bietet dein *Andaruni* noch das Ebenbild des Paradieses.«

»Du lobst den Falschen, doch danke ich dir«, entgegnete Saadi. »Dein Lob gebührt, davon abgesehen, dass alles Lob dem Allerhöchsten gebührt, der Ordnung und der Krone des Reiches.«

Ich sparte mir die Frage, denn an seinem spitzbübischen Lächeln sah ich, dass er meine Verwirrung geplant hatte. Er ließ sich den Spaß nicht nehmen, sondern unterwies mich mit betonter Gelehrsamkeit und entsprechend großem Vergnügen: »Ich spreche vom Großwesir des Sultans Malik Shah und seinem Widersacher und von der alten Freitagsmoschee von Isfahan, nach deren klugem und schönem Plan dieser Garten angelegt wurde. Nizam al-Mulk, dessen Name nichts anderes bedeutet als ›Ordnung des Reiches‹, war, wie du weißt, einer der größten Bauherren der ersten Seldschuken-Sultane. Er war es, der vor der Zeit eines Menschenlebens den Auftrag gab, die alte Freitagsmoschee von Isfahan mit ihrem grandiosen Südliwan zu versehen. Tadj al-Mulk, dessen Name ›Die Krone des Reiches‹ bedeutet, war Berater der Mutter des Sultans. Er litt immer darunter, dass seine Rolle geringer geachtet war als die seines großen Widersachers – natürlich war er nicht entfernt ein so gewichtiger Staatsmann, und wir beide wissen, dass der bloße Wunsch allein die Dinge nicht fügt. Immerhin hatte Tadj al-Mulk eine von Allah glücklich geführte Hand, als er den Auftrag gab, gegenüber dem Südliwan der Freitagsmoschee einen ähnlichen Kuppelbau zu errichten, wie ihn Nizam al-Mulk an das Südende der Moschee hatte bauen lassen. Er ist heute Bestandteil des Nordliwan der alten Moschee. Damals war er das nicht, Tadj al-Mulk ließ ihn außerhalb errichten, vermutlich, weil er mit einem Bau an der Moschee seine Kompetenzen überschritten hätte.«

»So hat man also später die Moschee zum Liwan hin ausgedehnt?«

»Man machte aus der Not eine Tugend«, lachte Saadi und stand auf, um beiderseits des Eingangs Fackeln zu entzünden, die ein wenig Licht und Wärme spenden sollten, da der Regen den Tag verdunkelt und die Luft gekühlt hatte. Wir saßen dennoch gemütlich auf Saadis Teppichen und den Kissen, die seine Frauen für uns bereitet hatten. Man war den Dingen so nah, wenn man, wie die Perser und alle Orientalen, auf dem Boden saß, nur von einem gewebten Kunstwerk von der Erde getrennt oder vielmehr: durch es mit ihr verbunden. »Ich reiste natürlich mit einem Empfehlungsschreiben für den Sultan im Gepäck. Der Atabek Ibn-Sa'd, der einer Sklavendynastie der Seldschuken entstammte, wie sie diese überall in ihrem riesigen Reich als Statthalter eingesetzt hatten, hatte mir eine fürstliche Beglaubigung für den Hof von Isfahan mitgegeben, die mich als Gesandten des Emirats Schirâz auswies. Entsprechend hatte ich auch ein Schreiben an den Sultan persönlich bei mir, das ich ihm in Ausführung meiner Gesandtschaft überreichen sollte. Solche Schreiben werden ständig von einem Fürstenhof zum anderen geschickt. Es steht in aller Regel nichts weiter darin als freundliche Worte, die entweder den Sinn haben, sich das Wohlwollen eines anderen Fürsten zu erhalten oder – häufiger noch – ihn in Sicherheit zu wiegen. Viel mehr wird auch in meinem Brief nicht gestanden haben. Gleichwohl haben wir das nie erfahren, da ich das Schreiben am Ende nicht übergeben konnte.« Beinahe für die Dauer eines ganzen Täubchens ließ Saadi mich diesen Worten nachlauschen, ehe er, nicht ohne noch einen Becher Wein vorher zu trinken und sich ausgiebig zu strecken, fortfuhr: »Zunächst ließ mich der Sultan warten. Nicht eine Stunde oder einen Tag. Er ließ mich drei Wochen lang warten. Er gab mir reichlich Gelegenheit, die Stadt kennen zu lernen, ehe er mich empfing. Glaub nicht, mein Freund, dass ich darüber glücklich gewesen wäre. Denn auch wenn die Wazire vom ersten Tag an wussten, dass ich als Gesandter des Atabek von Schirâz nach Isfahan gekommen war, so galt doch der besondere Schutz des Sultans erst ab dem Augenblick der Audienz.

Ich brachte, wie du dir denken kannst, die meiste Zeit mit religiösen Übungen zu und besuchte jede Moschee dieser wundervollen Stadt. Manches Mal beugte ich beschämt mein Haupt, wenn mir klar wurde, dass ich einen heiligen Ort nur betreten hatte, weil mich das Bauwerk als solches angezogen hatte. Das ist mir in Isfahan geschehen wie an keinem anderen Ort der Welt. Vor allem zog mich die Freitagsmoschee an, die schon damals so groß und mächtig war wie keine andere Moschee – von Damaskus und Kairo vielleicht abgesehen, aber diese

Städte kannte ich damals noch nicht. Eines Tages, als mich mein Weg wieder in die Freitagsmoschee zum Gebet führte, war mir, als müsste ich Allah eine besondere Ehre erweisen. Ich fühlte mich unwohl, weil ich ohne Nutzen und ohne Ziel meine Zeit in dieser Stadt vergeudete. Du musst wissen, Freund, Isfahan war damals eine blühende Stadt, alle Menschen waren geschäftig und mir schien, die Händler seien hier noch geschäftstüchtiger, die Frauen noch schöner und die Gläubigen noch demütiger als irgendwo sonst auf der Welt. Also breitete ich meinen Gebetsteppich ganz am Ende der Moschee aus, unter einer der Säulen des Eingangsbezirks, und begann zu beten. Ich betete wohl viele Stunden lang, wobei ich immer wieder eine Säule weiter wanderte, in der größten Hitze des Tages den weiten Platz zur Hälfte überquerte und schließlich am Südliwan, jenem großartigen Bauwerk des Nizam al-Mulk, ankam, als die Nacht hereinbrach. Ich war erschöpft, mein Körper war müde, doch mein Geist war wach. Der Mullah erkannte, dass er es mit einem aufrechten Knecht des Propheten zu tun hatte, gepriesen sei sein Name alle Zeit, und ließ mich die Nacht im Hof der Moschee zubringen. Dankbar setzte ich mich unter einen der kleinen Bögen neben dem Liwan und begab mich in innere Einkehr, um dem Willen des Allmächtigen zu lauschen. Gegen Morgen muss ich dann in Schlaf gefallen sein, ich war jung und hatte noch nicht die nötige Reife für die Übung durch eine ganze Nacht. Allah sei gepriesen, dass Er mir die Möglichkeit gab, meinen Fehler wieder gutzumachen. Denn ich wurde von einigen gezischten Lauten geweckt, die über die Dächer der Moschee flogen. Dann sah ich die Schatten mehrerer Männer über die Kuppeln der Säulenhallen springen. Gleichzeitig flammten in allen vier Himmelsrichtungen Fackeln auf, zwei, drei an jeder Stelle, die die Männer mit großem Geschick in die unter ihnen liegenden Hallen schleuderten. Ihre Gesichter hatten sie mit Tüchern bedeckt und sie waren ganz in Schwarz gekleidet. Vielleicht sind Diebe und Verbrecher das häufig. Doch in diesem Fall war mein erster Gedanke: Assassinen, die Männer von Hassan as-Sabbah!

Eine Fackel fiel genau vor meine Füße. Vor den Flammen hatte ich keine Angst, sehr wohl aber davor, im Licht des Feuers sichtbar zu werden. Denn Mord hatte diese Bande niemals

Überwindung gekostet. Erst später wurde mir klar, dass sie sich nicht in Schwarz gehüllt hatten, um unerkannt zu bleiben, sondern um erkannt zu werden, falls sie entdeckt würden. Das also war eingetreten. Doch ob mich die Männer gesehen haben, weiß ich nicht. Ich stürzte, so schnell ich konnte, zum Südliwan, um die dorthin geschleuderten Fackeln fortzuschaffen, ehe das Feuer um sich greifen konnte. Dabei wurde ich gewahr, dass die Bande bereits während ich schlief, Stroh und in Öl getränkte Tücher heruntergeworfen hatte, denn die Flammen griffen so rasch um sich und fanden immer neues Futter, dass es nicht damit getan war, die brennenden Fackeln mit den Füßen auf den Hof hinaus zu stoßen. Ich riss mir den Kaftan vom Körper und schlug auf die Flammen ein, bis sie gelöscht waren. Von außen hörte ich jetzt laute Schreie, dann auch bald von innen. Gläubige kamen in großer Zahl herbeigelaufen, um die Moschee zu retten. Schnell war man mit Wasser bei der Hand, mit Teppichen versuchten kräftige Männer, das Feuer zu erschlagen. Aber am Ende der Nacht war der weite Bau der Moschee vollständig abgebrannt. Nur die Liwane des Nizam al-Mulk und des Tadj al-Mulk konnten gerettet werden. Auch eine oder zwei Karawansereien und eine Madresseh waren niedergebrannt. Ja, und der Brief des Atabek an den Sultan, den ich, wie es meine Pflicht gewesen war, am Herzen getragen hatte, war in Flammen aufgegangen.«

»Wurdest du dennoch vorgelassen?«

»Wa Allah! Vorgelassen ist freundlich gesagt für das, was mir in der Folge widerfuhr. Zuerst legte man mich in Ketten. Die Stadtwache verbrachte mich dann unter Fußtritten und Schmähungen zum Palast, wo ich der Garde übergeben wurde. Sie warf mich dem Sultan vor die Füße. Man hielt mich für schuldig, die Moschee in Brand gesetzt zu haben. Es hatte niemand sonst die Täter gesehen – alles, was die Herbeigeeilten im Hof der Moschee sahen, war ein Mann, der Fackeln von sich schleuderte, halb nackt und vermutlich mit einem geradezu irren Gesichtsausdruck! Sie mussten denken, dass ich es gewesen sei, der in einem Zustand von Raserei das Feuer gelegt hatte. So in Ketten, nach Stunden in glühender Hitze und beißendem Rauch, war ich nicht fähig, irgendetwas von mir zu geben, so dass ich vor dem Sultan auf den Knien lag und in dieser verzweifelten Lage nicht einmal auf seine Frage nach meinem Namen antworten konnte. Doch groß ist die Gnade Allahs, denn er befahl, mir einen Krug Wasser zu bringen, da er meine Verzweiflung sah. Nachdem ich getrunken hatte, hatten nicht nur die Worte wieder den Weg auf meine Zunge gefunden, ich war auch ein wenig ruhiger geworden und fing also an, zuerst seinen Ruhm zu preisen: ›Mächtiger König der Könige, prächtiger Sultan, in der Welt und in der Religion Siegreicher, Allah möge dein Reich beschützen! Der Herr der Welt, der mit dem Auge der Gunst auf dich blickt, habe Wohlgefallen an dir.‹ Und ich rief den Allmächtigen an:

O Allah! Lass dem Gläubigen die Länge
seines Lebens zum Heile geraten!
Vervielfältige den Lohn all seiner
Guten Werke und edlen Taten!
Erhöhe auch den Rang all seiner Edlen,
seiner Untergebenen und Freunde!
Stürze seine Feinde nieder und
Zerstöre seine Hasser gänzlich!
Bei dem, was wir lesen und hören
Von des Korans heiligem Wort.
O Allah! Sei seines Reiches Schutz
Und seines Sohnes Hort!

›Du hast wohl gesprochen‹, sagte darauf der Sultan zu mir. ›Doch scheint mir, du hast gegen dich gesprochen. Denn muss ich nicht als Feind dich und als Hasser sehen, der du das Bauwerk meiner Ahnen schändetest und Allah, ewig sei Seine Größe, schmähtest?‹

›O Beherrscher der Gläubigen, gütiger und weiser Sultan, wer spricht von mir solche Lügen? Ich habe diese Stadt betreten, um mich unter das Licht Eurer Gnade zu stellen und dem Shah-inshah meine demütigste Aufwartung zu machen.‹

›So bist du also nicht von Isfahan, sondern kamst als Fremder in unsere Residenz?‹

›Fremd zwar, o Herr, doch als Freund und auch als Bote eines gleichsam tausendmal edleren Freundes.‹

Da trat ein Wazir hervor und zeigte auf mich. ›Herr, ich kenne diesen Mann. Er gab vor, als Gesandter des Atabek von Schirâz am Hofe um Audienz zu ersuchen.‹

›Verzeiht, Herr‹, wandte ich mich an ihn. ›Ich gab Euch meinen Brief unseres gnädigen Fürsten. Dort steht geschrieben, was ich Euch berichtete.‹

›Es stand auch geschrieben, dass du eine Botschaft für den Sultan bei dir führst.‹

›Nun, wo also ist diese Botschaft?‹, fragte der Sultan und durchbohrte mich mit seinem Blick. Da erst wurde mir bewusst, dass sie mit meinem Kaftan verbrannt war. ›Sie ist ein Raub der Flammen geworden‹, klagte ich. Eine Weile schwieg der Herrscher. Dann lehnte er sich zurück und brach in lautes und langes Lachen aus. Der prächtige Diwan, geschmückt mit herrlichen Arabesken und verziert mit Gold und Edelsteinen, bebte von seinem Gelächter. Leise lachten die Höflinge mit, die das als ihre Pflicht betrachteten. Allein ich blieb ernst. Schließlich wusste ich nicht, was dem Sultan solche Heiterkeit bescherte. Doch ich musste nichts fürchten. Als er sich wieder beruhigt hatte, winkte er nach einigen Kissen und einer großen Schale Wasser, hieß mich mein Gesicht und die Hände reinigen und mich seitlich Platz nehmen. Die Ketten nahm man mir ab. Der Wazir setzte sich hinzu und betrachtete mich weiterhin mit Misstrauen.

›Du weißt, was mir mein treuer Zangi Ibn-Sa'd mitteilen wollte?‹

›Leider, o Herrscher aller Gläubigen, entzieht sich dies gänzlich meiner Kenntnis. Ich bin nur ein unbedeutender Untertan des Atabek.‹

›Nun, es wird das übliche Geplänkel gewesen sein, um mich gnädig gegen seinen Höfling zu stimmen‹, entschied der Sultan mit einer wegwerfenden Handbewegung. ›Ohnehin haben wir nun andere Sorgen. Sag, was trug sich zu in der Moschee, in der man dich vorfand.‹

Ich berichtete über die vermummten Männer und ihren Angriff auf die heilige Stätte. Dabei versuchte ich, möglichst nichts auszulassen, was ich beobachtet hatte.

›Wie aber kommt es, dass keine Seele sich in der Moschee befand außer dir?‹

›Der Geringste unter Allahs Dienern hat es stets am nötigsten, sich in Demut und Gebet zu üben, Hoheit.‹

›So brachtest du die Nacht im Gebet zu. Dafür gebührt dir Lob und Anerkennung. Wer aber sagt mir, dass dein Bericht im Übrigen der Wahrheit entspricht.‹

›Verzeiht, o Herrscher der Gläubigen‹, mischte sich darauf eine der Palastwachen ein. ›Man berichtet, in einer der Karawansereien um die Freitagsmoschee seien einige Männer aus dem Norden abgestiegen, die inmitten der Nacht verschwunden sind, ohne Nachricht zu geben – und ohne ihre Schuld zu begleichen, wie der Wirt erwähnte. Angeblich Derwische aus Ghôm.‹

›Nicht jeder Mullah aus Ghôm ist ein Heiliger‹, grollte der Sultan. ›Und ich könnte schwören, dass die Bande eigentlich aus Ghaswin stammte und nur ihr Ziehvater aus Ghôm hervorgekrochen war.‹ Ich wusste natürlich, dass er mit dem Ziehvater Hassan as-Sabbah meinte, der bekanntlich aus Ghôm stammte und in der Nähe von Ghaswin seine berüchtigte Festung Alamut errichtet hatte. Solcherart Gespräch ist immer ein gefährlicher Pfad, an dessen Seiten man nur allzu leicht ins Unheil stürzen kann. Deshalb wollte ich mich nicht an den Mutmaßungen des Sultans und seiner Höflinge beteiligen. Allein der Fürst fragte mich und zwang mich also, meine Meinung kundzutun. ›Ich fürchte, Ihr habt Recht‹, hörte ich mich sagen. ›Die Männer sahen aus wie *Fedaijin*.‹

Da lachte der Sultan aufs Neue und sagte: ›Als hätte er jemals einem dieser Mörder ins Auge geblickt! Das Geheimnis der Anhänger des Alten vom Berge ist, dass man sie niemals zu Gesicht bekommt. Erst im Augenblick des Todes siehst du im Fedaijin den Fedaijin. Bereitet unserem Gast ein angemessenes Gemach!‹, befahl er sodann und wandte den Blick von mir, was ich als Zeichen sah, mich zu entfernen.«

Mittlerweile war es draußen dunkel geworden. Es hatte aufgehört zu regnen und der zaghafte Schein der Fackeln und einiger Lichter, die im Haus entzündet worden waren, blitzte von Tausenden feuchter Blätter und Blüten zurück. »Allah hat seine schützende Hand über dich gehalten, mein Freund«, sagte ich nach einiger Zeit. »Es hätte auch anders gehen können. Hätte nicht der Sultan das Wort an dich gerichtet, hätte er dir nicht sein Ohr geliehen, wäre nicht ein aufmerksamer Gardist deinem Wort beigesprungen, so wäre deine erste Reise wohl zu deiner letzten geworden.«

»Ja«, bestätigte Saadi und blickte mich mit großer Wehmut an: »Manchmal liegt alles Leben in einem einzigen Krug Wasser.«

Im Schatten des Isfahantors

Im Schatten des Isfahantors blieb ich stehen, müde von der Hitze des Tages. Seit meiner Ankunft waren erst wenige Wochen vergangen, doch täglich spürte ich, wie der Sommer näher heranjagte. Zu den Monaten Ordibeheschd, Chordâd und Tîr hin verwandelte sich das Tal, in dem Schirâz lag, in einen glühenden Kessel, in dem die Stadt wie eine Oase das Überleben ermöglichte. Denn die Gärten, derentwegen diese Perle unter den menschlichen Siedlungen zu Recht berühmt ist, lindern die Hitze und gewähren den Augen Ruhe und Erholung.

Unter dem Tor ritten unablässig Händler und Bauern hindurch, stellten unberittene Bauern und Handwerker ihr Bündel für einen Moment auf den Boden, um im Schatten des eindrucksvollen Bauwerks kurz innezuhalten und Kräfte zu sammeln. Die Torwache, ein stolzer junger Uniformierter mit mächtigen Augenbrauen, aber einem viel zu dünnen Bart, musterte mich misstrauisch, schien zu ahnen, dass er es bei mir mit keinem Einheimischen zu tun hatte. Das war nicht weiter verwunderlich, denn so groß der Sinn der persischen und der arabischen Baumeister und ihrer Auftraggeber für die Feinheiten der Architektur war, so gering achteten die Bewohner die Kunst, die sie täglich umgab. Niemand außer mir ließ seinen Blick über die fein gearbeiteten Ornamente oder über das Spruchband unter dem Fries wandern, das, wie mir Zahra gesagt hatte, eine Koransure zitierte. Blaue, gelbe und weiße Kacheln stellten, einem wunderbaren Teppich gleich, filigranstes Blätterwerk dar, umrahmt von sinnreichen geometrischen Abbildungen, die in ihrer Gesamtheit einen Spiegel der Gesellschaft symbolisierten, an deren Spitze der Fürst als Beauftragter Allahs stand. Saadi konnte darüber stundenlang philosophieren. Mir blieb der tiefere Sinn seiner Deutungen verborgen, mir blieb nur das Staunen, wie an diesem Tag, an dem mich plötzlich die Schwäche meiner Jahre einholte und die lange Reise zu Pferde ihren Tribut forderte.

Als ich zu mir kam, legte mir eine Frau, geschäftsmäßig, aber nicht unsanft, ein feuchtes Tuch über die Stirn, vermutlich nicht zum ersten Mal. *Schokr gosâram* formten meine stummen Lippen: Vielen Dank. Über mir wölbte sich ein schattiger steinerner Bogen: Mein Körper war taub, meine Erinnerung blind. Wo war ich?

Erst als sich der junge Wächter über mich beugte, fand ich zurück und entsann mich des Ortes, an dem ich wohl ohnmächtig geworden war. Als der Mann, dessen Augenbrauen sich in tiefem Ernst noch verfinstert hatten, erkannte, dass ich das Bewusstsein wiedererlangt hatte, scheuchte er mit wenigen Worten die Frau davon, ins Haus, wie ich vermutete, da sie sogleich nicht mehr zu sehen war, und kam mit dem Gesicht ganz nah: »*Hâle shomâ tschetore?*« – Wie geht es Euch?

Ich nickte. Vielleicht hätte ich sprechen können. Doch ich nickte.

»Ihr seid der Gast in Scheich Saadis Haus?«

Wie schön war es, nur zu nicken, nichts zu sagen, nur dem Körper, den ich nicht fühlte, hinterherzuhorchen.

»Könnt Ihr aufstehen?«

Wieder nickte ich, doch blieb ich liegen. Nickte ich überhaupt? Mir schien plötzlich, dass ich vielleicht nur mit den Augen blinzelte. Doch der ernste junge Mann verstand, vermutlich weniger, weil er sah, was ich sagen wollte, denn vielmehr, weil er sah, was vor ihm lag: eine merkwürdig hohle Erscheinung, nicht fähig, sich zu bewegen oder wenigstens zu sprechen.

Mithilfe zweier weiterer Männer aus der Menge der Umstehenden, die sich versammelt hatten, als klar war, dass es etwas Ungewöhnliches zu bestaunen gab, hob mich der Torwärter vom Boden auf und trug mich in das nahe gelegene Haus meines Freundes. Erneut verfiel ich in Besinnungslosigkeit, aus der ich erst in dunkelster Nacht wieder erwachte. Neben meinem Kopf stand eine Kerze, neben der Kerze saß Leyla, müde, abgekämpft und alt. Niemals werde ich die Schönheit vergessen, die ich bei diesem Erwachen in ihrem Anlitz sah. Die Augen zu öffnen erschien mir in diesem Moment wie der Blick ins Himmelreich. Ich fühlte, wie mein Geist aus einer tiefen Versenkung auftauchte und sich meine Gedanken sammelten. Leylas gleichmäßiger Atem erinnerte an eine Schlafende. Doch sie hatte die Augen geöffnet und blickte gottergeben vor sich hin. Ihre Miene verriet nicht, ob sie sich in einem Augenblick des Glücks oder der Traurigkeit befand. Sie saß nur da, eine stumme Zeugin der Zeit, die verging. Wollte der Herr mich zu sich holen? Ich fühlte mich zu jung, um zu sterben. Doch waren nicht größere, stärkere Söhne der Welt weitaus jünger gestorben? War nicht Alexander der Große schon über sein dreißigstes Lebensjahr abberufen worden? Und Jean, was hätte aus ihm werden können? War nicht sein Leben viel wertvoller gewesen, da von Natur aus viel länger?

Leyla hatte bemerkt, dass ich wach war. Sie lächelte mir zu und stand auf, nicht ohne meine schlaffe Hand zu drücken, die neben meinem Körper lag, als wäre sie daran festgenäht und hätte ansonsten nichts mit mir zu tun. Saadi kam. Er setzte sich neben mich, nicht auf Leylas Kissen, sondern ganz nah an meine Seite. Statt mich anzureden, zeigte er mir einen Koran, den er bei sich hatte, schlug ihn auf und begann zu lesen:

»Wisset, dass das Leben in dieser Welt nur ein Spiel und ein Scherz ist und ein Schmuck ist und Gegenstand des Rühmens unter euch, und ein Wettrennen um Mehrung an Gut und Kindern. Es gleicht dem Regen, der Pflanzen hervorbringt, deren Wachstum den Bebauer erfreut. Dann verdorren sie und du siehst sie vergilben; dann zerbröckeln sie zu Staub. Und im Jenseits ist strenge Strafe und Vergebung und Wohlgefallen Allahs. Und das Leben in dieser Welt ist nur eine Sache der Täuschung.«

Ja, dachte ich, alles ist vergänglich, wir alle sind Blätter im Wind. Ich erinnerte mich, wie er mir zum ersten Mal diese Sure aus dem heiligen Buch der Moslems vorgelesen hatte. Es war in der Wüste gewesen, auf der Reise nach Mekka. Saadi hatte unter unserem aufgespannten Tuch gesessen. Wir hatten den Tag früher beendet, weil es sehr heiß gewesen war und unser aller Kräfte erschöpft waren. Sosehr sich alle dem Müßiggang hingegeben hatten, so bald hatte Saadi sein Schreibzeug ausgepackt, um einige Erkenntnisse des Tages niederzuschreiben. Gerne beobachtete ich ihn dabei, wie er seine Feder spitzte, die Tinte anrührte, das Papier sorgsam zwischen zwei Leisten klemmte und dann mit schwungvollen Bewegungen jene Schriftzeichen aufs Papier malte, die ich wohl nie erlernen würde, so eigen mir auch die Sprache geworden war. Saadi wusste, dass ich ihm gern beim Schreiben zusah, also hatte er mir zugewinkt, ich aber suchte die Wüste, weil mich die Gedanken an Samira nicht losgelassen und mir die Nähe zu einer Frau schmerzhaft klargemacht hatte, dass mir die Nähe zu meiner Frau fehlte. Als ich später zurückkam, fand ich Saadi in den Koran vertieft. Er hatte immer ein gutes Gespür für meine Stimmung gehabt und also begann er schon nach kurzer Zeit, mir einige Verse aus dem heiligen Buch der Moslems vorzulesen. Erstmals hatte ich damals diesen Worten des Propheten gelauscht. Und in der Tat hatten mich die Suren, teils weil sie so andersartig, teils aber auch, weil sie dem Christenglauben gerade so ähnlich waren, abgelenkt von meiner Trübsal, und so fand ich mich bald schon in einem leidenschaftlichen Zwiegespräch mit Saadi.

Oft hatten wir diese Gespräche wiederholt und uns manches Mal herzlich über die eine oder andere Frage des Glaubens gestritten. Dass Saadi mir nun, in dieser finsteren Stunde zu Schirâz Suren aus dem Koran vorlas, war der Versuch, mich wieder zum Sprechen zu bringen und meinen Ehrgeiz zu kitzeln, es mit ihm aufzunehmen. Es war aber auch die wohlmeinende Tat eines Mannes, der an das glaubte, was er vortrug, und der ohne einen Zweifel der Ansicht war, durch gute Worte etwas Gutes zu bewirken. Wie schwer fiel es mir doch, in dieser Erschöpfung den Worten des Korans zu lauschen. Auch das Persische nahm mein Ohr nur mühevoll an und selbst die Stimmen draußen auf den Straßen, die gedämpft zu mir hereindrangen, klangen mir mehr wie ein Markttag in meiner Kindheit. Oft flohen meine Gedanken in diese Vergangenheit, die mir nun, fern und krank, so heil erschien, dass sich meine Augen mit Tränen füllten, wenn ich daran dachte, wie ich als kleiner Junge durch die Gassen der Ortschaft unten am Fluss gestolpert war. Ich konnte die Marketender ganz genau hören: »Nimm dir einen Apfel, Kleiner!«

Wenn ich Glück hatte, war mir einer der fahrenden Händler, die durch das Dorf unterhalb unserer Burg kamen, gewogen. Ich ging nicht mit meiner Mutter auf den Markt, sondern mit meiner Großmutter, die eine schwierige Kundin war: Niemals konnte ihr ein Apfel saftig genug sein, und war er es doch, so war er unreif. Niemals war ihr ein Kohlkopf groß, niemals ein Kapaun fett genug, kein Bund Lauch galt ihr als frisch, kein Stück Fleisch, wenn sie wirklich einmal eines kaufen wollte, als genügend abgehangen. Sie war gefürchtet bei den Händlern und ich bin sicher, sie versteckten ihre besten Stücke vor ihr. Ich indes genoss es, sie auf den Markt zu begleiten, und hing an ihren Röcken, auch als ich längst zu groß dafür war. Für mich hatte der Markt immer etwas Besonderes, weil er Fremde durch unser Gebiet führte, die häufig die merkwürdigsten Geschichten erzählten, etwa vom Bau der großen Kathedralen in den Städten des Nordens, in Soissons, Lâon, Senlis oder Reims. Und bei jedem dieser Berichte schlug Großmutter die Augen nieder und murmelte: »Was für eine Sünde. Hat denn die Kirche auf den Turmbau zu Babel vergessen? Wie wird uns der Herr all das nur vergelten?« Und sie machte sich rasch davon, um in der Kapelle einen Rosenkranz zu beten oder zwei.

Welcher Anblick wäre für sie dagegen das Bild gewesen, das sich mir eröffnet hatte, als ich Jahre später nach wochenlanger Reise und allzu kurzer Nacht vor die Tür des Gasthauses in Tripolis trat, mit einer eigentümlichen Leichtigkeit erfüllt, wie man sie an Tagen fühlt, an denen man sein Werk vollbracht sieht, ohne allzu viel dafür getan zu haben. Nach wenigen Schritten schon tat sich, durch einen dunklen Torbogen vom Hafen getrennt, der Markt der Stadt auf, verteilt auf mehrere Höfe und Gassen und bevölkert von einer so vielfältigen Menschenschar, dass ich zögerte, mich hineinzubegeben. Allein die Neugier überwog. Auch der Hunger gewiss, denn abgesehen von dem dicken Wein des Vorabends hatte nichts den Weg in meine Eingeweide gefunden, seit ich das Schiff verlassen hatte.

Wie jedoch kann man einen Einkauf tätigen, wenn man nicht nur die am Ort herrschende Sprache nicht versteht, sondern auch die feilgebotenen Waren nicht kennt? Denn das war es, was mir sogleich auffiel. Selbstverständlich gab es hier Dinge zu erwerben, die mir wohlvertraut waren. Doch mit Mehl oder Zucker wusste ich wenig zu beginnen, von Tuch und Metallwaren gar nicht zu berichten. Andere Dinge aber, die mein Auge in Verwirrung stürzten, waren mir gänzlich unbekannt und mitunter sollte es noch Jahre dauern, bis ich ihre Namen erfuhr, einiges davon wird meine Zunge vielleicht nie kosten – wenngleich der Genüsse viele sind in den Landen östlich der kretischen See und die Verlockungen des Gaumens im Laufe der Zeit keineswegs geringer werden:

Duftstoffe aus dem Mongolenreich und aus Afrika, Gewürze und Spezereien, von denen ich niemals gehört hatte und vor allem nicht geahnt hatte, auf welch berauschende Weise sie die Luft schwängern konnten, Weihrauch, Ambra, Moschus aus den fernen Ländern im Osten, so fremd wie die Völker, denen die schlauen Araber und Juden die Kostbarkeiten abgefeilscht hatten, glänzender Damast und Stoffe, die mir wie Wunder erschienen: Taft und Musselin, Tuche von so ungeheurer Pracht und so hohem Wert, dass es mir unglaublich schien, dass der Markt nicht einer kaiserlich bewehrten Festung glich, desgleichen Teppiche aus Persien und Byzanz von ungekannter Feinheit, Silberwaren und Waffen aus Damaskus, die mich ob meiner primitiven Ausrüstung beschämten, Myrrhe, Kampfer, Balsam, Datteln, Feigen, Gurkengewächse, groß wie ein Laib Brot und rund wie ein Ball, allerlei getrocknete Beeren und Früchte, Wurzeln und Pulver, Weine aus Zypern, Kreta und dem fruchtbaren Norden, Färbstoffe und Geschmeide aus Bagdad, Aleppo und dem fernen Königreich Delhi – und Sklaven aus allen Ländern unter der Sonne, weiße und schwarze Frauen und Männer und Kinder, Mädchen und Jungen, meist nur spärlich bekleidet, doch in schwere Ketten gelegt.

Der Sklavenmarkt war etwas abseits gelegen, unmittelbar dem Viehmarkt benachbart, auf dem ich ebenso ungewöhnliche Entdeckungen machte und erstmals die Kamele bestaunen konnte, Reit- und Lasttiere von erstaunlicher Höhe mit langen Hälsen und einem großen, zahmen Maul, die mit ihren dunklen Augen freundlich vor sich hin blickten, unablässig kauend, ohne doch allzu viel zu fressen, kuriose Erscheinungen mit einem eigentümlich gebrochenen Rücken – wie ich zunächst glaubte.

Die Sklaven, diesen Kamelen nicht unähnlich in ihrer Behäbigkeit, erwachten zu regem und scheinbar munterem Wesen, sobald sich ein Käufer einstellte, der seine Absicht kundtat, eine Sklavin oder einen Sklaven zu erwerben. Meist folgte eine peinliche Untersuchung, dergestalt, dass die Sklaven gezwungen wurden, den Mund weit aufzureißen und ihr Gebiss zu zeigen wie das Vieh auf dem angrenzenden Markt. Bei den zum Verkauf stehenden Frauen, mehr noch bei den Mädchen, veranlasste der Käufer den Händler darüber hinaus, das grobe Leinen zu heben, um einen Blick auf den Bau der Sklavin zu werfen. Die Händler, die das Vergnügen ihrer Kunden dabei sehr wohl im Auge hatten, befleißigten sich, das Tuch nicht zu gering zu lüften, und die Sklavinnen hatten sich dabei zu bewegen, als seien sie bar jeder Scham. Ich muss bei Gott gestehen, auch mich fesselte der Anblick, und Abscheu und Neugierde hielten sich dabei dergestalt die Waage, dass ich mir schwor, bei der nächsten Gelegenheit den Beichtstuhl aufzusuchen, um meine Seele zu reinigen.

Der Sklavenmarkt lag in einem großen Hof, an dessen Wänden in einiger Höhe hölzerne Balkone, reich geschnitzt und uneinsehbar, befestigt waren, hinter denen sich, wie man manches Mal gegen das Licht erkennen konnte, Menschen bewegten, ohne doch von unten wirklich sichtbar zu werden. In manchen Nischen des Marktes, nicht bei den Sklaven, doch vor allem in jenen Bereichen, in denen solcherlei Waren dargeboten wurden, deren Kauf man gern länger abwägte, Teppiche etwa oder Juwelen, gab es Ausschank von Getränken, die mir unbekannt waren. Am beliebtesten schien ein sehr schwarzer Sud namens Kaffee zu sein, den die Araber teils aus kleinen Schalen von Ton oder Glas, teils aus Untertassen tranken. Ich nahm mir vor, dieses Getränk, das sich offenbar großen Zuspruchs erfreute, einmal zu kosten, sah aber fürs Erste davon ab, da ich mir mit einem Mal wieder meiner sprachlichen Unzulänglichkeit bewusst wurde. Wie sollte ich vorgehen, was konnte ich tun, um in diesem Land nicht verloren zu sein? Natürlich hatte ich bemerkt, dass hier mehr als eine Sprache gesprochen wurde – wie in jeder Hafenstadt und wie in jeder Handelsstadt. Doch überwogen offenbar Dialekte und Sprachen, die ich nicht beherrschte. Noch hatte ich keinen Mann französisch sprechen gehört, auch nicht lateinisch oder griechisch. Dabei war ich seit jeher stolz auf diese Sprachen, die ich – vom Französischen abgesehen – freilich nur aus den Büchern kannte und von denen ich nicht wusste, ob ich sie so benutzte, wie es die Menschen der betreffenden Herkunft taten.

Also beschloss ich, mich auf die Suche nach einem Gasthaus zu machen, in dem es mehr zu erfahren gab als in der Absteige, in die es mich bisher verschlagen hatte – und in dem ich vor allem Franzosen finden konnte. Dafür schien mir die Umgegend nicht ungünstig, waren doch naturgemäß der Hafen und der Markt die Bereiche, in denen sich die meisten Menschen fremder Sprache aufhielten. Außerdem hatte ich trotz des überreichen Angebots auf dem Markt nach wie vor nichts gefunden, was meinen Hunger gestillt hätte. Das wenige, was ich kannte, war entweder roh nicht genießbar oder als Mahlzeit nicht tauglich.

Es war, als würde mein Leben in diesen dunklen Stunden der Krankheit und Schwäche an mir vorbeiziehen, als würde Gott es mir vor Augen führen wie einen Sklaven an der Kette und mich auffordern, zu wägen. Arm war, was ich sah, gering. Ach, wäre Samira in dieser Stunde bei mir. Ach, wäre ich in meiner nächsten Stunde doch bei ihr!

Es waren die glücklichsten Jahre meines Lebens

»Es waren die glücklichsten Jahre meines Lebens, mein Freund«, erklärte ich und Saadi wiegte verständnisvoll den Kopf und sagte nichts. Ich fuhr fort, ihm meine allzu kurzen Jahre mit Samira zu entblättern: »Sie stammte aus Akkon, lebte aber in Tiberias. Das heißt, auch aus Akkon stammte sie nicht wirklich. Woher genau sie kam, wusste niemand. In Akkon aber war sie bei einem reichen jüdischen Kaufmann aufgewachsen, dessen Frau ihr Herz an sie verloren hatte, als sie sie auf dem Sklavenmarkt erblickt hatte.« Vor meiner Erinnerung stiegen die Bilder der verschiedenen Sklavenmärkte auf, die ich seit Marseille und Genua, vor allem aber im Heiligen Land gesehen hatte. Welches Schicksal hätte Samira ereilen können, hätte sich nicht Gottes schützende Hand in Gestalt jener Frau über sie gelegt.

Saadi und ich hatten das Hamam aufgesucht, sein bevorzugtes, das nahe dem *Bagh-e Narendjestan*, einem wunderschönen öffentlichen Garten lag, in dem die wilden Orangenbäume erste Knospen trieben. Es war noch früh, weshalb wir fast allein waren. Wir wuschen uns zunächst in einem der kleineren Seitenräume, in denen große kupferne Schalen und Krüge voll Wasser standen, ehe wir uns unter die geübten Hände des *Dalaq* begaben, des Masseurs, dessen Fertigkeit darin bestand, den Menschen wie eine Schlange zu häuten, auf dass er sich nach dem Bade wie neugeboren fühlte. Und ich wollte mich endlich wieder wie ein neuer Mensch fühlen, nachdem ich mehr als drei

Wochen lang der Pflege bedurft hatte und wider Willen zu einem sehr schmalen Gesellen geworden war nach meinem Zusammenbruch in den Straßen von Schirâz.

Saadi hielt die Augen geschlossen, während der Dalaq mit sanftem Druck ein kleines Säckchen, vielleicht gefüllt mit Sand, über seine Haut rieb und sie so in kleinen grauen Rollen ablöste, und lauschte meiner Erzählung. »Samira wurde in die Familie aufgenommen wie eine Tochter. Keiner sagte ihr, dass sie als Sklavin gekauft worden war, auch nicht, als sie die Bedeutung hätte erfassen können. Sie erfuhr es erst, als der Sklavenhändler ihr und dem alten Kaufmann, der sie aufgenommen hatte, einmal auf der Straße begegnete und sie ansprach. Sie antwortete ihm nicht. Und sie fragte auch ihren Ziehvater nicht. Auch zu Hause sprach sie nicht darüber. Von der Stunde dieser Erkenntnis an schwieg sie. Sie schwieg für den Rest ihres Lebens. Sie war nicht stumm, sie schwieg. Und sie war nicht taub, Saadi, sie konnte hören.« Ich dachte an ihr *Inschallah*, das sie in jener ersten Nacht, da ich sie erblickte, in die Dunkelheit gehaucht hatte, ohne einen Ton zu erzeugen. Und doch hatte ich ihren Wunsch gehört: So Gott will.

Die sehnigen Hände des Dalaq begannen nun auch mich zu bearbeiten, während Saadi die abgelösten Runzeln von seiner Haut wusch. Es war ein angenehmes Gefühl an den Stellen, an denen der Körper nicht von allzu vielen Haaren bedeckt war. Doch auf Brust und Bein bereitete mir das *Kisseh*, wie sich dieses kleine Instrument nannte, Schmerzen. Ich erinnere mich gut: Nie habe ich mich nackter gefühlt, als nach der ersten Behandlung eines Dalaq, damals in Damaskus, als Saadi mich nach unserer Reise von Montfort ins *Hamam-e Nureddîn* mitgenommen hatte. Welch eine eigenartige Welt für einen Christen, für einen Franzosen, für einen Kreuzfahrer aus dem Abendland. Männer rieben sich mit Seife ab, als hätten sie ihre Wäsche am Leib, um sie zu waschen. Stunden saßen Junge und Alte beisammen und reinigten sich ein ums andere Mal – und das an einem ganz gewöhnlichen Tag im Jahr. Kein Feiertag stand bevor, kein Ritus wollte vollzogen werden. »Erinnerst du dich noch, wie es war, als du das erste Mal ein Hamam besuchtest?«, fragte ich Saadi.

»Nicht an das erste Mal«, sagte Saadi, während wir in den großen Hauptraum schritten, in dessen Mitte ein fast quadratisches Becken von den Ausmaßen eines kleinen Teiches gemauert war. »Aber an das erste Mal, als ich mit meinem Vater ging. Vorher war ich immer mit meiner Mutter, manchmal auch mit meiner Großmutter ins *Garmâbe* gegangen.« Er sah meinen fragenden Gesichtsausdruck und erklärte: »So nennen wir das Hamam in unserer eigenen Sprache. – Nun, wenn ein Junge fünf, vielleicht sechs Jahre alt ist, wird es Zeit, dass er nicht mehr mit den Frauen, sondern mit den Männern das Bad aufsucht. Ich bin heute noch erstaunt, wenn ich daran denke, wie unangenehm es mir war, mich unter lauter Männern wieder zu finden. Die Welt der Frauen war mir bis dahin vertrauter gewesen. Bei den Männern kam ich mir fehl am Platze vor. Wenn sie sich nicht unverständliche Dinge zuraunten, dann erzählten sie sich Witze, die noch unverständlicher waren, und lachten laut auf. Bei den Frauen war es immer sehr munter zugegangen. Sie hatten allerlei Klatsch erzählt, von Eheleuten und Tanten, Onkeln und entfernten Verwandten. Viele Ehen werden im Hamam gestiftet, weißt du. Die Mütter, die einen jungen Mann zum Sohn haben, sehen sich im Bad nach Mädchen um, die für ihn in Frage kämen. Nirgends sonst kann man sie besser begutachten und nirgends sonst kann man sie so gut aushorchen wie im Garmâbe.«

Wir ließen uns beide ins Wasser gleiten und setzten uns an den Rand des Beckens. Auf der anderen Seite saßen zwei Männer, Saadi und mir nicht unähnlich, aber wesentlich jünger. Während wir angeregt plauderten, schwiegen die beiden und hingen ihren Gedanken nach. Ich dachte an die Bäder mit Samira. Wir waren oft zu jener Stelle gegangen, an der ich sie zuerst erblickt hatte, und hatten im Schutz der Dunkelheit ein gemeinsames Bad im See genommen. Anfangs war es mir schwer gefallen, so voller Leidenschaft, wie ich für diese Frau war, mit ihr in das Wasser zu steigen, über das unser Herr gewandelt war. Ich begehrte sie, in diesen Nächten mehr noch als sonst, aber schämte mich meiner glühenden Gedanken und mehr noch unserer Leidenschaft an diesem Ort. Samira, die nie sprach, wusste das. Sie wusste es gewiss schon, bevor ich es ihr sagte. Und als ich es ihr erzählte, führte sie mich an eine andere Stelle des Sees, die ich noch nicht kannte. Dort bedeutete sie mir, am Ufer stehen zu bleiben, und schritt langsam ins Wasser. Im hellen Mondlicht war ihre ganze Schönheit zu erkennen, als wäre es mitten am Tag. So ging sie langsam dahin, immer weiter auf den See hinaus, ohne aber tiefer als bis zu den Knien im Wasser zu sein. Noch heute spüre ich meine Haare sich aufstellen, wenn ich an diese warme Nacht denke, an der ich frierend am Ufer stand, nackt und bloß, und zu meiner geliebten Frau hinausblickte, die auf dem See wandelte wie einst Jesus Christus. Ich dachte, nach diesem Blick müssten meine Augen erblinden, so wie ihre Zunge erloschen war, als sie das Ungeheuerliche gehört hatte, so wie Saulus geblendet ward, als er das Antlitz Jesu Christi blickte. Doch gerade als meine Knie sich beugten und ich im Begriff war, mein Weib für die wieder erstandene Madonna zu halten, da glitt sie vollständig ins Wasser hinein, drehte sich dabei zu mir um und winkte mich zu sich wie ein Kind, das ein anderes zum Mitspielen auffordert. So schritt also auch ich auf den See hinaus, der sich ganz einfach an dieser Stelle über einen weit ins Wasser ragenden Felsen hinweg erstreckte. An der Stelle, an der Samira eingetaucht war, nahm der Fels ein plötzliches Ende – und wer das nicht wusste, konnte eine böse Überraschung erleben. »Ein jeder sollte sich sein Weib selbst aussuchen«, stellte ich fest. Aus den Augenwinkeln sah ich, dass Saadi nickte. Ich wusste, dass ein solcher Satz bei ihm dazu führte, dass er all die Bestimmungen, die der Koran für ein solches Thema kannte, durchdachte. Was mochte wohl alles an Regeln zu finden sein in den Tausenden von Ermahnungen, die der Prophet den Gläubigen kundgetan hatte. Ich musste lachen, als ich mich erinnerte, welche Verwirrung mein Wunsch, Samira zu heiraten, in Ben Itzhak ausgelöst hatte.

Bei Gott, es ist eine Stadt in Bewegung!

»Bei Gott, es ist eine Stadt in Bewegung!«, rief ich aus, als ich diese ungeheure Ansammlung von Menschen, Tieren und Waren sah. Ich weiß nicht, wie ich mir eine Karawane vorgestellt hatte, vielleicht wie einen von Bewaffneten geleiteten größeren Handelszug in französischen Landen, einen großen gar, doch was sich meinem Auge darbot, war eine unüberblickbare Masse von Reisenden, die sich auf Kamelen, Pferden und Eseln oder zu Fuß für den Weg durch das karge Tal des Jordan rüsteten. Viele luden ihr Gepäck den Tieren auf, die darunter wie der Stamm eines Baumes wirkten, der eine mächtige Krone trägt, und schnürten selbst die Sandalen, die den langen Weg über halten sollten. Andere schlossen sich dem Zug an, ohne ihre Habe oder Waren mit sich zu führen, doch sie würden die Reise im bequemen Sattel ihres Kamels oder ihres Pferdes zurücklegen, aber eben im Schutze dieser großen Menge an Mitreisenden, die zu überfallen es einer halben Armee bedurft hätte. Die Wege waren gefährlich. Die kriegerischen Zeiten hatten es mit sich gebracht, dass Tagediebe oder abgefallene Soldaten und Söldner sich bei Mordzügen verdingten. Einige hatten verlassene Burgen genommen und führten von dort aus ihre Raubüberfälle durch. Nicht selten begegneten Reisende den gefledderten Überresten ihrer Opfer entlang der alten Karawanenstraßen. All dies hatte ich schon gehört und heimlich gehofft, die großen Karawanen möchten ihre eigenen Bewaffneten mit sich führen. Doch dass es Reisegemeinschaften von solchem Ausmaß gab, hätte ich nicht geglaubt, wenn ich es nicht mit eigenen Augen gesehen hätte.

Einige Berittene mit leichten Waffen zogen ihre Kreise und hielten die sich immer noch sammelnde Menge an, sich zu beeilen. Die Spitze der Karawane hatte sich bereits seit einiger Zeit in Bewegung gesetzt, was auch an einer gewaltigen Staubwolke erkennbar war, die sich in der Ferne in den Himmel erhob. Ich fragte mich, ob wir, die wir im hinteren Teil des Zuges reiten würden, uns nun tagelang durch den Staub der Vorausziehenden kämpfen mussten (was nicht der Fall war, da der Weg über weite Strecken aus steiniger Wüste bestand und weil die Ordnung der Reisenden sich jeden Tag änderte).

»*Wa Allah*!«, rief mich einer der Ordner an. »Wenn du nichts mehr zu tun hast, mach dich auf den Weg oder hilf deinem Nachbarn! Der Tag wartet nicht auf uns. Wollt ihr losziehen, wenn die Ersten zum Gebet absitzen?« Mit einem kräftigen Stockhieb versetzte er sein Pferd in Trab und verschwand. »*Wa Allah* ...«, murmelte ich und zog noch einmal den Sattel meines Rappen fest, den ich einem Mitreisenden gegen eine stolze Summe abgehandelt hatte. Mit der Gabe des Sultans im Gürtel war dies kein Problem gewesen.

»Ich hoffe, Ihr lasst das Tier nicht öfter die Karawanenwege ziehen«, hörte ich eine schwache Stimme neben mir. Mein Blick fiel auf einen ältlichen Mann, der offenbar beabsichtigte, die Strecke zu Fuß zurückzulegen.

»Und warum hofft Ihr das?«, fragte ich.

»Es ist kein Wüstentier. Dieses Pferd ist für kurze Strecken gut. Es braucht grünes Futter und viel Wasser.«

»Da wir die alte Straße am Jordan entlangziehen, werden wir sicher genügend Wasser haben. Und an grünem Futter wird es nicht fehlen.«

»Ihr seid die Strecke also noch nicht gereist.« Er schnürte sein Bündel, das wenig mehr als seine Verpflegung enthalten konnte, über seinen Rücken. »Ein Karawanenpferd muss klein und kräftig sein, ähnlich einem Esel. Es sollte genügend Speck haben, um davon zu zehren, und genügend Fleisch, um seinen Reiter zu ernähren, wenn es nötig wird.«

»Ist denn Pferdefleisch nicht unrein bei euch Moslems?«

»Ja, das ist es bei den Moslems. Auch bei uns Juden ist es nicht koscher.« Seine Augen beobachteten mich sehr genau, als er dies sagte. Nichts konnte ihm deutlicher auffallen als mein Zurückweichen, auch wenn es mehr im Inneren stattfand denn durch Gesten oder Bewegungen. Er lächelte in sich hinein und wandte sich grußlos zum Gehen, ehe ich noch etwas sagen konnte. Ich saß auf und reihte mich ebenfalls in die sich nun auch auf unserer Höhe in Bewegung setzende Karawane ein. Dann schlug ich das Kreuz und versetzte mein Pferd in gemessenen Gang. Schon bald war die Mauer von Damaskus nicht mehr zu erkennen. Auch die Türme der Stadt wurden vom Staub der immer noch Aufbrechenden verschlungen. Also befand ich mich endlich auf dem Weg nach Jerusalem, wohin ich für den Kaiser hatte ziehen wollen und wohin ich nun dank dem Sultan zog.

Vor mir ritten einige Kaufleute mit schwer gepackten Kamelen. Sie stammten wohl nicht aus der näheren Umgebung, denn ihr Arabisch war mir nur schwer verständlich, soweit ich ihr Gespräch mitbekam. Dennoch war es sehr aufschlussreich, ihnen zu lauschen. Zum einen war ich mit den kaufmännischen Dingen nie befasst gewesen und erkannte darin nun eine überaus interessante Welt, zum anderen diskutierten sie die politische und militärische Lage in der arabischen Welt – und ihre Aussagen überraschten mich sehr, schienen es doch keineswegs die christlichen Kreuzfahrer zu sein, die ihnen vor allem Angst einflößten, sondern vielmehr eine Horde von Barbaren aus dem Osten, die wohl weit jenseits des seldschukischen Gebiets Länder und Städte unterjocht hatten, deren Namen mir wie Juwelen aus fernen Sagen und Legenden klangen: Buchara und Samarkand, Tûs, Balkh und Nishapur.

»Wir werden es noch erleben, dass sie das Kalifat stürzen und die Damaszener versklaven!«, hörte ich den Jüngeren von ihnen sagen.

»Vielleicht vertreiben sie ja auch die Christen wieder aus Jerusalem und befreien Caesarea und Aleppo«, hielt einer der beiden Älteren amüsiert dagegen.

»Ja, lacht nur, Onkel«, erwiderte der Jüngere mit feuriger Stimme. »Aber die Christen kaufen gut und gerne …«

»Wenn sie uns nicht gerade abschlachten!«, fuhr nun der zweite Ältere dazwischen. Allah ist groß, Junge, aber dein Verstand ist leider klein. Der Handel lebt davon, dass die Wege sicher sind und die Städte reich. Ob uns die Franken überfallen oder die Tataren, ist völlig gleichgültig. Alle Krieger, die über feindliches Land herfallen, verwüsten es, machen es arm. Jeder Soldat ist ein Feind des Handels.«

»Ihr habt Recht, Vater«, fügte sich der junge Mann und neigte sein Haupt. »Allah möge mir in seiner unendlichen Großmut vergeben, dass ich so blind war gegen die Feinde des Glaubens und dass ich Euch widersprochen habe.«

»Was mir mehr Sorgen macht als der Übermut unseres Hassan ist die Tatsache, dass die Karawane nicht vorankommt. Al-Aflabi hat sich wohl in der Größe verschätzt und zu viele Reisende aufgenommen. Vermutlich konnte er der Witwe Münze nicht widerstehen.«

»Was wollt Ihr damit sagen, Onkel?«, fragte, schon gar nicht mehr zerknirscht, der junge Mann, der mir nunmehr als Hassan bekannt war.

Statt ihm zu antworten, richtete der Onkel indes seine spöttische Stimme gegen seinen Bruder: »Mit welcher Zunge sprichst du mit deinem Fleisch und Blut, geliebter Bruder! Kennt unser lieber Hassan, der über Weltpolitik mehr Bescheid weiß als der Wazir am Hofe Kairos nicht die einfachsten Bilder unserer Sprache?« Und an Hassan gewandt: »Der Witwe Münze heißt, dass er auch die Ältesten und Schwächsten in seiner Karawane ziehen lässt, wenn sie ihm nur den Schutzzoll entrichten.«

»Damit hast du vermutlich auch Recht, o Zierde des Glaubens«, erwiderte nun, ebenfalls spöttelnd, der Vater Hassans. »Es wird wohl nicht die Menge sein, sondern die Art der Zusammensetzung. Wir haben hier zu viele Reisende zu Fuß, zu viele Alte, zu viele Kinder. Das kann uns nicht vom Fleck bringen.«

Nun fiel es auch mir auf: Es waren keineswegs nur Erwachsene unterwegs. Vielmehr konnte ich ohne größere Anstrengung auch mehrere Kinder ausmachen. Eine Frau trug ein Bündel an den Bauch geschnürt, aus dem der Kopf eines Säuglings hervorlugte. Auf einem Kamel saßen zwei Kinder, die sich mühten, den jeweils anderen dabei zu übertreffen, das Tier zur Eile anzutreiben, und die es dabei mit dünnen Weidenruten schlugen, so fest sie nur konnten. Das Kamel musste einem nicht Leid tun, trafen die beiden doch hauptsächlich Gepäckstücke, die weit über seine Seiten herunterhingen.

Ich lenkte mein Pferd langsam zwischen die Männer und grüßte erst, als ich bereits zwischen ihnen ritt, um sie nicht von hinten anzusprechen, was, wie ich vermutete, wohl eine Unhöflichkeit bedeutet hätte. »Verzeiht, wenn ich mich zwischen Euch mische. Allah sei mit Euch. Darf ich Euch ein Stück weit begleiten?«

Die drei verständigten sich mit Blicken, ehe der Vater des jungen Mannes antwortete: »*Ahlan*, Fremder. Es sieht so aus, als würden wir dieselben Pfade teilen. Was sollte also dagegensprechen, ein Stück gemeinsam zu reiten.«

Seine Augen, die mein kurzes Schwert und den Dolch betrachteten, sprachen das Gegenteil. Er musterte mich, schnell, aber nicht so schnell, dass ich nicht gemerkt hätte, wie er sich fragte, ob sich unter meinem weiten Gewand ein ledernes Wams oder gar ein leichtes Kettenhemd verbergen könnte. Offenbar verwarf er den Gedanken, denn mit kaum merklicher Kopfbewegung gab er den anderen zu verstehen: In Gottes Namen, lassen wir ihn mit uns reiten.

Er stellte sich mit dem Namen Mohammad Ibn Ali vor, seinen Bruder als Sharif Khalil Ibn Ali und seinen Sohn als Hassan Ali Ibn Mohammad. Auch ich stellte mich mit möglichst blumiger Sprache vor, ohne jedoch meinen Namen zu erwähnen, und spielte mit im Höflichkeitsspiel der arabischen Begrüßung, ehe ich zur Sache kam: »Ohne dass es meine Absicht gewesen wäre, habe ich vorhin ein wenig von Eurem Gespräch mitbekommen. Abu Hassan«, so sprach ich den Vater an, wie ich es in den Gesprächen mit Saadi im Kerker gelernt hatte, »was hat es mit diesen *Tataren* auf sich?«

»Allahs Weisheit ist unergründlich!«, pries Mohammad Ibn Ali seinen Gott. »Und seine Güte ist unermesslich! Dem Allmächtigen sei Dank für jede Prüfung, die er uns Gläubigen auferlegt. Vielleicht hat mein undankbarer Sohn Recht und die Barbaren aus dem Osten werden schon bald mit ihren teuflischen Horden über unsere Erde jagen. Transoxanien ist ihnen in die Hände gefallen und halb Persien haben sie bereits unterjocht. Keine Stadt in Chorassan ist verschont geblieben von ihrer Mordlust. Sie bringen die tüchtigsten Männer um und versklaven die restlichen. Die Frauen schänden sie, keine Moschee ist ihnen heilig ...«

»Verzeih, Bruder«, wandte Sharif Khalil an dieser Stelle ein. »Was du sagtest, ist so wahr, wie es erschütternd ist. Aber die Moscheen sind ihnen tatsächlich heilig. Oder sagen wir, sie interessieren sie nicht.« Und an mich gewandt: »Es handelt sich um ein Volk von Viehhirten jenseits von Kasgar. Sie sehen aus wie Teufel und reiten auch so. Große Völker sind ihnen in den letzten Jahren untertan geworden. Ihr oberster Fürst zieht in einem Filzzelt durch sein riesiges Reich und führt Krieg um des Krieges willen. Er hat die Kara Kitai unterjocht und die Choressmier. Es wird behauptet, sogar halb Cathai sei von ihm mit List und Tücke erobert worden.«

»Verzeiht. Ich fürchte, ich kenne nicht die Hälfte der Namen, die Ihr erwähntet. Leider weiß ich nicht zu viel über die Völker weit im Osten.«

»*Wa Allah*, und ich fürchte, wir kennen nicht die Hälfte der Namen der Völker, die dieser Iblis niedergeworfen hat.« Die drei Männer lachten. Und wie mir erst jetzt klar wurde, lachten sie nicht über Sharif Khalils Wortgewandtheit, sondern darüber, dass ich mich verraten hatte. Natürlich hatten sie gemerkt, dass ich kein Araber war. Doch wenigstens als Jude fremdländischer Herkunft hätte ich durchgehen mögen. Nun also hatte ich selbst es verraten: Ich kam aus dem Westen – ich war Christ.

»*Wa Allah*!«, rief nun erneut Sharif Khalil aus, und es klang wie eine Provokation. »Wir werden ein gut Stück miteinander reisen müssen. Wollt Ihr uns nicht auch Euren Namen verraten?«

»Bei Allah, wie unaufmerksam von mir! Jean d'Eron. Es ist mir eine Ehre, die Bekanntschaft so edler Herren zu machen.«

»So seid Ihr am Ende Christ?«, fragte Mohammad Ibn Ali.

Mir schien Vorsicht geboten, denn als Christ war ich möglicherweise allein in dieser Karawane. Die meisten Christen, Kreuzfahrer, Pilger oder Ansässige, pflegten sich nicht den Karawanen der Orientalen anzuschließen. Sie reisten im Gefolge der Heere oder kleinerer bewaffneter Verbände.

»Ein jeder ist geboren, wie es dem Herrn für richtig erschien. So finden wir uns wieder als Moslems, als Juden oder Christen ...«

»Doch Allah stellt es jedem frei, sich seinem Glauben anzuschließen und den Pfad der Wahrhaftigkeit und der Gerechtigkeit zu betreten«, hielt Mohammad Ibn Ali dagegen.

»Lob sei dem Herrn, dass er dem Menschen den Verstand gegeben hat, sich vom falschen Wege ab- und dem rechten Glauben zuzuwenden.«

»Also seid Ihr ein Bruder im Glauben?«, forschte nun mit lauerndem Blick Sharif Khalil und ich meinte beinahe zu hören, wie die drei vor Spannung den Atem anhielten, was ich antworten würde. Ich setzte eine geheimnisvolle Miene auf und raunte: »Wie Ihr wisst, ist es nicht immer klug, in aller Öffentlichkeit solche Dinge auszusprechen. Ich wäre Euch überaus dankbar, wenn Ihr über diese Angelegenheit Stillschweigen wahren würdet, da mancher Gläubige mit wütender Verblendung die verfolgt, welche sich im Glauben verändert haben.«

»Nun, da solltet Ihr aber in dieser Reisegesellschaft keine Schwierigkeiten haben, da doch, soweit man sehen kann, nur Moslems und ein paar Juden im Gefolge sind!«, lachte Sharif Khalil.

»Aber bedenkt: ›Das Verborgene zu wissen kommt Gott allein zu.‹« Es war dies einer der Lieblingssätze Saadis aus dem Koran gewesen, die mir von seinen Koran-Rezitationen im Kerker her geläufig waren. Alle drei Reisebegleiter nickten bedächtig. Offenbar kannten sie dieses Wort. Ehe noch einer meiner Mitreisenden erneut das Wort an mich richten konnte, gab einer der Aufseher Zeichen, dass man eine Pause machen wollte, damit die Gläubigen sich dem Gebet widmen könnten. Ein karstiger Berg, der sich dem Weg entlang erstreckte, warf einen schmalen Schatten, in dessen Schutz wir uns begaben. Jetzt erst merkte ich, dass ich begann, weiße Flecken zu sehen. Ein vorgetäuschtes Gebet schien mir genau die richtige Gelegenheit zu sein, um den Augen ein wenig Linderung zu verschaffen. Ich führte mein Pferd an den Rand eines kleinen Felsvorsprungs, so dass ich dahinter beinahe aus dem Sichtfeld der anderen verschwand. Dann ließ ich ein klein wenig von dem Wasser, das ich in einem von mehreren Schläuchen bei mir führte, über ein Tuch fließen, das ich mir um die Augen band. In gebeugter Haltung, nach Osten gewandt, um glaubwürdig als Betender betrachtet zu werden, für den Fall, dass mich doch jemand beobachten sollte, verbrachte ich so einige Zeit, bis die Ersten sich bereits wieder zu unterhalten begannen.

Einige Reisende führten ihre Tiere einen schmalen Pfad hinab zum Fluss, der seit einiger Zeit wieder in Sichtweite gekommen war. Doch es war beschwerlich, die Pferde, die Kamele und Esel zu tränken, da das Ufer nur über ein Feld von Geröll und kantigem Fels zu erreichen war. Ich beschloss, es etwas später zu versuchen. Nach meinem eigenen Empfinden zu schließen, war die Strecke bisher nicht allzu anstrengend gewesen. Der Gaul war noch frisch und sicherlich würden sich im Laufe des Tages weit bessere Gelegenheiten bieten, die Tiere zu tränken. Bei der Geschwindigkeit, mit der die Karawane über das Land zog, bestand keine Gefahr, den Anschluss zu verlieren, selbst wenn man längere Pausen einlegte. Allerdings wusste ich nicht, wie die Aufseher sich zu einzelnen Ausreißern stellen würden.

Ich hatte keinen Grund, mich erneut den arabischen Kaufleuten aufzudrängen, auch fand ich es nicht sonderlich vernünftig, da sie offenbar ahnten, dass ich Christ war – und man nie wissen konnte, welche Schlüsse sie daraus ziehen würden. Indes kam von sich aus einer von ihnen zu mir, als ich eben dabei war, das Pferd wieder zu satteln, der junge Hassan Ali Ibn Mohammad. Er stieg nicht ab von seinem Pferd, verbeugte sich aber vom Rücken des Tiers herunter beinahe übertrieben und meinte: »Verzeiht, Fremder. Es scheint uns nötig, jemanden zu finden, der einer bestimmten Sprache mächtig ist. Vielleicht bist du es, dem Allah es in die Hände gegeben hat, uns zu helfen.«

»In die Hände gegeben oder in den Mund gelegt?«

»So gesehen, eher Letzteres.«

»Um welche Sprache handelt es sich, da Ihr mich fragt?«

»Schon dieses hat zu sehen mir der Allmächtige in seiner unendlichen Weisheit nicht eröffnet.«

Ich lachte, zum einen, weil mich die edlen Herren durchschaut hatten, zum anderen, weil mich die übertriebene, verdrehte Art von Höflichkeit, die der jugendliche Heißsporn an den Tag legte, sehr amüsierte.

»So lasst uns gehen«, sagte ich und nahm mein Pferd am Zaumzeug, um es zum Lagerplatz der Kaufleute zu führen.

Sharif Khalil und Mohammad Ibn Ali saßen mit zwei anderen Reisenden im Schatten ihrer mächtig aufgepackten Kamele und schwiegen sich lächelnd an. Es war offensichtlich, dass die beiden anderen keine Araber waren. Zwar trugen sie, wie ich, Kleider, die sie als Söhne des Morgenlands hätten durchgehen lassen, doch ihre Haut war rosig, ihre Bärte waren hell und unter dem Tuch, das den Kopf vor der schlimmsten Sonne schützte, blinzelten verletzte helle Augen hervor, wässrig und seicht. Nach meinem Dafürhalten mussten das Normannen sein. Falls sie es waren, sprachen sie aller Wahrscheinlichkeit nach Französisch. Ich aber fragte mich, ob ich offenbaren sollte, dass ich dieser Sprache mächtig war. War es klug, meine Herkunft preiszugeben? Bisher hatten die Araber immerhin noch Anlass zu Zweifeln. Nicht nur sprach ich ein ganz passables Arabisch, auch wenn schon allein die Abwesenheit jedes Akzents verdächtig wirken musste – aber vielleicht sprach ich ja einen Akzent und wusste es nur nicht –, auch sah ich nicht eben sehr nordländisch aus. Immerhin war mein Bart noch nicht grau und gebleicht wie heute, sondern stolz, angemessen jedem Scheich und jedem Derwisch, und viel dunkler als mein Haupthaar, das unter einem Turban verborgen war. Also erkundigte ich mich zuerst einmal auf Arabisch, welchen Dienst ich ihnen erweisen könnte. Sharif Khalil erklärte, nachdem er mir einen Platz in der Runde angeboten und sich ebenfalls wieder gesetzt hatte, mit dem liebenswürdigsten Lächeln: »Diese edlen Herren haben uns bedeutet, dass sie an Waren interessiert sind, die wir mit uns führen. Sie wollen sie uns abkaufen.« Sein wohl sortiertes Lächeln wanderte von mir zu den beiden Nordmännern. »Glauben wir.« Es wanderte wieder zurück. »Nun sprechen wir jedoch leider nicht dieselbe Sprache. Da dachten wir, dass Ihr vielleicht ...«

Es stellte sich heraus, dass die Männer keineswegs Waren kaufen, sondern verkaufen wollten, was sie in den Augen der Araber sogleich weitaus weniger interessant machte. Dennoch kam mühsam ein Gespräch in Gang, mühsam auch deshalb, weil ich mich mit den beiden Christen, die tatsächlich Normannen waren, in lateinischer Sprache unterhielt, zum einen, weil ich mich den Arabern gegenüber nicht allzu sehr offenbaren wollte, zum anderen, weil mich die groben Burschen, wiewohl etwas älter als jene, an die Gascogner erinnerten, mit denen ich die Überfahrt nach dem Königreich Jerusalem gemacht hatte.

Nach einigen wichtigen Blicken und bedeutenden Gesten, nach etwas Geraune und geflüsterten Beschwörungen entbreiteten die beiden ein ledernes Päckchen, in dem verborgen eine bemerkenswerte Sammlung von Geschmeide und Preziosen lag. Die Stücke waren unschwer als Arbeiten orientalischer Meister erkennbar, zumal darin auch Steine verarbeitet waren, die in diesen Landen weit verbreitet, im Abendland aber weitgehend unbekannt waren. Mohammad Ibn Ali und sein Bruder warfen sich viel sagende Blicke zu, sprachen aber nicht. Der junge Hassan konnte weniger an sich halten und stieß einen leisen Schrei aus: »*Wa Allah*! Prächtig sind diese Stücke, man kann Euch nur zu ihrem Besitz gratulieren!«

Die Mienen der beiden älteren arabischen Kaufleute verfinsterten sich ob dieses ungeschickten Ausbruchs, der jeden Handel um ein Vielfaches schwerer machen würde, während sich ein Lächeln auf den Gesichtern der Normannen abzeichnete, die zwar den Wortlaut nicht verstanden hatten, sehr wohl jedoch den Ton der Rede und die also begannen, in mich zu dringen, auf dass ich die Vorzüge der Schmuckstücke in ihren Worten wiedergäbe. Ich kürzte die Schilderungen der Christen stark ab, da ich fand, dass die Stücke eindeutig aussahen und keiner großen Erklärung bedurften. Sehr wortkarg nun zeigten sich die beiden arabischen Kaufmänner und beratschlagten lange Zeit, mitunter auch in einer Sprache, die ich nicht verstand, womöglich einem Dialekt. Schließlich verbeugten sich alle drei und Sharif Khalil sagte: »Das Angebot der edlen Herren ehrt uns. Gerne möchten wir es für einige Stunden bedenken. Zum einen sind wir keine Händler für Geschmeide, zum anderen sind wir nicht sicher, ob wir ein Angebot machen können, das den Stücken angemessen ist. Denn unsere Münzen sind begrenzt und wir wollen die Herren nicht mit einem geringen Angebot beleidigen – wenn wir eines machen.«

Ich übersetzte, so gut es mir eben möglich war, und die beiden Normannen zeigten sich verständig und gewährten den Kaufmännern Frist bis zum nächsten Morgen.

So standen wir auf und gingen ein jeder zu seinem Lager. Ich dachte lange über das nach, was ich zwischen den mir unverständlichen Passagen der Rede der Araber herausgehört hatte. Offenbar hielten sie den Schmuck für gestohlen, einem Raubzug normannischer Ritter entstammend, dem gläubige Moslems zum Opfer gefallen waren. Sie nahmen das sehr ernst, obschon sie es sich nicht anmerken ließen. Ich fragte mich, ob es in Karawanen solcher Größe so etwas wie einen Richter gab, der strittige Fälle entschied oder Taten wider das Gesetz bestrafte.

Als wir am nächsten Morgen die Reise wieder aufnahmen, war meine Neugierde zu groß, als dass ich mich von den Arabern hätte fern halten können. Also suchte ich die Nähe von Hassan Ali Ibn Mohammad, von dem ich mir am ehesten Auskunft erwartete, weil er sein Herz noch sehr offen auf der Zunge trug, während die beiden Alten zu erfahren und im Geschäft zu weise geworden waren, um sich allzu viel anmerken oder gar entlocken zu lassen. Gerade als ich mich mit meinem Pferd, das mir bisher viel Freude bereitet hatte, zu den drei Kaufleuten vorgearbeitet hatte und mich ärgerte, dass ich wohl Hassan kaum allein zu sprechen bekommen würde, weil die drei eng beisammenritten, staute sich die Karawane und es kam beinahe zu einem kleinen Tumult. Ich fragte einen vorbeieilenden Knecht des Karawanenführers, was los sei und weshalb wir nicht vorankämen. »Es hat einige Tote gegeben dort vorne!«, rief er.

»Ein Unfall?«

»Nein, man hat sie erstochen im Graben gefunden.« Und auf meinen entsetzten Gesichtsausdruck: »*Alham do l'Ellah*, es waren nur ein paar ungläubige Rotbärte. Wir werden schnell weiterkommen. Den Rest erledigen die Geier.«

Die Worte hingen noch in der Luft, als wir auch schon an der Stelle vorbeikamen und ich erkannte, dass es sich bei den Rotbärten um die beiden Normannen handelte, mit denen wir noch vor wenigen Stunden im Kreise gesessen hatten. Sie lagen mit merkwürdig frommen, in den Himmel gerichteten Augen da, als hätten sie das Himmelreich in allem Frieden erwartet.

»Wo ihr auch sein möget, der Tod ereilt euch doch, und wäret ihr im festestgebauten Turm«, murmelte Sharif Khalil Ibn Ali mit eigentümlicher Stimme. Ich griff die Zügel etwas fester und ließ mein Pferd langsamer gehen, um Zeit zwischen mich und die Kaufleute zu bringen und zwischen den Abend gestern und meine Angst heute. Heimlich schlug ich das Kreuz und murmelte: »Herr, sei ihren armen Seelen gnädig.« Doch für die weitere Reise hielt ich mich von den drei Männern fern.

Es ist wie damals

»Es ist wie damals«, sagte ich und wies auf die feurigen Blüten im Licht der Flammen.

»Es ist wie damals, mein Freund«, erwiderte Saadi. »Und das ist kein Wunder. Denn ich habe diese Blumen zur Erinnerung an die große Liebe meines Lebens gepflanzt, die mir verloren war in dem Augenblick, da ich sie gefunden hatte.«

Ich erinnerte mich an den Garten Abu Dschafar Halabis in Damaskus, wohin ich mit Saadi gekommen war, nachdem uns der Kaufmann aus den Händen der Ritter von Montfort freigekauft hatte. Dieser Garten war es gewesen, in dem ich erstmals Rosen von solch leuchtender Farbe gesehen hatte, als wir im Schein der Fackeln beisammensaßen. Und die Mauern dieses Gartens waren es gewesen, hinter die Saadi die Schöne verfolgt hatte. Wir waren eben vom Hamam zurückgekehrt, so wie er damals aus dem Hamam-e Nureddîn gekommen war, dem schönsten Bad von Damaskus. »Wie aber konnte das geschehen? Haben dich die Wachen des Kaufmanns entdeckt?«, fragte ich den alten Freund und versuchte mir vorzustellen, was damals geschehen sein mochte.

»Nein, das haben sie nicht. Aber ich bin wohl auf dem Baum zu laut gewesen. Als ich deshalb mit dem sacht gebrochenen Zweig den Vorhang ein wenig zur Seite schob, erblickte ich nicht nur die wunderschöne Sklavin, die mir den Rücken zugewandt hatte und auf dem Boden kniete.«

»Sondern?«

»Sondern auch Aischa, die Nichte des Kaufmanns, deren Mädchen sie war und deren Füße sie eben mit Öl einrieb.« Er hielt kurz inne. »Du weißt, was Aischa bedeutet?«

»Die Schöne?«

»*Wa Allah*, du hast Recht. Nur war sie nicht schön. Die Kaufmannstochter war vielmehr ein sehr kurzes und kräftiges Weib, eine Bauersfrau hätte sie wohl gut sein mögen oder ein Marktweib.«

»Sie also erblickte dich? Und sie rief die Wachen?«

»Sie erblickte mich. Doch rief sie nicht die Wachen. Vielmehr setzte sie ein eigenartiges Lächeln auf und tuschelte etwas mit ihrer Dienerin, die sich darauf umdrehte und mich ebenfalls sah.«

»Und erkannte sie dich?«, fragte ich und ließ mir ein weiteres Mal den Becher mit Wein voll schenken.

»Ja, sie erkannte mich. ›Er hat mich verfolgt‹, flüsterte sie. Vielleicht flüsterte sie es auch nicht. Doch habe ich es von außen so gehört. ›Er hat dich verfolgt?‹, fragte Aischa nach. Sie flüsterte jedenfalls nicht, denn ich vernahm ihre Stimme sehr gut dort draußen in der Dunkelheit, aus der allenfalls mein Gesicht im Licht der Lampe, das durch die Vorhänge drang, hervorstach.«

»Was hast du getan?«

»Ich blieb eine Weile reglos sitzen.«

»Aber, bei Gott, warum bist du nicht davongelaufen? War es denn nicht gefährlich im Garten des Kaufmanns?«

»Natürlich war es gefährlich!«, lachte Saadi. »Zu gefährlich, um davonzulaufen. Hätte ich meinen Fuß wieder auf die Erde gesetzt, so hätten die Wachen mir ihren Dolch auf den Rücken gesetzt. Aischa hätte nur einmal rufen müssen. Wenn sie ihr Handwerk nicht zu Ende gebracht hätten, so hätte es der Qâdi getan. Denn meine Tat war das Todesurteil, seine Vollstreckung hätte nicht einmal der Sultan zu verhindern vermocht, wenn Abu Dschafar darauf bestanden hätte.« Saadi sah meinen erstaunten Blick und fügte hinzu: »Du musst wissen: Es ist für den Sultan ein Leichtes, einen Mann vom Leben zum Tod zu befördern, ohne sich dafür rechtfertigen zu müssen. Doch der Entschluss, den Tod von einem Verbrecher abzuwenden, ist ungleich schwerer. Jedenfalls: Ich saß also dort droben, Auge in Auge mit der Kaufmannstochter, die zunehmend Gefallen daran fand, mich dort sitzen zu sehen. Es war vielleicht die größte Demütigung in meinem ganzen Leben. Denn nichts ist so schwer, als der Liebsten gegenüber eine lächerliche Gestalt zu sein. Sie aber sah mich nur mit mildem Blick an und vermied es, irgendetwas zu sagen. Ich weiß nicht einmal, ob sie mir zugetan war.« Saadi seufzte. »Als die halbe Nacht herum war, gab die Herrin ihrer Sklavin einige kurze Anweisungen, so leise, dass ich sie nicht verstehen konnte, und schickte sie darauf aus dem Zimmer.« Erneut hielt mein alter Freund inne. »Ja«, sagte er dann. »Ich glaube wohl doch, dass sie mir irgendwie zugetan war, und sei es nur Mitleid gewesen, das sie verspürte. Denn als sie an der Tür stand, wandte sie sich noch einmal um und warf mir einen Blick zu, wie ich ihn in meinem Leben nie mehr gesehen habe. Noch heute träume ich davon und sehe sie wie damals – als ich sie zum letzten Mal sah.«

Saadi verfiel in Schweigen und trank Wein. Er trank nicht nur seinen Becher leer, sondern noch einen weiteren und einen halben, ehe er wieder anhob und seiner Zunge freien Lauf ließ: »Sie half mir herein. Das war ihr möglich, denn sie war wirklich ein starkes Weib.« Er lachte, als könne er das alles auch heute noch nicht fassen. »Drinnen befahl sie mir, mich zu setzen, und verließ dann das Zimmer, um bald mit einem Krug Wasser zurückzukommen. ›Trink!‹, sagte sie, so wie man zu einem Kamel sagt: ›Sauf!‹« Und Saadi hob erneut den Becher an die Lippen. »Ich trank, obwohl ich keinen Durst hatte. ›Du bist in meine Kammer eingedrungen‹, sprach sie darauf. ›Du kannst es dir aussuchen: Bist du ehrlos, so bist du des Todes. Bist du aber ein Ehrenmann, so wirst du meinen Oheim um meine Hand bitten.‹«

»Oh Gott«, entfuhr es mir, denn endlich nahmen Saadis merkwürdiger Umgang mit Abu Dschafar, seine Heirat mit dessen Nichte, die Umstände unserer Rettung, plötzlich nahm alles Sinn an und ich begann zu verstehen. Dennoch: »Warum stellte sie dich vor diese Wahl? Sie kannte dich doch gar nicht.«

»Und du kanntest sie nicht!«, lachte Saadi. »Sie hätte niemals einen Mann bekommen, zumal sie nicht die Tochter Abu

Dschafars war, sondern nur seine Nichte, und also keine große Mitgift hatte. Kein Mann bei Sinnen hätte sie genommen!«

»So wurdest du also von ihr gezwungen, sie zu heiraten?«, fragte ich entgeistert.

»Ja, sie versuchte es.«

»Aber du hast sie doch geheiratet.«

»Nun, sagen wir so: Ich habe mich zunächst in mein Schicksal gefügt und einer Ehe zugestimmt. Dabei hatte ich sicherlich auch die Hoffnung im Herzen, dass ich so auch ihrer Sklavin würde nahe sein können, der meine Liebe galt. Doch Aischa war wohl hässlich und gehässig, aber nicht dumm. Sie hatte es geahnt und ihre Sklavin verkauft, der Himmel weiß, wohin. Als ich davon erfuhr – nicht von ihr übrigens; sie hätte das bis zur Hochzeit verschwiegen –, da packte mich die Verzweiflung und ich floh aus dem Haus und aus der Stadt und begab mich auf den Hadsch, um meine sündige Seele zu reinigen. Den Rest der Geschichte kennst du: Auf der Rückreise geriet ich in die Gefangenschaft einiger Kreuzritter, kam in den Kerker, in dem wir uns begegneten – und schließlich wieder in die Fänge der Familie Abu Dschafars.«

»Wo du dich um den Preis der Heirat vom Henker loskaufen ließest.«

»Wo ich mich um den Preis der Heirat vom Henker loskaufen ließ.«

Wir schwiegen. Dann gingen wir eine Weile in Saadis Garten spazieren, wie wir es inzwischen nicht nur täglich, sondern auch beinahe nächtlich taten. Erst als wir wieder am Haus waren, fragte ich: »War diese Ehe eine glückliche?«

»Du fragst im Ernst?«, lachte Saadi. »Nein, das war sie natürlich nicht. Ich glaube nicht, dass es der Mangel an Liebreiz war, der mir die Freude an dieser Ehe nahm. Es war der Mangel an Freude, der ihr den Liebreiz nahm. Es war ihr bösartiges Wesen. Sie konnte weder damit leben, dass eines Menschen Urteil tiefer durchdacht war als ihr eigenes, noch damit, dass eine Sklavin größer war, noch damit, dass ihre Nachbarin die schöneren Feigen gekauft hatte, noch damit, dass zwei von drei Bazari mehr verdienten als ich, der ich wohl reich an Ehre, aber arm an Gütern war. Aber auch damit, dass mir mehr Ehrfurcht entgegengebracht wurde als ihr, konnte sie nicht leben. Ich versuchte gleichwohl, das Beste aus dieser Ehe zu machen, und dachte auch nicht über eine zweite Frau nach, solange ich nicht in der Lage war, mit der einen in Frieden zu leben. Allah war bereit, uns die Möglichkeit an die Hand zu geben, indem er sie schwanger werden ließ.«

Ich lachte: »Guter Saadi, bei aller Demut vor dem Höchsten, das war wohl nicht Allah!«

Auch Saadi lachte. »Da hast du wohl Recht, Abu Jân. Allein ich war es auch nicht, soviel ist sicher. Denn sie verweigerte sich mir ganz und gar. Und ich war darüber nicht unglücklich.«

»So warst du nicht der Vater?« Saadi schüttelte den Kopf. »Wer aber war zwischen euch getreten?«, forschte ich weiter.

»Allah allein weiß es. Es hat mich nicht berührt. Ich mag dieses Kind nicht gezeugt haben, doch war ich sein Vater. Ich liebte den Jungen von ganzem Herzen.« Und ich sah, wie sich die Augen des alten Mannes mit Tränen füllten. »Ich hatte ihn so sehr ins Herz geschlossen, dass ich die ewigen Streitereien im Hause vergaß und mich freute, aus der Moschee oder aus dem Palast zurückzukehren. Bis mein kleiner Mohammad krank wurde. Ich war später nach Hause gekommen als meist, es war schon dunkel. Aischa schlief. Der Kleine lag in seinem Bettchen und war heiß wie ein Stück Kohle, das vom Feuer fällt. Ich nahm das Kind, so wie es war, und hielt es in die Waschschüssel, um es zu kühlen. Dann hüllte ich es in meinen Mantel und rannte zur Zitadelle, wo einer meiner ältesten Freunde der Arzt des Sultans war. Zwischendurch blieb ich immer wieder stehen und untersuchte den Kleinen, ob er atmete und ob sein Fieber etwas nachgelassen hatte. Als ich an den Stufen des letzten Tors ankam, war mein Sohn tot.« Saadi seufzte. »Niemand weiß, ob der Leibarzt des Sultans ihn hätte retten können. Doch so kurz vor dem Ziel …« Ihm versagte die Stimme.

Ich legte meinen Arm um den alten Mann und sah ihn voll Mitleid an. »Saadi, der Allmächtige hat dir eine wundervolle Tochter geschenkt und du hast zwei ebenso wundervolle Frauen. Ein Herz ersetzt wohl niemals ein anderes. Doch sei nicht undankbar über den Lauf der Welt.«

Er nickte. »Du sprichst wahr, Abu Jân. Ich darf nicht klagen. Allah, dessen Lob ewig sein möge, hat mir ein Leben voll Liebe geschenkt und drei Leben, denen ich diese Liebe schenken darf.«

»Und was geschah mit Aischa?«, fragte ich nach einer kleinen Weile.

»Aischa?«

»Deiner Frau.«

»Oh, ich weiß es nicht. Ich habe das Haus nie wieder betreten.«

Wie das Denkmal eines Berges

Wie das Denkmal eines Berges stand die Festung des Nureddîn auf der Anhöhe, die heißen Winde aus den östlichen Wüsten herausfordernd und zum Himmel weisend. Das Tor des gewaltigen Baus war allein so mächtig wie manch kleinere Kreuzritterburg im Königreich Jerusalem. Was mich aber besonders beeindruckte, war, dass dieser Koloss inmitten der Stadt stand, nicht floh vor der Enge der Gassen oder vor der Menge der Menschen, die in seinem Schatten ihr Leben fristeten. Wo andere Festungen die Distanz suchten, sich in ferner Lage und durch Fels und Wasser in sich verschlossen, hatten die Baumeister dieser Burg die Häuser und Menschen zu ihrem Meer gemacht. Auch in meiner Heimat gab es Burgen, die von Dörfern umgeben waren, doch im Allgemeinen war die Feste zuerst da und das Volk kam dann. Nureddîn indes, der hier verehrt wurde wie ein Heiliger, hatte einen menschlichen Schutzschild um seine Mauern, indem er seinen Bau inmitten des Meers von Volk errichtet hatte.

Man betrat die Festung zu Fuß, nur hoch gestellte Persönlichkeiten wurden zu Pferde oder auf dem Kamel vorgelassen. Saadi hätte wohl, wie ich später bemerken sollte, durchaus ein Reittier in Anspruch nehmen dürfen. Doch verzichtete er darauf zweifellos freiwillig, wie es seiner Demut entsprach, und schritt mit mir gemeinsam zu Fuß durch die sieben Tore bis in den verbotenen Bezirk. Jedes der Tore war von bewaffneten Soldaten bewacht, deren jeder einem Bären an Kraft und Stolz glich. In jedem der Höfe, die wir durchschritten, hatten Schreiber ihre Schemel aufgestellt, bereit, die Gesuche und Eingaben, die Klagen und Denunziationen der Vorstelligen aufzunehmen und in angemessene Form zu bringen. Denn das Ohr des Sultans war nicht zu beleidigen durch ungefällige Rede und derben Ausdruck. Wer dem Schreiber nicht das übliche Entgelt bezahlen konnte, war von jeder Audienz ausgeschlossen. Wer aber das Dokument vorlegte, durfte allenfalls hoffen, von einem der niederen Beamten gehört zu werden. »Es kann Jahre dauern, ehe sich der Sultan eines Falles selbst annimmt«, hatte mir Saadi erzählt. »Man sagt, es gibt Fälle, in denen die Söhne auf das Urteil über Klagen warten, die die Väter bei Hofe eingereicht haben.«

So war ich nicht verwundert, dass ich in des Sultans Palast eine Stadt in der Stadt entdeckte. Nicht nur Schreiber bevölkerten die Höfe, mehr noch waren es Männer, die beieinander saßen und diskutierten, Frauen, die in Winkeln, abgeschirmt von anderen Frauen, ihre Kinder stillten, Bettler, die ihr Glück versuchten, ehe die Palastwachen sie durch das Tor wieder hinausdrängten, und ziellose Gesellen, deren Sinne vom Warten betäubt waren.

»Denkst du wirklich, mein Freund, der Sultan würde uns empfangen? Ist es nicht vermessen, ihm diese Aufwartung machen zu wollen?«

»Natürlich ist es vermessen«, entgegnete Saadi mit großem Ernst. »Vermessener aber wäre es, würden wir ihm die Ehre nicht entbieten. Ob er uns empfängt, darüber liegt die Entscheidung allein bei ihm. Ob wir aber kommen, um ihm unsere Demut zu beweisen, das obliegt uns. Glaub mir, werter Franke, der Sultan leiht sein Auge und Ohr zwar nur wenigen, und das selten, aber er sieht und hört alle und jederzeit.«

Bald schon sollte ich erkennen, dass dieser Spruch Saadis keineswegs eine Übertreibung war. Der Sultan verfügte nicht über seherische Fähigkeiten, doch er unterhielt ein Heer von Zuträgern, das wiederum an ein kleineres Heer von Mittelsmännern berichtete, das die Minister ins Bild setzte. Diese entschieden letztlich, welche Information dem Sultan zur Kenntnis zu bringen war. Diese Allmacht des Wissens aber war es, die

die Minister und den Großwazir vor allen anderen zu mächtigen Männern im Einflussbereich des Sultans Al-Nizir machte und die jederzeit zum Glück oder Unglück eines Menschen eingesetzt werden konnte, der sich in einem Netz fand, das zu sehen er nicht in der Lage war.

So wuchtig die Mauern der Zitadelle waren, so filigran, so märchenhaft leicht schwebend wirkte das Innere des Palasts. Wohl durchschritten wir zunächst lange Fluchten von kahlen Räumen, mündend in immer neue steinerne Säle. Je weiter wir aber in die verschlossenen Bereiche vordrangen, umso kunstvoller waren die Säulen gearbeitet, umso reichhaltiger waren die Kapitelle verziert und die Türen beschlagen. Längst waren wir allein, Saadi und ich, kein anderer Bittsteller begleitete uns. Nur die Palastwache, von Zeit zu Zeit wechselnd, schritt uns auf dem Weg voran oder hinterdrein. Längst auch war mir klar geworden, dass ich Saadi einmal mehr für zu gering geschätzt hatte. Offenbar gehörte er zu jenen wenigen Glücklichen unter den Lebenden, denen Zutritt zum Palast, und nicht nur zum Palast, sondern sogar zu den persönlichen Gemächern des Sultans gewährt war. Denn das war es, was, unschwer erkennbar, inzwischen unser Aufenthalt geworden war: die privaten Räumlichkeiten Al-Nizirs, des mächtigen Herrschers über Damaskus und die arabischen Lande des Königreichs Jerusalem.

Als wir vor den Sultan traten, war mir zuerst nicht klar, wer vor mir saß. Ich hielt den Mann, der schmaler war, als ich mir einen leibhaftigen Sultan vorgestellt hatte, und kleiner, für einen Minister, vielleicht für den Großwazir, für einen zweifellos kultivierten Mann von hohem Rang, wie er in einfacher, aber erkennbar fein gearbeiteter Tracht auf einem wertvollen Teppich saß, nach Süden, gen Mekka gewandt, uns nicht beachtend, aber sicher doch bemerkend.

Saadi schwieg, blieb in einiger Entfernung stehen und nahm, die Arme vor der Brust gekreuzt, eine tief gebeugte Haltung ein, die ich nachahmte, ohne zu ahnen, wie lange ich in dieser unerträglichen Verbeugung verharren sollte. Die Minuten wichen zunächst vage, dann zäh und schließlich unerträglich langsam dahin. Wie der Sand einer Wüstendüne, der bei jedem Schritt nachgibt, als würde man niemals auf ihr vorankommen, so zerrann alle Hoffnung unter mir, als sich schließlich eine sehr leise, aber strenge Stimme uns zuwandte und Saadi sich aufrichtete, nicht ohne den Kopf weiter gesenkt zu halten. Ich tat es ihm gleich und war dabei so auf mein eigenes Verhalten bedacht, dass ich völlig versäumte, den Worten des Wazirs zu lauschen. Natürlich war er kein Wazir, sondern der Sultan, der Herrscher der Gläubigen, der Beschützer des Kalifen. Die feinen Unterschiede, die bei all diesen Bezeichnungen zu beachten waren, erklärte mir Saadi viel später. Al-Nizir war der Neffe des großen Sultans Al-Kamil, der in Kairo residierte und soeben mit Kaiser Friedrich Frieden geschlossen hatte.

Niemals zuvor hatte ich ein Lob gehört wie jenes, das Mosleh ad-Dîn nun vor dem Mächtigen von Damaskus ausbreitete wie ein gold- und perlenbesticktes Tuch aus Seide: »Dank gebührt dem Herrn – mächtig und erhaben ist Er! – für Seine Wohltaten. Dass des Sünders Fuß ich zwischen diese Mauern stellen darf, gebührt mir nicht, doch groß ist Er und huldvoll! Dem mächtigen König der Könige, dem prächtigen Sultan ist diese Gunst zu danken, dem in der Welt und in der Religion Siegreichen – Allah möge ihn beschützen! Der Herr habe Wohlgefallen an ihm!

Gesegnet ist die Welt durch ihn,
sein Glück soll lange dauern!
O Herr, sei du ihm feste Burg
mit ewig siegenden Mauern!
Der Palmensprössling, der aus ihm
entstammt, trefflich gedeihe!
Denn nur aus edlem Samen sprosst
der edlen Pflanzen lange Reihe!«

Der Sultan lächelte dünn und nickte aufmunternd: »Weiter so, guter Mosleh ad-Dîn! Es ist eine Wonne, Euch zu lauschen!« Saadi verneigte sich tiefer und fuhr fort:

»Die Braut meiner Gedanken wagt aus Mangel an Schönheit nicht, das Haupt hoch zu tragen und das Auge der Hoffnungslosigkeit vom Fußrücken der Scham aufzuschlagen. In der Versammlung der Schönen kann sie nicht im Brautstaate prangen, bevor sie nicht mit dem Schmucke des Beifalls des großen Fürsten bedacht worden ist: des Mannes der Tat, des Gelehrten, Gerechten, Beglückten, Siegreichen; der Stütze des Reiches, des Beschützers der Gläubigen, der Armen Zuflucht, der Fremden Hafen, der Talentvollen Ernährer, der Gottesfürchtigen Bruder, des Beschützers des Islam und der Moslems, der Säule, auf die Allah seine Herrschaft auf Erden baut,

Sultan Al-Nizir,
Allah verlängere dein Leben
und verherrliche dein Streben,
erweitere deine Brust
und verdopple deine Lust!

Denn du bist unter den Großen aller Länder und Völker wahrhaftig der Belobte und der Inbegriff der edelsten Tugenden!«

Mit einem Mal stand der Sultan zwischen uns und legte den Arm um Saadi. »Schön hast du das gesagt«, lobte er Mosleh ad-Dîn, während er ihn zu seinem Teppich zog. »Schade, dass ich mir dergleichen nicht merken kann. Gerne hätte ich es heute Nacht einer meiner Frauen erzählt, damit sie sieht, dass auch weise Männer mich loben.«

»Wenn auch der Narr einst will ein weises Wort der Welt entrichten, so tut er dies, da er Euch lobt, Zierde des Glaubens und der Tugend«, fügte Saadi seiner Rede hinzu. Der Sultan setzte sich, doch Saadi blieb stehen. »Erlaubt«, sagte er und nahm sogleich wieder eine leicht gebeugte Haltung ein, »dass ich Euch einen Freund vorstelle, der meinen Weg zu Euch geteilt hat und dem die Gläubigen Großes zu danken haben.«

»So bin auch ich ihm zu Dank verpflichtet?« Der Sultan blickte mich nicht an und doch schien er mich zu wägen.

»Da Ihr so offen fragt, Herrscher der Wohlgeleiteten: ja.«

»Ihr werdet mir das erklären, Saadi. Weder kenne ich Euren Freund, noch scheint mir überhaupt, er sei ein Bruder im Glauben. Im Gegenteil: Nach allem, was man hört, ist er ein Christ. Das ist keine Schande, sagt uns doch der Koran, dass auch die Juden und die Christen Gottes Diener sind ...« Er sprach nicht weiter, wartete vielmehr auf eine Entgegnung Saadis, die auch sogleich erfolgte: »Wohl sprecht Ihr wahr, mein Sultan. Doch dieser Mann hier, dem Allah es nicht nur anvertraut hat, mein unwürdiges Leben zu retten, ist der segensreiche Diener des Friedens geworden, indem er königlich handelte und so aller Menschen Leib und Leben schützte.«

»Königlich handelte? Ihr sprecht, als sei das ein Spiel.«

»Wie geistreich Ihr das Wort führt, mein Sultan«, sagte Saadi und schenkte dem Herrscher ein sehr ausdrücklich anerkennendes Lächeln. »Ja, es war das Spiel der Könige, das meines fränkischen Freundes glückliche Hand zu einem guten Ende führte.«

Nun endlich wandte sich der Sultan zu mir und wies mich an, näher zu treten. »Ihr versteht unsere Sprache?«, fragte er. Ich nickte: »Ein wenig, großer Sultan.«

Al-Nizir lächelte spöttisch über meine Unbeholfenheit, trug aber sogleich wieder eine majestätische Miene zur Schau. »Wie heißt Ihr?«

»Jean d'Eron.«

Der Sultan blickte fragend zu Saadi. »Er ist Franke«, sagte dieser und es klang, als wollte er sagen: Der arme Mann kann nichts dafür, es ist ein Fluch.

Al-Nizir räusperte sich und fuhr fort: »Ihr seid unser Gast. Man wird Euch ein Zimmer geben. Ihr werdet heute Abend an meiner Tafel sitzen. Über Euer Spiel werden wir uns beizeiten unterhalten.« Damit gab er einem der Lakaien einen Wink, worauf dieser sich zu mir begab und mir ein Zeichen machte, mit ihm zu gehen. Saadi blieb beim Sultan sitzen. Ich hörte gerade noch, wie der Sultan mit schwerer Stimme wieder an ihn das Wort richtete: »Ihr habt meinen Onkel beim Verrat unterstützt.«

Als würde der Himmel geradewegs aus der Tiefe steigen

Als würde der Himmel geradewegs aus der Tiefe steigen, so bodenlos blau lag der See vor uns, ganz plötzlich, als sich der Staub um die Stehenden senkte. Kein Auge konnte sich dem Anblick entziehen, kein Gedanke sich auf etwas anderes als das Wasser richten, das wie eine Legende aus fernster Vergangenheit herüberleuchtete. Der See Genezareth in seinem steinernen Bett, von spärlichem Grün geziert, wirkte so mächtig, dass einige Reisende unvermittelt auf die Knie fielen. Vielleicht wäre es auch mir so ergangen, hätte ich nicht zuerst absitzen müssen. Dieser Anblick war meiner christlichen Seele beinahe ein größeres Geschenk, als die Gestade des Heiligen Landes zu erspähen. Das tiefe Blau machte Jesus Christus gegenwärtiger, als es jeder Gottesdienst zu tun vermocht hätte. Mit einem Mal kamen mir die großen Kathedralen in den Sinn, die ich gesehen hatte, die gigantischen Bauwerke, die in der Heimat nun in jeder großen Stadt in den Himmel wuchsen. Doch keines davon hatte die Pracht und Schönheit dieses stillen Wassers, auf das sich die Karawane nach einigen Augenblicken des Innehaltens langsam zubewegte. Unsere erfahrenen Führer hatten keine Schwierigkeit, einen geeigneten Ort zu finden, an dem sich die Reisegesellschaft für die Nacht niederlassen konnte. Inzwischen waren es so viele, dass es auch von einer guten Warte aus kaum möglich war, beide Enden zu erblicken. Ein Übriges tat das Gelände, das zwar einer Oase gleich zwischen Bäumen am See lag, doch uneben und felsenreich war.

Im Schutze eines gewaltigen Steinblocks richtete ich mein Lager ein. Das Pferd war offenbar müde und unruhig, weil es das Wasser gewittert hatte. Also führte ich es zum See hinab, der keinen Steinwurf von meinem Lagerplatz entfernt lag, und ließ es dort ausgiebig saufen. Zwei Jungen nutzten die Gelegenheit, nackt im Wasser zu tollen. Vielleicht waren es auch Kinder von Bauern in der Nähe, die es wohl geben musste, da wir offenbar inmitten eines ausgedehnten Olivenhains Rast machten. Frauen lachten. Männer riefen sich Befehle zu. Es wehte ein leichter Wind ostwärts und ich blickte hinüber zum anderen Ufer, über die heiligen Wasser hinweg.

»Dort«, hörte ich eine Stimme neben mir sagen, »setzte Christus seinen Fuß auf das Wasser.«

»Seid Ihr nicht Jude?«, fragte ich den Alten, den ich seit Beginn der Reise nicht mehr zu Gesicht bekommen hatte.

»War Christus das nicht auch?«

»Seid Ihr immer so spitzfindig?«

»Seid Ihr immer so unfreundlich?«, versetzte er und ließ sich mühsam nieder, indem er langsam an seinem Stock hinabglitt. Ich setzte mich neben ihn. »Ich glaube«, sagte ich, mühsam darum verlegen, meine theologische Unzulänglichkeit nicht allzu deutlich werden zu lassen, »Christus unterscheidet sich von den Menschen seiner Umgebung vor allem dadurch, dass er kein Jude ist, sondern den Glauben an den einzigen Gott erneuert hat.«

»Sollten wir ihn dann nicht Mohammed nennen?«

»Mohammed ist der Feind aller Christen – und aller Juden«, fügte ich hinzu, um seine Widerrede im Keim zu ersticken.

»Und Christus war nicht Feind aller Juden?« Er blickte mich mit listigen Augen von der Seite her an, als ich mich neben ihm niederließ.

»Nein«, sagte ich knapp.

»Ich glaube Euch. Euer Christus war unsicher in seinem jüdischen Glauben, aber er war nicht gegen die Juden. Das haben erst spätere Generationen so gesehen.«

»Die Juden haben Christus ermordet!«, argumentierte nun ich, um die Dinge, wie ich dachte, vom Kopf wieder auf die Füße zu stellen.

»Wir alle waren nicht dabei. Aber scheint es Euch nicht wahrscheinlich, dass ein Pontius Pilatus eher ein Römer war denn ein Hebräer?« Ich schwieg. »Wir sind hier auf heiliger Erde«, fuhr er fort. »Heilig für Christen und Juden. Seht hinüber zum anderen Ufer. Dort hat Jesus nach eurer Legende fünftausend Menschen mit fünf Broten und ein paar Fischen bewirtet – und alle wurden satt. Es müssen fünftausend Juden gewesen sein.«

»Die als fünftausend Christen heimkehrten«, vollendete ich seine Überlegung.

»Vielleicht«, lächelte er. »Fünftausend jüdische Christen.«

Das war Gotteslästerung! Ich fuhr auf, empört und verletzt. Welche Genugtuung sollte ich dafür verlangen? Doch der Alte hob entschuldigend die Hände und sagte: »Ich wollte Eure Gefühle nicht verletzen, verzeiht. Vielleicht einigen wir uns darauf, dass Christus als Jude geboren wurde – und alles andere der wohl geleiteten Deutung unterliegt.«

Ich setzte mich wieder. Es hatte schließlich keinen Sinn, einen Greis, der zu Fuß durch ein karges Land unterwegs war, zur Rechenschaft zu ziehen für eine Rede, die er in Unwissenheit und Einfalt geführt hatte. So dachte ich. Also saßen wir eine Weile schweigend. Im Lager begann Ruhe einzukehren, die gläubigen Moslems bereiteten ihr abendliches Gebet vor, das sie diesmal gemeinsam zu verrichten beabsichtigten. So senkten auch wir unsere Stimmen. »Wisst Ihr, junger Herr«, begann der Alte nach einer Weile aufs Neue. »Im Koran heißt es: ›Die Juden sagen, die Christen entbehren der Grundlage im Glauben. Und die Christen sagen, die Juden entbehren der Grundlage im Glauben. Dabei lesen sie doch die Schrift in gleicher Weise. Aber Gott wird am Tage der Auferstehung zwischen ihnen entscheiden über das, worüber sie einst uneins waren.‹«

Ich wollte mich nicht auf eine weitere Diskussion einlassen. Deshalb entgegnete ich abwehrend: »Ich muss mich nicht von einem Moslem über Glaubensdinge belehren lassen.«

»Nun, ich finde, in diesem heiligen Buch der Anhänger Mohammeds stehen durchaus kluge Dinge. In derselben Sure heißt es immerhin: ›Jeder hat eine Richtung, auf die er eingestellt ist, ob Jude, Christ oder Moslem. Wetteifert nun nach den guten Dingen! Wo immer ihr sein werdet, Gott wird euch am Jüngsten Tage allesamt beibringen. Er hat zu allem die Macht.‹ Ist das nicht tröstlich?«

»Für einen Moslem bestimmt!«, lachte ich und schwang mich hoch, um die paar Schritte zum See hinabzugehen. »Und für einen Juden wohl auch. Aber als gläubiger Christ muss ich mich fragen, ob sich Pilgerfahrten und Kreuzzüge überhaupt lohnen, Beichten und Bußen.« Ich schnürte meine Stiefel auf. Meine Füße schmerzten, obwohl ich den ganzen Tag nur bequem im Sattel gesessen hatte. Mir war, als wäre meine Haut in dem heißen Leder unter der Sonne gegart worden. Das kühle Wasser des Sees war eine Wohltat, ein Wunder, das Gott den Reisenden jeden Tag erleben ließ. Was veranlasste uns Menschenkinder nur, die Welt zu durchstreifen, statt an einem so lieblichen Ort wie dieser kleinen Oase zu bleiben, die sich hier an ein fischreiches Gewässer schmiegte, dem Wind zu lauschen, der das Gemurmel Betender herübertrug, vermischt mit dem Schreien eines Säuglings, den die Mutter mit sachtem Singen zu beruhigen versuchte. War es nicht gottgefällig, an solchem Orte seine Hütte zu bauen, eine Familie zu gründen, Kinder zu zeugen und zu guten und gläubigen Christen zu erziehen im Angesicht des biblischen Wunders, das aus dem Wasser über uns gekommen war durch Jesu Hände? Mir liefen Schauer über den Rücken. Ich erkannte Seine Gestalt in den kleinen Fischerbooten, die noch draußen auf dem See auszumachen waren. Ich hörte Seine Predigt, ohne aber die Worte zu verstehen. Wie vertraut mir Seine Stimme klang, wie nah mir Sein Atem war. »Ihr Gläubigen«, so sagte er. »Sucht Hilfe in der Geduld und im Gebet. Gott ist mit denen, die geduldig sind.« Ich sank auf die Knie und betete. Während alle anderen Reisenden nach Süden blickten, wandte ich das Haupt nach Osten, der anderen Seite des Sees zu, wo Christus die Hungrigen gespeist hatte. »Auch dies sprach Mohammed«, fuhr die Stimme fort, doch ich achtete nicht auf ihn, der zu mir getreten war in frevlerischem Tun, der seine Locken kürzen, aber seinen Glauben nicht verbergen konnte. All dies sagte er mit sanfter Stimme – wäre er nicht ein Hebräer gewesen, ich hätte ihn mir zum Vater gewünscht.

»Gütiger Vater im Himmel«, betete ich. »Schenke uns Rittern im Zeichen des Kreuzes Deine Gnade. Hilf uns, das Heilige Land zu befreien von den Ungläubigen zu Deiner höheren Ehre und zu unserem Seelenfrieden. Amen.«

Als die Nacht sich über das Ufer gelegt hatte, brannten hundert kleine Feuer wie Spiegel der Sterne, die sich über uns ausgebreitet hatten. Wer immer etwas zu braten oder zu kochen bei sich führte oder von Bewohnern der Gegend gekauft hatte, setzte es über eine Flamme. So leitete mich der Duft von herzhaftem Hammelfleisch und Reis ebenso durch den Olivenhain wie das Aroma von Kaffee und Safran. An manchen Feuern saßen schweigende, ernste Männer, an anderen lachten Frauen mit blitzenden Zähnen in eifrigem Gespräch. Wenige hatten sich schon zum Schlafen gelegt. Unter manchem Mantel gaben sich Paare der Liebe hin, von ihren Habseligkeiten oder ihrem Reittier nur notdürftig vor fremden Blicken geschützt. Die Nacht war mild, viel wärmer als in der kärgeren Landschaft im Süden. Weit draußen im Wasser musste noch ein Boot sein, das den Weg nach Hause vor Einbruch der Nacht nicht mehr geschafft hatte. Ich sah das Licht von ferne und hoffte für die Fischer oder Händler, wer immer sich dort befand, dass die Nacht so ruhig bleiben möge und der See so still, wie er schon war, seit wir zum ersten Mal seine Ufer erblickt hatten.

Ich war ganz nah am Wasser und sog die Luft tief ein, die mich hier ein wenig an zu Hause erinnerte, an die üppige Landschaft des Burgund, würzig und schwer wie unsere Trauben. Da sah ich sie plötzlich vor mir, sie, die sich vor fremden Blicken hinter einem ins Wasser hängenden Ast sicher wähnte. Fast hätte ich sie mit ausgestrecktem Arme greifen können, hätte ihr Haar streicheln können, ihre Brüste, die sie mir, ohne es zu wissen, ganz und gar zugewandt hatte. Vorsichtig, um nicht zu viele Geräusche zu verursachen, senkte sie ihren Körper langsam ins Wasser und stellte sich dann wieder aufrecht hin, drei-, viermal. Ich hielt den Atem an, weil ich den Augenblick anhalten wollte – und um sie nicht zu erschrecken. Welch wunderbaren Anblick schenkte mir der Herr an diesem geheiligten Ufer. Nichts Lüsternes bewegte mich in diesen Momenten, nur das reine Glück, das in dem Blick auf einen unbefangenen Frauenkörper lag, so rein und unschuldig.

Ich musste die Augen schließen, um nicht sogleich dem Drang nachzugeben, zu der Schönen ins Wasser zu steigen. Sie wusch sich mit sorgfältigen und zügigen Bewegungen. Es war klar, dass sie hier nicht entdeckt werden wollte. Es schickte sich keinesfalls für eine Frau, völlig unbekleidet ins Wasser zu steigen. Zumindest ein leichtes Badekleid wäre angemessen gewesen, für eine Moslemin zumal. Und dass sie eine Tochter des Korans sein musste, war mir klar: Wer sonst wäre auf den Gedanken verfallen, sich nach einem so anstrengenden Tag zum Bad zu begeben. Nur die Moslems waren geradezu versessen auf die Reinigung ihres Körpers in Bädern und, so es keine Bäder gab, in Seen und fließenden Gewässern.

Als sie ihre Zeremonie beendet hatte, wand sie mit einer anmutigen Bewegung ihr Haar um das Haupt und stieg langsam aus dem Wasser. Sie kam auf die Entfernung eines Atemzugs an den schattigen Ort, an dem ich mich verborgen hielt. Einen Pulsschlag lang hielt sie inne und blickte mir dann geradewegs ins Auge, tiefernst und voll Ruhe. Sie beugte sich ans Ufer, hob ihr Kleid auf, das offenbar von einem Zweig, über den sie es gehängt hatte, herabgerutscht war, und zog es über, als wäre sie gänzlich ungestört. Ich spürte meinen Herzschlag im ganzen Körper, als sie sich noch einmal zu mir umwandte und mir den sanftmütigsten Blick schenkte, der je in meine Seele versenkt worden war. Ihre Lippen formten das Wort *Inschallah*, doch meine Ohren waren taub vor Liebe. Dann drehte sie sich um und entschwand mit einem Schritt in die Nacht.

Zwei, vielleicht drei Atemzüge später schon machte sich in mir die Panik breit, ich könnte sie für immer verloren haben.

In tiefer Verbeugung

In tiefer Verbeugung stand ein reich gekleideter Moslem vor einem Bettler, dem er in eine kunstvoll geschnitzte Schale ein Almosen gelegt hatte. Es schien, als wollte sich der Spender beim Bittsteller bedanken. Wie unverständlich bereits hier in Tripolis doch alles war! Nicht nur eine fremde Welt tat sich auf, es schien mir geradezu, als sei es die Umkehrung von allem Üblichen. Am Tage herrschte unter den Muselmanen Müßiggang, in den Abendstunden ergingen sie sich in eifriger Geschäftigkeit. Ihre Frauen hielten sie in dunkle Tücher verhüllt, die Männer dagegen trugen buntes Weibertuch! Sie schimpften leise, lachten aber laut. Zum Beten wandten sie sich nicht nach Osten, sondern nach Süden!

Wie blind mein Geist damals war, erkannte ich erst lange Zeit später, als ich im Felsendom zu Jerusalem einen Moslem beim Gebet beobachtete und ein stolzer Ritter im Kreuze hinzutrat. Er griff den Jünger Mohammeds mit eiserner Faust und drehte ihn von Süden nach Osten hin. »So musst du beten!«, rief er. Der Muselman jedoch verweigerte den Gehorsam und wandte sich wieder dem Süden zu. Einige Templer, die zugegen waren, zogen den Ritter fort und redeten auf ihn ein, auf dass er den Betenden in Ruhe lasse. Doch kaum hatte der sich wieder zum Gebet verneigt, packte der Ritter ihn erneut und drehte ihn mit aller ihm zu Gebote stehenden Kraft herum und rief: »So musst du beten!« Dass jeder gläubige Moslem sein Gebet in Richtung der *Qibla* verrichten muss, war ihm nicht bekannt –

so, wie mir in jenen Tagen in Tripolis nicht bekannt war, was das Leben der Eingeborenen bewegte.

Ich hatte nicht mehr an das Schiff gedacht, seit ich es verlassen hatte. Doch immer noch lag es dort vertäut, wo wir angelegt hatten, ein unscheinbares Boot im Vergleich zu den mächtigen Schiffen aus Byzanz und Alexandria. Es war schwarz. Das fiel mir erst jetzt auf, nachdem ich es verlassen hatte. Schwarz und still lag es da. Es regte sich nichts an Bord, bis einer der Matrosen plötzlich den Steg betrat, mich erblickte und mir zuwinkte. Noch einmal näherte ich mich dem Schiff, auf dem ich mehr Schrecken erlebt hatte als in meinem bisherigen harmlosen Leben. »Wer wird nun euer Kapitän?«, fragte ich den Seemann.

»Der Steuermann«, rief er mir zu. »Er ist unser bester Mann. Das Schiff gehört uns allen.«

Ich bezweifelte, dass sich die Mannschaft mit dieser Übereinkunft jemals noch in ihrem Heimathafen sehen lassen konnte. Dort würde man vermutlich Meuterei wittern und den Gesellen den Prozess machen. Doch solange sie sich in der Ferne aufhielten, mochte das für sie eine gute Lösung sein.

Ich wollte mich schon wieder zum Gehen wenden, als ich eines Paars ansichtig wurde, das vom hinteren Teil des Schiffs zu mir heruntersah. Wie unterschiedlich sie doch aussahen und wie ähnlich ihr Blick war, traurig, ergeben, fern.

Der Seemann verfolgte meinen Blick und erklärte: »Sie bleiben an Bord.«

»Und die drei jungen Ritter?«

»Hatten ihren Spaß und sind längst in den Bordellen der Stadt angelangt.« Dann wandte er sich um und rief einige kurze Anweisungen über das Deck, das sich sogleich füllte. Wenige Augenblicke später blähten sich die roten Segel und das Schiff legte ab, um seinen Weg aufzunehmen.

»Tyrus?«, rief ich zu dem Matrosen hinauf.

»Alexandria!«, antwortete er.

»Und die Sklavin?«

»Er hat sie freigekauft!« Der Seemann deutete zum Kaplan hin, der immer noch unbewegt neben ihr stand, jetzt jedoch mit gefalteten Händen und zum Himmel erhobenem Gesicht. Ja, dachte ich, er wird beten, dass diese Reise ihm weniger Höllen bescheren möge als die letzte. Ich wunderte mich nicht, dass Jerusalem nicht mehr sein Ziel war. Und ich blickte auf Taoma, deren Augen immer noch auf mir ruhten, groß und dunkel und traurig. Doch ein Lächeln umspielte ihre Lippen, auf die sie die Innenseite ihrer Hand drückte, ehe sie sie mir zuwandte. Und auch ich schickte ihr auf diese Weise einen unmerklichen Kuss und da erst merkte ich, dass ich sie ins Herz geschlossen hatte und etwas mich verließ.

Der Hafen war nun sehr belebt. Mehrere Schiffe wollten mit der Flut auslaufen. Umso schneller wurde jeder Handgriff vollführt, umso lauter riefen sich die Männer Befehle zu. Es war viel Volk unterwegs, Araber und Christen gleichermaßen, auch Juden liefen in ihren schwarzen Kaftanen herum oder standen am Rande und unterhielten sich. Ich spürte plötzlich, wie hungrig ich war. Gab es in dieser aufregenden Welt auch etwas zu essen? Ja, ich wollte meinen Leichenschmaus auf den Kapitän nachholen und mich mit einem ordentlichen Stück Braten darüber trösten, dass mich die schöne Sklavin verlassen hatte, ohne dass sie jemals bei mir gewesen war.

Es war nicht schwer, eine gastliche Schänke zu finden. Überall in Tripolis' Gasthäusern wurde Französisch und Deutsch gesprochen, auch Lateinisch und Griechisch. Jeder, Bettler, Wirt und Hure, beherrschte das für ihn Wichtigste in mehreren Sprachen, wenn auch oft in abenteuerlicher Mischung. So reihte ich mich in jenen Strom ein, der durch die Gassen zog und sich irgendwann in einem dunklen Gewölbe wieder fand, wo aus fernen Zutaten vermeintlich heimatliche Speisen zubereitet wurden. Der Hasenbraten, den die Wirtin empfahl, schmeckte eher, als hätte man sich mit einer Katze beholfen. Vielleicht war es mehr als der Geschmack. Und vielleicht war es kein Zufall, dass, kaum hatte ich den Kelch an die Lippen gehoben, um erneut dem grausam köstlich mundenden Wein der Gegend zuzusprechen, die drei Gascogner ihre Hüte in das Wirtshaus steckten, um sich nach einer freien Bank und freien Mädchen umzusehen. Stattdessen sahen sie mich, der ich mich, wie ich es gerne tat, in einer Ecke alleine hingesetzt hatte.

»Unser Bürschchen vom Schiff!«, rief de Tarbes, immer etwas lauter als seine Spießgesellen. »Leisten wir ihm doch Gesellschaft!«

Es war keine Frage an mich, auch kein Befehl an seine Freunde, es war einfach eine Feststellung, die die drei sogleich erfüllten, indem sie sich zu mir drängten und die Wirtin aufforderten, zwei weitere Krüge Wein und drei Kelche zu bringen, auf dass sie mit ihrem alten Freund anstoßen könnten, den sie nach langen Wirren wieder gefunden hätten.

Der Hase lag mir im Magen, der Wein stieg mir zu Kopf, die drei erfüllten mich mit Ekel. Saint-Sever war sich nicht zu dumm, gönnerhaft den Arm um mich zu legen: »Wie ist es Euch ergangen, alter Freund?«

»Habt Ihr schon ein Liebchen gefunden?«, fügte de Breuille hinzu, auf dass ich die Frage seines Kumpans nicht missverstand.

»Schon eine Heidin bekehrt?«, ergänzte mit sehr eindeutigen Handzeichen de Tarbes und alle drei brachen in ihr übliches besoffenes Gelächter aus und prosteten sich mit dem Wein zu, den sie sogleich bekommen hatten.

»Schade, dass Ihr Euch so gar kein Vergnügen gönnt«, meinte Saint-Sever besonders mitfühlend.

Und de Tarbes fiel ein: »Seht, unser Freund Saint-Sever mehrt unermüdlich das Volk der Gläubigen. Der Papst wäre stolz auf ihn. Und dabei übt er nur für Jerusalem!«

»Dort werdet Ihr auch missionieren müssen!«, fügte de Breuille hinzu. Da fiel mir erstmals seine Zunge auf, die schwarz war, und seine verfaulten Zähne. Würde er Jerusalem in seinem Leben noch sehen? Waren diese drei hier nicht mit jedem Tag, den sie ferner von der Heimat waren, dem Tod näher? Gab es eine Gerechtigkeit auf Erden?

»Leider muss ich gehen«, sagte ich. Doch Saint-Sever hielt mich fest. »Guter Mann«, raunte er, als wäre es ein Geheimnis unter uns, »wir haben doch das Wichtigste gar nicht besprochen.«

»Ich wusste nicht, dass es zwischen uns etwas zu besprechen gäbe.«

»Hört, hört!«, rief de Tarbes. »Der edle Ritter ist sich immer noch zu fein zur Rede!«

»Das hat sich seit der Schifffahrt nicht geändert«, fiel de Breuille ein. »Da hat er ja auch das Maul gehalten und zugeschaut, als Saint-Sever es der kleinen Negerin besorgt hat!«

Nun fuhr ich auf und stieß Saint-Severs Arm so heftig von mir, dass dieser, ohne es zu wollen, einen der Krüge vom Tisch wischte. »Ihr gefallt Euch in Eurer Abscheulichkeit!«, rief ich, zerfressen von Ekel und Scham. »Das Mädchen habt Ihr weggeworfen wie einen abgenagten Knochen! Den Kapitän habt Ihr umgebracht wie Vieh! Er war vielleicht kein Ehrenmann. Aber er hatte sein Schiff und seine Mannschaft, ja und auch seine schwarze Sklavin. Und er hat sich um alles gekümmert!«

Saint-Sever lachte laut auf und hielt sich den Bauch. »Ach!«, rief er. »Hat er seine Mannschaft auch gevögelt?«

Ohne zu wissen, was ich tat, griff ich mir den zweiten Krug, der noch voll und schwer war, und schlug ihn mit aller Kraft dem Scheusal auf die Stirn. Alle im Raum starrten mit einem Mal stumm und reglos auf das Geschehen. Saint-Severs Kopf schien sich in zwei Hälften zu spalten, so heftig schoss das Blut aus ihm hervor. Sein Schrei glich dem des Kapitäns, als ihm de Tarbes den Arm aus dem Gelenk gebrochen hatte. Ich stürzte über den Verletzten hinweg, so schnell ich konnte, auf die Tür zu und nach draußen, ehe mich die beiden anderen ergreifen konnten. Denn dass ich jetzt des Todes war, wenn sie mich nur irgend in die Finger bekamen, das war mir klar.

Als ich schon einige Straßen weiter war, sah ich mich endlich um. Von den Gascognern war nichts zu sehen. Auch sonst schien mein Inneres heftiger in Aufruhr als dieser Tag, der sich so gemächlich bewegt wie er es nur in einer Stadt des Orients tun konnte. Aber das sollte ich erst mit der Zeit lernen.

Im hellsten Glanz

Im hellsten Glanz erstrahlte der Festsaal, Hunderte bunt gekleideter Gäste säumten die Wände in mehreren Reihen, die Mitte des Raumes blieb indes auf breiter Fläche frei. Auch blieb ein bemerkenswerter Abstand zwischen dem Bereich, der dem Sultan und seinem engsten Kreis vorbehalten war, und dem Rest der Festgesellschaft bestehen.

Da wir aus dem Inneren des Palasts kamen, fanden wir uns hinter den Reihen zur Seite, nahe dem fürstlichen Bereich. Überall waren große Platten mit Fleisch, Gemüse und Früchten aufgebaut. Die Gäste hatten ihre Waffen ablegen müssen und saßen breitbeinig da, mit den Händen im Öl, das offenbar kannenweise zur Zubereitung jeder dieser Speisen verwendet worden war. Üppige Düfte standen in der Luft, durchsetzt vom Gelächter der Männer, die in den unterschiedlichsten Dialekten sprachen. »Du kannst sie an ihren Kleidern unterscheiden«, raunte mir Saadi zu, ein gut gemeinter Rat, der jedoch meine Fähigkeiten bei weitem überschätzte. Zwar erklärte er mir in kurzen Zügen, welcher Stamm sich mit seinem Gürtel gegen welche Sippe von Turbanträgern abgrenzte, die entfernt verwandt war mit besonders prächtig bedolchten Scheichs – allein der Dolche hatten sie sich ja entledigen müssen. Was widerum dazu geführt hatte, dass sich eine andere Sippschaft ihrer Schulterriemen hatte begeben müssen, sollte es nicht zu einer Überwerfung kommen, da beide Familien es als ihre vornehmste Tugend verstanden, diese Insignien zu ihrer Unterscheidung von der anderen zu tragen.

Zwar verstand ich nicht, was Saadi mir beizubringen suchte, doch erfuhr ich durch diese Unterweisung erstmals, wie vielfältig sich ein höfisches Zeremoniell in diesen Landen darstellte, in denen die Form manches Mal über den Inhalt zu stellen war und ihre Missachtung einer Missachtung des Gegenübers gleichkam.

Mit so geschärftem Auge konnte ich nun auch viele kleine Eigenarten des Fürsten im Umgang mit seinem Volk verstehen und vor allem des Volkes im Umgang mit dem Fürsten. In manchem schien es mir dem zu entsprechen, was ich von den Fürstenhöfen aus meiner Heimat gehört hatte, an denen ich so wenig zu Hause war wie hier, ja sogar noch weniger. Dass dem Fürsten nicht zu nahe zu kommen war, dass das Wort nicht an ihn zu richten war ohne seine Aufforderung zu sprechen, dass der Sprecher den Blick gesenkt zu halten habe, das alles erschien mir wenig überraschend. Befremdlich war mir indes die Eigenart des Sultans, kaum je selbst das Wort zu ergreifen. Stattdessen antwortete auf Ansinnen, die dem Sultan vorgetragen wurden, zumeist einer seiner Wazire, wobei mir schien, die Minister wollten sich in der Formvollendung ihrer Sprache gegenseitig übertreffen, so blumenreich wählten sie ihre Worte, so lang und für mich schwierig wanden sie ihre Sätze.

»Ist es nicht eine ausgesprochen gefährliche Angelegenheit für diese Männer, an des Sultans statt zu sprechen?«, fragte ich Saadi. »Wie sollen sie immer seinen Willen erraten? Sie können doch niemals immer richtig liegen. Wenn sie aber fehlen, so wird der Sultan zürnen. Erraten sie aber seinen Willen stets richtig, so wird das Volk denken, der Sultan sei nicht klüger als jeder Gemeine!«

Saadi zog seine Augenbrauen hoch und sah mich mit Erstaunen an. »So habe ich das noch nie betrachtet«, entgegnete er. »Tatsächlich kann das, was du sagst, von einem Unbefangenen so gesehen werden.«

»Muss es nicht jeder Mensch so sehen?«

»Keineswegs. Jeder Mensch weiß, dass keine Frage hier zum ersten Mal gestellt wird. Wer immer hier auserwählt wird, dem Sultan persönlich vorzutragen, hat vor Tagen oder Wochen bereits seine Fragen vorgetragen. Die Vornehmsten unter den

Gästen haben das Recht, einen Boten zu schicken, der ihre Anliegen übermittelt, und sie vor dem Sultan noch einmal zu wiederholen. Doch stets weiß der Herrscher weit vorher, was ihm vorgetragen wird. Und seine Wazire wissen, was sie zu antworten haben. Nur die wichtigsten Fragen werden in diesem Saal zugelassen, weshalb jeder weiß, dass jede Antwort einer Verlautbarung gleichkommt. Du siehst Schreiber zu beiden Seiten des Throns. Sie halten jedes Wort fest, das auf Geheiß des Sultans gesprochen wird. Und jedes dieser Worte ist fortan Gesetz.« Und nach einem kurzen Schweigen. »Aber du hast natürlich Recht. Wenn man das nicht weiß ...«

Die Audienz zog sich in mehreren Schüben über den halben Tag hin. Erst gegen Abend gab der Sultan ein Zeichen, man möge nun keine Bittsteller mehr vorlassen. Ein Murren ging durch die Reihen der Scheichs, die sich Gehör erhofft hatten und nun wieder warten mussten. Die Abfolge, nach der die Vorträge aufgerufen wurden, blieb mir undurchsichtig. Das mag aber auch an den mannigfachen Ablenkungen gelegen haben, die sich vor allem dem Gaumen boten, denn des Sultans Tafel war gedeckt, als hätte der Prophet selbst sich angekündigt gehabt. Vor allem die Süßspeisen, die am Abend gereicht wurden, verlockten mich mit ihren Düften und ihrer Süße, bis meine Sinne träge wurden und die Brust schwer. Dergleichen gab es nicht in meiner Heimat. Die Köche des Sultans tränkten getrocknete Früchte in Sirup, legten sie sodann in Öl ein, das sie mit allerlei aromatischen Essenzen anreicherten, sie rösteten Mandeln und Nüsse in Zucker, wälzten sie darauf in Zimt und versenkten sie in süßen Brei, über den sie Safran streuten und den sie mit Rosenwasser besprengten. Dazu gab es unglaublich saure und bittere Getränke, die eine Wohltat waren nach den süßen Lastern, denen man sich hingegeben hatte.

Als dem Sultan der Sinn nicht mehr nach einem Festmahl stand und ihm schien, er habe seinen Reichtum hinreichend präsentiert, wurde auf ein unsichtbares Zeichen hin die Völlerei beendet und die Speisen wurden abgetragen. Andere Getränke, vor allem sehr süße und starke Weine wurden gereicht und einige Musikanten fingen an zu spielen. Ich war inzwischen reichlich müde und hoffte, das Fest würde bald zu einem Ende und ich auf mein Lager kommen. So blickte ich mit sanftmütigen Augen in diese fremde Welt und fühlte mich zu wohl, um mich über all das Erlebte zu wundern – als mit einem Mal meine Sinne hellwach waren: Hinter einer Säule war eine junge Frau hervorgesprungen und hatte begonnen, einen Tanz aufzuführen, wie ich noch niemals eine Frau hatte tanzen sehen. Sie war mit allerlei Stoffen bekleidet, die wohl das meiste an ihrem Körper bedeckten, jedoch alles so, dass es beinahe begehrenswerter erschien, als wäre es unbedeckt geblieben.

»Sie tanzt besser als jeder Derwisch«, stellte Saadi neben mir anerkennend fest. Ich verstand nicht, was er damit meinte.

»Derwisch?«, fragte ich. »Du sprichst von Geistlichen?« Ich konnte kaum meine Worte fassen, so gefesselt war ich von dem Tanz, der trotz seiner Wildheit zu der Musik passte wie die Farbe zu einem Bild.

»Nun«, sagte Saadi, »ich meine nicht irgendwelche Geistlichen, sondern solche, die durch eine besondere Form des Tanzes Allah nahe kommen wollen. Shirin erinnert mich an ihre Übungen.«

»Shirin?«

»Shirin ist der Name der Tänzerin. Sie gilt als die beste Tänzerin, die es seit den Zeiten Sallâh ad-Dîns in Damaskus und dem Rest der Welt gegeben hat – und als Favoritin des Sultans.«

»Wahrlich, Mosleh ad-Dîn, du bist ein wunderlicher Geselle. Vergleichst dieses Himmelsgeschöpf mit Mönchen und Pfaffen.« Saadi lachte, setzte das Gespräch jedoch nicht fort, sondern verfolgte mit großer Aufmerksamkeit die Bewegungen der Schönen und die sich immer schneller drehende Musik, die mir am Anfang schief und leiernd erschienen war, nun aber für meine Ohren wie ein wunderbares Abbild des Lebens klang. Und in der Mitte dieses Lebens sprang eine zypressengleiche Schönheit, die nichts und alles zugleich von sich zeigte und dabei den riesigen Saal ganz und gar mit ihrem zarten Körper ausfüllte. Einmal schien mir, sie sähe mir genau in die Augen. Doch das hätte ich nicht feststellen können, da ihr Gesicht so verschleiert war, dass ich mich fragte, wie sie hinter der Maske aus Tüchern überhaupt noch etwas sehen und genug Luft zum Atmen bekommen konnte. »Nachdem ich nun schon eine dumme Frage gestellt habe, lieber Freund«, nahm ich das Gespräch wieder auf, »erlaubt mir noch eine weitere.«

»Nur zu, mein Freund, der Abend ist lang und es gibt keine dummen Fragen, wie wir alle wissen.«

»Favoritin?«, sagte ich also zaghaft.

Saadi legte den Finger auf den Mund. Offenbar hatte ich das Wort zu laut ausgesprochen und es war ihm darum zu tun, dass es den geringen Raum um unsere beiden Köpfe nicht verließ. »Das sagt man«, erklärte er. »Und natürlich ist es wahr. Favoritin nennt man die bevorzugte Frau eines Fürsten. Wie nennt man sie bei euch?«

»Madonna«, entgegnete ich nach einem kurzen Zögern trocken.

»Ha! Gut pariert, Franke!«, lachte Saadi. »Wie kann ich auch nur denken, dass die christlichen Fürsten mehr als eine Frau zu ihrer Erbauung nehmen.«

Ich sagte nichts mehr, sondern verfolgte die Tänzerin mit meinen Blicken, fühlte ihre geschmeidigen Bewegungen nach, beobachtete aber auch den Fürsten bei dieser Darbietung, der sichtlich größtes Vergnügen an seiner Buhle fand und ihr gelegentlich, wenn sie sich ihm besonders näherte, einen feurigen Blick zuwarf.

Wenig später sprang eine Gruppe von Männern in den Saal, in eine prächtige, bunte Tracht gekleidet, die sogleich in unterschiedlichen Formationen und meist mit ineinander verschränkten Armen den Tanz zur Musik aufnahmen. Ich hatte die Burschen noch kaum erblickt, da war die berückende Tänzerin entschwunden, ohne dass es mir aufgefallen wäre. Auch der Sultan fehlte mit einem Mal, ohne dass ich gemerkt hätte, wie er seinen Platz verlassen hatte.

Es kam nun allenthalben starke Bewegung in den Saal. Die Abwesenheit des Herrschers ermunterte so manchen, aufzustehen und umherzugehen, sich zu anderen zu setzen oder sich in einem der heimlichen Gemächer zu erleichtern. Auch ich suchte einen solchen Ort auf, wobei mir zu meiner Pein Saadi helfen musste wie einem Kinde, da ich mich weder in den Weiten des Palasts zurechtfand noch den Mut hatte, mich an eine Palastwache zu wenden.

Zurück ging ich allein, doch unter dem steten Blick der Wachen, die hier so eng gestaffelt waren wie in einem Gefängnis. Wie ich feststellte, waren die seitlichen Pforten verschlossen oder von Wachen verstellt. Also blieb mir nichts anderes übrig, als durch das Hauptportal des Saals zu der Gesellschaft zurückzukehren. Ich drückte mich an den Wänden entlang und bemühte mich, möglichst unauffällig wieder hineinzuschleichen, zumal ich schon von draußen hören konnte, dass es drinnen inzwischen wieder still geworden war, stiller vielleicht denn je.

Als ich eintrat, sah ich Saadi zur Linken des Sultans sitzen, zur Rechten saß der Großwazir, den ich während geraumer Zeit der Audienz beobachtet und als sehr unangenehm empfunden hatte.

»Jean d'Eron, mein Freund«, wandte sich Saadi an mich und Hunderte von Ohrenpaaren lauschten seinen Worten. »Der Herrscher der Gläubigen, Al-Nizir von Damaskus, Allah möge ihm ewig Seine Gunst schenken und seine Wohltaten auf Erden und im Paradies hundertfach vergelten, Er möge seine Kinder segnen und seine Kindeskinder und uns alle mit seiner lang währenden Herrschaft beglücken, der Sultan hat beschlossen, dich zum Spiel der Könige herauszufordern.«

Mir blieb der Atem stehen. Auch ich blieb stehen, verwurzelt in den Marmorplatten der Zitadelle von Damaskus. Was tun? Ich schwieg, nicht, weil ich es für klüger befunden hätte, sondern weil meine Zunge mit dem Munde verklebt schien und mein Kopf sich anfühlte wie etwas Fremdes, das mit mir nichts zu tun hatte.

»Herr Ritter«, erhob nun auch der Großwazir Ibn Mozaffar seine Stimme. »Es ist eine große Ehre für Euch, dieses Spiel mit unserem weisen und geliebten Herrscher zu spielen. Tretet näher und nehmt Platz.«

Unsicher kam ich näher. Der Saal schien gewachsen zu sein in der kurzen Zeit meiner Abwesenheit. Ich brauchte unendlich lange, bis ich mich in seiner Mitte befand, wo ich abermals stehen blieb, ehe ich mich erneut ein wenig näher heranwagte.

»Keine Scheu, Allah wird Euch beistehen!«, lachte der Sultan und wies mir, ohne den Blick zu heben, den Platz ihm gegenüber. Er saß vor einem Spielbrett, dessen Pracht in keinem Verhältnis zu demjenigen stand, das ich bisher als einziges gesehen hatte: Die Figuren waren aus mir gänzlich unbekannten edlen Steinen kunstvoll geschnitzt und mit allerlei goldenen Verzierungen versehen, ebenso das Brett, dessen Quadrate schimmerten, Spiegeln gleich, so fein poliert waren sie. Der Sultan hatte die weißen Figuren vor sich aufgestellt und ließ unablässig die beringte Hand darüber gleiten, wie ein Feldherr, der den Blick über seine Truppen breitet, um sich ihrer Schlagkraft zu versichern.

»Herrscher der Gläubigen«, murmelte ich, wie Saadi es mir empfohlen hatte für den Fall, dass der Sultan das Wort an mich richtete, »Allah wird seine Gunst kaum dem Niederen schenken, dem in Euren Augen Ungläubigen. Doch groß ist Eure Güte und unermesslich ist Eure Weisheit, dass Ihr dem größten aller Herrscher solche Demut erweist.«

Listigen Auges sah der Sultan zu mir herüber und sprach, ohne seinen Blick von mir abzuwenden: »Ibn Mosleh, mein Freund, wie sehr spricht er doch schon Eure Zunge. Man möchte meinen, Ihr hättet ihn an Sohnes statt unter Eure Fittiche genommen, denn es ist doch wohl nicht anzunehmen, dass Ihr ihm die Worte in den Mund gelegt und ihn so zu Unaufrichtigkeit angestiftet habt.«

Saadi, der ein wenig zur Seite gerückt war, verbeugte sich und wandte sich an den Herrscher, ohne ihn anzublicken: »Gnadenreicher, Huldbringender, vom Ewigen Gesegneter, o mein Herrscher, wenn unter dem Himmel ein menschliches Wesen aufrichtig ist, das nicht Fürst ist und nicht Derwisch, so ist es mein Freund hier, dessen Körper in das Land der Ungläubigen verbannt wurde, dessen Seele aber Allah in allen Dingen zugewandt ist.«

»Wie geschickt Ihr das ausdrückt, großer Mosleh ad-Dîn«, wandte der Großwazir ein, der unmittelbar neben dem Sultan stand und bei seinen Worten mit einem feinen Lächeln auf den Fürsten blickte, ob dieser sie auch wohl vernahm.

»Wie klug Ihr seid und wohlmeinend, Ratgeber der Mächtigen«, wandte sich Saadi nun an ihn. »Wahrhaftig, es liegt eine große Gefahr in den schönen Worten. Allzu häufig werden sie mit Arg in der Brust gesprochen, um der Fürsten Geist zu täuschen. Doch seid versichert, Großwazir, dieser fränkische Ritter, der nicht um diesen Wettstreit gebeten hat, ist einem guten Moslem gleich an Reinheit der Seele. Ich schwöre es beim Grab meines Vaters.«

Ein Raunen ging durch den Saal. Viele hatten sich versammelt, um den Wettkampf des Fürsten gegen einen Frankenritter zu verfolgen. Es war etwas Ungewöhnliches. Jetzt aber wurde es offenbar zum Politikum. Es lag ein Knistern in der Luft, die Miene des Sultans war ernst geworden. Er mochte diese Art der Diskussion nicht, die voll Hinterlist geführt wurde, um ihn zu beeinflussen, ohne dass er es merken sollte. Er merkte es gleichwohl, denn er hatte ein gutes Gefühl für falsche Verdächtigungen und hinterlistige Manöver, wie ich schon bald erfahren sollte.

»Dem Gegner alle Ehre zu erweisen ist gottgefällig und alte Tradition«, sagte er in einem Ton, der keinen Widerspruch duldete. »Franke, Ihr habt recht gehandelt und ich weiß das zu schätzen. Lasst uns beginnen.« Sogleich hob er, anders als ich es nach Saadis Instruktionen erwartet hätte, das Pferd vom Feld und setzte es nach vorne. Das Zittern meiner Hand bei den ersten Zügen muss deutlich sichtbar gewesen sein, denn im Saal fingen die Edlen an, zu tuscheln und leise zu lachen, bis der Fürst dem mit einem kurzen Handstrich ein Ende machte und absolute Stille eintrat.

Es nahm ein schnelles Ende. Zweimal. Und zwar auf sehr unterschiedliche und für mich jedes Mal überraschende Weise. Zunächst schien mir das Spiel ausgeglichen, ja geradezu vorteilhaft für mich zu sein. Doch bald schon bemerkte ich, dass der Sultan keineswegs nur mit klugen Zügen spielte, sondern auch mit mir. Er blickte mich während der Dauer meiner Überlegungen so durchdringend an, dass ich mein Herz bis zum Hals klopfen fühlte und meine Hände feucht wurden. Er begann während seiner Züge Sätze zu sprechen, die mit einem Mal abbrachen – und er ließ das Ende offen. So sagte er etwa: »Wahrlich, Ihr habt da einen Zug getan, der mich in die Irre führen könnte. Allein durch Euren Elefanten …«

Sogleich überlegte ich, was es mit dem Elefanten auf sich habe, da er doch in meinem Spiel ganz ohne Bedeutung war.

Oder etwa doch nicht? Es dauerte eine Weile, bis ich verstand, dass sich hinter diesen Äußerungen des Herrschers die Absicht verbarg, mich nicht in seine Gedanken blicken zu lassen, während er meinen Gedanken eine andere Richtung gab. Zweimal versuchte auch Ibn Mozaffar, dem Sultan beizuspringen, indem er, offenbar zu meiner Einschüchterung, laut in Lobpreisungen seines Herrn ausbrach. Doch Al-Nizir gebot ihm mit einer unwirschen Geste Einhalt. Er hatte es nicht nötig, sich von einem Untertan, und sei es sein höchster, helfen zu lassen.

Ich hatte das erste Spiel für noch kaum eröffnet gehalten, da stellte ich auch schon fest, dass ich *»schah mat«* war. Das zweite Spiel beendete der Sultan, ehe es zu einem Ergebnis gekommen war, indem er die Hände hob und laut ausrief: »Allah sei Dank, dass wir nicht gegen die Franken spielen mussten. Jerusalem wäre noch eine moslemische Stadt – und viele Tausend gläubige Seelen wären für diese Welt verloren.« Dann beugte er sich zu mir herüber und meinte etwas leiser: »Doch in der Tat seid Ihr kein schlechter Spieler.«

»Indes ist er ein schlechter Verlierer«, raunte mir Saadi wenig später zu, als wir wieder zu unseren Plätzen zurückgegangen waren. »Er hätte dieses Spiel niemals mehr gewinnen können.«

»Gott ist groß«, sagte ich erschöpft. »Und seine Wege sind unergründlich.«

»Allah-u akbar«, pflichtete mir Saadi bei.

Im Ramadan lebt die Nacht

»Im Ramadan lebt die Nacht, mein Freund«, sagte Saadi und betrachtete neben mir das rege Treiben, das zum *Rudkhâneje-Khoshk* hin immer bunter und lauter wurde. Viele Gläubige, die den Tag über gefastet hatten, besuchten einander in ihren Häusern, um gemeinsam zu feiern und beim üppigen Mahl und kräftigem Trunk beieinander zu sitzen, die Mühen des vollbrachten Tages zu vergessen und sich für den nächsten Tag zu stärken. »Ich liebe es, den Menschen beim Menschsein zuzusehen. Ich fühle mich ihnen näher.«

»Ist das nicht eine sehr ungewöhnliche Auffassung für einen Sufi?«, stichelte ich aus reiner Freunde an einer kleinen Boshaftigkeit unter alten Freunden.

»*Wa Allah*, o Freund, der du unter den Lästermäulern dieses Fürstentums eine unvergleichliche Stellung einnimmst! Du siehst das völlig falsch! Der Sufi ist das menschliche Maß des Glaubens. Er verbindet die Reinheit der Religion mit der Aufrichtigkeit des Herzens. Er fordert vom Menschen nicht das Unmögliche, sondern sein Bestes. Das aber kommt nur von dem Menschen, dem auch Gutes widerfährt. Hätte uns der barmherzige und gütige Gott alle Labsal geschenkt, wenn wir uns nicht daran laben dürften?«

»Wie weise du bist, großer Saadi«, entgegnete ich. »Weshalb aber bist du dann unter die Derwische gegangen, die ihr Leben doch der Armut und der Entsagung weihen?«

»Spotte nicht, mein Freund«, erwiderte Saadi voll Ernst. »Wahres menschliches Maß im Glauben findet nur, wer beide

Seiten kennt, Hunger und Völlerei, Trunkenheit und Durst. Es ziemt sich für den Gläubigen, Allah auch in der Wüste zu suchen, nicht nur im Palast. Und nur, wer den Allmächtigen in der Ödnis gefunden hat, wird auch im Prunk des Diwans unter Sein Antlitz treten.«

Wir ließen unsere Blicke in die Stadt hinabwandern, die sich zunehmend belebte. Die Luft war von den lauten Stimmen der Weintrinker erfüllt, es duftete nach allem, was der Bazar herzugeben vermochte. Aus manchem Hof schimmerte der Widerschein der Kebabfeuer in die Nacht, um die sich die Familien versammelt hatten. Wie damals in Galiläa, als ich verzweifelt versucht hatte, SIE wieder zu finden. »Da hast Recht, mein Freund«, sagte ich und verneigte mich in liebevoller Demut. »Wer Gott nicht in der Wüste sucht, wird ihn im Paradies nicht finden.«

Er blickte mich von der Seite an und blickte durch mich hindurch. Ich spürte es gleich, er musste gar nicht erst das Wort an mich richten: »Abu Jân. Du sprichst von einer Rose, die Allah zu früh vom Strauch gebrochen hat, nicht wahr?«

Ich nickte. »Manchmal wache ich morgens auf und ihr Duft liegt noch über mir. Wenn ich durch die Nacht schreite, in der Karawane, dann sehe ich sie hinter jedem Strauch, hinter jedem Fels hervortreten, ihr stilles Lächeln auf den Lippen. Dann geht es mir wie damals, als ich sie nach unserer ersten Begegnung suchte. Ich lief die halbe Nacht zwischen wachenden und schlafenden Reisenden umher, die ganze Nacht. Als ich irgendwann auf die Knie fiel vor Erschöpfung, waren die meisten Feuer schon erloschen und die Ersten begannen sich zum Gebet aufzurichten. Wenige Augenblicke später waren alle auf den Beinen und ich konnte mich kaum mehr zurechtfinden. Natürlich dachte ich, dass ich sie nie mehr wieder sehen würde, wenn ich den Anschluss an die Karawane verlor. Also rannte ich unter den verächtlichen Blicken so manches Reisenden am Ufer des Sees entlang auf der Suche nach dem Baum, an dem ich sie zum ersten Mal gesehen hatte. Diesen Baum, so dachte ich, würde ich wieder erkennen und dann auch mein Pferd und meine Habseligkeiten wieder finden. Doch es war der alte Jude, der mir half, die Stelle zu finden. Natürlich hatte ich den Baum nicht erkannt. Doch der Alte rief nach mir. Gerade als ich einen Moment innehielt, um zu überlegen, ob es Sinn hätte, noch weiter am See entlangzulaufen, hörte ich seine Stimme: ›Ihr solltet mir Euren Namen sagen! Das macht es leichter, nach Euch zu rufen!‹

›Euch hat der Himmel gesandt!‹, rief ich, was er mir gern bestätigte. Auch mein Pferd fand ich nun wieder und mein Gepäck. Erschöpft sank ich zu Boden, doch der schwerste Schlag nach dieser endlosen und erfolglosen Nacht kam aus dem Mund des alten Juden. ›Sie war hier‹, sagte er ungerührt. Ich blickte auf, kaum fähig, durch die vom Schweiß verschleierten Augen etwas zu erkennen. ›Das Mädchen, das Ihr sucht, war hier.‹

›Ihr wollt mich zum Narren halten!‹, rief ich.

›Warum sollte ich das‹, sagte Ben Itzhak und klang gekränkt.

›Ihr kennt sie nicht. Ihr habt sie gar nicht gesehen!‹

›Nach dem, was Ihr mir letzte Nacht sagtet ... Ich mag zwar alt sein, doch bin ich ein Mann und kann ein schönes Weib von einem Kamel unterscheiden.‹

›So habt Ihr sie wirklich gesehen?‹, rief ich. ›Sie war hier und ich lief durch die Nacht auf der Suche nach ihr? Was sagte sie?‹

Ben Itzhak zuckte die Schultern und seufzte. ›Sie sagte nichts. Sie saß nur da und wartete ein paar Stunden.‹

Sie wartete ein paar Stunden! Du kannst dir vorstellen, mein Freund, dass mich dies in die größte Verzweiflung stürzte. Stunden war sie da gewesen und ich fort. Und nun war ich da und sie war fort. Vielleicht für immer!« Der Himmel über Schirâz leuchtete freundlich von den munteren Festen. Saadi hatte einige getrocknete Datteln besorgt, von denen ich eine aß, ehe ich fortfuhr: »Ben Itzhak half mir, nach der geheimnisvollen Frau zu fragen. Einige Reisende hatten sie gesehen, keiner glaubte sie jedoch zur Karawane gehörig. Also musste ich entscheiden, ob ich die Karawane verlassen sollte, um in der Umgebung nach ihr zu suchen und sie vielleicht zu verlieren, weil sie eben doch zu den Reisenden gehörte, oder die Reise fortzusetzen, um sie vielleicht zu verlieren, weil sie eine Tochter der Umgebung war. Da aber niemand sie mit uns reisen gesehen hatte und ich überzeugt war, dass ein so schönes Weib zumindest einigen Männern hätte auffallen müssen, beschloss ich, die Karawane zu verlassen. Ich fragte Ben Itzhak, an welche Besonderheiten ich in diesem Landstrich zu denken hatte, denn inzwischen befanden wir uns in Galiläa und die Gegend galt als gefährlich.

›Wisst Ihr, ohne eine persönliche Leibwache solltet Ihr Euch hier nicht herumtreiben‹, sagte Ben Itzhak.

›Persönliche Leibwache? Ihr scherzt. Sogar eine Jungfrau kann hier ohne Begleitung einhergehen.‹

›Und doch fragt Ihr mich um Rat?‹

›Rügt nicht zugleich meine Vorsicht und meine Unvernunft!‹, mahnte ich den Alten.

›Wohl gesprochen‹, erwiderte er. ›So lasst mich also sehen, wie Ihr verfahren werdet, auf dass ich Euch den richtigen Rat dann geben kann, wenn Ihr ihn braucht. Und lasst mich nebenbei Eure Leibwache sein.‹

So verließ ich die Karawane mit einem Greis als Garde und zu gleichen Teilen Angst und Hoffnung in der Brust sowie der tausend Mal heimlich gesprochenen Bitte auf den Lippen: ›Herr, führe meine Wege noch einmal mit den ihren zusammen!‹ Ich umklammerte mit der Faust den Rosenkranz meiner Mutter, den ich am Herzen trug. Wir befanden uns nahe der Stadt Tiberias, die wie die Antwort auf mein Gebet nach kurzer Zeit vor uns aus dem See emporwuchs.«

Das Feuer war nur noch Dämmerung

Das Feuer war nur noch Dämmerung, glimmte durch die knorrig verkohlten Zweige. Langsam kroch uns die Kälte unter die Decken und über die Rücken. Doch die Runde war so vergnügt, wie sie es nur sein konnte. Ich hatte Gefallen gefunden an den Erzählungen, die des Abends und oft die halbe Nacht hindurch weitergegeben wurden. Saadi war sicherlich der brillanteste Redner, der in jenen Jahren die Karawanenstrecken zwischen Nilus und Indus bereiste. Oft sah ich unsere Mitreisenden in die Hände klatschen vor Entzücken. Was von alledem Dichtung und was Wahrheit war, konnte Saadi an guten Tagen beantworten, ohne gefragt zu werden. Viele seiner Erlebnisse waren so unglaublich, dass auch ich mich gefragt hätte, ob nicht manches davon frei erfunden war, hätte ich nicht zahlreiche davon selbst miterlebt. Doch auch ich, der ich dies schreibe, kann kaum anders als mir selbst zuzugestehen, dass auch mein Leben unglaublich ist, nach allem, was Gott mir an Erfahrungen zugedacht hat.

»Wir sollten noch einen Krug Wein öffnen, um unsere Glieder zu wärmen!«, schlug bester Laune Tariq Ibn Maliq vor, der einträchtig und streitsam wie allezeit neben seiner Frau Amina saß.

»Es wird den Löwen freuen, der unserer Fährte folgt«, warf einer der Männer ein. »Das Feuer erlischt, seine Angst schwindet und unsere auch.«

»Kein Löwe kann so gefährlich sein, dass er sich nicht vor meinem Weib in Acht nehmen müsste. Sie ist zwei Löwinnen in einer Person«, hielt Maliq dagegen, worauf alle lachten.

»Dann wundert es mich nicht, dass du Schwarzohr mir ständig auf den Fersen bist«, gab nun seine Frau zurück.

Saadi beugte sich zu mir und erklärte leise: »Mit Schwarzohr meint sie den Luchs. Er folgt dem Löwen stets, geht vor ihm in die Höhle, macht ihm alles zurecht und frisst die Reste seines Mahls.« Und lauter: »Das Schwarzohr fragte man: ›Wie kamst du dazu, dir die ständige Gesellschaft des Löwen zu erwählen?‹ – Drauf sprach der Luchs: ›So kann ich die Reste seiner Beute verzehren. Auch bin ich in seiner Gegenwart sicher vor der Bosheit meiner Feinde.‹ – ›Wenn das so ist‹, sagte man, ›wenn du ihn zum Schutzherrn erwählt hast und offen deine Dankbarkeit für ihn aussprichst, warum trittst du ihm nicht noch näher, auf dass er dich in den Kreis seiner Vertrauten aufnehme und dich zu seinen getreuen Dienern zählt?‹ – ›So sicher‹, sagt der Luchs, ›bin ich vor seiner Gewalttätigkeit auch wieder nicht.‹ Und Saadi nahm einen sorgsamen Atemzug, um eines seiner legendären *Baits* zu sprechen:

»Schürt der Parse hundert Jahr
fromm sein heilig Feuer,
einmal nur tritt er zu nah,
kommt der Schritt ihn teuer!

Manches Mal gewinnt der Gesellschafter des Königs ein Kopfstück. Manchmal jedoch geschieht es auch, dass er seinen Kopf verliert. Weiser Männer Rede ist es, dass Vorsicht geboten ist gegen die Launen der Fürsten. So, wie sie für einen aufrichtigen Gruß in Zorn geraten, so bringen sie bisweilen für eine hässliche Schmährede ein Ehrenkleid dar. Auch sagt man, dass viel muntere Worte dem Höfling eine Zier sind, dem Weisen aber ein Fallstrick!

Nach deiner Würde handeln sei dein Ziel!
Dem Höfling überlasse Scherz und Spiel!«

»Eure Rede ist wie stets berückend, großer Ibn-Mosleh!«, lobte der *Sarawan*, der Karawanenführer, der bei diesen abendlichen Zusammenkünften mit feiner Zunge sprach, was mich immer wieder überraschte, war er doch bei Tage äußerst wortkarg und mürrisch. »Allein euer Freund hier bemüht sich nicht, dem Beispiel nachzueifern. Ist er in diesem Spiel der Luchs oder der Löwe?«

»Der Luchs, fürchte ich«, beeilte ich mich zu sagen. »Doch glaube ich nicht, dass Ibn-Mosleh ein Löwe ist. An Mut gewiss! Doch ist er klug und berechenbar, weise und mildtätig. Kein Löwe könnte jemals von solchem Wesen sein.«

»Wie kommt es dann, dass Ihr euch für den Luchs haltet?«, hakte der Führer nach.

»Lasst mich ein Beispiel geben«, sagte ich und legte mir die Worte zurecht, da mir die Erzählung einer Geschichte in meinem begrenzten Arabisch überaus schwierig erschien. »Ich kam einst über Tripolis ins Heilige Land. Sehr rasch lernte ich einen Mann kennen, der sich Bruder Antonio nannte, ein Geistlicher, dabei recht bunt gekleidet und dem Wein und den Annehmlichkeiten des Lebens keineswegs abgeneigt.« Wie lange mir das alles schon her zu sein schien. Es war mir beinahe wie ein anderes Leben oder – mehr noch – wie ein fremdes Leben, das sich mit dem meinen nur an einem seltsam zufälligen Punkt getroffen hatte. »Ihr wisst«, fuhr ich fort, »dass den Geistlichen im Zeichen des Kreuzes Eitelkeit, Wollust und Völlerei untersagt sind. Dieser Fra Antonio nun bemühte sich, kaum hatte ich meinen Fuß an Land gesetzt, mir die Gepflogenheiten des Heiligen Landes zu erklären. Dabei bedurfte es so manchen Kruges Wein, um seine Zunge zu befeuchten.« Die Lacher waren auf meiner Seite. Man liebte es, an den langen Abenden am Feuer Geschichten zu hören, die munter waren und den Gefahren der Nacht trotzten. »Doch, um der Wahrheit Genüge zu tun, muss ich gestehen, ich gönnte ihm den Trunk, hatte ich doch keinerlei Ahnung, was umgeben von Muselmanen mit dem Leben eines Ritters aus dem fernen Frankreich anzustellen war. So darf es euch nicht wundern, dass mich schon mein zweiter Gang durch die Stadt in eine heftige Auseinandersetzung verwickelte – nicht mit den Jüngern Mohammeds, sondern mit meinen eigenen Landsleuten, auf die ich stolz sein wollte und nicht voll Verachtung. Doch gibt es bei den Christen wie bei allen Menschen solche edlen Sinns und Niederträchtige, derentwegen man nicht anders kann als die Augen niederzuschlagen und den Herrn um Vergebung zu bitten.

Hätte ich dies nur getan. Stattdessen schlug ich einen von jenen Verdammenswerten nieder, deren Sinn nur nach Wollust giert, deren Hoffart nur von ihrer Schamlosigkeit übertroffen wird und die ihr Schwert nur dann nicht ziehen, wenn sie fürchten, die Klinge könnte Schaden nehmen. Es handelte sich um einen jungen Edelmann, der mit mir die Passage von Genua nach Tripolis gemacht hatte. Ich musste vor ihm und seinen Spießkumpanen fliehen, doch kam ich glücklich fort und fand mich nach einiger Zeit in der Nähe meiner Unterkunft wieder, die mir ebenjener Fra Antonio beschafft hatte und die zwar nicht fein und auch nicht sehr sittsam schien, doch billig war und mir genügte. Ich traf den Gesellen in der Wirtsstube, wo er mit zwei jungen Frauen in ein sehr munteres Gespräch vertieft war – und in ihre Mieder … Er hörte sich meinen aufgeregten Bericht mit einem milden Lächeln an, winkte ab und meinte, mich in einer Stadt wie Tripolis zu finden, sei für jemanden wie ihn, der jedermann kenne und dem jeder Winkel vertrauter sei als sein Chapeau, zwar keine Schwierigkeit, für ein paar junge, meist betrunkene Neulinge aber so gut wie unmöglich. Ich solle mir keine Sorgen machen, sondern ein wenig an meinem Lager lauschen.

Ich tat, wie mir geheißen. Erschöpft von der Hast ließ ich mich in meiner schmalen Kammer auf das Bett fallen und schlief sogleich ein. Ich weiß nicht, ob ich die halbe Nacht geschlafen habe oder nur wenige Augenblicke. Doch plötzlich wurde ich von einem Bündel Kleider aufgeweckt, das mir ins Gesicht fiel. Fra Antonio stand in der Tür und rief mir mit großer Geste zu: ›Zieht das an, schnell! Sie suchen Euch!‹ Als er erkannte, dass ich viel zu benommen war, um irgendetwas zu tun, kam er herein, riss mir eigenhändig die Stiefel von den Beinen und zog mir das Hemd aus der Hose. ›Ihr zieht meine Kleider an‹, erklärte er. ›Dann wird man Euch für mich halten und in Ruhe lassen.‹

›Wer sucht mich?‹, fragte ich, immer noch halb vom Schlaf umfangen, denn Saint-Sever und seine Freunde hätten mich in jeder Kleidung erkannt.

›Die Soldaten der Kommandantur!‹, rief er, als sei ich der größte Esel, der ihm je untergekommen ist. ›Eure Freunde haben wohl ihren Einfluss geltend gemacht.‹

Jetzt war ich mit einem Mal hellwach. Die Stadtwache fahndete nach mir! Natürlich, ich hatte in einem öffentlichen Schankhaus Händel gesucht! Nun suchten sie mich! Schnell schlüpfte ich in des Fraters Wams und Beinkleider, die mindestens ebenso aufdringlich rochen, wie sie aussahen. Und als ich wie ein Schüler im Zimmer stand, vollständig umgekleidet und ratlos, was nun zu tun sei, setzte mir der Mann sein Barett auf den Kopf und schob mich vor sich her, zur Tür hinaus und den Flur hinunter zu einer anderen Kammer. ›Ihr geht natürlich auch in meine Kammer, damit die Täuschung gelingt.‹ Als er mein erstauntes Gesicht sah, fügte er hinzu: ›Es ist die alte Frage an das Gewissen: Darf ich eine kleine Sünde begehen, um eine große zu verhindern? – Ach, wie prüft uns doch das Leben hart und wie stellt es unseren Glauben stets aufs Neue auf die Probe. Doch hier, denke ich, ist die Lüge erlaubt, um eine reine Seele wie die Eure vor dem Tode zu bewahren.‹

›Tod?‹, rief ich, vielleicht ein bisschen zu laut. Schnell legte mir Fra Antonio die Hand auf den Mund und fügte hinzu: ›Schweigt, mein Sohn! Ich fürchte, sie sind schon nah!‹ Und wirklich: Unten entbrannte sogleich ein heftiger Lärm und Rufe wurden laut. Da riss Fra Antonio die Tür zu seiner Kammer auf, worauf ich verblüfft vor einem Bett zu stehen kam, in dem die beiden Frauen lagen, nackt und schamlos, die ich vorhin noch mit dem Frater unten gesehen hatte. Sie waren kaum bedeckt und streckten mir ihre vollen Brüste geradewegs entgegen.

›Ach, Ihr Guter‹, hob Fra Antonio die Hände, ›was tun wir nicht alles in unserer Liebe zu Gott und der Kirche. Seht, die beiden frommen Jungfrauen, sie hatten nicht einmal mehr ihr Kleid, das ihnen selbst gehörte. Konnte ich anders, als ihnen mein Dach und mein Bett zu leihen?‹ Und damit stieß er mich in die Kammer, zog die Tür hinter mir zu und ließ mich mit den beiden zurück, die mich mit dem größten Vergnügen musterten und mir Zeichen machten, doch die Bettstatt mit ihnen zu teilen.«

Weil ich wusste, wie kunstvoll die Araber Pausen in ihre Rede zu streuen verstanden, machte auch ich hier eine kleine

Unterbrechung und blickte in die Runde, deren leuchtende und höchst vergnügte Gesichter sich mir ohne Ausnahme mit der größten Aufmerksamkeit zugewandt hatten. Ich nahm einen Schluck Wasser und ließ mir Zeit, den ziegenledernen Schlauch wieder zu verstöpseln. »Es geschah nichts, falls Ihr glaubt, es wäre unschicklich, die Geschichte nun fortzuerzählen«, hob ich schließlich wieder an. »Das heißt, es geschah einiges, jedoch ausschließlich Dinge, die ich nicht erwartet hatte. Der Lärm, den ich eben noch unten gehört hatte, kam nämlich sehr rasch näher. Ich stand noch wie festgenagelt an derselben Stelle, an der ich die Kammer betreten hatte, da stieß plötzlich jemand die Tür so heftig auf, dass ich zu Boden fiel. Die beiden Frauen verkrochen sich sogleich unter der Decke, während im Nu zwei oder drei kräftige Schergen über mir standen und mich auf die Beine zogen.

Wenige Augenblicke später war ich bereits unten vor dem Haus, wo mich die Soldaten einigen anderen Uniformierten mit den Worten übergaben: ›Hier habt ihr den feinen Frater. Seine Huren liegen noch in seiner Kammer. Die bringen wir euch, wenn wir mit ihnen fertig sind.‹ Worauf alle herzhaft lachten und die Soldaten mich abführten. – Ich hätte widersprechen sollen? Das habe ich versucht. Doch es hieß nur: ›Du sprichst, wenn du gefragt wirst.‹

›Und wann werde ich gefragt?‹, setzte ich verzweifelt nach.

›Wenn der Gouverneur Zeit hat.‹ Wann der Gouverneur Zeit hatte? Bis heute jedenfalls nicht.«

»Wie kommt es aber, dass Ihr dann hier unter uns sitzt und nicht im Kerker von Tripolis?«, fragte mich einer der Mitreisenden.

»Das«, sagte ich, »ist eine andere Geschichte. Es bedürfte sicher der Dauer einer ganzen Karawane, sie zu erzählen. Doch der Schlüssel zu ihr sitzt in dieser Nacht unter uns. Es ist der Mann, dem Ihr viele Erkenntnisse verdankt, ich aber mein Leben: Mosleh ad-Dîn.«

Saadi winkte ab und schüttelte den Kopf. »Du hast die Geschichte schön erzählt, mein Freund. Doch scheint sie mir ein schlechtes Beispiel. Hast du nicht gekämpft für eine Sache wie ein Löwe? – Nein, du bist kein Schwarzohr, auch wenn du dich in die falsche Gesellschaft begeben hast. Dafür ist die Rede Beispiel: Wer sich zu schlechten Menschen setzt, wird ihrer Taten beschuldigt, auch wenn ihre Lebensweise bei ihm keine Spuren hinterlässt. Es verhält sich hierbei genau wie bei demjenigen, der in eine Weinschenke geht, um sein Gebet zu verrichten: Niemand wird ihm glauben, dass er dort zur Andacht eingekehrt ist. Jeder wird sicher sein, dass er seinen Fuß dahin gelenkt hat, um den Krug zu lehren.

Dass man zum Kreis der Toren dich wird zählen,
kommt, wenn du den Tor zum Freund willst wählen.
Ich fragte einen Weisen einst um Rat.
Er sagte: ›Der ist dumm, der Toren um sich hat.
Und wärst du auch der klügste Mann auf Erden,
der Toren Nähe lässt dich dumm und dümmer werden.‹

Dschom-é. Der heilige Tag

DSCHOM-É. DER HEILIGE TAG, der Tag vor Sonntag und der Tag vor Sabbat, der Fastentag der Christenheit: Freitag. Sie beten, obwohl sie immer beten, doch vielleicht noch ein wenig selbstvergessener, noch näher bei Allah.

Es war an einem Dschom-é im Spätsommer, die Zikaden scheuchten ihren Ruf durch die milde Dämmerung von Damaskus, da trat ein Derwisch zu uns auf den Hof. Er trug das wollene Gewand der Sufis, sein Haupt war kahl, sein Bart aber reichte bis über die Brust herab. Er wirkte alt, doch seine Augen schienen jung, sein Gang war aufrecht, doch seine Haltung demütig, wie ich es bei Männern der Wüste häufig gesehen hatte. »Allah sei mit dir, Mosleh ad-Dîn, Weiser und Gerechter. Möge Seine Gnade dich stets beschirmen.« Und er legte seine schmale Hand auf Brust, Mund und Stirn und verbeugte sich dabei.

Saadi, der mit mir im Schatten eines kleinen Zeltdachs gesessen und Pistazien gegessen hatte, erhob sich und trat auf den Mann zu. »Auch deine Wege seien von Allah gesegnet«, entgegnete er und verbeugte sich voll Respekt. »Dürfen wir einen Mann Gottes zu uns bitten, um seine Weisheit zu erfahren und ihm eine Erfrischung darzubringen?«

»Gnädig und gütig seid Ihr, Mosleh ad-Dîn. Gerne will ich mich zu Euch gesellen. Doch erlaubt mir, Euren Gesprächen zu lauschen. Ich bin nur ein Pilger aus Urumije auf der Reise nach Jerusalem und hörte unterwegs, dass Ihr Euch in Damaskus befändet. Also beschloss ich, meine Karawane zu verlassen und Euch zu suchen.«

Ich war erstaunt. Konnte es sein, dass Saadis Ruf als Gelehrter so weit drang, dass man sich selbst im fernen Aserbaidschan von ihm erzählte? Mir war schon früher aufgefallen, wie bekannt Saadi weithin war. Doch immer wieder überraschte mich dieses Geflecht von Nachrichten, das sich offenbar über die gesamte moslemische Welt erstreckte, von den maurischen Königreichen im Westen bis zum Indus im Osten, von den Grenzen des Byzantinischen Reichs bis zu den Piratenküsten Arabiens.

Saadi ging ins Haus, um für Erfrischung und Kräftigung zu sorgen. Er kam zurück mit einem großen Krug voll *Dough*, einem persischen Getränk, das zur Hälfte aus Wasser und aus geronnener Milch, vermischt mit Gewürzen, vor allem Pfefferminze, und Salz, besteht. Anders, als ich es erwartet hatte, setzte der schmale und nicht eben kräftige Mann den Krug nicht an die Lippen, sondern entnahm seinem Beutel eine kleine Schale, die er sorgsam mit dem kühlen Getränk füllte und sodann in kleinen Schlucken austrank, wozu Saadi wohlwollend lächelte. »Ein weiter Weg für ein Schälchen Dough und ein Gespräch, von dem Ihr vielleicht enttäuscht sein werdet. Wie konntet Ihr sicher sein, mich in dieser Stadt zu finden, die wie ein Bienenschwarm von Bienenschwärmen ist?«

»Ich war nicht sicher. Ich fragte Allah, ob ich den Versuch unternehmen oder meine Pilgerreise unbeirrt fortsetzen solle. Da erinnerte ich mich an eine Begegnung am Darijace-je Urumije, dem großen Salzsee nahe meiner Heimatstadt.« Er ließ sich im Schatten des Zeltdachs nieder und blickte einen Moment versonnen in seine Hand, in der sich eine Gebetskette befand, deren Perlen geschmeidig durch seine Hand glitten. »Es war an einem sehr heißen Tag, da ging ich hinaus, um zu Allah zu sprechen. Die Straße trug mich bis zu einem kleinen Weiler, wo ich einem Freund begegnete, der mich nötigte, auf seinem Esel ein Stück Weges zu reiten, da er Gott gefällig sein wollte. So ging die Zeit dahin und wir gelangten nach Rahmanlu, als uns das Licht schon sehr schräg entgegenfiel. Dort am Rande des großen Salzsees traf ich einen anderen Freund, der sich merkwürdig benahm.« Der Derwisch lächelte und schüttelte den Kopf, doch dann nickte er und blickte respektvoll, als würde er mit dem Freund Zwiesprache halten. »›Was machst du, Ali?‹, fragte ich ihn. Er hielt eine kleine Schüssel Joghurt im Schoß und gab Löffel für Löffel in das Wasser des Sees. ›Ich gebe Joghurt in das Wasser‹, sagte der Freund. ›Aber bei Allah, wozu soll das gut sein?‹ ›Ich mache Dough‹, sagte er. ›Wa Allah!‹, rief ich. ›Er ist verrückt geworden! Das kann niemals Dough werden, der See ist doch viel zu groß.‹ Da breitete der Freund die Hand aus und sagte: ›Wahrscheinlich wird es kein Dough. Aber stell dir vor: Wenn es Dough wird, wie viel Dough es wird!‹« Der Derwisch breitete die Arme aus und richtete sie gen Saadi. »Und so half mir Allah, diese Frage zu entscheiden. Da ich mich des Freundes erinnerte, dem ich vor Jahren am Darijace-je Urumije begegnet war, zeigte mir der Allmächtige, dass wohl nur eine geringe Aussicht bestand, Euch in dieser riesigen Stadt zu finden, der Gewinn aber, falls ich Euch finden würde, über alle Maßen wäre.«

Saadi verbeugte sich leicht und meinte: »So wollen wir hoffen, dass Euer Freund mit Dough reichlich gesegnet wurde und Euch der Umweg auf der heiligen Reise keine unbelohnte Mühsal beschert.«

»Er ist ein Betrüger«, stellte Saadi mit ungerührtem Ton fest, als hinter des Pilgers Fenster das Licht erstrahlte, das er sich zur Nacht entzündet hatte. Saadi hatte den Fremden gebeten, bis zum nächsten Morgen sein Gast zu sein und im Haus des Kaufmanns Abu Dschafar Halabi zu wohnen, wo Saadi nun selbst wieder lebte, während ich mein Gemach weiterhin in der Zitadelle hatte, ohne darüber glücklich zu sein. »Ibn Mozaffar, des Sultans rechte Hand, sieht es nicht gern, dass ich den Palast wieder verlassen habe. Er hat mich so nicht gut unter seiner Kontrolle und weiß vor allem nicht, was ich spreche und denke.«

»Wie kannst du glauben, dieser gottesfürchtige Mann sei ein Spitzel des Wazirs. Er kommt von fern – und so eigentümlich, wie er für meine Ohren spricht, kann ich mir gut vorstellen, dass er ein Perser ist.«

»Er ist ein Perser, doch ist er in seinem Leben niemals in Urumije gewesen. Er kennt nicht die Straßen durch die Salzsümpfe. Was er an einem Tag bereist haben will, dafür braucht eine gut geführte Karawane beinahe eine Woche. Außerdem spricht er wie ein Behbahâni. Aus Behbahân aber stammt die Familie von Ibn Mozaffar. Die seiner Mutter.«

»So glaubst du, Ibn Mozaffar hat dir einen falschen Derwisch gesandt, um deine Pläne auszukundschaften?«

»Vielleicht auch nur, um meinen Geist zu erforschen. Er will wissen, wie ich mich zu Al-Nizir stelle. Alle Welt weiß, dass ich ein Berater seines Vaters war und mehrmals zwischen ihm und Al-Nizirs Onkel Al-Kamil vermittelt habe. Ich aber weiß nicht, wie Ibn Mozaffar selbst steht. Steht er auf Al-Kamils Seite, also aufseiten des Friedens mit den Franken, oder aufseiten Al-Nizirs, der bei dem Geschäft den Schaden hatte.«

»Auf welcher Seite stehst du denn, Ibn Mosleh?«, fragte ich und fragte mich sogleich, ob Saadi auch in mir einen Kundschafter des Großwazirs sehen könnte.

»Ich?«, Saadi lachte und schüttelte den Kopf über so viel Unverstand. »Ich stehe immer aufseiten des Friedens.«

Der Derwisch, ob er nun ein echter Gottesmann mit unlauterem Geiste oder ein unechter war und sich nur geschickt als solcher darstellte, wich Saadi am folgenden Tag kaum von der Seite. Ich hielt es für klüger, mich nicht ständig selbst in die Nähe der beiden Männer zu begeben, die schon unmittelbar nach dem Morgengebet begannen, über die Welt, die Politik und vor allem Allah zu diskutieren. Wann immer ich aber den Weg der Scheichs kreuzte, hörte ich Saadi aus dem Koran zitieren. Es gab nichts, auf das er nicht ein Wort des Propheten gewusst hätte, das allem eine rechte und vor allem unangreifbare Antwort gab.

Ich war den Tag über in den Gassen der Stadt gewesen, nachts hatte ich zurück in der Zitadelle zu sein. Doch ehe ich mich dorthin begab, besuchte ich noch einmal Saadi und den Mann aus Urumije – oder aus Behbahân? Die beiden saßen im Garten und hielten Reden wie schon am Morgen und vermutlich den ganzen Tag über. Saadi war ausdauernd und höflich, wie nur Perser sein können. Der Derwisch hatte Mühe, seine Augen offen zu halten und blickte deshalb starr wie ein Standbild vor sich hin. »Ibn Mosleh!«, rief ich. »Solltet Ihr nicht langsam Euren Gast zum Mahl bitten?«

»*Wa Allah*!«, rief Saadi aus. »Du hast Recht, mein Freund. Wir haben den ganzen Tag über nichts gegessen und nichts getrunken.« Und zu dem Derwisch: »Ihr seid ja gewiss nicht nur hierher gekommen, um meinen langwierigen und ermüdenden Reden zu lauschen. Gewiss seid Ihr schon sehr erschöpft und wollt einen Krug Wein und ein kräftiges Mahl von Hammelfleisch oder ein paar gebratene Täubchen, dazu eine Schale Trauben und süßes Mandelbrot. Wie konnte ich nur so unhöflich sein! Verzeiht.«

Halbherziger als er es vielleicht selbst gewollt hätte, wehrte der Gast ab: »Bei Allah, verehrter Mosleh ad-Dîn, niemals würde ich ein Wort von Euch gegen Labsal des Körpers eintauschen.«

Jeder Perser, der sich auch nur entfernt auf die hohe Kunst der Höflichkeit verstand, hätte dagegengehalten und sich zum Schein auf ein kleines Wortgefecht eingelassen, um letztlich den Gast zu einer stärkenden Mahlzeit zu nötigen, ob er wollte oder nicht. Saadi indes schlug sich mit der flachen Hand an die Stirn und verbeugte sich tief, um mit beinahe erstickter Stimme zu hadern: »Aber natürlich! Wie konnte ich nur so dumm sein und so kleinmütig! Ihr seid ein Mann, dem der Allmächtige all seine Gunst in seinen besten Stunden schenkt – und ich möchte dafür beten, dass dies bis ans ferne Ende Eurer Tage immer so bleiben möge! – Ihr seid kein Mann der Lustbarkeiten, sondern des aufrichtigen und demütigen Glaubens! Wenn ich jedem Manne ein reiches Mahl und eine Erfrischung der Zunge anbieten darf, so darf ich Euch doch nur mit dem Vorschlag unter die Augen treten, die Nacht im gemeinsamen Gebet zu teilen und gemeinsam mit Euch zu fasten. Auch mir wird dies eine Wohltat sein, ist es doch zur Freude des höchsten der Herrscher und zu unser beider Reinheit der Seele.« Zu mir gewandt aber sagte er und konnte dabei sein Vergnügen kaum verbergen: »Mein guter Freund, der Ihr im Glauben noch nicht auf den Pfad der wahren Lehre gefunden habt, seid uns nicht gram, wenn wir das Mahl nicht mit Euch teilen. Man wird Euch in der Küche Wein und Fleisch, Gebäck und süße Speisen reichen. Wir aber werden die Nacht in Andacht zubringen und unsere Seelen ein wenig näher an Allah herantragen, der gepriesen sein soll für seine Wohltaten, die er auf so verschiedene Weise allen Menschen darbringt.«

Wie Saadi mir am folgenden Tag in der Zitadelle erzählte, hatte der Derwisch die Einladung ausgeschlagen, noch einige Tage im Hause Abu Dschafar Halabis zu bleiben. Jerusalem hatte ihn gerufen. Und so hatte er gottergeben die Pilgerfahrt fortgesetzt.

Es ist kein Geheimnis

»Es ist kein Geheimnis, dass die Franken zu neuen Kriegen gegen uns rüsten«, murmelte der Sultan, mehr zu sich, wie es schien, denn zu mir. Doch sein Blick sagte das Gegenteil: Es war ein Geheimnis und er enthüllte es mir. Indes war ich nicht verwundert, wusste ich doch von zahllosen Beispielen wie dem meinen, dass die Jungen, die Starken, die Mächtigen unter den Rittern, die in großer Zahl ins Heilige Land zogen, dies nicht als Pilgerfahrt der friedlichen Art verstanden, sondern als Kampf für den Glauben – und für Ruhm, Ehre und Reichtum. So blickte ich denn nur verständnisvoll auf, den Kopf gleichwohl demutsvoll gesenkt haltend, und lauschte auf die weiteren Worte des Herrschers. Er atmete tief, ehe er fortfuhr: »Es will mir nicht gelingen, hinter die Gründe zu kommen, die die Franken bewegen. Sie greifen die wehrhaftesten Städte und Festungen an ohne Aussicht auf Sieg, doch sie geben nicht auf. Durch bloße Dummheit und Unachtsamkeit verlieren die Söhne Allahs von Zeit zu Zeit einen kleinen Landstrich. Doch sie erobern ihn wieder und die Franken ziehen sich ohne Ertrag zurück. Sprecht.«

»Wie kann ich Euch helfen, Hoheit«, erwiderte ich. »Weder bin ich Kriegsherr noch Stratege. Ich gehöre keinem Heer an und habe unter keinem Feldherrn gedient.«

»Also wirst du kaum Dinge beobachtet haben, von denen wir nicht längst Kenntnis haben. Was ich mir erhoffe von deinem Rat, Franke, ist der Blick ins Herz der Franken. Was bewegt sie, was berührt sie, worauf wollen sie hinaus!« Mit diesen Worten schwang er sich auf und begann, im Raum auf und ab zu gehen.

»Herr«, seufzte ich. »Ich fürchte, ich bin kein guter Ratgeber in diesen wie in anderen Dingen. Zwar kam ich ins Heilige Land, um für die Christenheit zu kämpfen …«

»Um die Diener Allahs zu bekämpfen!«, rief er.

»Ja«, entgegnete ich. »Das ist wohl wahr. Da das eine ohne das andere nicht möglich ist.«

»Ist es denn nicht möglich, eine gute Sache zu verfolgen, ohne eine schlechte zu tun?«

»Ist es denn nicht auch das Ziel der Moslems, ihren Glauben mit dem Schwert zu verbreiten und Länder unter anderen Religionen zu erobern?«, hielt ich dagegen.

Einen Augenblick schien es mir, als würde der Sultan den Arm heben, um der Palastwache Zeichen zu geben, mich zu köpfen. Indes fuhr er sich nur mit einem jungenhaften Lächeln über die Stirn und trat wieder zu mir, um sich zu setzen. »In der Tat, du hast Recht, Franke. Sollen wir daraus aber schließen, dass die Christen nicht anders sind als die Moslems und Eure Kreuzzüge sich vom Heiligen *Dschihad* nicht unterscheiden?«

»Das, so fürchte ich, hätte weder vor Eurem Kalifen Bestand noch vor unserem Papst.«

Sein Lachen war so freundlich, dass ich vergessen mochte, es handle sich um den Sultan, den Herrscher über weite Ländereien und unzählige Menschen, den Potentaten der Muselmanen inmitten des Königreichs Jerusalem, dessen Stellung der Faust im Nacken des Christentums glich. So frei und nah war sein Lachen, dass ich mitlachen musste, obwohl ich aus den Augenwinkeln erkennen konnte, dass an den Seiten des Saals Getuschel begann und sich eine gewisse Erregung breit machte, zweifellos weil ich dem Herrscher zu sehr von Gleich zu Gleich begegnete.

»Wie viele Ritter sind mit dir gemeinsam ins Heilige Land gekommen?« Er sprach die Worte mit einer Art väterlichem Spott aus, gutmütig, aber ohne jede Anerkennung.

»Wenige. Ich bin mit dem Schiff gereist. Eine Hand voll Ritter waren an Bord, einige Händler, Frauen, Sklaven und ein Priester.«

»Ja, Priester sind hier dringend nötig.« Seine Worte wurden leiser. »Was die Krieger Jesu tun, kann unmöglich die Lehre Jesu sein.«

›Was wisst Ihr schon von Jesus Christus?‹, wollte ich sagen, wagte es aber nicht, doch die Antwort kam gleichwohl: »Wie du weißt, verehren wir Jesus, den ihr Christus nennt, als Propheten. Im Koran steht: ›Er sprach: Ich bin ein Diener Allahs, Er hat mir das Buch gegeben und mich zu einem Propheten gemacht.‹ Jesus ist unser wie euer, doch ihr habt ihn zu Gott gemacht und wollt ihn für euch allein.«

»Herr«, entgegnete ich. »Ich kann Euch nicht widersprechen. Mein Glaube widerspricht Euch. Ich aber bin kein Priester und vermag ihn mit dem Wort nicht so zu verteidigen, wie Eure Rede es von mir fordert. Allein, könnte es nicht dies sein, worin die Antwort auf Eure Frage liegt?« Der Sultan kam mit fragendem Blick näher, im Saal war es nun so still, dass man einen jeden atmen hören konnte. Ich zuckte die Schultern, versuchte aber gleichwohl, meiner Stimme einen festen und vor allem klugen Ton zu geben: »Seht: Wir alle sind uns einig, dass es nur einen einzigen Gott gibt. Ihr nennt ihn Allah, die Juden nennen ihn Jahwe. Er ist derselbe.« Sodann begann ich den verzweifelten Versuch, dem Herrscher darzulegen, weshalb Christus alle Ungerechtigkeit der Welt durch den Islam widerfuhr, bis der Sultan mit zorndurchfurchter Stirn die Hand hob und mir gebot zu schweigen. Doch an seiner statt sprach der Wazir, der mich die ganze törichte Rede über nicht aus den Augen gelassen hatte: »So ist der Islam für die Christen eine Beleidigung?« Ibn Mozaffars Stimme war so leise und scharf, dass sie ein Blatt Papier hätte schneiden können.

»Herr, es sind nicht die Gläubigen, die die Christenheit beleidigen.«

»Doch ist es der Islam?«, beharrte der Sultan.

»Ich weiß es nicht«, sagte ich und hatte mit meinem Leben abgeschlossen. »Ich weiß es nicht, großer Sultan und Edler unter den Herrschern. Ich weiß nicht einmal, ob diese Frage nicht besser ein Moslem beantworten sollte. Ihr fragtet mich, wie es im Herzen der Christen aussieht. Und ich sagte Euch, wie es im Herzen der Christen aussieht. Bitte bedenkt, dass dies nicht immer ist, was ich selbst glaube und denke. Der Herr war gütig und gab mir die Möglichkeit, die Jünger Mohammeds im Leben kennen zu lernen und nicht allein auf dem Schlachtfeld. Was ich sehe, bedeutet viele Fragen, wo ein unbedachter Ritter aus dem Norden nur die Antworten sieht, die er für sich gefunden zu haben glaubt und von denen viele falsch sind.«

»Wenn ein Moslem diese Frage beantworten soll, so schlage ich vor, dass uns Ibn Mosleh aufklärt, der unter uns allen, vom Herrscher, dessen Glanz ewig währen möge, abgesehen, der Weiseste ist«, rief der Großwazir Ibn Mozaffar mit einem Mal.

Der Sultan überlegte einen Augenblick und gab dann Saadi ein Zeichen, die Frage zu beantworten. Saadi trat zu uns und sagte mit wohlgesetzten Worten: »Ihr fragt, ob der Islam die Christenheit beleidigt? Nein, das tut er nicht. Auch erniedrigt er die Christen nicht und auch nicht Jesus Christus. Denn Jesus war ein Prophet. Und nur wenige waren Propheten. Allah, der in Ewigkeit gepriesen sei, hat unter den Menschen nur wenige auserwählt, Sein Wort zu verkünden. Jesus war einer davon. Viele, die von sich behauptet haben, Gottes Wort zu künden, viele auch, von denen andere dies behauptet haben, sind für uns Gläubige, für uns Muselmanen keine Propheten. Die wenigsten gehören zum Kreis der Höchsten und Ehrwürdigsten unter den Menschen. Wenn also der Islam Jesus zu einem davon erklärt, so erweist er Jesus die höchste Ehre, die nach dem Islam einem Menschen erwiesen werden kann. Dass Jesus Mensch war, sagt uns Jesus selbst. Also erniedrigt der Islam nicht Jesus und auch nicht die Christenheit, sondern erhöht Jesus und erhöht, wie sonst nur das Judentum, auch das Christentum als eine Religion, die nach dem wahren Glauben strebt.«

»Amen«, sagte Ibn Mozaffar und alle im Raume hielten den Atem an. Der Sultan blickte zu ihm, dann wieder zu Saadi und schließlich auf mich. Er dachte eine Weile nach. Dann zuckte er die Achseln und meinte: »Ich war immer der Meinung, ich würde die Christen nie verstehen. Aber so, wie es aussieht, werde ich wohl auch die Moslems nie verstehen.«

Du siehst mich ratlos

»Du siehst mich ratlos, mein Freund«, sagte Ben Itzhak und schüttelte ein ums andere Mal den Kopf. »Wie sollen wir das bewerkstelligen? Wir wissen nicht einmal, ob sie überhaupt Jüdin ist. Und wenn sie es ist, dann ist es erst recht unmöglich!«

Ich ging nervös im Hof der Karawanserei auf und ab. Wir hatten uns nun seit einigen Tagen in Tiberias eine Unterkunft genommen, weil ich in ihrer Nähe bleiben wollte. Mit Zeichen hatte sie mir bedeutet, sie täglich am Markt zu treffen, wo sie für die Familie einkaufte. So wartete ich jeden Tag unter den Bögen des Bazars auf ihre Ankunft, manches Mal krank vor Sorge, sie könnte nicht kommen. Wenn ich sie sah, begann meine Anspannung so plötzlich nachzulassen, dass ich beinahe nicht mehr Herr meiner Kräfte war. Mehr als einmal wäre ich fast in Ohnmacht gefallen und hätte mich gewiss zum Gespött der Umstehenden gemacht, die natürlich nach kurzer Zeit auf mich aufmerksam geworden waren. Ich hatte damit gerechnet, dass man mich irgendwann für einen Dieb halten könnte, der nach Opfern Ausschau hält. Doch ich hatte nicht damit gerechnet, eines Tages statt Samira den mächtigen Bazari Yakub Ben Noah vor mir zu sehen – Samiras Vater. Er hatte einem Diener aufgetragen, seiner Tochter zu folgen, als er erkannt hatte, dass sie plötzlich ihre Gewohnheiten änderte, zu anderen Zeiten auf den Markt ging, häufiger, und dass sie sich nicht wie sonst benahm. »Wenn eine Frau den Klatsch nicht mehr verfolgt, der um sie herum gesprochen wird, dann hat sie einen

Mann gesehen«, so hat er mir später erklärt, wie er auf den Verdacht gekommen war.

Ich kannte Ben Noah nicht, doch ich wusste sogleich, wen ich vor mir hatte, als ich ihn sah. Nur ein Vater, der in Sorge um die Ehre seiner Tochter lebt, kann solche Gewalt im Blick tragen, die sich paart mit Wehmut und Enttäuschung. Augenblicklich wusste ich, dass es etwas zu erklären geben würde. Nur fragte ich mich: wie? Was sollte ich dem Mann sagen? Ich wollte nichts falsch machen. Also verbeugte ich mich ehrfürchtig und versuchte in reinstem Arabisch: »Ahlan.«

»Schalom«, entgegnete er, ohne seine Miene im Geringsten zu verändern. Ein Jude. Ich wusste nicht, was tun, wie reagieren. Alles, was ich tun konnte, war, ihm mit offenem, aufrechtem Blick zu begegnen. Ich konnte nichts weiter sagen.

»Wir gehen in mein Haus«, sagte er, nachdem er mich unverhohlen gemustert hatte. »Der Bazar verkauft vor allem Nachrichten.« Er achtete darauf, dass ich mich genau an seiner Seite befand und mich nicht zu weit entfernte, während er durch die lebhaften Gassen von Tiberias zu seinem Haus ging, einem großen, aber unauffälligen Bau, dessen Pforte ein schön geschnitztes Portal zierte. Drinnen war es dunkel und kühl. Ich sah nichts. Also blieb ich für eine kleine Weile hinter der Tür stehen. Dann hieß mich der Mann, näher zu treten. Zwei verhuschten Frauen hinten im Raum gab er in einer mir unverständlichen Sprache irgendwelche Anweisungen, worauf die beiden verschwanden. Wir setzten uns an einen niedrigen Tisch. »Ich bin Yakub Ben Noah«, begann er unvermittelt und faltete seine Hände auf dem Tisch. »Ich bin Tuchhändler. Wir haben einen Laden im Bazar. Meine Söhne führen ihn, wenn ich auf Reisen bin.« Er hielt einen Augenblick inne, besann sich auf den Anlass dieses Gesprächs und fuhr fort: »Ihr seid hier in meinem Haus. Wir kennen die Gebote der Gastfreundschaft. Solange Ihr hier seid, seid Ihr sicher. Auch sicher vor uns«, betonte er und seine Stimme klang belegt, als fiele ihm das Sprechen schwer. »Dafür kann ich nicht garantieren, wenn Ihr dieses Haus wieder verlasst.« Ich schwieg weiter, also fuhr er fort. »Ihr wisst, warum wir hier sitzen?« Ich nickte. Zwei junge Männer betraten den Raum, offenbar seine Söhne. Beide blickten mich aus feindseligen Augen über ihren dunklen Bärten an. »Gut«, sagte Ben Noah. »Ich war verreist. Meinem Sohn Saul war aufgefallen, dass meine Tochter Samira sich verändert hatte. Das hatte offenbar mit einem Mann zu tun. Was habt Ihr dazu zu sagen.«

Ich atmete tief durch. Wohl hatte ich damit gerechnet, ein solches Gespräch früher oder später mit einem Muselmanen führen zu müssen, nicht aber mit einem Juden. Wäre er ein Diener Allahs gewesen, so hätte ich mit meinen geringen Kenntnissen glänzen können, die ich als Gewinn aus der Kerkerhaft und meiner Freundschaft mit Mosleh ad-Dîn mitgenommen hatte. So aber war ich ganz benommen von meiner Unkenntnis und Hilflosigkeit. Ich blickte vom Alten zu den beiden Jungen und zurück. Juden durch und durch. Vielleicht waren sie sogar Angehörige einer besonders strengen Sekte. Die Muslime galten als wenig schwierig in Fragen des Glaubens. Die Juden dagegen waren kompliziert. Das war mir mehr als einmal aufgefallen in der kurzen Zeit, die ich in diesem Land lebte. Andererseits galten sie als geschwätzig. Der alte Ben Itzhak fiel mir ein. Was würde er jetzt sagen. »Erlaubt, Herr«, entwanden sich meiner Zunge plötzlich die Worte. »Ihr habt zu diesem Gespräch zwei junge Männer hinzugezogen, vermutlich sind es Eure ehrwürdigen Söhne. Auch ich würde gerne einen Mann, dem mein Vertrauen gilt, an meiner Seite wissen. Haltet Ihr das für unbillig?« Der Alte blickte zu seinen Söhnen. Beide schüttelten langsam den Kopf. Ben Noah überlegte einen Augenblick, dann hob er die Hände, als hätte er keine andere Wahl, und meinte: »Wie Euch beliebt. Lasst uns nach ihm schicken. Wer ist der Mann, den Ihr gern bei Euch hättet?«

»Es ist ein alter Freund, mit dem ich ein Zimmer in der nahe gelegenen Karawanserei teile. Sein Name ist Ben Itzhak.« Die Verblüffung war dem alten Mann ins Gesicht geschrieben. Sicher hätte er mit allem gerechnet, aber nicht damit, dass ich einen weiteren Juden zu diesem Gespräch bitten würde, und sicher auch nicht, dass ein Jude, gleich welcher, ausgerechnet mit mir ein Zimmer teilte. In der mir unverständlichen Sprache wies er einen seiner Söhne an, Ben Itzhak zu holen. Wie wir alle wussten, würde das nicht lange dauern, weshalb wir schweigend dasaßen und warteten. Der Raum war karg, fast armselig. Auch die Kleidung des Juden war einfach, aber, wie ich nun, da sich meine Augen an die Dunkelheit gewöhnt hatten, erkennen konnte, von sehr feiner Qualität. Der Stoff schimmerte, als wäre er aus Wasser gewoben, die Kanten waren mit einem schmalen Streifen gesäumt, der aus grünen und goldenen Fäden geflochten war. Dasselbe Gewirk zierte auch den Gürtel und den Rand seines Turbans. Immerhin, so wurde mir bewusst, konnte dieser Mann mit seiner Familie nicht den allzu Strenggläubigen seiner Religion angehören, sonst wäre er nicht so eitel. Andererseits war es natürlich möglich, dass er diese feinen Handarbeiten nur aus geschäftlichen Gründen zur Schau trug, um auf die Qualität seiner Waren aufmerksam zu machen.

In der grell aufblitzenden Tür erkannte ich Ben Itzhak in seiner kargen Gestalt, der sich hierher bemüht hatte, ohne zu wissen, was ihn erwartete. »Schalom«, murmelte er unsicher. Auch er konnte wohl im ersten Moment in der Dunkelheit, die hier drinnen herrschte, noch gar nichts sehen.

»Schalom, Bruder im Glauben«, entgegnete Ben Noah. »Tritt ein und geselle dich zu uns.«

»Ben Itzhak!«, rief ich erleichtert. »Dem Himmel sei Dank, dass du gekommen bist. Du findest mich in einer peinlichen Situation und ich muss mich entschuldigen, dass ich dich hiermit belaste.«

»Es konnte nicht ausbleiben, mein Freund, dass du uns in eine peinliche Situation bringst«, erwiderte Ben Itzhak, während er näher trat und sich zu uns setzte. »Zu ungebührlich war dein Verhalten in der letzten Zeit. Und sag nicht, ich hätte dich nicht gewarnt.« Ohne auch nur ein Wort von mir abzuwarten, wandte er sich an den Vater des Mädchens und begann, in derselben Sprache mit ihm zu reden, die dieser für seine Familie gebrauchte. Rasch entspann sich ein Wortwechsel, der lang und länger dauerte. Die beiden machten nicht den Eindruck, als würden sie sich feindselig begegnen, auch wenn sich manchmal des einen oder des anderen Stimme leicht erhob. Dadurch, dass ich nichts verstehen konnte, wurde ich zunehmend aufgeregter. Ich versuchte, in den Gesichtern der beiden zu lesen, und stellte erneut fest, dass in diesem Land eine ganz andere

Mimik herrschte als bei uns. Jedenfalls schien es mir so. Gerade als ich endlich dazwischenrufen wollte, um Ben Itzhak zu bitten, mich nicht in immer größere Ungewissheit zu stürzen, stand dieser auf und wandte sich zu mir: »Mein Freund, es ist Zeit für uns zu gehen.«

»Gehen?«, fragte ich, über alle Maßen verwirrt. »Und das Mädchen?«

»Es ist Zeit für uns zu gehen«, wiederholte Ben Itzhak mit Nachdruck und bedeutete mir, aufzustehen und mit ihm das Haus zu verlassen. Draußen erklärte er mir: »Wir werden morgen eine Stunde vor Sonnenuntergang das Haus von Yakub Ben Noah ganz offiziell besuchen. Er wird uns ein einfaches Mahl reichen und Ihr werdet das Mädchen sehen.«

»Ich verstehe nicht …«

»Ganz einfach. Oder besser, es ist eben gar nicht einfach. Vielmehr ist die Sache so, dass sich nicht sagen lässt, ob das Mädchen Jüdin ist oder nicht. Sie ist nicht die leibliche Tochter von Yakub Ben Noah. Die Familie besteht natürlich darauf, dass sie Jüdin ist. Die Synagoge sieht das nicht als erwiesen an. Sie behauptet, Jüdin werde man nicht durch Aufnahme in eine jüdische Familie.«

Es folgte eine lange Erklärung der unterschiedlichen Betrachtungen über die Frage der Zugehörigkeit zum Auserwählten Volk, über die Vererbung und die Wahl der Religion. Ben Itzhak war bei solchen Dingen immer in seinem Element und nichts konnte ihn davon abhalten, lange und ausführlich darzulegen, weshalb seine Meinung letztlich die einzig richtige sei. Ich folgte ihm selten durch diese Gedankengänge. Heute jedoch konnte ich kaum die nächste Pause in seiner Rede abwarten, um sogleich dazwischenzufragen: »Sie wurde aufgenommen? Von wem aber stammt sie ab?«

»Sie ist eine Sklavin«, stellte Ben Itzhak trocken fest, während mir bei diesen Worten beinahe das Blut in den Adern gerann. Eine Sklavin? Sklaven waren Sachen, nicht wirkliche Menschen. Man kaufte sie, man verkaufte sie, man konnte sie verschenken, vielleicht töten, sie lebten meist wie das Vieh in besonderen Räumen eines Haushalts, man lobte sie nie, aber man züchtigte sie wie einen Hund, wenn sie ungehorsam waren gegen ihren Herrn. Das waren meine Beobachtungen, ich selbst war kaum jemals mit echten Sklaven in Berührung gekommen. Ben Itzhak konnte meine Gedanken erahnen. Behutsam legte er mir die Hand auf den Arm, während wir unter dem Torbogen der Karawanserei stehen blieben, zu der wir inzwischen zurückgekehrt waren. »Keine Sorge, mein Freund«, sagte er. »Sie ist nicht mehr Sklavin in dem Sinne, in dem du das Wort völlig zu Recht verstehst. Sie ist eine Freigelassene. Das heißt, sie untersteht Ben Noah nicht mehr als Herrn, sondern nur noch als Tochter, die er in seine Familie aufgenommen hat.« Ich wusste nicht, ob mich das froher stimmen sollte. »Ben Itzhak«, sagte ich. »Mir ist nicht klar, wie ich denken soll. Eigentlich ist mir nicht einmal klar, wie ich fühlen soll. Ich werde mir Kühlung im See verschaffen. Warte nicht auf mich mit dem Abendmahl.«

Er nickte verständnisvoll und verschwand, während ich einen der Stallknechte anwies, mir mein Pferd zu bringen.

Es war ein milder Tag. Der Herr beliebte, unser aller Gedanken nicht durch unmäßige Hitze zu beschweren. Kein Lüftlein regte sich und mehr als einmal erblickte ich auf dem Weg hinab zum See Vögel, die in den Bäumen umhersprangen wie des Lebens bares Gleichnis. Mein Gaul lief ruhig, als wollte er mich in Sicherheit wiegen. Die Wasser von Genezareth umspülten meine nackten Füße mit erquicklicher Kühle. Ein Tag, wie der Kindheit entsprungen, an die man sich doch immer erinnert, als hätte das ganze Jahr über Sommer geherrscht. Lange verweilte ich am See, lag am Ufer und lauschte dem leisen Plätschern der Wellen. Auch lauschte ich auf Zeichen, denn ich war mir sicher, dass dies der Ort war, an dem Gott mir ein Zeichen geben würde, wenn er es für nötig erachtete. Doch ich hörte nichts als fröhliche Geräusche und sah nichts als das ungetrübte Licht der Sonne im grünen Blätterdach der Eukalyptusbäume.

Andeutungen und vage Hinweise

Andeutungen und vage Hinweise hatten wir vielerlei gehört, was Friedrich mit Al-Kamil vereinbart haben sollte. Doch Genaues war nicht zu erfahren. Nicht, weil man uns ein offenes Wort verwehrt hätte, sondern vielmehr, weil es eine Eigenheit war, sich aus Höflichkeit nicht kurz zu fassen, und weil also in großen Bögen dargestellt werden musste, was im Detail kaum einer wusste. Höflinge und Gäste taten im Palast dasselbe, was das einfachere Volk in den Vorhöfen der Zitadelle tat – sich in Mutmaßungen zu ergehen, worin genau der Friedensschluss zwischen dem Frankenkaiser und dem Sultan von Ägypten bestand. Sicher war allein, dass Jerusalem wieder an die Kreuzfahrer gefallen war, etwas, das mein Herz hätte beleben müssen. Doch fühlte ich etwas Trennendes zwischen mir und meinen Brüdern im Glauben, seit ich wie ein Heide und Missetäter in den Kerker geworfen worden war. Die christliche Sache war wohl weiter auch die meine, während die Sache der Kreuzritter mich nicht mehr berührte, wenngleich ich einer der ihren war – in den Augen der Araber.

Saadi hatte wohl bereits manches von Al-Nizir erfahren. Dieser jedoch zierte sich mit allzu großer Freigebigkeit über die Geschehnisse. In Sonderheit, wenn andere im Raume waren, hielt er sich bedeckt. Das aber war fast ständig der Fall. Sogar in Gegenwart seiner Palastwache zügelte er seine Rede. »Mein Onkel hat klug gehandelt«, hatte er mit sanfter Stimme gesprochen, während seine Augen finster vor sich hin gestiert und seine Worte Lügen gestraft hatten. »Und er hat gut verhandelt. Die Heiligtümer bleiben unser. Es wird keinen Waffengang geben.« Damit war die Sache für ihn offiziell erledigt gewesen. Wie sehr sie in seinem Inneren weiterarbeitete, konnte jeder sehen, der es sehen wollte.

Tage nach dieser Unterredung, ich saß bei Saadi in seinem Gemach, trat ein feister kleiner Mann herein, der sogleich meinem Freund um den Hals fiel und ihn lobte, wie nur Muselmanen einander loben können. Allah wurde in den prächtigsten Redewendungen ebenso zitiert wie sein Prophet, dessen Lob die Rede in einem üppigen Wortschwall fortsetzte. Es war ein Spiel, eines der liebsten Spiele der Orientalen, die die Kunst des Lobgesangs beherrschen, wie die berühmtesten Minnesänger es nicht taten. Dabei sprachen ihre Gesten ähnlich eindrucksvoll wie ihre Zungen und ihre Demut hatte beinahe etwas Hoffärtiges. Ich verstand wohl, worum es ging, doch verstand ich kaum ein Wort, da, wie ich vermutete, Saadi mit diesem Mann die Sprache seiner Heimat sprach: Persisch. Letztlich nahm das Lobgefecht ein Ende und Saadi wandte sich mir zu, um uns miteinander bekannt zu machen. »Dies, mein guter Freund, ist einer der edelsten Männer und einer der gelehrtesten Köpfe, die der Allmächtige in seiner ewigen Güte der Menschheit geschenkt hat. Wie gütig Allah ist, magst du daran erkennen, dass er mir Unwürdigem gewährt hat, bei Abu l-Mahmud Ibn Qâsim Ibn Tâlib zu lernen. Er war es, der mich und andere Studenten in der Nizamije in Bagdad zuerst die Kunst der Schrift lehrte. Er hat mich an diesem Hofe in die Kunst der Wortwahl eingeführt, ohne die verloren ist, wer nicht aus einflussreichem syrischem Geschlecht stammt. Gott habe Wohlgefallen an ihm, dem ich mehr als einmal mein Leben verdanke!«

Ich wusste nicht, was ich sagen sollte. Gegen solche Rede konnte ich mit meinem dürftigen Arabisch kaum etwas setzen. Auch war jede Wendung, die Saadi oder sein Freund verwendet hatten, voll von Anspielungen auf die Religion, die ich nicht teilte, sowie Allah und seinen Propheten. Doch Abu l-Mahmud erwies sich als sehr offener Mann. Er trat einfach auf mich zu, umarmte mich wie einen der seinen und blickte mir mit breitem Lächeln ins Gesicht. »Ihr seid ein guter Mann, auch wenn Ihr kein Moslem seid«, sagte er mit seiner vollen Stimme, der man das gute Leben anhörte. »Aber vielleicht werdet Ihr es noch?« Er zwinkerte Saadi zu. »Eine Aufgabe für dich, mein Freund, der du Schwierigere überzeugt hast.«

Da die Dinge sich nun so gewendet hatten, beschloss ich, bei meinem Schweigen zu bleiben, und verbeugte mich lediglich ausgiebig, um angemessenen Respekt zu zeigen. Wir setzten uns und Saadi und Abu l-Mahmud begannen sogleich mit einem sehr gezielten und sehr ausführlichen Austausch. Sosehr sie sich anfangs mit Floskeln aufgehalten hatten, so geschwind ging nun ihr Gespräch dahin, bis an einem bestimmten Punkt Saadi plötzlich innehielt und Abu l-Mahmud offenbar darum bat, im Weiteren arabisch zu sprechen. Denn von nun an konnte ich die beiden verstehen und lauschte ihnen mit großer Aufmerksamkeit.

»Was aber steht in dem Dokument?«, fragte Saadi und machte mir ein Zeichen, dass das auch mich anginge.

»Nun, keiner hat es gesehen. Es gibt die unterschiedlichsten Aussagen. Al-Nizir ist wütend, weil man ihn bei der Abfassung nicht konsultiert hat. Noch wütender ist er, weil man ihm keine Abschrift geschickt hat. Er fühlt sich übergangen.«

»Er wurde übergangen!«, warf Saadi ein.

»Er ist übergangen worden«, bestätigte Abu l-Mahmud. »Nachdem ihm Al-Kamil Jerusalem weggenommen hatte, war er davon ausgegangen, dass die Stadt wenigstens bei den Moslems bliebe. Sie ihm zu nehmen, um sie dann dem Franken zu geben, das konnte er nicht verschmerzen.«

»Al-Kamil wusste, dass Al-Nizir Jerusalem niemals an Friedrich abgetreten hätte.«

»So ist es. Er hat sich die Stadt geholt, indem er als der Stärkere vorgespiegelt hat, er könne für ihre Sicherheit besser garantieren als Al-Nizir. Es war blanker Betrug!«

»Es war Al-Kamil.«

»Es war Al-Kamil«, bestätigte wieder Abu l-Mahmud. »Al-Kamil ist nicht dumm. Ihm geht es nicht sonderlich um die Christen. Sie sind schwächer denn je. Dieser Friedrich ist gebildet und eitel. Aber er ist kein Herrscher. Er und der Papst sind wie Al-Nizir und Al-Kamil. Das Geschäft ist, als würde man Al-Nizir ein Dorf in den Bergen geben.«

Saadi schüttelte den Kopf. »Ich fürchte«, entgegnete er, »ich muss Euch widersprechen, guter Lehrer. Jerusalem ist kein Bergdorf, es ist ›die Entfernte‹, die Stadt der Städte. Jerusalem ist heilig.«

»Deshalb war es auch so wichtig, dass Al-Kamil verhandelt hat, dass den Gläubigen uneingeschränkter Zutritt zu den Heiligtümern gewährt wird.«

»Ist das sicher?«

»So soll es in dem Papier stehen. Es heißt – und immerhin ließ Al-Kamil dies unserem Sultan durch einen Boten mitteilen –, dass Jerusalem zwar in die Hände der Kreuzritter gegeben werde, ebenso wie einige andere Städte, dass aber jeder unbewaffnete Moslem seine Andacht in den Moscheen der Stadt verrichten und an deren Betreten nicht gehindert werden dürfe.«

»So ist Jerusalem eine offene Stadt?«

»Zumindest eine Stadt, die von jedermann in Ausübung seines Glaubens betreten werden kann. Die Christen dürfen unsere heiligen Stätten übrigens nicht betreten. Auch dies ist ausdrücklich geregelt, wie man Al-Nizir mitteilen ließ.«

»Und die anderen Städte?«

»Bethlehem, Nazareth, Jaffa und die von dort nach Norden hin bis Akkon verlaufenden Ortschaften.« Dies sprach der Gelehrte vor sich hin wie auswendig aufgesagte Verse und fügte noch hinzu: »Die christlichen Gefangenen werden freigelassen, der Frankenkaiser verpflichtet sich im Gegenzug, den Sultan gegen alle seine Feinde – auch wenn es Christen sind – zu verteidigen.«

Saadi lachte laut auf. »So macht der Adler die Maus zu seinem Schutzherrn?«, rief er und schlug sich auf die Schenkel.

»Al-Nizir sieht das weniger frohgemut«, sagte Abu l-Mahmud kühl. »Er glaubt, dass Al-Kamil damit die Kreuzritter gegen ihn einsetzen will.«

»Ein interessanter Gedanke«, sagte Saadi. »Gibt es dafür Anzeichen?«

»Du meinst, außer den offensichtlichen? Nein. Al-Nizir beherrscht zwar seine Mittler längst noch nicht so gut wie einst Al-Mu'azzam. Doch Informationen über solcherlei Vorhaben hätten ihren Weg zu ihm gemacht. Zumindest gezielte Vorkehrungen sind offenbar noch nicht getroffen.«

Erst später bekamen diese Sätze für mich einen Sinn, als Saadi, nachdem sein alter Freund gegangen war, mich über das System aufklärte, dessen Kopf der Sultan von Damaskus war: »Du musst wissen, dass Al-Mu'azzam und vor ihm schon Nureddîn an allen wichtigen Höfen und in jeder größeren Handelsstadt Mittelsmänner hatte, die in seinem Auftrag Nachrichten erkundeten, um sie ihm zu übermitteln. Al-Mu'azzam war vielleicht derjenige unter allen Herrschern rechten Glaubens, der dieses System am meisterlichsten beherrschte. Al-Nizir hat es wohl übernommen, kann es jedoch nicht entfernt so gut nutzen wie vor ihm sein Vater. Er kennt die wenigsten der Männer persönlich. Auch haben viele die Treue zu ihm aufgegeben, weil sie ihre Dienste sogleich vermeintlich stärkeren Parteien angeboten haben. Dennoch: Das Netzwerk, das sich unsichtbar über die halbe Welt des Islam spannt, ist bemerkenswert.« Für eine kleine Weile verfiel er in Schweigen, ehe er mit der Bemerkung schloss: »Ich frage mich, ob Al-Nizir weiß, wie nah ihm seine Feinde sind.«

Die Zeremonie war einfach

Die Zeremonie war einfach, doch war sie kompliziert. Samiras Schwestern nahmen teil, auch die Brüder, die mich gestern mit dem größten Respekt begrüßt hatten, als wären sie mir noch nie begegnet. Und natürlich Ben Noah und seine Frau, die sich scheu im Hintergrund hielt, wohl auch, weil sie den Schmerz der Trennung fürchtete. Ich hatte einen einzigen Menschen, den ich zu der Hochzeit bitten konnte: Ben Itzhak, ohne den dieses Glück zweifellos nie Wirklichkeit geworden wäre. Mit gemischten Gefühlen bemerkte ich, dass ich mir wünschte, Ibn Mosleh hätte dabei sein können. Was war das mit mir, wie war das gekommen? Ich stand also zwischen Juden und dachte an einen Moslem und heiratete eine Frau, von der kein Mensch sagen konnte, in welche Religion sie hineingeboren worden war. Dabei fühlte ich mich rein wie in den Tagen der Kindheit, ohne jede Last auf meiner Seele, ohne Scham vor dem allgegenwärtigen Herrn.

Ich hatte das Ufer des Sees als Ort der Trauung erbeten, da ich mich hier Christus näher fühlte als an jedem anderen Ort der Welt. Das war mir nicht nur beim ersten Anblick des Wassers so ergangen, bei dem ein jeder überwältigt war, ob der Macht der Ereignisse, die sich hier vor vielen Menschenleben zugetragen hatten. Das erging mir auch jetzt noch so. Wann immer ich mich dem See Genezareth näherte, erfasste mich ein leichter Schauer, der mir tief in die Seele reichte – ähnlich dem Beben, das ich verspürte, wenn mir Samira ihr reines Antlitz zuwandte und ihre Augen in meine tiefsten Abgründe blickten. Ich weiß nicht, ob sie nach allgemeiner Auffassung schön zu nennen war. Doch meine Augen fühlten sich wie Juwelen, wenn sie auf ihr ruhten. Saadi hat mir später einmal die Geschichte von Leyla und Madschnun erzählt, die mich sehr an meine Sehnsucht nach dem Anblick Samiras erinnerte.

Es war keine jüdische Trauung, denn es gab keinen Rabbi, der den Bund der Ehe vor Gott bezeugte, und es gab keine geweihten Gefäße, aus denen wir den Wein teilten. Ich selbst sprach einige Gebete meiner Heimat, denen die anderen, sicherlich auch Samira, lauschten, als wären ihre Ohren vernäht. Vom See her kam leichter Wind, als ich die Braut küsste, und Samiras Mutter fiel zu Boden, weil sie darin ein Zeichen früher Vergänglichkeit zu sehen glaubte. Ben Noah war anzusehen, dass er nicht richtig stolz sein konnte und sich doch für seine Tochter freute. Er hätte sich gewiss eine bessere Partie für sie gewünscht. Doch seit bekannt war, dass sie nur eine freigelassene Sklavin war, waren ihre Aussichten auf ein Leben an der Seite eines wohlhabenden Kaufmanns praktisch erloschen.

Nach der Zeremonie, als Mutter und Tochter sich in den Armen lagen, nahm er mich beiseite und spazierte mit mir einige Schritte am Ufer entlang. An einem Felsen blieb er stehen. Wir setzten uns. Es dauerte eine Weile, ehe er sich mit einem mächtigen Atemzug die nötige Luft verschaffte, um die ihn am meisten bewegende Frage zu stellen: »Was wirst du mit deinem Weib nun tun? Wo werdet ihr leben, wovon wirst du deine Familie ernähren?«

Ich war überrascht, dass er diese Frage erst jetzt stellte. Ich hätte ihm bereits in den vorangegangenen Tagen meine Absichten kundtun können. Also versuchte ich ein ermutigendes Lächeln und erwiderte: »Ich bin fern der Heimat, Ben Noah. Der Herr hat mich in ein fremdes Land geschickt, um mir mein Glück zu offenbaren. Es gibt keinen Grund, weshalb ich von hier wieder fortgehen sollte.« Seine Erleichterung war so deutlich zu sehen, dass man sie hätte greifen können. »Samira«, fuhr ich fort, »wird niemals Not leiden. Ich bin kein ganz armer Mann.« Seine Augenbrauen hoben sich. Schien er gerade noch mehr seinen eigenen Worten nachlauschend als meinen, so war er plötzlich sehr aufmerksam. Ich entschied mich, ihm die halbe Wahrheit zu sagen, um meine bisherige Bescheidenheit nicht als Verschlagenheit erscheinen zu lassen: »In der Tat war ich bei Gott nahezu arm wie ein Bettler, als mein Fuß das Heilige Land betrat. Glückliche Umstände haben mir die Gunst des Sultans von Damaskus geschenkt. Er hat mich vom Habenichts zu einem wohlhabenden Mann erhoben.«

»So hat Gott in Euch einen Freund gesehen«, sprach Ben Noah vergnügt und rieb sich die Hände über des Schicksals glückliche Fügung. »Sieh, ich hätte dir angeboten, in unserer Familie tätig zu werden. Als Vater deiner Frau hätte ich dir dies gewährt. Weil ich mich so sehr für ihr Leben verantwortlich fühle wie seit dem Tag, an dem wir sie in unsere Mitte aufgenommen haben. Es wäre ein Angebot aus Mitleid gewesen. Ich will dir dieses Angebot nun nicht mehr machen, da du es nicht nötig hast und es dich beleidigen würde. Ich will dir dasselbe Angebot aber machen, weil ich glaube, dass uns der Herr vielleicht nicht ohne Grund einen Ungläubigen gesandt und ihm die Gunst meiner Tochter zugewiesen hat. Du bist weit gereist, hast viel gesehen – und sprichst mindestens zwei Sprachen. Sind es zwei?«, fügte er sogleich hinzu.

»Es sind drei«, antwortete ich wie der Lehrling seinem Meister.

»Gut«, sagte er. »Drei Sprachen. Ich vermute, die dritte ist das Lateinische?« Ich nickte. Er lächelte. »Gut«, sagte er abermals. »Du bist der Mann, den unser Handel braucht.« Er nahm mich am Arm und zog mich wieder in Richtung auf die anderen zu. »Die Franken sind so lange im Lande, dass wir nicht mehr annehmen können, dass sie jemals wieder ganz in ihre Heimatländer zurückgehen werden. Nicht einmal Salah ad-Dîn hat sie ganz vertreiben können. Und wenn er es nicht konnte, wird es auf dieser Welt keinen Feldherrn mehr geben, der dazu befähigt wäre. Also müssen wir versuchen, mit ihnen auszukommen. Das heißt, wir müssen mit ihnen zusammenarbeiten.« Er beugte sich zu mir und senkte seine Stimme, als sei dies im Kreise der Anwesenden nötig. »Natürlich werden wir dies der Synagoge ebenso wenig sagen wie unseren Brüdern im Glauben, die sich ereifern, wo immer sie können, und doch dabei nur ihren eigenen Vorteil sehen.« Er richtete sich auf, streckte die Brust weit vor und sprach mit starker Stimme und im Ton vollständiger Überzeugung: »Du sollst von heute an mein Sohn sein, der du der Mann meiner Tochter bist. Mein Haus ist dein Haus. Wer deine Seele beschwert, beschwert auch meine – und wer dir Freude bereitet, bereitet sie auch mir.« Mit diesen Worten wandte er sich Samira zu und küsste sie auf die Stirn. Und mir wurde bewusst, dass er mir wohl ein Angebot unterbreitet, mich aber keineswegs nach meiner Antwort gefragt hatte. Ich hatte meine erste Lektion im Handeln des großen Bazari Yakub Ben Noah gelernt, des begnadetsten Händlers und Fädenziehers seiner Zeit.

Der Weg führte mich ans Licht

DER WEG FÜHRTE MICH ANS LICHT in mehr als einem Sinne. Nach langer Wanderschaft wurde mir klar, dass ich mich im Inneren der Festungsmauer des Damaszener Palastes befand. So mancher der Lichteinlässe wurde von den Soldaten für die schnelle Erledigung dringender menschlicher Bedürfnisse benutzt. So säumten stinkende Pfützen meinen Weg durch die Innereien des Mauerwerks. Zugleich aber stellte ich fasziniert fest, dass an den unterschiedlichsten Stellen, wohl verursacht durch schmale Schächte, die zur Kühlung des Palasts heftige Luftströme seitlich durch den Stein lenkten, auf unsichtbare, aber deutlich hörbare Weise das Leben der Bewohner zu mir drang: Gespräche, Lieder, das gedämpfte Weinen einer Frau oder eines Kindes waren zu hören. Je mehr auf diese geheimnisvolle Weise zu mir getragen wurde, umso langsamer wurde mein Schritt. Die Neugier ließ mich die Vorsicht vergessen, bis ich erkannte, dass ich damit genau das tat, was mir Shirin prophezeit hatte – ich drang in die verborgenen Bereiche anderer Menschen ein und setzte mich großer Gefahr aus, in diesem Fall der Gefahr, entdeckt zu werden, obwohl ich es für unwahrscheinlich hielt, dass die normale Palastwache diesen geheimen Weg kannte. Vielleicht war er überhaupt nur dem Sultan und einem oder zweien seiner engsten Vertrauten bekannt, von Shirin abgesehen, die ihn zufällig entdeckt haben mochte. Andererseits, vielleicht war er gerade dem Sultan nicht bekannt… Ich beschloss, dies mit Saadi zu besprechen, wenn es mir mit Gottes Hilfe gelingen sollte, diese Katakomben heil zu verlassen.

Es war eine etwas größere Öffnung zur Seite hin, die mir das Entkommen ermöglichte. Zunächst sah der Schacht für mich aus wie einer jener Windkanäle, nur etwas breiter und nah über dem Boden. Doch dann fiel mir auf, dass die Geräusche, die auf diesem Wege in die Mauern drangen, um ein Vielfaches lauter waren und auch vielfältiger klangen. Es war kein Gespräch zwischen zwei oder drei Menschen, es waren nicht die sachten und verstreuten Geräusche privaten Lebens, sondern eine Wolke aus Klängen, die sich den Weg in die Palastmauern bahnte, ungeformt und vielschichtig. So widerstand ich der Versuchung nicht und ging dem Lärm nach, der sich schon nach wenigen Schritten mit Licht vermischte, das durch ein Gitter von oben herabfiel. Einige unbehauene Steine bildeten eine scheinbar natürliche Treppe dorthin, so dass ich wenige Augenblicke später sehen konnte, welcher Art das Leben war, das sich an dieser Stelle der Palastmauern Gehör verschaffte: Ich fand mich unterhalb des *Suqs* der Gewürzhändler, was mir sogleich klar wurde, als ich seitlich des Gitters eine Anzahl von Säcken stehen sah, denen ein intensiver Geruch entströmte. Offenbar befand ich mich nahe einem Eingang dieses Bazars, denn das Licht blendete mich geradezu.

Wie ich feststellte, war das Gitter von innen verriegelt, und zwar dergestalt, dass es von außen nicht möglich war, den Riegel zu finden. Von innen dagegen ließ es sich mit großer Leichtigkeit öffnen. Kaum zwei Atemzüge später stand ich im Freien, halb verdeckt von einem großen Stapel Waren.

Je näher ich ihr war

Je näher ich ihr war, umso schwieriger erwies es sich, zu ihr zu gelangen. In der ersten Zeit war mein Verlangen nach ihr so groß, dass ich fieberte, sobald ich einen halben Tag nicht das Lager mit ihr geteilt hatte. Dies aber war meist der Fall. Denn schon früh am Morgen erwartete Ben Noah unser aller Anwesenheit im Geschäft. Samira blieb, wie es sich für eine frisch verheiratete Frau gehörte, zu Hause, womit nicht unser schmales Häuschen gemeint war, das sich an den kargen, aber großen Bau Ben Noahs anlehnte, sondern das Haus ihrer Eltern, wo sie gemeinsam mit den anderen Frauen der Familie die Dinge der Familie besorgte. Wie selbstverständlich war sie am Morgen nach unserer ersten gemeinsamen Nacht unter der Decke hervorgeschlüpft, hatte sich ihren Umhang übergeworfen und war zum Brunnen gehuscht, wo sich die Frauen wuschen, während die Männer, Moslems gleich, die Badehäuser aufzusuchen pflegten, wenn auch nur die wenigen jüdischen.

Ben Noah forderte seine Söhne in hohem Maße und er tat dasselbe mit mir. In der Zeit, in der die meisten Moslems noch mit ihrem Gebet beschäftigt waren, öffneten wir das Geschäft, ordneten die Waren an, luden frische Waren von den Tieren, die beauftragte Händler und Mitarbeiter des Hauses Ben Noah von den Karawansereien, von Lagerhäusern und anderen Orten herbeiführten. Sodann begann die Zeit früher Botendienste, denn Ben Noahs Geschäft florierte vor allem, weil er alles wichtige Wissen in ständiger Bewegung hielt. Befand sich mein

Schwiegervater nicht an seinem Stand, was meist der Fall war, so ließ er keine Stunde, wenn er aber auf Reisen war, keinen Tag vergehen, ohne nicht die wichtigsten Vorkommnisse und Einschätzungen auszutauschen. Es kam sogar vor, dass die Söhne, die sich im Bazar befanden, ein bestimmtes Geschäft nicht abschlossen, ohne dass Ben Noah seinen Segen durch einen Boten kundgetan hatte. Wann immer er im Laden auftauchte, nahmen ihn seine Söhne in ihre Mitte, um seine Meinung zu bestimmten Dingen zu hören. Befand sich Ben Noah auf Reisen, so führte Saul Ben Yakub, sein Ältester, die Geschäfte. Ben Noah hatte mich nie nach meinem Alter gefragt. So war uns beiden die Peinlichkeit erspart geblieben, darüber nachzudenken, ob ich nach den Gepflogenheiten ersatzweise das Familienoberhaupt hätte sein müssen. Aber vielleicht wäre das auch gar nicht den Gepflogenheiten entsprechend gewesen, war ich doch nicht sein leiblicher Sohn, sondern lediglich der Ehemann seiner Tochter, die ja ihrerseits nicht seine leibliche war.

Selten kam sie, doch manchmal sandte mir der Himmel das Geschöpf, das ich von allen auf Erden am meisten bewunderte, in Begleitung einer oder zweier Frauen der Familie, von denen ich mir nie ganz klar war, ob ich sie alle kannte. Es schien mir, dass Frauen, sobald sie den Bund der Ehe eingegangen waren, eher noch weniger Freiheit genossen als vor der Ehe, was ich widersinnig fand. Doch mit solcherlei Tradition hatte ich schon bald gelernt zu leben, musste ich doch immer und immer wieder feststellen, dass sie entweder den Bräuchen in meiner Heimat auf merkwürdige Weise sehr ähnlich oder aber für mich überhaupt nicht zu verstehen war. Wann immer aber Samira ihren Fuß in den Bazar setzte, begann die Luft für mich zu singen. Ich saß im hinteren Teil des Ladens und wusste doch, dass sie da war, noch ehe sie unser Geschäft erreicht hatte. Das Licht veränderte sich. Es war wie in der Wüste, wenn die Augen plötzlich an einen Punkt gelangen, wo sie gegen den immer während reizenden Sand unempfindlich werden und mit einem Mal alles wieder ganz klar erkennen können. Mein Fieber stieg dann nur noch mehr an und es konnte erst wieder gelöscht werden, wenn sie nächtens zu mir unter das Laken schlüpfte, das unsere Lust verdeckte.

An besonders heißen Tagen schlief die gesamte Familie im Freien. Ben Noah hatte zu diesem Zweck zum Garten hin eine Terrasse bauen lassen, die sich wohl behütet unter Dattelpalmen erstreckte. Samira und ich blieben in unserem Haus. Aber wir hörten die Jüngeren kichern und scherzen, was Samira überraschenderweise gar nicht peinlich war. So wie sie sich auch stets sehr unbefangen in der Gegenwart von Männern bewegte, auch von solchen, die nicht zur Familie gehörten. Gewiss war sie nicht schamlos, doch sie hatte nicht diese Scheu an sich, die ich an vielen Frauen der arabischen Lande beobachtet habe. Vielleicht lag das an ihrer Herkunft, die keiner kannte.

Samira hatte unter ihren Kleidern eine sehr helle Haut, wenngleich ihr Haar dunkel war. Kleine Flecken zierten die lieblichsten Stellen und ich konnte Stunden damit zubringen, sie zu studieren, wenn sie lächelnd ihren Kopf auf meine Brust drückte und der Mond mir das nötige Licht schenkte. Sie war es gewesen, die unser Lager so zum Fenster gestellt hatte, dass das Gestirn der Nacht geradewegs auf uns herableuchtete. Sosehr ich das genoss, so überrascht war ich doch, als ich bemerkte, dass ich bei hellem Mond keinen Schlaf finden konnte. Also begann ich manche Nacht wach zuzubringen und den Geräuschen des Hauses und der Straße zu lauschen.

Eines Nachts begegnete ich draußen Ben Noah, der hinter einem Baum hervortrat, wo ihn wohl die Plagen der alten Männer hingetrieben hatten. Er schien mich nicht zu bemerken und schritt auf die Tür seines Hauses zu, doch blieb er plötzlich stehen, drehte sich um und kam auf mich zu. Ohne etwas zu sagen, nahm er mich am Arm und zog mich ein Stück zur Seite, wo er sich setzte und mir bedeutete, mich ebenfalls niederzulassen. »Ich habe Sorgen«, fing er unvermittelt an. »Es geht um unser Geschäft.«

Das erstaunte mich, denn wenn ich allabendlich einen Eindruck als Gewissheit vom Bazar mit nach Hause nahm, so war es der, dass die Geschäfte des Hauses Ben Noah glänzend liefen. Umso gespannter lauschte ich den Worten meines Schwiegervaters, der plötzlich alt und verzagt wirkte. Natürlich spürte er meinen Unglauben. »Lass es mich dir so erklären«, sprach er also und blickte zum Sternenhimmel auf, als ob er dort lesen könnte, was er mir erzählen sollte. »In der kleinen Stadt Kadesh, einer Oase in karger Gegend, lebten einmal zwei Brüder, die beide klug und eifrig waren. Sie waren Zwillinge. Niemand vermochte zu sagen, welcher von ihnen der Ältere und welcher der Jüngere war. Was soll ich sagen, es kam, wie es kommen musste: Als der Vater der beiden starb, gingen die beiden zum Rabbi, um ihn zu fragen, wer von ihnen der rechtmäßige Erbe sein solle. Der Rabbi, kein dummer Mann, sagte, da man nicht wisse, wer von ihnen der Ältere sei, sollten sie das Erbe teilen. Sie gingen also nach Hause, um das Erbe zu teilen. Doch wieder standen sie vor einem Problem. Es musste herausgefunden werden, wem welche Dinge aus dem Erbe zustanden. Also gingen sie erneut zum Rabbi und fragten ihn. Da sagte der Rabbi, sie sollten nach Hause gehen und in der Mitte des Hauses eine Linie auf den Boden malen. Ein jeder von ihnen solle sodann eine Ziege in das Haus führen und ein jeder nehme diejenige Seite des Hauses, auf die seine Ziege läuft.« Ben Noah blickte mich aus den Augenwinkeln an und lächelte. »Du ahnst, was kommt?«, fragte er verschmitzt. Ich schüttelte den Kopf. Ich war diese jüdischen Geschichten inzwischen gewöhnt – es kam immer anders, als ich dachte. »Was soll ich sagen, die beiden taten, was der Rabbi bestimmt hatte. Und beide Ziegen stellten sich auf dieselbe Seite. Da machte der gewitztere der beiden Brüder einen Vorschlag. ›Lass uns‹, sagte er zu seinem Bruder, ›unsere Mutter rufen. Wenn sie hereinkommt, muss sie entscheiden, zu wem von uns sie zuerst geht. Der soll das ganze Haus bekommen.‹ Weil der andere Bruder keinen besseren Vorschlag hatte, riefen sie also gemeinsam die Mutter aus vollster Brust.«

»Was aber tat die Mutter?«, fragte ich.

»Sie kam, sah die beiden, wusste augenblicklich, was die beiden Söhne wollten, drehte sich um und ging für immer fort.«

Ich dachte eine Weile nach. Dann versuchte ich, Ben Noahs Ton zu treffen und meinte: »Die Geschichte hätte auch anders ausgehen können.« Und auf seinen fragenden Blick: »Die Mutter kommt also. Sie sieht die beiden und ahnt, was sie wollen. Da bleibt sie stehen und rührt sich nicht. Was soll ich sagen –

die Ziegen laufen zur Mutter. Und die beiden Söhne müssen ihr das Erbe überlassen!«

Ben Noah lachte laut auf: »Ha, an dir ist ein Jude verloren gegangen! Das muss ich meinen Freunden erzählen. Aber du hast Recht.« Er überlegte einen Augenblick und stand dann auf: »Die Geschichte, so wie du sie erzählst, lehrt: Man muss sich vor allem selbst treu bleiben. Dann kann man alles erlangen. Genau so werden wir verfahren.«

Der Prophet, er sei gepriesen

»Der Prophet, er sei gepriesen alle Zeit, mahnte uns zur Einheit im Glauben. Es gibt nur einen Gott und Mohammed ist sein Prophet. Deshalb dürfen die Muslime in der Welt auch nur mit einer Stimme sprechen. Die Einheit im Glauben spiegelt sich in der Einheit der Zunge wider.« Wie zum Beweis schnellte Ibn Mozaffars Zunge zwischen den morschen Zähnen hervor und fuhr über die Lippen, die er sogleich schürzte, um voll Begeisterung weiterzusprechen: »Al-Nizir ist ein kluger Herrscher. Er stützt Al-Kamil, dem Allah seine Gunst schenken möge, wo immer er kann. Er weiß, dass wir keinen Keil zwischen Kairo und Damaskus treiben lassen dürfen, obwohl die Franken das immer wieder versuchen – und leider auch ein kleiner Haufen von Schlangen in unserem eigenen Hort.« Einen Moment hielt er inne und beobachtete mich aus den Augenwinkeln, um zu prüfen, ob ich das als persönlichen Angriff auffassen könnte. Doch ich hatte beschlossen, was immer er mir sagen würde, ohne ein Zeichen von Anteilnahme zu hören, es mir gut zu merken, um es dann mit Saadi zu besprechen. Denn dass Ibn Mozaffar sich mit mir vertraulich unterhalten wollte, war mir sogleich eigenartig erschienen, konnte es doch letztlich nur heißen, dass er gerade nicht wollte, dass ich es meinem Freund erzählte. Hatte er meine Gedanken geahnt? »Gewiss müsst Ihr nicht fürchten, dass ich Euch verdächtige oder Euren Freund Ibn Mosleh, den der ganze Hof über alle Maßen verehrt. Dennoch darf ein Wort, das im Vertrauen dargebracht wurde, nicht über andere Lippen gehen. Deshalb muss ich Euch bitten, auch unseren großen Ibn Mosleh, dem der Allmächtige ewige Gunst schenken möge, nicht von unserem Gespräch zu unterrichten.« Ibn Mozaffar räusperte sich und knackte einen weiteren Melonenkern mit seinen Zähnen, die aussahen, als hätte er ein Mahl aus Kohlen verspeist. Sorgsam senkte er seine Stimme, bis das Ächzen seiner Lunge fast lauter klang als die Worte, die er mir mit fauligem Atem ins Ohr hauchte: »Der Herrscher ist in Gefahr. Falsche Freunde versuchen, ihn in Kairo um seinen aufrechten Ruf zu bringen. Er soll als Gegner des Abkommens mit den Franken hingestellt werden. Einige einflussreiche Scheichs, die sich vom Sturz Al-Nizirs noch größere Macht versprechen, haben sich gegen ihn verschworen. Wir konnten zwar einige Getreue unter sie bringen, doch ist unser Botschafter bei einem Sturz vom Pferd ums Leben gekommen. So bringt ein unglückliches Schicksal eines Untergebenen plötzlich den Herrscher persönlich in Gefahr.« Zum Zeichen, dass er es selbst kaum glauben konnte, schüttelte er den Kopf. Er war bei den letzten Worten etwas lauter geworden, ging aber nun wieder in ein kaum vernehmbares Raunen über: »Wie man annehmen kann, befinden sich die Hintermänner der Verschwörung im christlichen Viertel, wo sie sich sicher wähnen.« Ibn Mozaffar streckte mir eine Hand voll Melonenkerne hin. Seine Hände waren trocken, ihre Haut wie ein *Wadi*, rissig und bleich. Ich nahm einige wenige Kerne, gerade genug, um nicht unhöflich, sondern nur bescheiden zu erscheinen. Doch die Gestalt des Wazirs wirkte auf mich so abstoßend, dass ich es kaum über mich brachte, etwas zu essen, was er vorher in der Hand gehalten hatte. »Was aber«, sagte ich, »kann ich in dieser Sache für Euch tun?«

Mit einem strahlenden Lächeln, soweit sein Lächeln zu strahlen eben im Stande war, hob er die Hände, beglückt, dass ich nun auf die Frage der Fragen gekommen war und ihm endlich Gelegenheit gab, nach langer Vorrede den eigentlichen Grund dieser, wie mir schien, durchaus ebenfalls verschwörerisch zu nennenden Unterredung zu offenbaren. Er lehnte sich mit ausladenden Bewegungen zurück, um sich aber sogleich noch näher zu mir herüberzubeugen und mir geradezu auf die

Lippen zu hauchen: »Ihr müsst mein Kontaktmann sein.« Und wie um jeden Einwand abzuwehren hob er die Hand und fügte hinzu: »Um des wahren Glaubens willen, auch wenn Ihr ihn nicht teilt, und um des Friedens willen, um des Lebens Tausender von Moslems und Tausender von Christen willen, die sonst im Blut ertrinken werden, bitte ich Euch, nehmt diese Aufgabe an und dankt Eurem Gönner, der Euch die Pforten dieses Palastes geöffnet hat und Euch Zutritt gewährte zu den Sälen der Macht. Dankt ihm, indem Ihr den Dolch von seinem Rücken fern haltet. In Eurer Hand liegt das Schicksal des Sultans von Damaskus. Euch hat Allah zu uns gesandt, auf dass Ihr der Schild der gerechten Herrschaft werdet!«

Wie schwer fielen mir all diese wortreichen Wendungen, schwerer noch zu unterscheiden, was von alledem allein Schmuck der Sprache und was edler Ausdruck wahrhaftiger Gedanken war. Hilflos kam ich mir vor mit meinen geringen Möglichkeiten, diese fremden Ausdrücke zu halbwegs klugen Sätzen zu formen, töricht erschien mir jeder Satz, törichter noch meine vage Frage: »Wie kommt Ihr auf mich? Sind nicht Hunderte oder Tausende Männer um Euch besser für diese Aufgabe geeignet als ich?«

»Es ist kein Zufall, dass Euch der Weg in die Zitadelle des Sultans von Damaskus geführt hat«, entgegnete Ibn Mozaffar, der diese Frage erwartet hatte. »Die Wege des Allmächtigen sind das Schicksal der Menschen. Wir unterwerfen uns Seiner Weisheit, der die Geschicke der Welt lenkt. Gibt Er uns aber einen Fingerzeig über die Ziele Seines Willens, so ist es unsere Aufgabe, das Schicksal zu verwirklichen.«

Halb aus Verwirrung, halb aber auch, weil ich belustigt war über diese offensichtlich sehr kuriose Darstellung des rechten Weges des Gläubigen, konnte ich seinem nach Zustimmung heischenden Blick lediglich mit einem schiefen Lächeln begegnen, um nach einem Wimpernschlag nachzuschicken: »Was aber soll ich tun?«

Er holte Luft, als hätten sich endlich Berge von seiner Brust erhoben, und breitete die Arme aus: »Begebt Euch«, sprach er mit fester Stimme, »an den Ort, an dem die Botschaften über das Verbrechen weitergeleitet werden. Man wird Euch dort für einen Anhänger der Verschwörer halten, da Ihr Christ seid – und natürlich weil wir Euch genau erklären werden, wie Ihr Euch zu verhalten habt. Sobald uns aber bekannt ist, wann und wie die Verschwörer unserem Herrscher, sein Glanz und seine Pracht mögen ewig währen, ans Leben gehen wollen, werden wir das zu verhindern wissen. Ihr aber habt den Frieden gerettet, viele Eurer Brüder im Glauben und womöglich sogar noch Euer so genanntes Königreich Jerusalem – so dürftig es auch nur noch ist.«

Ibn Mozaffar legte mir mit väterlichem Blick die Hand auf den Arm. Nun war ich sein. Sein Lächeln hatte nichts Werbendes mehr, sondern sollte gütig scheinen und bedeutete zugleich eine Art von Stolz, wie sie der Vater für seinen Sohn empfindet, vielleicht auch der Pate für den Täufling, dem er die Aufnahme in den Kreis der Zusammengehörigen eröffnet hatte. »Ihr kennt den *Bâb Touma?*«

Es scheint des Nachts

»Es scheint des Nachts Euch stets nach draußen zu treiben, Abu Jân.« Die liebliche Stimme Zahras schmeichelte meinem Ohr.

»Vielleicht habe ich mich daran gewöhnt«, entgegnete ich und versuchte, meinen Worten einen geheimnisvollen Klang zu geben. Es war mir lieb geworden, dass mich die Tochter meines alten Freundes fragte und ich ein wenig meines Lebens vor ihr offenbaren konnte. Nicht nur erfüllte mich dabei gelegentlich der Stolz des Mannes, der sich seiner Taten brüstete, auch führte es dazu, dass ich in meiner Seele ein wenig aufräumte. Wenn ich etwas von meinen Erlebnissen erzählte, fühlte ich mich hinterher geordneter, mehr mit mir selbst im Reinen.

»So erlaubt mir die Frage, wie Ihr dazu kamt, Euch an wache Nächte zu gewöhnen.« Sie kicherte leicht. »Da Ihr doch noch jung seid.«

Wie wunderlich mir diese zarte Frau erschien in ihrer Mischung aus Leichtigkeit und dem Mut der Frechheit. Unerhört, ja kaum glaublich war es, solches aus dem Munde einer jungen Moslemin zu hören, und dies nächtens allein in einem unbewachten Garten. Ich aber wagte mein Glück und griff sie leicht am Arm und leitete sie ein Stück neben mir her, da wir dem Fenster allzu nahe waren, hinter dem ich den schreibenden Saadi vermutete und auch in anderen Nächten schon gesehen hatte. »Nun, wenn Ihr darauf besteht, so will ich Euch die in vielerlei Hinsicht dunkelsten Stunden berichten, die ich in den letzten Jahren erlebt habe.«

Ein leises »Oh« erstarb auf ihren weichen Lippen. Wie schön sie war.

»Ich hatte Bagdad gerade verlassen, als die Tataren über die Stadt herfielen. Mit Glück konnte ich entkommen und einen Jungen mitnehmen, der in dem Gemetzel seine Familie verloren hatte. Doch der Weg von der Stadt des Kalifen nach Süden ist gefährlich in diesen Zeiten, sehr gefährlich sogar. Der Khan hatte sich geschworen, alles Leben in den Mauern Bagdads auszulöschen. Seine Krieger wüteten weit darüber hinaus. Keine Hütte, keine Brücke, kein Brunnen ist von ihrer Wut verschont geblieben.«

Ein kleines Dorf jedoch war verschont worden, weil es hinter einem mächtig aufragenden Felsen verborgen nahe am Ufer des Tigris lag, dort, wo der Fluss seine letzte große Schleife macht, jenseits von al-Aziziya, ehe sich sein Lauf für einige Zeit von dem der alten Karawanenstraße in den Süden trennt. Hierher waren wir beim Anbruch des vierten Tages gelangt. Üblicherweise war dies von Bagdad aus die Strecke eines guten Tages. Doch wer den Weg nächtens geht, kommt nur allzu langsam voran, zumal die Gegend vom steten Wechsel sumpfiger und steiniger Böden geprägt ist. So plötzlich, dass wir beinahe erschraken, war vor uns die Ortschaft aus dem Nichts gewachsen, ärmliche Hütten und eine stolze kleine Moschee. Wir hatten uns langsam genähert. Es war nicht zu erwarten, dass sich Mongolen in den Häusern befanden, denn die Nomaden lebten lieber unter dem Himmelszelt als unter einem gezimmerten Dach. Doch nach allem Grauen, das wir in Bagdad und in den südlichen Dörfern gesehen hatten, schien uns Vorsicht vernünftig.

Ich setzte mich mit Zahra unter einen alten Maulbeerbaum, so nahe, dass ich ihren Atem spüren konnte. »In einem kleinen Fischerdorf, das fast verlassen war, trafen wir auf zwei alte Männer, Brüder. Sie nahmen uns herzlich auf und bewirteten uns für einige Stunden. Hier konnte ich Abdallahs Wunde waschen und mit sauberen Tüchern verbinden.« Zahra blickte mich fragend an. »Ja«, sagte ich, »der Junge war verletzt worden. Sein Bein war von einem Pfeil durchbohrt. Inzwischen eiterte die Verletzung. Doch Abdallah war tapfer. Vielleicht weil er wusste, dass er sich nie mehr in die Arme seiner Mutter würde flüchten können und dass er nun allein auf der Welt war.« Ich sah sein Gesicht vor mir. Ich kannte es nur mit weit aufgerissenen Augen. Hatte er immer so geblickt? Nach dem vierten Tag, an dem wir ohne etwas zu essen schwere nächtliche Märsche hinter uns hatten, sah er schmal aus. Seine Wangen waren grau und eingefallen. Das war keine Reise für ein halbes Kind. Doch es war besser als zu sterben. Wir waren auf der Flucht gewesen. »Die beiden schenkten uns zum Abschied ein Boot, denn es waren Fischer. ›Wir sind zu alt. Ihr könnt es besser brauchen‹, sagten sie, stets wie aus einem Mund. Und wir nahmen das Boot und machten uns schon in der nächsten Nacht auf den Weg den Fluss hinab. Von nun an kamen wir viel schneller vorwärts. Der Strom zog uns mit sich, so dass wir mit wenig Kraft große Strecken zurücklegten. Da wir nachts fuhren, liefen wir keine Gefahr, von Tataren entdeckt und mit ihren Pfeilen beschossen zu werden. Auch begegneten wir sonst niemandem, der uns hätte feindlich gesonnen sein können. Allein die Klippen, die an manchen Stellen ins Wasser ragten, und die Schnellen, die plötzlich auftauchten und das Boot fast in die Tiefe rissen, bescherten uns ständige Angst. Nur der Hunger war nicht mehr unser Gast, da die beiden Alten uns zuletzt mit einem Beutel mit Ziegenkäse und süßen Datteln ausgestattet hatten. ›Du kannst das Leben nie mit einem Hadsch beschließen‹, hatte der Ältere der beiden gesagt. ›Doch du kannst es immer mit dem *Zakat* beschließen.‹«

Zahra nickte in Gedanken, als sie dies hörte. »Wie wahr«, murmelte sie. »Spende den Bedürftigen, denn deine Seele bedarf der Almosen.« Eine Redewendung, die ich schon in Damaskus von Saadi gehört hatte.

»Bei Qal'at Umayya jedoch, es war am Ende der zweiten Nacht, ragte plötzlich vor uns ein gewaltiges Hindernis auf«, fuhr ich fort mit meiner Erzählung. »Ein großes Schiff lag am Ufer des Tigris, nein, es lag nicht am Ufer, es hing an einem Felsvorsprung fest, verkantet zwischen Steinblöcken einer zerstörten Brücke, vor allem aber schwer beschädigt, was wir erst bemerkten, als wir uns anschickten, an Bord zu gehen.

Schon aus einiger Entfernung hatten wir Licht gesehen und waren nur mehr langsam und vorsichtig näher gekommen. Nun stellten wir fest, dass auf dem prächtigen Schiff, das einem Sultan zur Ehre gereicht hätte, ein Fest gefeiert wurde. Unter Deck wurde musiziert und getanzt, pralle Weinschläuche machten die Runde und füllten goldene Pokale, Mann und Weib lagen beieinander wie in den wildesten Erzählungen.«

Gedenkst du noch manchmal

»GEDENKST DU NOCH MANCHMAL unseres Wiedersehens in Jerusalem?«, fragte ich Saadi an einem milden Abend auf dem Platz, an dem wir uns gelegentlich zu einer Schale Kaffee niederließen und dem Treiben des Volks zusahen.

»Die Entfernte!«, murmelte er und wiederholte: »Die Entfernte.« So, als sei sie gerade unendlich weit von ihm entfernt. Dabei war ich sicher, dass er die Zeit meinte, nicht den Ort, auch wenn in diesen Jahren eine Reise von Schirâz nach Jerusalem, wenn es nicht mit einer Handelskarawane war, so gefährlich war wie ein Spaziergang zwischen Wölfen. »Natürlich erinnere ich mich«, sann er weiter. »Du kamst barfuß durch die Pforte der *Qubbet as-Sakhra*.«

»Wie es sich gehört.«

»Wie es sich gehört. Und du gingst auf mich zu, als hättest du mich bereits von draußen erblickt.«

»Das, mein lieber Saadi, kannst du nicht wissen«, widersprach ich. »Denn du knietest mit dem Rücken zu mir und warst in dein Gebet vertieft. Du konntest mich nicht eintreten sehen.«

»Ich habe es gemerkt. Der Raum hatte sich verändert. Wenn man mit einem Menschen mehrere Monate in einem dunklen Kerker zubringt, nicht fähig, den anderen zu sehen, weil alles in Finsternis getaucht ist, dann lernt man ihn spüren.«

Ja, auch ich hatte ihn gespürt an diesem Tag. Ich hatte gespürt, dass der Felsendom mich heute anders erwartete. Dieses mächtige Gebäude in seiner ewigen Wohlform hatte nach mir gerufen. Nicht, dass es ungewöhnlich für mich gewesen wäre, dorthin zu gehen. Der Felsendom war Gläubigen aller Religionen zugänglich. Er stellte eine so große Pracht unter den Heiligtümern dieser Welt dar, dass ich mir zur Ehre Gottes nur wünschen konnte, möglichst viele Menschen mochten Seiner in diesen gesegneten Sälen gedenken und die Schönheit der Schöpfung in sich aufnehmen. Um genau zu sein, hatte mich mein Weg bisweilen öfter zum Felsendom geführt als zur Kirche vom Heiligen Grab, wo ich mich bei aller Ehrfurcht nie gern aufgehalten hatte. Zu sehr war mir dieser Ort vereinnahmt von den verschiedenen Orden, die ihn für sich beanspruchten und sich allenthalben deshalb stritten, wo doch Golgatha niemals mit Menschenmaß hätte gemessen werden dürfen.

An diesem Tag im Frühling im Jahr des Herrn 1231 war mir alles leicht gewesen. Ich hatte mich schon früh zum Bazar begeben, wo ich als Übersetzer für einige Händler arbeitete und gelegentlich auch auf eigene Rechnung handelte. Die Sonne hatte sich hinter einigen hellen Wolken verborgen, ohne dass es diesig und schwül gewesen wäre. Sogar die Muezzins hatten schöner gesungen als üblich, wie mir schien. Vielleicht war es auch nur der Umstand, dass ich erstmals seit meiner Ankunft in der Heiligen Stadt das Gefühl gehabt hatte, mit meinem Leben im Einklang zu sein. Ich war nicht absichtlich zum Felsendom gegangen. Aber als ich mich plötzlich in seiner Nähe wieder fand, waren es nur noch wenige Schritte gewesen. So hatte ich mich also nach Sitte der Moslems gewaschen und meine Schuhe zur Seite gestellt und war eingetreten in die glänzende Halle zu Allahs Ruhm.

»Ich habe dich damals an deiner Haltung erkannt, Mosleh ad-Dîn«, sagte ich und winkte einem Diener, mir Kaffee nachzuschenken, was sogleich geschah.

»Und ich habe dich an deinem Atem erkannt.« Es bereitete meinem alten Freund sichtliches Vergnügen, zu triumphieren.

»Ich weiß«, sagte ich deshalb, um ihn zu verblüffen. Tatsächlich gelang dieser kleine Scherz und Saadi sah mich verblüfft an. »Das wusstest du?«

»Nein«, lächelte ich milde. »Ich wusste es natürlich nicht.« Wir lachten. Doch dieses Lachen verfloss in leiser Trauer. Denn diese Begegnung hatte letztlich auch zu unserem jahrelangen Bruch geführt. Wir hatten ein halbes Menschenleben an Freundschaft versäumt, vielleicht weil ich damals in einem großen Missverständnis lebte, als ich barfuß und in muselmanischer Manier die Gotteshäuser des Islam betrat, ohne doch ein Bruder im Glauben zu sein.

»Es war ein Fehler«, sagte ich zu Saadi.

»Ja, es war ein Fehler.«

»Ich hätte es gleich erkennen müssen.«

»Du hättest es unmöglich erkennen können.«

»Vielleicht.«

Stattdessen waren wir in einen wahren Wiedersehenstaumel verfallen. In Tagen erzählten wir uns die Begebenheiten von Jahren, Städte und Länder, Menschen und Legenden bevölkerten unsere Rede, Gott, tausend Teufel und die ewig verlorene Liebe. Nur die Wunde, die der Tod von Samira und Jean in mir hinterlassen hatte, konnte ich nicht zeigen. Saadi hatte sehr wohl gemerkt, dass es Flecken in meiner Erzählung gab, die eigentümlich blass blieben. Doch war er stets ein gefühlvoller Gesprächspartner, der zu respektieren verstand, wenn sein Gegenüber bestimmte Dinge nicht zu Wort werden lassen wollte. So gingen wohl zwei Wochen dahin, während deren ich mich kaum auf den Bazar begab oder wenn, dann allenfalls, um selbst einzukaufen oder mit Saadi dort herumzuschlendern. Zu dieser Zeit begann ich zum ersten Mal festzustellen, dass ich nun auch in arabischer Sprache dachte. Nicht immer, doch zunehmend und mit interessanten Erkenntnissen. Gelegentlich kam es vor, dass sich in meinem Herzen zwei Gedanken zugleich flochten und dabei eine merkwürdige Gespaltenheit der Überlegung auftrat. Konnte es sein, dass man zu zwei gänzlich verschiedenen Antworten kam, wenn man sich dieselbe Frage in zwei unterschiedlichen Sprachen stellte? – Jedenfalls glaube ich, dass auch dieser Umstand zu meinem großen Fehler führte, der mein Leben schon bald entgegen meinem Willen verändern sollte.

Am Ende dieser zwei Wochen suchte mich Saadi in meiner Kammer auf, die ich, da ich es mir leisten konnte, immer noch in derselben Karawanserei hatte, in der ich bei meiner Ankunft in Jerusalem mein Kamel untergestellt hatte. Er leuchtete vor Glück und murmelte erst einige Formeln des Glaubens, ehe er mit ernster Miene seine Rede hielt:

»Mein guter Freund, Allah ist groß. Er hat den Koran durch den Propheten, ewig sei seine Ehre und sein Lob, zu den Menschen gesandt, wofür wir Ihm auf immer dankbar sein werden. Denn nur durch Seine Güte kann unsere Seele gerettet werden.« Saadi machte eine kleine Pause. Ich kannte diese Reden in etwa. Sie waren stets lang und wanden sich in blumigen Worten dahin. Leider entwanden sie sich damit häufig auch meiner Fähigkeit, ihren Sinn zu begreifen, zumal das Arabisch, in dem die religiösen Pflichten der Moslems dargelegt wurden, nicht genau das war, welches ich täglich auf dem Bazar oder sonst im Gespräch hörte. Doch Mosleh ad-Dîn bemühte sich, seine Rede verständlich zu halten: »Der Rechtgläubige kennt viele Pflichten, die der Prophet uns verkündet hat. Die *Schahada* ist unser Glaubensbekenntnis.« Und Saadi sank auf die Knie, beugte sich nieder und sprach laut und sorgfältig: »*La-ilaha il-lallah Mohammad-an rasu-lal-lah!*« Darauf richtete er sich auf, verharrte aber kniend und legte mir sehr nüchtern dar: »Der Koran lehrt uns zu beten in richtiger Weise, den Bedürftigen den Zakat zu geben, die Almosen, zu fasten – und«, seine Stimme klang plötzlich wie im Triumph der hinreißendsten Rede: »den Hadsch nach Mekka zu unternehmen!«

»Du willst auf Pilgerfahrt gehen?«, fragte ich und konnte an Saadis Miene erkennen, dass er von meinem eher müden Ton enttäuscht war, vielleicht sogar entsetzt.

»Wa Allah, ich werde meine heilige Pflicht erfüllen!«

»Warst du nicht schon öfter auf der Pilgerreise nach Mekka? Ich erinnere mich, dass du mir erzähltest, dass du auf dem Rückweg von dort warst, als dich die Ritter bei Damaskus gefangen nahmen und nach Tripolis verschleppten.«

Die Sonne war versunken in Schirâz. Die Straßen waren lebhaft und bunt. Saadi und ich hingen unseren Gedanken nach. Waren es gute Tage gewesen damals? Oder schlechte? Heute weiß ich, es war wie die Stunde vor dem Gewitter gewesen, als

Saadi mich dem *Sarawan*, dem Führer der Karawane, vorstellte, mit der nun auch ich nach Mekka aufzubrechen gedachte. Er war ein ruhiger, besonnener Mann. Doch seine Stirn lag in Falten, nachdem er Saadi gehört hatte. Er überlegte länger, als es schicklich war, um schließlich zu sagen: »Mosleh ad-Dîn, Ihr seid ein weiser Mann, Allah ist groß und wird Eure Entschlüsse segnen. Ich bin nur ein Karawanenführer und verstehe die Wüste und sonst nichts. Tut, wie Ihr wünscht, Ihr werdet weise handeln.«

Natürlich war dies eine freundliche Ablehnung, doch Saadi nahm die Worte des Mannes, wie sie gesprochen waren, und ich nahm meinen Platz in den Reihen der Reisenden ein.

Sie ist die Entfernte

Sie ist die Entfernte. Nach dem Glauben der Moslems hat sich Mohammed selbst auf seinem Pferd Buraq nach Jerusalem begeben, um vom Heiligen Felsen aus seine Reise gen Himmel anzutreten. »Die Entfernte«, murmelte ich, als ich die Stadt im Dunst des Morgens vor mir liegen sah. Das am weitesten von der Kaaba in Mekka entfernte Heiligtum der Muselmanen. Gleichwohl sah ich die Stadt, von Norden kommend, wie Mohammed ihrer nie ansichtig geworden war. Weit glitten die Hänge dahin, ehe sie sich vor den Toren der Stadt wieder erhoben und den niederen Bauten eine majestätische Gestalt gaben, aus der eine Reihe von Kuppeln herausragten, die das helle Licht des Morgens widerspiegelten.

Konnte es wirklich wahr sein, dass es meinem Leben vergönnt war, Jerusalem zu schauen, die Heiligste aller Städte, die älteste Stadt, den Ort, an dem Jesus Christus begraben lag, unser Herr und Gott? Ich konnte nicht denken noch atmen im Angesicht dieser Größe. Vor meinen Augen verschwamm das Bild der einzigartigen Bauwerke. Vor tausendzweihundert Jahren war hier der Heiland zu Grabe getragen worden. Sein Geist schwebte über diesen Hügeln. Ich konnte es spüren, ich konnte es hören! Ich hörte die Engel, die nicht fern von hier vor zwanzig oder dreißig Generationen die Geburt des Messias verkündet hatten. Und dies war der Tag. In der kommenden Nacht würden wir alle dieser Geburt aller Geburten gedenken: am Heiligabend im Jahr des Herrn 1230.

Die Sonne zog mit ungeheurer Geschwindigkeit über das Firmament und ich hatte Mühe, obschon nicht fern von der Stadt, wie mir geschienen hatte, das *Dar al-Amud*, das Tor gen Damaskus, noch vor Mittag zu erreichen. Als sich endlich die mächtigen Mauern vor mir erhoben, riefen einige wenige Muezzins zum Gebet, etwas, womit ich an diesem Ort nicht gerechnet hatte. Doch tatsächlich war Jerusalem nicht im Kampf gefallen, sondern friedlich an die Ritter im Kreuze übergeben worden. Also hatte sich das Blutbad des Jahres 1099 nicht wiederholt, als man die Juden und die Muselmanen in diesen Mauern beinahe ausgerottet hatte. Bis nach Frankreich waren damals die Geschichten vom grausamen Gemetzel gedrungen – mein Urgroßvater, der sehr alt geworden war, hatte sie als Kind noch gehört und sie uns an langen Winterabenden erzählt, worauf wir uns vor Angst und Ekel übergeben hatten, Raimond und ich und unsere kleine Schwester.

Winterabende. Mit einem Mal fiel mir ein, dass es in der fernen Heimat jetzt eisig kalt sein mochte. Die Burg lag vermutlich unter einer dicken Schneedecke, die Kamine qualmten, unter dem Abort hingen gelbe und braune Eiszapfen und Kinder machten sich einen Spaß daraus, mit Steinen nach ihnen zu werfen, dass es nur so spritzte. In den Stuben herrschte ein warmer Geruch nach Milchgebäck und zu selten gewaschener Wäsche und Katzen, die sich lieber nicht draußen herumtrieben. Großväter und Großmütter erzählten ihren Enkeln, wie viel kälter es früher gewesen war und welche merkwürdigen Begebenheiten sich an Weihnachten in ihrer Kindheit zugetragen hatten. Am Abend erhitzten die Mütter Wein und versetzten ihn mit Honig und Kräutern aus den Wäldern, auf dass es ein starkes und wärmendes Getränk würde. Die Kinder würden heimlich versuchen, ihre kleinen Finger hineinzutauchen und abzuschlecken und die Erwachsenen würden so tun, als merkten sie nichts, weil Weihnachten war und weil ein bisschen Wärme den Kleinen auch nicht schaden konnte. In eisigen Kirchen lasen um Mitternacht die Pfarrer die Messe und gefrorene Finger warfen ihre Opfermünzen in die Klingelbeutel, dem Herrn unserm Gott dankend, dass Er auf die Erde niedergekommen war, um uns zu erlösen.

All dies ging mir durch den Kopf, als ich in glühender Mittagshitze am Tag des Heiligen Abends auf einem schwankenden Kamel unter dem Torbogen hindurchritt und in eine Welt eintauchte, die nicht sehr fern derjenigen von Tiberias war, jedoch Welten entfernt von allem, was an diesem Tag in meiner Heimat vor sich gehen mochte. Diesen Weg war auch Christus der Herr gewandelt, dachte ich mir. Sein Fuß hatte diesen Boden berührt, Sein Blick war über diese Mauern geschweift. Er hatte in diesen Mauern gelebt. Was hätte ich darum gegeben, dass meine Mutter mich hier hätte sehen können, mich, Jean d'Eron aus dem Burgund, aufgebrochen vor mehr als drei Jahren in ferne Lande, um sich auf den Weg ins Heilige Land zu machen und der Christenheit dabei zu helfen, diesen Landstrich zurückzuerobern. Inzwischen war Jerusalem wieder im Besitz der Kreuzritter, doch ich war meiner Religion so fern wie noch nie. Ich erkannte immer mehr, wie gleichwertig mir doch die unterschiedlichsten Ansichten erschienen. Der Ruf der Muezzins war mir vertrauter als die Kirchenglocken, von denen nun einige zaghaft schlugen.

Schon vor dem Dar al-Amud wurde ein Markt gehalten, der sich dem Frieden ohne Schlacht verdankte. Hätte es statt eines Vertrages zwischen Friedrich und Al-Kamil einen Sieg gegeben, der die Heilige Stadt in die Hände der Christen gebracht oder aber in denen der Moslems belassen hätte, so wären nun die Tore streng bewacht gewesen und alles Leben hätte sich hinter die Mauern geduckt aus Angst, ein erneuter Streich könnte gegen Jerusalem geführt werden. So aber ritt ich bereits außerhalb der Mauern in der Stadt. Lediglich tauchte ich in tiefes Dunkel ein, als mein Reittier unter dem Torbogen hindurchschwankte. Kamele haben die Eigenart, bei jeder Art von Licht gleich gut zu sehen. Sie sind in der Nacht so sicher im Tritt wie in gleißendem Sonnenschein. Der Wechsel zwischen Licht und Schatten macht allenfalls, dass sie ihren Gang ändern. Doch sie sind so zuverlässig, wie es nur denkbar ist. In Jerusalem allerdings waren die Gassen so schmal und so dicht bevölkert, dass ich dennoch absteigen und das Tier am Zügel führen musste. Unmittelbar hinter dem Tor tat sich ein Bazar auf, der mich an das armenische Viertel von Damaskus erinnerte. Erst nach einer Weile lichtete sich die Gasse und der Himmel wurde wieder sichtbar. Auch wurde der Weg etwas breiter und häufiger ging eine schmale Straße zu einer Seite oder zu beiden Seiten weg. Plätze schien es in dieser Stadt nicht zu geben. Niemals war mir ein Ort so unübersichtlich erschienen. Auch verunsicherte mich das Sprachgewirr. Schon nach wenigen Schritten drang Französisch an mein Ohr. Arabisch herrschte vor, doch auch andere Sprachen, vermischt mit lateinischen Zahlen oder griechischen Begriffen schwirrten durch die Luft. Und nichts, nichts an diesem Tage deutete darauf hin, dass es der Tag des Herrn war. Hatte ich mich im Datum geirrt? War mir auf meiner Reise, war mir durch die Trauer der letzten Wochen der Sinn für die Zeit abhanden gekommen?

Während ich beklommen, befremdet und unsicher durch diese heiligen Straßen schritt, tat sich mit einem Mal zu meiner Linken ein breiterer Weg auf und wie ein Wunder kam über mich der Anblick eines Bauwerkes, so prächtig, wie mir noch nie ein Bauwerk erschienen war. Wie der Himmel wölbte sich über die Dächer der Stadt eine Kuppel, so groß, dass die Sonne darin Platz gefunden hätte. In nie gesehenem Ebenmaß ragte dieses Monument gen Osten auf, am Ende einer großen Treppe von blendendem Weiß. Weiß auch war das Bauwerk, gekrönt von einer tiefschwarzen Kuppel. Ich wusste augenblicklich, dass dies die Grabeskirche sein musste, die *Anastasis*, das Heiligtum der Heiligtümer.

Ich wusste nicht, was tun mit meinem Kamel. Es war mir mit einem Mal lästig. Keine Zeit mehr wollte ich verlieren im Angesicht dieser Steine, die gläubige Christen über Golgatha erbaut hatten, dem Fels, auf dem Christus gekreuzigt worden war. Mich drängte danach, meinen Fuß auf diesen geheiligten Boden zu setzen und mich im Mittelpunkt der Welt zu finden.

Irgendwie gelang es mir, das Tier in einer Karawanserei loszuwerden und mein Bündel dort unterzustellen. Mit fiebernden Schritten lief ich die letzten Augenblicke, bis ich mich demütig vor dem Portal wieder fand. Über der Pforte waren mit verschlungenen Schriftzeichen gezierte Kacheln angebracht, ein ebensolches Band schien das gesamte Gebäude zu umlaufen, das, wie ich nun feststellte, im byzantinischen Stil errichtet worden war und offenbar einen achteckigen Grundriss aufwies, was mich sehr verwirrte. War doch die Acht keine Zahl, der ich eine höhere religiöse Bedeutung beimaß.

Aus Furcht vor diesem Augenblick schlug ich die Hände vor das Gesicht und trat dann in die Ruhe des Inneren. Gemurmel umgab mich sogleich von allen Seiten, und als ich den Blick befreite, erkannte ich Betende zu allen Seiten. In ungeheurer Pracht breiteten sich vor mir Gold und Marmor aus. Jeder Wimpernschlag erblickte mehr Reichtum, als alle Kirchen des Abendlandes zusammen jemals würden vorweisen können. Tausende und Abertausende von kleinsten Mosaiken bedeckten Wände und Decken, hohe, bunte gläserne Fenster füllten den Raum mit dem Licht ungezählter Blumen, Teppiche schmückten den Boden, die einen König hätten vor Neid erblassen lassen, auf Säulen von nie gesehener Majestät stand ein gewaltiger Raum da. Niemals hatte ich dergleichen gesehen. Wahrlich, dieses Denkmal war würdig!

Ohnmächtig, einen Schritt weiterzugehen, sank ich auf die Knie und erging mich in allen Gebeten, die ich in meinem Leben erlernt hatte. Ein jedes sprach ich mehrmals. Wann immer ich mein Auge aufrichtete, stellte ich fest, dass auch die anderen Gläubigen hingesunken waren in Ehrfurcht vor diesem Heiligtum.

Erst nach langem, innigem Gebet wagte ich es, mich aufzurichten und mich weiter hineinzubegeben in die Kirche vom Heiligen Grab, bis ich schließlich vor einem Felsen stand, der, etwas tiefer gelegen, umsäumt war von Lampen, die ihn in ein mildes Licht tauchten, und der von einem hölzernen Schrein umgeben war, der die Gläubigen stützen und wohl auch fern halten sollte. »Golgatha«, murmelte ich. »Golgatha.«

In diesem Moment legte mir ein kleiner Mann die Hand auf die Schulter und sagte mit strenger Stimme: »Ihr habt Euer Schuhwerk nicht ausgezogen.«

Ich war verwirrt, konnte nicht sogleich antworten. Mein Schuhwerk? Wie konnte er glauben, dass ich mir darüber in einem so ergreifenden Augenblick Gedanken machte!

»Es ist die Pflicht der Gläubigen, sich zu waschen und die Schuhe auszuziehen, ehe sie die Moschee betreten.« Er sagte das nicht heftig oder hart, sondern eher wie ein verständiger, aber ernster Vater, der seinem Sohn die Bedeutung seiner Worte nahe bringen wollte.

»Moschee?« Ich sprach, ohne zu überlegen.

»Ihr seid Christ.« Es war keine Frage. Er stellte das fest.

Ich antwortete nicht, sondern blickte mich im Raume um: Tatsächlich fiel mir nun auf, dass die Demut in der Haltung der Betenden nicht irgendeine Demut war, sondern erkennbar diejenige der Söhne Mohammeds. »Dies ist die Kirche vom Heiligen Grab«, sagte ich. »Was haben diese Moslems hier zu suchen.«

»Dies ist die *Qubbet as-Sakhra,* der Felsendom, wie Ihr sie nennt.« Er sah meine Betroffenheit, Benommenheit wäre wohl eine bessere Beschreibung dessen, was mir geschah. Denn ich konnte zunächst gar nichts sagen. Ich blickte ihn nur an und versuchte zu verstehen, was all das bedeutete. Wieder legte er mir die Hand auf die Schulter, doch diesmal in ganz freundschaftlicher Weise. Ich ließ mich von ihm umdrehen und nach draußen geleiten, wo ich nun auch in einer schmalen Nische allerlei Schuhwerk erblickte, das die Gläubigen, die Andersgläubigen offenbar hier zurückgelassen hatten, sowie ein prächtiges Wasserbecken, an dem sich zwei Männer für das Gebet wuschen.

Unter dem Portal blieben wir stehen. Immer noch verständnislos blickte ich dem Mann in die Augen und stammelte: »Aber die Grabeskirche?«

Er lächelte und deutete gerade hinüber über die Dächer der Stadt in Richtung Westen. »Golgatha findet Ihr auf diesem Weg. Schaut nach einem wehrhaften Turm, der wie ein Fels in den Himmel ragt.« Schon im Weggehen setzte er hinzu: »Seid immer willkommen in der *Qubbet as-Sakhra.* Sie ist ein Heiligtum für alle Menschen!«

Ich kannte den Bâb Touma

Ich kannte den *Bâb Touma*, das christliche Viertel von Damaskus, nur vom Hörensagen. Damaskus, so wird häufig behauptet, ist die älteste Stadt der Welt. Man kann es täglich auf allen Straßen hören. Es ist, als sei sie für die Damaszener damit zugleich der Mittelpunkt der Welt. Da es aber Juden und Christen länger gibt als die Diener des Propheten, wunderte es mich nicht, dass es in dieser alten Stadt auch ein jüdisches und ein christliches Viertel gab. Gab es nicht in meiner Heimat auch in jeder größeren Stadt eine Judengasse?

Den Unterschied zwischen den Vierteln mochte ein Damaszener erkennen, vielleicht auch ein anderer Araber – ich tat es nicht. Mir schien nach dem Gewirr des Qaimariyeh-Viertels, wo die hölzernen Balkone beinahe bis zu den Köpfen der unzähligen Passanten reichten und sich ein verschlagener Bewohner eines solchen Balkons häufig genug mit einem einzigen Handgriff aus den turmhoch gepackten Eselsladungen hätte bedienen können, der *Suq* der Tischler und Schreiner kaum weniger überfüllt und unübersichtlich. Die Märkte von Damaskus, die sich beinahe nahtlos aneinander fügten, waren mir ein Wespennest: Egal an welcher Stelle man hineinstach, es drängten ganze Schwärme heraus. Gleich, welchen Weg ich einschlug, um nicht im Gewirr der Menschen völlig meine Orientierung zu verlieren, ich lief geradewegs in eine neue Menge von bunt betuchten Orientalen, Männern mit langen Kaftanen, Frauen mit Schleiern – auch hier, wie ich plötzlich bemerkte, Kinder, die wenig oder gar nicht bekleidet auf den Straßen spielten.

Die Überfülle, die hier allerorten herrschte, spiegelte sich auch in dem Handwerk wider, das auf diesem Markt dargeboten wurde: Der *Suq Hananyieh* im Viertel der Christen war der Bazar feinster Holzarbeiten. Nirgendwo sonst auf meinen Reisen habe ich dergleichen Kunstfertigkeit im Umgang mit Schnitzereien gesehen. Kinder und Greise, Männer mit langen Bärten und kahle, zahnlose Gesellen saßen geneigt hinter ihren Bänken in den Nischen, die zugleich Verkaufsraum waren, und fertigten ihre Werke an: Schatullen, Tischchen, Schemel, Dosen, Schalen, Bänke, ja ganze Türrahmen und die dazugehörigen Türen, über und über reich verziert mit Mustern, deren jedes einer ganzen Kathedrale im fernen Frankreich zur Ehre gereicht hätte. Entsprechend prachtvoll waren die Wände und Pforten der Stände ausgestattet. Bisweilen stellte ich fest, dass mich mein Blick auf diese Arbeiten an einen Ort gebannt hatte, so dass ich mein Ziel vergessen hatte. Dann riss ich mich los und versuchte, mich zu orientieren: Wo befand ich mich jetzt? Wohin musste ich? Welcher Weg würde mich am schnellsten dorthin führen?

Es war mein Auftrag, mich mit den Örtlichkeiten bekannt zu machen. Ibn Mozaffar hatte mir eingeschärft, dass ich nicht umhinkäme, den *Bâb Touma* »zu lernen«, wie er es ausdrückte. »Du musst dich dort zu Hause fühlen«, hatte er mir eingeschärft. »Der Weg zum Haus eurer Treffen muss dir so vertraut sein, dass in der Nacht der Nächte kein Fehler geschehen kann. Sei gewiss, dass das auch in deinem Interesse ist. Denn bist du nicht zur rechten Zeit am rechten Ort, so kann die Palastwache dich nicht als den rechten Mann erkennen. Was dann geschieht, vermag nur Allah zu berechnen.«

Zunächst aber sollte ich den Ort am Tag erkunden. Es war mir unvorstellbar, wie man sich in solcher Gegend bei Nacht zurechtfinden sollte. Gottlob hatte Saadi mir einige wertvolle Hinweise gegeben. *Alhamdullilah*, wie ich bei mir dachte. Natürlich hatte ich Saadi ins Vertrauen gezogen, auch wenn es mir schwer gefallen war, da er wie zufällig nach meinem Gespräch mit Ibn Mozaffar plötzlich nicht mehr allein zu fassen war. Wann immer ich mich ihm näherte, wann immer ich sein Zimmer aufsuchen wollte, wuchsen Diener aus dem Boden, bogen Eunuchen um die Ecke, traten Palastwachen herbei. Erst als Saadi seinen Koran in ein leinenes Tuch schnürte, um endlich wieder zu einer Vorlesung in die Große Moschee zu gehen, konnte ich ein vertrauliches Wort an ihn richten und ihm von meinem Gespräch mit dem Wazir erzählen.

»Behüte dein Geheimnis gut«, sagte er mit langsamen, leisen Worten. »Und lass mich ein wenig darüber nachdenken.«

Saadi sagte dergleichen selten. Ich kann mich nicht erinnern, jemals sonst von ihm gehört zu haben, dass er sich einer Sache erst besinnen müsste.

Dies klang mir im Ohr, als ich nun durch den heißen Nachmittag stolperte, wo eine Gasse wie die andere aussah und Derwisch und Scheich einander abwechselten, als seien sie alle unablässig im Kreis unterwegs, um jeden Augenblick meinen Weg zu kreuzen. »Es ist eine verwirrende Situation«, hatte Saadi später gesagt, als wir im Bad zusammensaßen, wo das Geplätscher aus den anderen Zellen uns davor schützte, gehört zu werden. »Ich musste mich selbst erst ein wenig unterrichten lassen. Dank Allahs großer Güte ist der Vorsteher der Großen Moschee, dessen Klugheit und Weitsicht unvergleichlich sind, ein guter Freund von mir – und außerdem ein gut informierter Mann. Er hat mir geholfen, die Lage zu verstehen.« Genüsslich streckte sich Saadi im kühlen Wasser aus, jede Silbe sehr sorgfältig betonend, auf dass ich alle Einzelheiten aus dem Ränkespiel der morgenländischen Herrscher verstünde: »Al-Nizir, den du kennen gelernt hast, ist Sultan von Damaskus. Er ist Nachfolger von Al-Mu'azzam. Al-Nizir ist erst kurz an der Macht. Er ist jung, aber nicht dumm. Ohne Zweifel ist Al-Nizir nicht glücklich, dass Al-Kamil mit eurem Frankenkaiser Frieden geschlossen und ihm Jerusalem überlassen hat, zumal Jerusalem bis vor kurzem zum Herrschaftsbereich Al-Nizirs gehörte. Doch er ist klug genug, sich gegen diese Übereinkunft nicht aufzulehnen. Die Mehrzahl der Scheichs steht auf der Seite Al-Kamils – zu Recht übrigens, denn er ist ein weiser Mann und ein geschickter Herrscher.

Ibn Mozaffar schmiedet seine eigenen Ränke. Die Familienbande zwischen Al-Kamil und Al-Nizir sind nicht sonderlich ausgeprägt. Ibn Mozaffar rechnet sich aus, dass er an die Macht gelangen könnte, wenn es ihm gelänge, Al-Nizir zu stürzen. Er könnte dann ein höriger Vasall gen Kairo sein, ohne dass Al-Kamils Zugriff auf ihn allzu groß wäre …«

Von der Wirrnis dieser Rede geradezu überwältigt, lachte ich laut auf und rief: »Aber guter Freund! Weiß denn ein jeder an diesem Hof überhaupt noch, was er eigentlich will?«

»Zweifellos«, versetzte Saadi. »Ein jeder will die Macht, sei sie direkt oder von einem anderen abgeleitet. Ein jeder will auf der richtigen Seite stehen und stellt sich deshalb mit einem Bein auf die eine Seite und mit dem anderen auf die andere.«

»Der sicherste Weg zu stolpern …«

»Ein Weg, der von Jahrhunderten vorgezeichnet ist. Die Ahnen unserer Herrscher beschritten ihn, ihre Erben werden ihn zu Ende gehen müssen. Die Macht ist ein Tier, das sich nicht zähmen lässt.«

Wir schwiegen eine Weile. Es war nicht die Zeit, ein Bad zu nehmen, denn es war bereits spät. Also war es still geworden um uns und ich begann zu fürchten, dass den Wänden Ohren wachsen könnten, nun, da keine anderen Geräusche als die unseren mehr zu hören waren. Mit gesenkter Stimme und uns langsam selbst zum Ausgang begebend, sprachen wir weiter. »Al-Kamil hat also mit Friedrich Frieden geschlossen«, resümierte ich. »Al-Nizir ist zwar in seinem Herzen dagegen, begehrt aber nicht auf, weil er den Konflikt mit Al-Kamil vermeiden möchte.«

»Richtig.«

»Ibn Mozaffar will nun Al-Kamil die wahren Ansichten Al-Nizirs hintertragen?«, schloss ich.

»Keineswegs! Du unterschätzt den alten Fuchs. Er wird sich offiziell als den Retter vor den Feinden darstellen. Sein Ziel ist es, Al-Nizirs Stellung zuerst zu schwächen, indem er seine Freunde zu Fall bringt.«

»Und gegen wen richtet sich also dieses Unternehmen?«, fragte ich, ohne es mir auch nur im Geringsten vorstellen zu können.

»Gegen einen Getreuen, der zum Sultan hält, obwohl er seine Ansicht nicht teilt, einen Gelehrten, der sich zu den Geringsten zählt, dem Allahs unendliche Güte jedoch den Ruf eines Großen beschert hat.«

»Wie soll ich, Freund, Euch folgen, wenn Ihr in immer neuen Rätseln sprecht?«

»Das ist kein Rätsel«, lächelte Saadi, während er sich den Turban wand. »Der fragliche Geselle leistet dir Gesellschaft.«

Saadi? Weshalb sollte er bei Hofe diskreditiert werden. Er bekleidete kein Amt, zählte nicht zu den Mächtigen, gab sich bescheiden und pflegte nur dann zu sprechen, wenn er gefragt wurde – was recht häufig geschah. »Warum du?«

»Wa Allah, der Allmächtige hat es so gewollt, dass Al-Nizir mein unbedeutendes Urteil schätzt. Ibn Mozaffar ist das ein Dorn im Auge. Er sieht seinen Einfluss beschädigt, zumal nach dem Spiel der Könige, das du an meiner statt spielen durftest und mit dem alle Welt erkennen konnte, dass auch ich für den Frieden zwischen Moslems und Franken stehe, da ich durch die Güte unseres Herrn dazu beigetragen habe, dass er zustande kam. Ibn Mozaffar will den Frieden nicht. Doch er tut, als wolle er ihn. Ich will den Frieden. Doch seine Spitzel werden dafür sorgen, dass es so aussieht, als wolle ich ihn nicht.«

»Also will«, setzte ich das Gespräch fort, als wir wieder auf der Straße waren, »Ibn Mozaffar dich beseitigen, weil du seinen Einfluss störst. Er bezichtigt dich des Vergehens, das er selbst heimlich betreibt. Und indem er dich deines Einflusses beraubt, kann er die Sache fördern und sich selbst der Macht näher bringen. Was ich aber nicht verstehe«, bohrte ich nach und zog Saadi ein wenig an die Seite, wo uns weniger Volk umgab, »Al-Nizir ist doch selbst gegen diesen Frieden. Bezichtigt nun Ibn Mozaffar dich, dagegen zu sein, so bringt er dich dem Sultan doch nur näher.«

»In der Tat!«, strahlte Saadi, als sei dies ein grandioses Spiel, dessen wahrhaftige Auswirkungen mit der puren Freude an seinen Finessen nichts zu tun hatten. »Darin liegt das Geschick, mit dem Ibn Mozaffar vorgeht. Sieh, er weiß, dass Al-Nizir nicht offen Position gegen Al-Kamil beziehen kann, weil er zu schwach ist. Deshalb stellt er mich als Gegner Al-Kamils hin. Al-Nizir muss, da er sich nicht gegen Al-Kamil stellen kann, mich opfern, sonst würde er selbst der Gegnerschaft des Abkommens geziehen. Indem er mich aber opfert, wird seine Stellung noch mehr geschwächt, verliert er doch seinen treuesten und unbestechlichsten Ratgeber.«

Wir wanderten durch die Dunkelheit, die binnen kürzester Zeit über die Straßen hereingebrochen war. Die Stadt war belebter als bei Tageslicht, was ich verstand, da die Hitze langsam wich und ein angenehmer, sachter Wind von den Bergen her über die Stadt strich. Der Duft von Gewürzen und Duftwassern umfing uns, Saadi schritt langsam vor mir her, gelegentlich grüßend und gegrüßt werdend. Er war bekannt, vor allem aber schien er niemals ein Gesicht zu vergessen. Ich wusste, dass er in seinem Leben schon viele Städte gesehen und in mancher von ihnen länger gelebt hatte als in dieser. Kannte er überall so viele Menschen? Kannte man ihn überall so gut? Er war beliebt und wurde verehrt. Mehr als einmal geschah es, wenn wir durch die Straßen von Damaskus gingen, dass ihm eine gebeugte Frau etwas zusteckte oder ein reicher Händler ihn an seinen Stand einlud, eine Schale Kaffee zu trinken oder einige von den beliebten Zuckermandeln zu probieren.

Ich konnte an nichts anderes mehr denken als an die ungeheuerliche Verschwörung, die Ibn Mozaffar angezettelt hatte. »Aber Saadi«, drängte ich, als wir in eine überraschend wenig belebte Seitengasse einbogen. »Was um Himmels willen hat all das mit mir zu tun? Wozu soll ich in diesem Spiel gut sein?«

»Du bist die Figur, die mich schlägt«, erklärte Saadi mit zarter Stimme, als wollte er mir das schonend beibringen.

»Ich verstehe nicht ...«

»Die Sache ist ganz einfach. Bezichtigt mich Ibn Mozaffar unverblümt, die Sache der Moslems zu verraten, indem ich gegen den großen Sultan von Ägypten bin, so kommt es zum Schwur. Ibn Mozaffar kann sich nicht sicher sein, dass seiner Aussage mehr geglaubt wird als meiner.« Nun lächelte Saadi und blieb an einem Stand stehen, an dem neben allerlei Spezereien auch *Moussir* angeboten wurde, eine in den Bergen wachsende Art von Knoblauch, deren Zehen weitaus größer sind als die herkömmlicher Arten. Mit prüfendem Blick, immer weiter lächelnd, wog er eine Knolle nach der anderen in der Hand, bis er schließlich eine besonders prächtige vor mich hinhielt und sagte: »Doch er arbeitet hintergründig. Sieh dir diese Knolle an. Sie sieht prall und voll aus. Und doch …« Er drückte eine der Zehen seitlich ein und ich konnte erkennen, dass sie hohl war, vertrocknet. »Ist eine Zehe faul, so wähnst du auch die anderen verdorben.« Er warf die Knolle wieder auf den Stand, verbeugte sich zum Händler hin und ging weiter, während er über die Schulter zu mir sprach: »Wirst du der Verschwörung überführt, so wird man sicher sein, dass auch ich nicht rechten Sinns bin. Schlimmer noch!«, rief er. »Man wird mich natürlich für den Drahtzieher des Ganzen halten, da du ein solches Unternehmen niemals in der Fremde hättest beginnen können. Wa Allah, wie gerissen doch dieser Wazir ist. Und wie gut es ist, dass unsere Freunde dem Sultan näher stehen, als er denkt …«

Dieser Worte gedachte ich, als ich nun durch die engen Gassen irrte und immer mehr die Orientierung verlor, immer verzweifelter wurde bei dem Versuch, mich zumindest am Stand der Sonne auszurichten, der schwer festzustellen war in den schattigen Fluchten zwischen den Erkern und Balkonen.

Als ich zum zweiten Mal vor derselben Taverne stand, beschloss ich, einzutreten und mich der Hilfe eines wohltätigen Menschen zu bedienen. Waren hier nicht alle Christen? Ich musste ihnen Freund sein, war ich doch als Franke und also als Gläubiger im Zeichen des Kreuzes zu erkennen. Jeder, der es wissen wollte, konnte erraten, dass ich im Heiligen Land war, um es für die Christenheit zu gewinnen.

Durch einen niedrigen Bogen trat ich ein in die dunkle Welt der Kaffeehäuser, die überall in der Stadt verbreitet waren und in denen alte Männer saßen, um dem Tag seinen Takt zu geben, murmelnd und polternd, wie eben die Launen spielten. Hier indes sah ich mich im Kreise junger Menschen, die einen tatkräftigen Eindruck machten und eifrig diskutierten. Krieger vielleicht oder Händler, die ihre nächste Reise besprachen, oder – wie ich dachte, als ich ihren Mangel an Bewaffnung bemerkte – Studierende, die eben über den jüngsten Vortrag Saadis in der Freitagsmoschee stritten. Ich suchte mir, wie es meine Gewohnheit war, ein stilles Plätzchen in einer dunklen Ecke, wo ich auf die Bedienung wartete. Nach kurzer Zeit erschien eine Frau, an der mir zuerst auffiel, dass sie keinen Schleier trug, ja nicht einmal ein Kopftuch. Mit einem Mal wurde mir klar, dass ich über keinerlei Zahlungsmittel verfügte. Mein geringes Geld war mir abgenommen worden, als man mich in den Kerker von Tripolis geworfen hatte. Seither hatte ich von dem gelebt, was man mir aus Barmherzigkeit gegeben hatte oder damit ich nicht vor der Zeit starb. Nun aber saß ich hier und konnte mir keinen Krug Wein leisten. Was tun? »Ist dies ein Haus, in dem ein armer Pilger einen Krug Wasser in Gottes Namen bekommen kann?«, fragte ich und wurde mir, ehe ich noch meinen Satz beendet hatte, bewusst, wie seltsam dieses Ansinnen angesichts meiner Kleider, die der Sultan mir geschenkt hatte, wirken musste. Die Magd jedoch entgegnete nichts, sondern verschwand mit einem Nicken, um sogleich mit einem Krug zurückzukehren.

Es war kein Krug Wasser, es war Wein, den sie vor mich auf den Tisch stellte. Ich erschrak, als ich den Becher füllte. Als ich aufsah, irritiert und fragend, stellte die Frau einen zweiten Becher auf den Tisch und schob ihn zu mir, während sie sich auf einen Schemel setzte und in reinstem Französisch sagte: »Es sollte Wein sein. Christus hat es uns gewiesen. Wasser gab der Herr uns zur Waschung. Wein ist das Getränk von Gottes Sohn.«

Da wurde mir mit einem Mal klar, in wessen Augen ich blickte und wem ich meine demütige Bitte vorgetragen hatte. Ohne überrascht zu wirken oder sonst berührt zu sein, saß sie da und forschte in meinem Gesicht nach den Spuren, die die Zeit mir seit unserer letzten Begegnung zugefügt hatte. Und ich tat das Nämliche bei ihr. Sie hatte an Gewicht zugenommen, was ihr gut stand, ihre Augen waren klarer, ihre Lippen voller. Ihr Haar war heller als früher, während ihre Haut so blass war wie einst, doch viel frischer und weicher. Im hinteren Teil der Taverne bediente ein jüngeres Mädchen die Studenten, die ihr keine Beachtung schenkten, obwohl es ein schönes Mädchen war von schlankem Wuchs, mit feinen Gesichtszügen und anmutigen Bewegungen. Ich lächelte der Frau zu und hob den Becher. »Dann sollten wir zuerst auf das Wohl von Ann-Sophie trinken. Der Herr meint es gut mit ihr.«

Schweigend hob sie ihren Becher an die Lippen und trank, mich nicht aus den Augen lassend. »Ich hätte nicht erwartet, Euch noch einmal zu sehen, Jean d'Eron«, sagte sie.

»Es gab Zeiten seit Genua, da hätte ich nicht erwartet, mich selbst noch einen Tag länger auf dieser Welt zu sehen«, seufzte ich. »Habt Dank für diesen Wein, Ann-Marie. Er ist köstlich.« Zur Erklärung fügte ich hinzu: »Meine Kleider täuschen. Ich bin ein armer Mann geworden. Vom Sultan an seinem Hofe geduldet, doch ohne eine Münze, die ich mein Eigen nennen könnte.«

»Ihr müsst Euch nicht erklären.« Sie hatte dieselbe dünne Stimme wie ehedem. Daran hatte sich bei aller Besserung ihres Aussehens nichts geändert. »Das Leben in diesem Land geht seine eigenen Wege. Alles ist möglich. Seht mich an. Hier wird die Hure zur Respektsperson.«

Ich lächelte, weil ich nicht wusste, was ich darauf sagen sollte, so dass nun sie erklärte: »Ich trug meine Haut zu Markte wie in unserer Heimat. Ein reicher Armenier gewann meine bleichen Haare lieb, meine Sommersprossen und vielleicht auch Ann-Sophie. Es war besser, ihn zu heiraten, als den Rest meiner Tage als Hafenhure in Akkon zu verbringen. Wie reich er war, erfuhr ich erst, als er tot war. Diese Schänke gehört seither mir. Oder besser, mir und Ann-Sophie, die er als sein Kind aufgenommen hatte.« Sie nahm einen kräftigen Schluck Wein. »Er war ein guter Mann.«

Ein Land unbegrenzter Möglichkeiten, wahrlich. Der Edelmann wurde zum Bettler, die Hure zur angesehenen Wohltäterin. Ich freute mich für sie. Vor allem aber freute ich mich für ihre Tochter, die nun an unseren Tisch kam und die mitnichten erkannte, mit wem sie es zu tun hatte. Wie viel Zeit mochte vergangen sein seit unserer Reise von Châlon nach Genua? Ein Jahr? Mehr? Oder weniger? Ich konnte es nicht sagen. So, wie mir vor wenigen Augenblicken zum ersten Mal aufgefallen war, dass ich ein armer Mann geworden war, so fiel mir nun auf, dass ich keinen Bezug zur Zeit mehr hatte. Das musste der Kerker gewesen sein. Ich hatte die Tage nicht gezählt. Unzählige waren es gewesen, gewiss. Doch zählbar viele wären es gewesen, wäre ich nicht so hoffnungslos im Selbstmitleid ertrunken. Ich war sicher, Saadi hätte genau sagen können, wie viele Tage er im Kerker zugebracht hatte. Es gehörte zu seinem Wesen, all das zu wissen, immer alles und vor allem sich selbst im Griff zu haben.

Zu mir aber gehörte es offenbar spätestens seit meiner Ankunft im Heiligen Land, heute nicht zu wissen, wie ich morgen leben würde. Ich handelte nicht mehr, ich ließ mich treiben. Das machte mir Angst.

»Gott zum Gruße, Ann-Sophie!«, sagte ich, mir sogleich einen strafenden Blick der Mutter einhandelnd. Aber natürlich! Wie hatte ich nicht bedenken können, dass sie nicht glücklich sein würde, wenn ich die Vergangenheit mit meinem Gruß heraufbeschwor, die Mutter und Tochter so glücklich hinter sich gelassen hatten. Das Mädchen jedoch schien sich nicht zu erinnern, sondern grüßte mit einem ungezwungenen »Bonjour Monsieur« zurück, als würde sie hier täglich Franzosen bewirten und sich mit ihnen in der Sprache ihrer Mutter unterhalten.

Die Dinge ändern sich

»Die Dinge ändern sich, mein Sohn«, sprach Yakub Ben Noah mit seiner tiefen, leisen Stimme und beinahe zu sich selbst. »Sie haben sich im Grunde schon geändert. Nur hat es noch niemand bemerkt.«

»Außer Euch, Yakub«, vollendete ich seine Gedanken.

»Außer mir, ja«, bestätigte er und sein Seufzen bedeutete eine große Last, die mit alledem verbunden war. Für Yakub Ben Noah war alles Leben Veränderung und alle Veränderung große Last und alle Last gottgewollt und daher gut. Es hat lange gedauert, bis ich verstehen konnte, wie ein Mensch, je schwerer die Aufgabe ist, die ihm das Leben stellt, umso freudvoller an sein Werk gehen kann. Bei Yakub Ben Noah konnte ich genau dies erleben: Der Mann liebte den größten Gegner und die heftigsten Stürme, er lief schneller gegen den Wind und richtete sich umso höher auf, je schwerer sein Bündel war. »Tiberias wird schon in wenigen Wochen keine Handelsstadt mehr sein.«

»Wie kommt Ihr nur darauf!«, lachte ich. »Seht Euch den Bazar an. Er ist zwar klein, doch die Geschäfte gehen gut, Eure zumal.«

»Noch, mein Sohn. Noch. Das wird sich ändern. Tiberias, das ist der Weg von Damaskus nach Jerusalem. Solange die Muselmanen die Heilige Stadt unter sich hatten, war diese Lage so gut wie das Zimmer im Zolltor. Doch nun, da Jerusalem an die Franken gefallen ist, wird Tiberias nicht mehr der Ort sein, durch den die großen Karawanen ziehen. Nur noch wenige werden von Nord nach Süd und umgekehrt reisen, vor allem keine Händler. Sie haben nun Grund, von Ost nach West und umgekehrt zu reisen. Die neuen Karawanenwege werden von Bagdad über Damaskus nach Aleppo und von dort nach Antiochia und von den Wüsten des Zweistromlands und dem Süden über Jerusalem zur Küste hin verlaufen. Man zieht nördlich und südlich an unserer Stadt vorbei, doch nicht mehr durch sie hindurch.«

»Können wir nicht Gründe schaffen«, warf ich ein, die Bedeutung des Hauses Ben Noah etwas überziehend, »weshalb sich der Weg zwischen Jerusalem und Damaskus dennoch lohnt? Oder Gründe, weshalb diese Strecke sogar zwingend wäre?«

»Ich habe mir das auch schon überlegt. Doch gute Gründe gibt es nicht. Wir stellen nichts Besonderes her in dieser Gegend. Unser Wein ist gut, doch wird er unterschätzt, unsere Oliven sind besser als die aus Aleppo, doch die Olivenhändler dort sind die besseren Gaukler und unsere Thermen sind verkommen. Ja, wenn wir unseren Fisch an die Christen verkaufen könnten wie weiland der Rabbi aus Nazareth!« Ben Noah lachte laut auf, beobachtete mich aber sorgfältig aus den Augenwinkeln, ob ich ihm des Scherzes wegen auch nicht gram sei. »Nun, vielleicht sind die Christen ja der Schlüssel zur Lösung des Problems ... Letztlich sieht es so aus, dass wir nur noch wenige Waren werden verkaufen können, wenn sich erst einmal aller Handel zur Küste hin ausrichtet. Stoffe, Gewürze und Sklaven aus dem Osten werden begehrt sein. Doch Stoffe verkaufen wir so wenige wie Sklaven. Und die Gewürze sind ganz in der Hand der greisen Männer von Ghazni und ihrer Handlanger in Nishapur.«

Yakub Ben Noah grübelte viel. Er pflegte seine Aufgabe dadurch zu lösen, dass er schwieg und dachte. Stunden konnte er so im Garten unter einer der alten Platanen verbringen oder am See, etwas abseits der beeindruckenden Mauern, die die Stadt auch zum Wasser hin umgaben und deren Wehrtürme vom See aus wie Säulen wirkten, auf denen der Himmel ruhte. Nach einigen Tagen, David, der jüngste Sohn der Sippe, war eben mit einer großen Ladung Weihrauch von Bassora zurückgekehrt, hieß Ben Noah mich und seine Söhne in den hinteren Teil seines Ladens im Bazar kommen. »David brachte uns ein großes Problem. Wir müssen dafür sorgen, dass es nicht unser Problem bleibt. Wie macht man Wasser zu Wein?«, wandte er sich an mich.

Ich zuckte die Achseln und blickte verlegen um mich.

»Nun«, fuhr Ben Noah fort, »vielleicht kann uns David selbst die Antwort geben, der schließlich den Weihrauch gebracht hat – selbstverständlich ohne zu wissen, wie schwierig es in der Zwischenzeit geworden ist, Weihrauch zu verkaufen.«

»Für einen geborenen Händler ist nichts leichter als das, Vater«, erwiderte David sogleich. »Verkauf das Wasser und kaufe vom Gewinn den Wein.«

»So ist es«, bestätigte Yakub Ben Noah. »Wie aber verkauft man Wasser, wo keine Not an Trunk ist?«

Saul, der älteste Sohn der Familie, ergriff das Wort: »Dein Trunk muss besser sein als der der anderen.«

»Das geht, wenn du von Wein sprichst, doch geht es auch bei Wasser? Nein, des Rätsels Lösung liegt tiefer begraben, dort nämlich, wo die Zunge nicht hilft und auch der Hunger nicht. Das heißt: der Hunger ja, aber nur ein ganz bestimmter Hunger.« Er flocht eine kunstvolle Pause in die Rede, auf dass wir ihm unsere Aufmerksamkeit im höchsten Maße schenkten, ehe er mit gesenkter Stimme sagte: »Du musst den anderen glauben machen, es gebe nicht genügend Wasser. Ihm muss klar sein, dass er einen der letzten Krüge erlangt, ehe der Strom versiegt. Denn der letzte Krug ist der wertvollste, der letzte Tropfen der edelste. Wer ihn ergattert, wird durch ihn reich! Der Hunger, von dem ich spreche, ist die Gier. Kennen wir jemanden, der von der Gier getrieben wird?«

»Sallah al-Qadî!«, erklang es wie aus einem Munde von den drei Söhnen, die sogleich in lautes Lachen ausbrachen, dem sich der Vater mit stolzem Schmunzeln zugesellte, ehe er sich zu mir beugte und sagte: »Lass dir erklären, mein Sohn, wie es sich mit Sallah verhält. Er ist ein kluger Händler, Moslem, wie du am Namen erkennst. Allein, er kennt das rechte Maß nicht –

und er respektiert die Regeln nicht. Zu schade, denn er könnte sonst unser Freund sein. Ich schätze seinen Geschäftssinn sehr! Sallah aber betreibt im Grunde alles, was ihm reichen Lohn einbringt, ohne zu sehen, ob es für seine Partner gesund ist, ob es dem Bazar schadet, ob er uns alle damit in Verruf bringt. Deshalb wird es Zeit, ihm eine kleine Lehre zu erteilen, denke ich.«
Und er erteilte mit genüsslichem Ton die Anweisungen an uns alle.

Es ist der Duft des Rosenöls

»Es ist der Duft des Rosenöls, der dich berauscht«, sagte Zahra und strich mir mit sanfter Hand über die Brust.

»Nein, es ist der Duft deines Haars«, erwiderte ich und drückte mein Gesicht in ihre schwarzen Locken, die ihr geöffnet bis zu den Hüften reichten. Wie schön sie war und wie verborgen dies der Welt draußen blieb. Sie hob den Blick und ich konnte in ihren dunklen Augen die kleine Flamme der Lampe sehen, mit der sie vor Stunden in meine Kammer getreten war, verhüllt nur mit einer Decke, die sie sich über die Schultern gelegt hatte. Drei Flammen sah ich so, eine in jedem Auge und zur Seite hin die echte, die inzwischen kaum mehr glühte. Sie legte mir die Hände an die Schläfen und brachte unsere Gesichter ganz nah zusammen, so dass ich ihren Atem atmete und sie meinen. Und die Flammen begannen sich in meinen Augen zu vervielfachen. Drei Öllämpchen hatte Samira immer entzündet, wenn sie die Nacht mit mir verbringen wollte. Das fiel mir wieder ein, als ich das Licht in Zahras Augen sah, ehe sie mir einen letzten Kuss schenkte und meine Kammer verließ. Wie sehr hatte sich alles in mir nach solchen Augenblicken gesehnt seit der Zeit, als Liebe reine Liebe war in Tiberias in der kleinen Kammer, die ich manche Nacht mit Samira geteilt hatte.

Nach einiger Zeit im Dunklen erkannte ich, dass diese Nacht auch genügend Mondlicht gespendet hätte, um das Vergangene zu einem Genuss für die Augen zu machen. Was sollte ich tun.

Meine Liebe zu Zahra war unmöglich. Sie war geradezu gefährlich. Das islamische Recht ging streng mit Frauen um, die Unzucht begingen. Und Unzucht war das, was wir hier begangen hatten. Natürlich auch auf meiner Seite. Als Moslem hätte ich vielleicht die Missetäterin zur Frau nehmen können, um sie vor Strafe zu bewahren. Doch war ich Christ, immer noch – auch wenn mich mit der Kirche nicht mehr allzu viel verband und ich in manchen Dingen wie ein Orientale zu denken gelernt hatte.

Ich stand auf. Das Laken klebte an meiner Haut. Das kleine Fenster warf einen schrägen Lichtstrahl über die Stelle, an der wir uns eben noch geliebt hatten. Nun, da nichts anderes im Raum zu erkennen war als eben die gröbsten Umrisse und die Bettstatt, sah es noch mehr aus wie in Tiberias. Ich konnte beinahe Samira im Raum sehen, so wirklich erschien mir alles. »Was hättest du dazu gesagt?«, murmelte ich vor mich hin. Aber du hast ja nie etwas gesagt. Du hast mich immer herausgefordert, selbst die Antworten zu finden. Nur laut geatmet hast du, wenn wir uns liebten, und saßest auf mir und sahst auf mich mit lustvollem Blick, du suchtest mein beschämtes Auge. Wie gut erinnerte ich mich an die erste Nacht, da Samira mein Lager teilte. Es war nicht die Hochzeitsnacht. Damals hatten wir uns so sehr gefunden, dass wir nur beisammenliegen und uns halten konnten. Nein, es war der darauf folgende Tag, an dem ich in deine Kammer ging, als der Morgen beinahe über die Dächer schimmerte. Du lagst wach und erwartetest mich. Hattest du die ganze Nacht wach gelegen? Oder hattest du geahnt, dass ich jetzt kommen würde? Du warst nackt unter der Decke, doch nicht irgendwie nackt, sondern gänzlich nackt, bar jeden Haares. Ich hatte dergleichen nie zuvor gesehen oder gefühlt. Keine dunkle Stelle bedeckte die Beuge deiner Arme noch die Scham. In meiner Verwirrung erkannte ich das erst, als ich meine Hand und meinen brennenden Körper über dich gleiten ließ, obwohl ich es im schwachen Morgenschein schon hätte sehen können.

Als ich dein Lager verließ, um mich zurückzustehlen in meine Kammer, die mir Ben Noah neben der deinen eingerichtet hatte, da bedecktest du deinen Körper nicht, sondern ließest mein Auge noch einmal über ihn schweifen, ehe ich nach draußen ging, und so ging ich in einen Tag, an dem ich vor Erregung keinen Gedanken fassen und kein klares Wort mehr sprechen konnte. Wie groß sind doch die Wunder, in die uns die Liebe und die Lust stoßen, und wie sehr sind wir ihnen ausgeliefert und verfallen.

Während meine Gedanken dergestalt um die Vergangenheit kreisten und der Tag sich vorschob, lauschte ich den Vögeln, die um diese Stunde die Welt zu wecken begannen, und erkannte, dass Samira mein Tun gutgeheißen hätte, weil es aus der Liebe geboren war.

In den frühen Stunden des Abends

In den frühen Stunden des Abends fand ich mich nun nahezu jeden Tag in der Schänke von Ann-Marie ein, die sich hier Hanan nannte, was den Einheimischen leichter von der Zunge ging und sie vielleicht auch die Vergangenheit besser abstreifen ließ. Ich hatte mit ihr eine Vereinbarung getroffen, wonach ich für eine Mahlzeit und einen kleinen Krug Ziegenmilch die anfallenden Arbeiten am Haus erledigen würde, um eine angemessene Gegenleistung für ihre Güte zu erbringen. Doch selten genug war wirklich etwas zu tun, oft stellte ich fest, dass die Dinge sich bereits erledigt hatten, manches Mal gerade eben zuvor. Hanan wollte mich nicht arbeiten lassen. Sie war stolz darauf, mir helfen zu können, was sie nicht sagte, was ich aber spürte. So beschloss ich, meine Schuld bei ihr wachsen zu lassen, um sie eines Tages in doppelter Höhe zu begleichen, und vertraute auf Gottes Fügung, dass dies gelingen möge.

Es hatte sich herausgestellt, dass das Gasthaus, in dem das vertrauliche Treffen mit den vermeintlichen Verschwörern stattfand, nur wenige Häuser weiter zum Bagdadtor hin gelegen war. Zweimal war ich bereits dort gewesen. Es war eine Schänke wie diese und die meisten anderen im *Bâb Touma*. Und doch: Als ich an dem betreffenden Tag aus dem Haus der beiden Französinnen trat und die Straße hinunterging, die ungewöhnlich ruhig war, fast, als hätte sich in Erwartung unguter Ereignisse keiner hinausgetraut, da wusste ich, dass ich Ann-Marie und Ann-Sophie nicht wieder sehen würde. Als ich meinen Fuß in die Taverne setzte, da war mir mit einem Mal klar, dass dies das letzte Haus sein würde, das ich in Damaskus betreten würde, dass sich hier mein Weg von dem Saadis scheiden würde und dass mein Kopf, wenn die Engel mir nicht all ihre Aufmerksamkeit schenkten, womöglich allzu bald dem Halse fern liegen würde.

Wie schweigsam waren die bärtigen Gesellen an all den schwarzen Tischen. Sie schienen ihre Gespräche ohne Worte zu führen. Mein Auge musste sich nicht lange an die Dunkelheit gewöhnen, da ich eben erst aus der anderen Schänke getreten war. Rasch hatte ich drei junge Männer erblickt, deren jeder einen weißen Turban trug und dazu einen schwarzen Burnus. Zwischen ihnen stand ein Krug. Ein vierter Becher stand auf dem Tisch an einem leeren Platz. Dorthin setzte ich mich, wie es mit Ibn Mozaffar besprochen war, und murmelte: »*Salam-aleikum*. Es gibt nur einen Gott.« *Laellahe e'Allah*.

Die drei Männer antworteten lediglich mit einem leisen: »*Mohammadan rasul-ellah*.« Und Mohammed ist sein Prophet.

Aus den Augenwinkeln sah ich, dass zwei Schatten vor die Tür getreten waren, die nun den Eingang versperrten. Einer der Männer, mit denen ich am Tisch saß, hob den Krug und schenkte mir ein. Doch statt eines Schwalls von Wein hörte ich, wie ein Gegenstand in meinen Becher fiel, trocken, leise, unerwartet. Sollte ich dieses Etwas, von dem ich nicht wusste, was es war, nun an mich nehmen, indem ich den Becher an die Lippen führte und es mit dem Mund aufnahm? Ich war auf dieses Spiel nicht vorbereitet. Doch schon hoben die schweigsamen Männer ihre Becher und stimmten ein lautes Prosten an, begleitet von den blumigsten Segenswünschen für Allah, seinen Propheten und den Sultan zu Kairo und den Sultan zu Damaskus sowie – selbstverständlich – auch den Kalifen, der zu Bagdad, aber gleichwohl an jeder Tafel und an jedem Feuer eines Gläubigen saß. Auch ich erhob meinen Becher und schielte unsicher hinein, während ich ihn an die Lippen führte. Ein kleines Papier sah ich darin, gefaltet und verschnürt mit einem goldenen Faden. Wie sollte ich dieses Bündel von anderen unbemerkt aus dem Mund nehmen und zudem schnell genug, damit es nicht feucht würde?

Doch das Papier fand seinen Weg nicht über meine Lippen. Denn in diesem Moment sprangen von mehreren Tischen Männer auf, die sich auf uns warfen. Mit der Geschwindigkeit der Schlange, die zum tödlichen Biss vorschnellt, stießen die Jäger ihre Dolche in die Herzen meiner Begleiter, die so überrascht schienen, dass sie selbst im Tod noch erstaunte Blicke tauschten. Mich rissen zwei kräftige Burschen vom Tisch weg und warfen mich zu Boden. Ein Tuch wurde mir um den Kopf geschlungen, Arme und Beine mit wenigen Handgriffen gefesselt, als gälte es, einen wilden Eber in die Knie zu zwingen, dem man das Leben noch nicht nehmen wollte.

Erst später fiel mir auf, dass während dieses Überfalls, den ich – jedoch auf ganz andere Weise – erwartet hatte, kein Wort gesprochen worden war. Alles war ohne einen Laut geschehen, sogar der Tod hatte den Sterbenden keinen Schrei entrungen. Wirr vom Geschehenen ließ ich mich nach draußen tragen. Man warf mich auf einen Karren, sodann einige Lumpen oder Säcke darüber, und nach wenigen Augenblicken wurde ich über holprige Wege durch die Dunkelheit gezogen, kaum fähig zu atmen und ohne eine Ahnung, wohin dieser Weg mich führen würde.

Ibn Mozaffar hatte mir gesagt, dass ich mich mit Verschwörern treffen würde. Sie würden mir eine Botschaft übergeben, anhand deren man ihre Pläne würde durchkreuzen können. Auch wenn stimmte, was Saadi mir gesagt hatte, nämlich dass Ibn Mozaffar in Wirklichkeit mich bei dieser Zusammenkunft festnehmen lassen und als vermeintlichen Verschwörer enttarnen wollte, machte es doch keinen Sinn, dass er seine Helfershelfer, die Männer, die mich in dieser Falle erwarteten, vom Leben zum Tod beförderte. Oder war er so niederträchtig, ihren Tod in Kauf zu nehmen, um seine Geschichte noch glaubwürdiger darzustellen? Aber weshalb sollte man mich dann unter Anwendung solcher Heimlichkeit vom Ort des Geschehens fortschaffen. Für Ibn Mozaffars Pläne wäre es doch hilfreicher gewesen, wenn alle Welt mich als den Verräter gesehen hätte.

Die Fahrt auf dem Karren währte nicht lange. Wir konnten kaum einige Gassen weitergekommen sein, als man die Bündel von mir nahm und mich von meinen Fesseln und der Bandage des Kopfes befreite. Ernste Männer arbeiteten mit geübten Handgriffen, als würden sie ein Stück Wild für die Küche vorbereiten. Sorgsam, aber nicht behutsam, geschäftig, aber nicht in Hast, so stellten sie mich auf die Beine und warfen mir andere Kleider um. Ein Turban, fertig gewickelt, wurde mir aufs Haupt gesetzt, ein Dolch an den Gürtel gehängt. All dies ließ ich geschehen, als hätte ich keinen eigenen Willen. Denn ich wusste in diesem Augenblick, es war der Wille Saadis, der hier geschah. Und der Wille des Sultans. Mein Freund hatte den Herrscher über die Wahrheit ins Bild setzen und zu einer Gegenmaßnahme bewegen können.

»Ihr habt diese Nacht Zeit, Euch zum Jerusalemtor zu begeben. Ihr kennt den Weg?«, fragte ein beinahe schwarzer Mann mit vollem Bart und blitzenden Augen.

»Ja«, erwiderte ich nur.

»Haltet Euch im Viertel der Juden auf, ehe Ihr den Weg dorthin geht. Begebt euch so früh wie möglich vor die Stadt. Eine Karawane wird von dort nach Jerusalem ziehen. Schließt Euch ihr an. Allah wird mit Euch sein.« Dann gab er einem seiner Helfer ein Zeichen, worauf dieser einen prall gefüllten Gürtel von seinen Hüften nahm. »Der Sultan ist Euch dankbar«, sagte der Schwarze. »Er bittet Euch, dieses Geschenk zum Zeichen seiner Freundschaft anzunehmen.« Er wartete nicht auf eine Antwort, sondern band mir den Gürtel einfach um. Ich senkte den Blick. Das lederne Band war breit und wog schwer. Wie viel mochte an Münzen darin enthalten sein? Waren es Dirhams? Oder Denare? In Gold? Ich wagte nicht, den Gedanken zu verfolgen, sondern versuchte, mich zu orientieren. Der Schwarze sah, dass ich mich schwer zurechtfand. »In dieser Richtung kommt Ihr zum besagten Tor. Der *Haret al-Yahoud* liegt nur einige Straßen weiter in derselben Richtung.«

Das jüdische Viertel. Ich wusste nicht, ob ich darüber froh sein sollte, dass mich in dieser ruhigen, doch für mich so stürmischen Nacht eine ganz neue Welt umgeben sollte. Waren die Juden nicht verschlagen und hinterlistig? Nur auf ihren eigenen Vorteil bedacht? War ich mit meinem neu erlangten Reichtum sicher in dieser fragwürdigen Gegend? Ich wandte mich wieder meinen freundschaftlichen Entführern zu, sah sie jedoch nur noch leise und schattenhaft die Wände und Winkel dieses schweigsamen Viertels entlangschleichen. Den Karren hatten sie zur Seite geschoben und zurückgelassen.

Ich blickte mich um. Von einem Fenster gegenüber beobachtete mich aufmerksam eine alte Frau, deren dunkle Augen wie zwei Löcher in ihrem nur vage erkennbaren Gesicht wirkten. Wäre es Tag gewesen, sie hätte niemals einen ungeschützten Blick auf die Straße geworfen. Ich versuchte, mich in die Nischen zu drücken, deren Finsternis sich alle paar Schritte auftat. Ob ich mich einfach hinter einem Mauervorsprung verbergen und das Morgengrauen abwarten sollte? Ich hätte warten können, bis die Straßen so belebt waren, dass niemand mich in den Menschenmengen hätte finden können. Doch wie hatte der Schwarze gesagt: ›Begebt Euch so früh wie möglich vor die Stadt.‹

Du solltest dich verbergen

»Du sollltest dich verbergen, damit dein Gesicht blasser wird. Schneide deinen Bart weg und lass dir das Haupthaar wachsen, es ist lang genug und wird die nötige Fülle bekommen.«

»Was habt Ihr vor?«

»Wir werden aus dir das machen, was du bist, damit du als das wahrgenommen wirst, was du nicht bist.« Ben Noah lachte über seinen Geist und seinen händlerischen Mut. Ich aber begriff nichts, bis mir später Saul erzählte, was meines Schwiegervaters Pläne waren: Sallah al-Qadî kannte mich nicht. Wohl hatte er von mir gehört. Da er aber in einem anderen *Sûq* von Tiberias seinen Laden eingerichtet hatte, wie sein Vater und dessen Vater vor ihm, war nicht zu befürchten, dass mich irgendjemand als denjenigen erkannte, der ich war. Wohl aber würde man mich, wenn ich nur etwas nachhalf und die richtigen Kleider trug, für einen christlichen Priester halten. Deshalb sollte ich mir das Gesicht rasieren, um wie ein frommer Mann auszusehen und blasser zu wirken, denn die Pfarrer galten als blass und kränklich, und das Haar lang tragen, was beliebt war bei den Pfaffen, die es ins Hinterland verschlagen hatte. Mit einer Kutte, gleich welcher Herkunft, würde ich glaubwürdig als Kirchenmann auftreten können, um die Frage der Fragen zu stellen: »Verkauft Ihr Weihrauch, Herr?«

»Weihrauch, Amber, feine Silberware – was Euer Herz begehrt. Und seht Ihr es nicht am Stand hier, so bringen wir es Euch herbei, Herr, der Ihr gesegnet seid von Eurem Gott.« Das war die wortreiche Antwort des berüchtigten Sallah al-Qadî, und ich musste mir eingestehen, der Mann gab sich sympathisch. Wäre ich nicht in verwerflicher Absicht hier gewesen, rasch wäre ich ihm verfallen und hätte ein Geschäft getätigt und noch eines. Vielleicht hätte er mir seinen gesamten Warenbestand aufgeschwatzt. So aber lächelte ich dankbar wie ein lange Dürstender im Angesicht der Quelle und murmelte nur ein »Gott sei Dank«, um sogleich an meinen reich gefüllten Beutel zu greifen. Mit flinken Fingern zog al-Qadî sogleich einen Sack aus dem hinteren Bereich des Standes hervor und entnahm ihm einige Körnchen eines schwarzen Stoffes, um seine einzigartige Kenntnis auf diesem Gebiet unter Beweis zu stellen: »Seht diesen wunderbaren Weihrauch, Herr! Es sind die dunkelsten, feinsten Körnchen aus dem Herzen Arabiens, das Harz des Weihrauchbaumes. Wenn Ihr zu hellen Weihrauch nehmt, so ist sein Duft gering. Nehmt Ihr zu Pulver gemahlenes Harz, so ist der Duft sehr stark, aber nur von kurzer Dauer. Nehmt Ihr aber diese Ware, so wird Euch der Duft des Weihrauchs nicht nur sehr kräftig zuteil, sondern auch sehr lang andauernd.« Und mit weit ausholender Geste erläuterte er: »Die meisten Händler würden Euch Weihrauch verkaufen, der mit allerlei Gewürzen versetzt ist – aber wer will schon einen Sud daraus kochen!« Er lachte, als sei dies ein äußerst gelungener Scherz gewesen. »Andere verkaufen Euch Weihrauch aus Delhi oder Keschmar – man sollte sie über der Weihrauchflamme rösten! Glaubt mir, der einzige und beste Weihrauch ist der reine schwarze Weihrauch aus den südlichen arabischen Landen. Die Körner unterschiedlicher Größe verdampfen erst nach und nach und werden Eure Zeremonien nicht beeinträchtigen, sondern veredeln.« Er hielt mir das Säckchen mit seiner Ware unter die Nase, um seine Worte zu bekräftigen.

»Setze ein Gesicht auf, so enttäuscht, wie es dir nur immer möglich ist!«, hatte mir Ben Noah eingeschärft. Doch allzu betroffen dreinzusehen, erschien mir übertrieben. Die Orientalen, gleich ob Juden oder Moslems, neigen zur Schauspielerei. Jedes kleine Geschäft ist eine Tragödie. Das wollte ich nicht darbieten, schließlich stellte ich mich als Christ in fremdem Lande dar, der einem Einheimischen etwas abkauft. So setzte ich also lediglich eine betretene Miene auf und brachte mit etwas gepresstem Ton hervor: »Ist das Euer gesamter Bestand?«

»Ich garantiere Euch, Ihr werdet mit diesem vorzüglichen Weihrauch ein ganzes Jahr lang Eure Riten vollziehen können«, beeilte sich al-Qadî zu entgegnen, als hätte ich meinem Götzen täglich ein paar Schafe und am Sonntag einen Säugling zu opfern.

»Nein, nein«, erwiderte ich. »Versteht mich nicht falsch. Wie Ihr seht, bin ich Christ. Und wie Ihr wisst, herrscht zwischen uns Frieden, Gott sei's gedankt. Viele Moscheen werden nun wieder Kirchenhäuser. Die Rechtgläubigen dürfen sie aber nur betreten, wenn mindestens ein Dutzend Messen darin gelesen wurden und vierzig Tage lang Weihrauch in ihnen geopfert wurde.« Nun nahm ich doch seinen eigentümlichen Gedanken an und spann ihn weiter, denn je größer eine Lüge ist, umso glaubwürdiger wird sie. Heimlich quälte mich die Frage, ob das, was ich hier tat, nicht eine große Sünde wider den Glauben und Gott war. Vierzig Tage lang Weihrauch, das konnte für einen Moslem glaubwürdig klingen, ist doch die Zahl vierzig eine mystische Zahl im Islam: Vierzig Tage nach der Geburt eines Kindes ist ihm das Leben sicher und vierzig Tage nach der Niederkunft darf der Mann der Frau wieder beiwohnen, vierzig Tage nach dem Tod eines Menschen versammelt sich die Familie zum Gedenken.

»Herr, Eure Sorgen sind meine Sorgen«, versicherte mir al-Qadî. »Lasst mich Euer Geschäft besorgen – wenn wir einen Preis finden, der für beide Seiten angemessen ist.«

»Was ist Euer Preis?«

Nun setzte er eine leidende Miene auf. »Weihrauch ist teuer, Herr. Gerne würde ich ihn Euch sehr günstig geben. Doch ich selbst habe hohe Kosten und kann ihn Euch deshalb nur für zehn *Dirham* das Gran überlassen.«

»Das ist kein Problem«, sagte ich, vielleicht etwas zu schnell. »Die Kosten werden von Kaiser Friedrich persönlich übernommen.« Ich zwinkerte ihm zu, als wollte ich noch ein kleines Zwischengeld für mich dazu verhandeln, um aber sogleich wieder ein sehr ernstes Gesicht aufzusetzen und so gerade, wie ein Kirchenmann nur stehen kann, klarzumachen: »Der Preis spielt keine Rolle.«

»So werden wir uns einig. Allah ist groß – und Euer Gott natürlich auch.«

Die Geschichte dieses Treffens bereitete an der abendlichen Tafel von Yakub Ben Noah großes Vergnügen, als ich seine Familie, die auch meine geworden war, ins Bild setzte. »Natürlich musst du nun in der nächsten Zeit im Haus bleiben«, klärte mich Ben Noah auf.

»Sofern du nicht dem neuen Hoflieferanten des Frankenkaisers einen Besuch abstattest«, fügte David hinzu.

Samira blickte bei alledem mit düsterem Gesicht drein. Sie hatte mir gleich klargemacht, dass sie von diesem Unternehmen nichts hielt. Niemand konnte schweigend so viel sagen wie Samira. Dennoch hatte sie mir bereitwillig den Bart rasiert und fand Gefallen daran, mein Haar wachsen zu sehen. Manchmal flocht sie es mir gar zu einem Zopf und ich ließ sie gewähren, weil ich es genoss, ihre zarten Finger über mein Haupt gleiten zu fühlen, auch wenn ich fürchtete, mit solcher Lockenpracht eher einem Juden gleichzusehen denn einem christlichen Priester.

Wir waren jetzt oft im Garten, saßen auch die Abende über draußen. Im Januar hatte Samira unseren Sohn geboren. Inzwischen war er rund und kräftig geworden, trank lange und ausgiebig an den Brüsten seiner Mutter und begann schon zu krabbeln, was die Frauen der Familie unablässig zu Entzückensschreien herausforderte. Ich hatte mich eine Weile gefragt, ja es heimlich gehofft, dass Samira mit dem Kind wieder beginnen würde zu sprechen. Manchmal hatte ich sie während der Schwangerschaft heimlich beobachtet, weil ich aus meiner Heimat wusste, dass es eine Eigenart der Frauen war, mit den Kindern, die sie im Bauch trugen, leise zu sprechen, als könnten diese es hören, sie verstehen und sich nach dem Sinn der Rede richten. Einmal, als Samira im Schatten der Kastanie weit hinten im Garten gesessen hatte und ganz in ihre Gedanken vertieft gewesen war, war ich sicher gewesen, dass ich ein Lied um sie herum hörte, einen leisen Gesang, der ohne Worte auskam, aber dessen Töne aus dem Munde einer Frau kamen. Das Lied war verklungen, als ich neben sie trat. Ob es von ihr gekommen war, würde ich nie erfahren.

Nun aber saß sie da und klatschte in die Hände, um Jean, unser Söhnchen, anzuspornen, schneller zu ihr zu krabbeln. Der Kleine indes war sich seines Weges nicht sehr sicher, so dass auch ich versuchte, ihn zu mir zu locken. Sein kleines Gesicht war reines Glück für uns. Ich blickte mich um: All das, was mir hier erstanden war, Samira, Ben Noahs Familie, das Haus, der Garten, die Arbeit und nun dieses Kind, beschämte mich, weil es mich so beglückte.

Die Tage waren arbeitsam, doch unablässig lernte ich, lernte zu denken wie ein Händler, zu verhandeln, Ware zu prüfen, zu wägen und zu pflegen, lernte, wie Reisen vorzubereiten, wie Kamele und Esel zu beladen und wie wertvolles Gepäck zu sichern war. Das Rechnen der Kaufleute erlernte ich, den zunächst verwirrenden Umgang mit den unterschiedlichen Münzen und Edelmetallen. Auch lernte ich die Bücher zu führen, auf die Ben Noah sehr sorgfältig Acht gab, und die Sprache des Bazars zu sprechen.

Die Nächte waren voll Leidenschaft. Mit Samira hatte der Herr mir eine Frau geschenkt, die meine Nähe suchte und die sich mir ganz und gar schenkte, so wie auch ich mich ihr gänzlich hingab. So erstaunte es mich nicht, dass sich bereits nach wenigen Wochen alle Anzeichen eingestellt hatten, dass sie schwanger war. Indes erstaunte mich, dass die Schwangerschaft sie nicht dazu bewegte, unser Bett zu meiden. Vielmehr entdeckten wir mit der Zeit immer neue Möglichkeiten, die Liebe zu genießen. Als ihr Bauch so rund war, dass ein glühendes Beisammensein nicht mehr wie sonst möglich war, ergingen wir uns in Stunden sanfter Zärtlichkeit. Was war ich für ein glücklicher Mann! Bis zu jenem Tag vor dem Passahfest.

Am Vorabend der großen Reise

Am Vorabend der grossen Reise, die mich in die heilige Stadt der Moslems führen würde, lenkte ich meine Schritte voll Demut zur nahe gelegenen Kirche vom Heiligen Grab. Ich fand zahlreiche Pilger vor, die gemeinsam die Vesper mit einem Gottesdienst begingen. Ein Landsmann aus dem Süden Frankreichs stand in prächtigem Messgewand in der inneren Höhle des Heiligtums an der allerheiligsten Grablege des Herrn und sang mit reiner, heller Stimme das Messamt, während ich gemeinsam mit einigen Brüdern eines mir gänzlich unbekannten Ordens sowie einigen einfachen Pilgern in der äußeren Höhle stand und gebrochenen Tons den Gesang respondierte. Voll Scham kniete ich im Angesicht der heiligen Stätte und manche Träne schlich sich über meine Wangen, nun, da ich Abschied zu nehmen gedachte von der Stadt, die mein Ziel gewesen war. Der Weg würde mich nicht in die Heimat zurückführen und auch nicht in den Kampf gegen die Moslems, sondern geradewegs in das Herz ihres Glaubens, und ich konnte mich in dieser frommen Stunde der Gewissheit nicht erwehren, dass mein Tun frevlerisch und meine Absicht eitel war. Gab es einen Grund dafür, in die heilige Stadt der Muselmanen zu reisen, wollte ich etwas für den rechten Glauben erreichen, konnte ich den Namen des Herrn verbreiten, ja konnte ich ihn zumindest schützen, dort, wo man Seiner nicht gedachte? – Ich zweifelte nicht: All das, was meine Christenpflicht gewesen wäre, würde nicht stattfinden. Stattdessen würde ich mich in klugen oder eitlen Reden mit einem Freund ergehen, der mir wohl lieb geworden war, doch vom rechten Glauben so entfernt war wie Mekka von Jerusalem und der mich wohl zu dieser Reise eingeladen hatte, jedoch niemals meinem Wunsch, an deren Ende die heilige Stadt der Moslems zu betreten, zustimmen würde.

Dies waren meine Gedanken, als mein feuchtes Auge über die Hunderte von kleinen und großen Öllampen glitt, die von den Gewölben der Kirche hingen, viele von ihnen reich verziert und aus goldenem Blech getrieben, andere mit farbigem Glas durchbrochen, so dass sich ringsumher winzige bunte Punkte spiegelten, die im Flackern der Flämmchen tanzten. Die heilige Grotte selbst, der Ort, an dem der Heiland beigesetzt worden und von dem er auferstanden war, war hell erleuchtet. Am hellsten aber erstrahlte der Salbstein, unter dem der Leib des Herrn begraben liegen soll. Mächtige Kandelaber standen an Kopf- und Fußende, auf denen große Osterkerzen aufgestellt waren. Über sie hinweg war eine Reihe von silbernen Lampen gespannt, die weit hinauf erstrahlten und das Grab mit einem Heiligenschein umgaben. Ich hatte zwar diesen Ort, seit ich ihn zum ersten Mal sah, anders als die heilige Grotte als eigenartig leer empfunden und konnte nicht mit aller Seele glauben, dass der Leib des Heilands wirklich hier liegen sollte, zumal er doch in den Himmel aufgefahren war und in der Heiligen Schrift nichts darüber stand, dass er sein Corpus zurückgelassen hätte. Dies verwirrte mich, doch kreisten meine Gedanken in jener Stunde nicht darum. Im Angesicht der heiligen Grotte ward mir bewusst, dass ich mit einem Leben abschloss, das ich so niemals wieder würde aufnehmen können. Was immer in der Vergangenheit Leitbild meines Tuns war, schien nun fraglich geworden. Ich war nicht hier, um mir die Kraft zu holen, die eine Reise durch die Wüsten der arabischen Lande erforderte, nicht um mir Gottes Beistand zu erflehen, ich war hier, um Abschied zu nehmen von einem Leben, das mich hierher geführt hatte, mir aber nun nicht mehr weiterhalf. In diesem Augenblick wurde mir klar, dass ich in eine Falle geraten war: Jerusalem brauchte mich nicht und ich brauchte Jerusalem nicht. Alles, was mich angetrieben hatte, ehe ich in Tiberias von meinen Zielen abgekommen war, alles das war kein Ziel. Und die Heimat war ebenso verloren für mich, gab es doch keine Rückkehr auf die Burg meiner Väter und keinen Hof, der mir Obhut und Brot bedeutet hätte. Ich war hier, um Abschied zu nehmen von einem verlorenen Leben und mich zu rüsten für ein neues, von dem ich noch nicht wusste, was es bringen würde.

Ein paar Körnchen Weihrauch, Herr!

»Ein paar Körnchen Weihrauch, Herr!« Beinahe verzweifelt streckte ich meine Hände aus, um zu zeigen, wie bitter nötig ich diese Kostbarkeit hatte. Doch auch hier im Süden von Tiberias, nahe dem Jerusalemtor, war nicht das kleinste Maß dieses magischen Stoffs mehr zu bekommen. Die Ware schien sich in Nichts aufgelöst zu haben – allein der stets dienstfertige Sallah al-Qadî berief Allah zum Zeugen seiner Bemühungen um Linderung meiner christlichen Not: »Herr, ein wenig von dem kostbarsten Weihrauch diesseits des Indus konnte ich für Euch noch ergattern. Natürlich waren meine Bemühungen sehr aufwändig und ich musste mein Geschäft tagelang vernachlässigen, um Eure Wünsche erfüllen zu können.«

Unglücklicherweise führte dies also zu höheren Preisen und al-Qadî begann sich beim Verhandeln zunehmend zu sträuben, wusste er doch, dass mir kein Spielraum blieb. Ich hatte ihn im Verdacht, weiterhin kleine Mengen an Weihrauch zu horten, da ihm die Ware längere Zeit nicht ausging. Die Preise erhöhten sich täglich. Was also hätte es ihm gebracht, mir allzu schnell allzu viel davon zu verkaufen.

Dann jedoch traf unerwartet eine Karawane aus Bagdad in Tiberias ein und richtete ihr Lager nahe dem südlichen *Suq* ein, wo Sallah al-Qadî seinen Laden hatte. Der Zufall wollte es, dass einige der reisenden Händler auch Weihrauch mitführten, der über den Tigris und Bagdad aus dem Süden der arabischen Halbinsel kam und also der beste Weihrauch war, den es für Münzen zu erwerben gab. Vielfach wurde diese Kostbarkeit auch gegen Gold oder Geschmeide eingetauscht und manche Fracht war die Aussteuer für eine Händlerstochter, wenn sie in Form von Schmuck oder Edelsteinen in die Heimat zurückgebracht wurde.

Sallah al-Qadî hatte es besonders auf den wertvollen Weihrauch abgesehen, wusste er doch, als Einziger, wie viel der christliche Geistliche tatsächlich dafür zu zahlen bereit war. Kaum war die Karawane eingetroffen, begab er sich auch schon zu der kleinen Karawanserei nahe den alten Thermen, um seinem Geschäft nachzugehen. Wie betroffen blickte er aber, als er mich mit einem Mal neben sich unter dem Torbogen des alten Gebäudes einherschreiten sah!

Die Karawanserei war in der typischen Art sehr alter Gebäude niedrig erbaut und vom vielfachen Kalken und der feuchten Luft am See bucklig und krumm geworden. Die wenigen Fenster waren sehr klein und hoch gelegen, auf dass ein Fremder nicht die Ruhe der Gäste stören konnte. Im Hof lagen die Tiere bei den Tränken, die von einem kleinen Rinnsal gespeist wurden, das man von den nahen Thermen hergeleitet hatte und das dementsprechend warmes Wasser führte, was die Gäste der Karawanserei bei Nacht mehr zu schätzen wussten als am Tage. In den schmalen Schatten des niedrigen Gebäudes und unter den aufgeschlagenen Zeltwänden, die ein prächtiges buntes Bild abgaben, hatten bereits die Händler des Ortes mit den reisenden Händlern zu feilschen begonnen. Nur wenige Lasttiere waren es, kaum ein halbes Dutzend Kamele und noch weniger Maultiere, eigentümlich wenige für eine Karawane aus dem fernen Bagdad, die über den Golan hatte steigen und den Antilibanon passieren müssen, die die Wüste durchwandert und den Jordan überquert hatte. Doch al-Qadî störte das nicht. Ihn störte erkenntlich meine Anwesenheit. »Was macht«, so sprach er mit bemüht entrüstetem Ton, »ein Gottesmann wie Ihr hier bei diesen Unseligen!«

»Unselige?«, fragte ich, überrascht von dieser Rede.

»Nun, wisst Ihr denn nicht, dass diese reisenden Händler Banditen sind und ihre Ware den Raubzügen der irakischen Säbelreiter verdanken?«

Beinahe hätte ich lachen müssen über diesen Einfall. Doch ich hatte mich im Griff und zuckte nur die Achseln, um mit etwas unsicherem Tonfall zu sagen: »Immerhin könnte es sein, dass sie auch etwas Weihrauch mit sich führen.«

»Ha, Gott möge Eure Leichtgläubigkeit vergeben und Euch Eures Mutes wegen schützen!«

»Ich wüsste nicht, dass ich mutig wäre. Ich mag einige Tugenden haben, aber Mut gehört nicht dazu.«

»Allah gebe, dass es Mut sei, sonst müsste ich sagen, es ist Dummheit. Diese Strauchdiebe werden einen Gottesmann wie Euch so arm machen, dass sogar euer Kalif in *Rum* euch nicht mehr helfen kann.« Wie zum Beweis streckte er die blanken Handflächen in die Luft und sandte seinen verzweifelten Blick hinterher.

»Aber, bei Gott, was würdet Ihr mir raten?« Mein Blick war kaum weniger verzweifelt.

»Seht, Herr, nun kennt Ihr mich seit langer Zeit«, hob al-Qadî an zu erklären, wiewohl er mich erst vor einigen Tagen erstmals an seinem Stand erblickt hatte. »Ich bin ein ehrbarer Händler und habe Eure Sache verfolgt, wie immer ich nur konnte. Gerne will ich mich für Euch verwenden. Gebt mir Euer Geld und ich kaufe für Euch Weihrauch, so diese Banditen welchen bei sich führen.«

Ich wand mich.

»So sie keinen dabeihaben, bekommt Ihr Eure Börse natürlich zurück!«, schob al-Qadî hinterher.

Doch auch damit konnte ich mich nicht anfreunden. Ein wenig rang ich mit mir, doch dann gestand ich ihm ein: »Verübelt es mir nicht. Doch Ihr seid Muselman und ich bin Christ. Ein Christ kann einem Moslem nicht vertrauen.«

Für einen winzigen Augenblick war seine Empörung echt, doch sogleich fasste sich Sallah al-Qadî und spielte nur mehr den Empörten. »Ihr beleidigt mich«, sagte er und fügte rasch hinzu: »Doch ich will Euch zeigen, dass ein Moslem ein Mann von Ehre ist. Da Ihr mir Euer Vertrauen nicht schenken wollt, so schenke ich Euch meines. Was immer diese Karawane an Weihrauch bei sich führt – wenn sie welchen bei sich führt –, werde ich erwerben und für Euch allein in meine Lager verbringen lassen. Die Gefahr ist auf meiner Seite, dass Ihr mir die Ware nicht abkauft. Damit aber sollt Ihr sehen, dass es eine Tugend ist, voll Vertrauen zu handeln.«

Beschämt neigte ich mein Haupt und blieb unter einem der schattigen Bögen nahe dem Durchgang stehen. »Ihr sprecht wie ein Edelmann«, sagte ich und hob die Arme zum Himmel. »Gott sei mein Zeuge, dass mich Eure Großmut beeindruckt! Geht also hin und handelt in Eurem und der heiligen Kirche Interesse, auf dass die Stätten der Andacht schon bald wieder geweiht sein werden, hier und in den weiten Landen des Königreichs Jerusalem, und auf dass die Pilger von weit her strömen und den göttlichen Odem aufnehmen werden, der uns durch den Weihrauch dargebracht wird. Eure Seele soll vom falschen Glauben gereinigt werden durch diese wahrhaft christliche Tat ...« Aus den Augenwinkeln konnte ich erkennen, welches Unbehagen ihm meine Worte verursachten. Sosehr ich den Spaß auch genoss, so wenig wollte ich den Erfolg des Unternehmens gefährden, weshalb ich meine Rede damit beschloss und ihn zum krönenden Ende mit einem Griff an meinen Beutel fragte: »Soll ich Euch, guter Mann, zum Zeichen meines Vertrauens die Münze für dies Geschäft bereits geben?«

Für einen Moment blitzte die Gewinnsucht aus seinen Augen, doch sogleich hatte er sich wieder im Griff und meinte angesichts der vielfach höheren Verdienstmöglichkeiten, wenn er mich abermals mit kleineren Mengen Weihrauchs über längere Zeit hinweg abspeiste, in gönnerhaftem Ton: »Christ, wo Gott sein Vertrauen schenkt, da schenkt er es gänzlich. Ich werde Euch die Summe, die nötig ist, vorstrecken, wie hoch immer sie auch sei.« Um weiterer Gegenrede zu entgehen, wandte er sich mit geübter Bewegung um und verschwand hinter einer Wand von Menschen, die sich an den inzwischen ausgelegten Waren der Teppichhändler aus Hamedân und der Gewürzhändler aus Kermân eingefunden hatten.

Am Berg Zion wird man uns erwarten

»Am Berg Zion wird man uns erwarten«, sagte Saadi munter und trieb mich zur Eile an, obschon ich beinahe fertig war. Ich wollte auf meine wenigen Habseligkeiten nicht verzichten, ebenso wenig auf mein Kamel, das mir lieb geworden war, denn es war brav und klaglos und kam sich nie ins Gehege mit anderen Tieren, was immer wieder zu großem Ärger unter den Bazaris führte.

»Fürchtest du, sie werden ohne uns abreisen?«

»Wa Allah, wenn wir jetzt nicht die Stadt verlassen, so werden wir bis zum Abend nicht bei al-Azarieh sein und letztlich einen ganzen Tag verlieren.«

Al-Azarieh! Der arabische Name für Lazarus. Hier hatte Christus das Wunder der Auferweckung des Lazarus vollbracht. Was noch zu packen gewesen wäre, ließ ich liegen und stehen und lief hinter dem lachend vorauseilenden Saadi die Treppen hinab und ins Freie. »Ich wusste, dass dich das überzeugen würde!«, rief er bester Laune und nahm mein Kamel am Zügel.

»Hast du kein Reittier dabei?«

»Es ist hier üblich, dass der *Sarawan* die Kamele und Esel stellt. Man belastet sich so nicht für die Reise.«

»So teilt er die Tiere den Reisenden zu?«

Tatsächlich teilte er sie den Reisenden nicht zu, sondern ließ diese die Tiere selbst aussuchen. Das ging so weit, dass er nicht einmal in ihre Streitigkeiten eingriff, als mehrere Pilger dasselbe Tier für sich beanspruchten. Letztlich zeigte sich, dass er genau das Richtige getan hatte, denn die Wallfahrer hatten schließlich ein jeder ein Reittier und stellten einer wie der andere eine fröhliche Miene zur Schau. Selbst Saadi, der zu meiner Überraschung einen sehr behäbig wirkenden Esel ergattert hatte, dessen weißer Bart auf ein bemerkenswertes Alter schließen ließ, blickte vergnügt in die Runde. So stand ein jeder vor seinem Tier, als der Sarawan mich mit seiner Aufforderung verblüffte, alle Lasten, die wir mitzuführen gedachten, auf einen großen Haufen zu legen. Doch statt der gewohnten Schimpfereien, wie ich sie vom Bazar her kannte, setzte lediglich ein munteres Geplauder und Gelächter ein, während ein jeder seine Habe auf einen Platz schaffte, den die Helfer und Kameltreiber in der Mitte der Tiere gebildet hatten. Hier türmte sich alsbald allerlei Gut, fest verschnürte Päckchen, schwere Säcke, Schläuche mit Wasser, womöglich auch der eine oder andere mit Wein, Bündel von Brennbarem und mit Tuch umwickelte Kästen in allen Farben und Formen. Konnte ein Mensch aus diesem fürchterlichen Durcheinander jemals wieder seine Habseligkeiten herausfinden? Hatte denn keiner Sorge um sein Eigentum? Ich stand noch immer unschlüssig da, als alle anderen ihre Sachen längst abgelegt hatten.

»Nun?«, wandte sich der Sarawan an mich. »Ihr braucht eine besondere Einladung? Sollen wir zuerst ein Lied für Euch anstimmen?«

»Verzeiht, Herr«, entgegnete ich so respektvoll wie möglich und mit einer Verbeugung, derentwegen sich Saadi noch lange über mich lustig machen sollte, »was aber ist der Zweck?«

»Der Zweck?«

»Ja, warum sollen alle ihre Sachen auf einen Haufen legen?«

»Wa Allah! Hört ihn euch an!«, rief der Sarawan sichtlich vergnügt, jemanden von so geringem Verstand zu finden, mit dem er seine Späße treiben konnte. »Natürlich werden wir die Sachen jetzt alle wegschaffen und euch dann ohne euer Hab und Gut nach Mekka schicken.« Nachdem sich alle herzhaft ausgelacht hatten, fügte er hinzu: »Nein, mein Herr, wir werden die Waren so auf den Tieren verstauen, dass möglichst viele davon in Mekka ankommen. Und zwar sowohl von den Waren als auch von den Tieren!« Mit diesen Worten gab er seinen Helfern einen Wink, worauf diese sich meiner Habe bemächtigten, sie ebenfalls auf den besagten Platz schafften und sogleich begannen, alles und jedes zu wägen und nach Form und Gewicht geschickt auf die Tiere zu binden. Dabei stellten sie so flinke Hände zur Schau, dass ich schon bald meine Scham vergessen hatte und ihnen bewundernd zusah. Dergleichen wäre, wie ich fand, auch für die Händler in Tiberias interessant gewesen.

Als wir am Abend al-Azarieh erreichten, das biblische Bethanien, waren meine Bedenken gegen den Sarawan und seine Leute verflogen. Mit klugen Anweisungen und erfahrenem Tritt lenkten sie unseren Zug durch die Steinfelder östlich von Jerusalem und so manchen Hügel hinauf, der sich als gefälliger entpuppte, als wir zunächst befürchtet hatten. Man hatte sich für die Route gen Osten entschieden, ins Zweistromland hinein und dann südlich. Zwar waren die Wüsten auf dieser Strecke zahlreicher als auf dem Weg Richtung Süden und auf dem Seeweg durch das Rote Meer, doch waren sie weniger heiß und vor allem weniger bevölkert von feindlichen Stämmen, die jede Gelegenheit nutzten, Krieg gegen friedvolle Karawanen zu führen, diese auszuplündern und die Reisenden zu morden.

Als erstmals die Berge mächtiger vor uns aufragten, neigte sich der Pfad einen sanften Hang hinab, gesäumt von Dattelpalmen und Ölbäumen sowie manch dorniger Hecke, in der schon auch einmal ein Fasan zu erblicken war, was mich voll Wehmut an meinen Speer denken ließ, der mir in der fernen Heimat so gute Dienste geleistet hatte und mit dem ich zu einem einigermaßen glücklichen Jäger geworden war. Mein Blick folgte der alten Straße und entdeckte hinter einer Kuppe eine Brücke, von der nicht zu erkennen war, worüber sie sich erstreckte, war doch weit und breit kein Wasser zu sehen, und hinter der Brücke eine halb zerfallene Mauer und noch eine und dahinter ein geducktes Haus. Meine Enttäuschung war groß: Dies war Bethanien, der Ort von Maria, Martha und

Lazarus, der Ort von Simon dem Aussätzigen und des heiligen Hieronymus? Ein Dutzend niedriger Hütten aus geborstenem Stein und zerbröseltem Lehm, kaum wert, Dorf genannt zu werden, geschweige denn Stadt. Nicht einmal eine schützende Mauer hatte man um diesen Weiler gezogen. Doch wozu auch. Niemand würde hier Reichtümer vermuten, der Überfall wäre die Sache nicht wert. Und doch – wie dieser alte Haufen Steine in der späten Sonne lag, goldglänzend und von knorrigen, fettgrünen Ölbäumen umkränzt in der geklärten Luft vor der Nacht, da meinte ich, die Stimmen zu hören, die unter diesem Himmel gesprochen hatten, fühlte die Worte im Nachhall, die Christus an die Schwestern des Lazarus gerichtet hatte: »Ich bin die Auferstehung und das Leben. Wer an mich glaubt, der wird leben, gleich ob er stürbe; und wer im Glauben an mich lebt, wird niemals sterben.« Und ich antwortete Seiner Rede im Geiste und leise murmelnd: »Herr, ja: Ich glaube, dass Du der Christus bist, der Sohn Gottes, der in die Welt gekommen ist.«

Noch während die anderen in die schnell aus dem Boden wachsende Dunkelheit hinein das Lager errichteten, überredete ich einen kleinen Burschen, der wohl kaum zwölf Jahre alt sein mochte und sich bei uns herumdrückte, um sein Glück zu machen, mir das Grab des Lazarus zu zeigen. Hocherfreut über den halben Dirham, der ihm als Lohn versprochen ward, machte er sich davon, um nach wenigen Augenblicken mit zwei halb abgebrannten Fackeln wieder neben mir zu stehen: »Lasst uns gehen, Herr, solange noch ein wenig Licht ist.«

»Wenn es weit ist, so sollten wir besser nicht zu Fuß gehen, sondern ein Tier benutzen«, sagte ich mit Blick auf die Fackeln.

»Es ist nicht weit, Herr, nur tief.«

Der Sinn dieser seltsamen Rede erschloss sich mir wenig später, als ich am Rande der Siedlung vor einer kleinen Kapelle stand, die sich auf den ersten Blick kaum von den anderen Häusern Bethaniens unterschied und allenfalls dadurch auffiel, dass sie mit einer niedrigen und etwas schiefen Kuppel versehen war.

Im Inneren jedoch, das kaum größer war als die Behausung einer sehr ärmlichen Familie, tat sich eine finstere und überraschend tiefe Grotte auf, die in den Stein hineinreichte, als hätten wir einen wahrhaftigen Berg vor uns. Die beiden Flammen waren zu spärlich, das Grab, in dem aufrecht zu stehen einem erwachsenen Manne kaum möglich war, bis zu seinem Ende auszuleuchten. In der Mitte jedoch hatten Pilger allerlei hinterlassen. Verdorrte Blumen und halb niedergebrannte Kerzen sammelten sich ebenso an der Grablege des Lazarus wie Steine und billige Amulette, wobei ich keinen Zweifel daran hatte, dass auch andere als billige Schmuckstücke hinterlassen worden waren.

So einfach dieser Ort war, so sehr rührte er mich an. Ich fühlte mich der Wahrheit nahe und berichtete dies meinem moslemischen Freund am Abend, als wir uns an den Mauern des einzigen Hauses, das man in al-Azarieh mit einem Rest an Aufrichtigkeit Karawanserei nennen konnte, für die Nacht eingerichtet hatten und, den Kopf auf dem gut verschnürten Bündel mit der wertvollsten Habe, die härenen Decken über uns zogen.

»Ich verstehe, was dich bewegt hat, mein Freund«, entgegnete Saadi. »Ähnliches ist mir häufig widerfahren, wenn ich auf dem Hadsch war oder zu einem der Heiligtümer gereist bin, die auch unseren Glauben schmücken. Sieh, wir begegneten uns im *Qubbet as-Sakhra*. Der heilige Fels, von dessen Spitze aus unser Prophet, Allah möge ihn allezeit beschützen, in den Himmel gefahren ist, ist für uns Gläubige wie die Grotte auf dem Berg Golgatha oder diese Höhle im Fels von al-Azarieh. Es sind heilige Steine, die unser Herz an sich ziehen und uns verzaubern. Es ist, weil sie ewig sind und weil sie irgendwann in der Ewigkeit ihres Seins, zu einem ganz bestimmten Zeitpunkt, in einem Augenblick, den allein Allah bestimmen konnte, von heiligen Händen berührt und dadurch selbst heilig wurden.«

Ich betrachtete eine Weile die Sterne, die immer zahlreicher das Firmament bevölkerten. »Weißt du, es scheint mir fast, für jeden Stern am Himmel gibt es in diesem Land ein Heiligtum. In meiner Heimat fährt man weit, um ein kleines Stück vom

Knochen eines Heiligen zu sehen und ihm zu huldigen und seinen Beistand zu erbitten. Hier aber kann man jeden Tag auf die Stätte eines Wunders stoßen.«

»Ja«, sagte Saadi, »das Land ist voller Legenden.«

»Nein«, sagte ich. »Das Land ist voller Glauben.«

Wie mutig doch unser junger Freund

»Wie mutig doch unser junger Freund sich in die Höhle des Löwen begeben hat!«, rief Yakub Ben Noah und klopfte mir auf die Schulter. Ich verneigte mich mit einem gehörigen Maß an Demut, um sogleich wieder einem Gespräch zu folgen, das mir Rätsel blieb. Ein Dutzend Männer saß im Garten meines Schwiegervaters zu Tiberias und unterhielt sich angeregt. Man sprach arabisch, doch in den entscheidenden Wendungen verwendete man unablässig Begriffe, die ich nicht einordnen konnte, die mir keinen Sinn ergaben oder die klangen, als seien sie einer ganz anderen Sprache entnommen – was sie vermutlich auch waren.

Der Tag stand lange schon im Zenit, doch die Gesellschaft war trotz der klebrigen Hitze unbekümmert wie am Morgen. Kein Fest, das ich bisher erlebt hatte, war so genügsam und so würdig begangen worden. Ein Tross vor allem älterer Männer saß unter Bäumen zusammen und pflegte ein respektvolles Gespräch. Speisen wurden gereicht, feinstes weißes Brot, Fleisch vom Hammel, über dessen koschere Schlachtung und Zubereitung ein geradezu griechisches Gespräch geführt wurde, getrocknete Früchte, über deren heilsame Wirkung ebenso gelehrt disputiert ward, Wein, doch nur in kleinen Mengen und in noch kleineren Kelchen. Welch eine wundersame Gesellschaft, die kein lautes Wort über die Lippen brachte und sich zugleich rechthaberisch gebärdete und dabei unablässig entschuldigte.

Gelegentlich richtete einer der Männer das Wort an mich, prüfte meine Antworten, als untersuchte er Goldstaub auf seine Reinheit, fragte höchst klug nach, um darauf wieder in das Gespräch mit den anderen in einer Weise einzutreten, die mir das unangenehme Gefühl gab, ich sei der Gegenstand einer richterlichen oder medizinischen Untersuchung. Gerade als ich aufstehen und mich möglichst unauffällig zurückziehen wollte, richtete also Ben Noah das Wort an mich, worauf Ben Jalou entgegnete: »Sallah ist mitnichten ein Löwe! Eher ist er ein Maulwurf.«

»Ein Maulwurf?«

»Ja, er ist blind und taub und wenn es Ernst wird, verkriecht er sich in seinem Bau.«

»Das kannst du so nicht sagen, verehrter Ben Jalou«, widersprach Ben Noah, und in den Männerkreis drang mit einem Mal Bewegung. »Sallah ist immerhin in die Falle gelaufen. Das wäre ihm nicht passiert, wenn er in seinem Bau geblieben wäre.«

»Und das ist eine Schande!«, entrüstete sich ein besonders alter Gast, dessen Namen ich mir nicht gemerkt hatte.

Ein rundlicher, etwas zerzauster Mann in der Mitte seines Lebens zuckte die Schultern und meinte: »Verzeiht, ihr Lieben. Aber will mir einer von euch sagen, was vorgefallen ist?«

Allgemeine Heiterkeit erhob sich ob der Unwissenheit dessen, der, wie ich später erfuhr, erst in der Nacht von einer längeren Reise zurückgekehrt war und daher noch keine Kunde von den vorgefallenen Dingen erlangt hatte. So nötigte mich Ben Noah, ihm in meinen Worten zu erzählen, was geschehen war. Zunächst legte ich dar, wie mich meine jüdische Familie zu einem falschen christlichen Priester gemacht hatte, um mich sodann zu einem moslemischen Händler zu schicken. »Ich machte ihm klar«, fuhr ich fort, »dass die Tatsache, dass Jerusalem nun wieder den christlichen Rittern untersteht, dazu geführt habe, dass wir eine ungeheure Menge Weihrauch bräuchten, ich aber keinen fände.«

»Bei Gott, wie konnte er solchen Unsinn glauben!«, rief der feiste Mann und amüsierte sich schon prächtig, bevor ich den Witz erzählte. »Wer braucht heute Weihrauch!« Es war keine Frage, es war eine Feststellung.

»Es ist die Weihe, wie ich ihm sagte. Die Kirchen müssten neu geweiht werden, und zwar vierzig Tage lang eine jede.«

»Mit Weihrauch?«

»Mit Weihrauch.«

»Das leuchtet ein.«

»Nun, al-Qadîs Vorräte an Weihrauch waren bald zu Ende. Zufällig aber war eben eine Karawane aus Bagdad angekommen, die sehr große Vorräte an Weihrauch mit sich führte.«

»Zufällig?«

»Rein zufällig.«

»Rein zufällig!«, riefen alle wie aus einem Mund und lachten freundlich vor sich hin. Langsam wurden die Herren etwas munterer.

»Die Weihrauchhändler meinten es nicht gut mit Sallah. Auch sie hatten bereits von der Knappheit an diesem teuren Stoff gehört und forderten unverschämte Preise. Al-Qadî war letztlich bereit, einen Preis zu bezahlen, der in normalen Zeiten leicht für die doppelte Menge ausgereicht hätte.«

»Unglücklicherweise hatte der Priester plötzlich kein Geld mehr?«, fragte der freundliche Geselle.

»Unglücklicherweise hatte der Papst Weisung gegeben, dass auch das Lesen von drei Messen ausreiche«, legte ich dar.

»Unglücklicherweise!«, riefen darauf wieder alle wie aus einem Mund und lachten erneut über die Dummheit der Welt und den Witz Yakub Ben Noahs, der ihnen diesen schönen Nachmittag in den Gärten seines Anwesens beschert hatte. Allein der Alte, der sich bereits vorher entrüstet hatte, stimmte nicht in den Kanon der Ermunterten ein. Er brütete düster vor sich hin und grollte, als sich die allgemeine Heiterkeit etwas gelegt hatte: »Es wird euch nicht gut tun, solches Spiel zu treiben! Ihr habt nicht nur falsches Zeugnis abgelegt, ihr habt euch dazu auch noch des Herrn bedient!«

»Ben Levi, oh mein Oheim«, versuchte Saul ihn zu beruhigen, »seht, es war doch nur der falsche Gott der Christen.«

»Es gibt nur einen Gott! Und er ist auch der Gott der Fehlgeleiteten«, donnerte Ben Levi und stützte sich auf seinen Stock, um sich aufzurichten, was ihm jedoch nicht gelingen wollte. Zu groß war sein Zorn, den er uns polternd vor die Füße warf: »Ihr seid keine Kinder mehr, bei Jahwe! Wie könnt ihr so leicht eine solche Lästerung begehen. Wie könnt ihr so leicht darüber lachen!« Seine Lippen waren schwarz und sein Mund, umweht von einem mächtigen weißen Bart, erschien mir wie der Vorhof zum Fegefeuer, als er Mose gleich seinen Stock in den Himmel streckend rief: »Herr, sieh ihnen ihre Dummheit nach! Sie sind Kinder. Sie werden es immer bleiben! Zuerst lästern sie die Religion, dann bedienen sie sich eines Ungläubigen, um das Schandwerk zu vollbringen – und schließlich laden sie den Mann ein, in den Kreis von Gläubigen zu treten, wo ihm doch dieser Garten verboten sein sollte und diese Gesellschaft nicht seine ist.« Dann blickte er in die Runde und drehte sich langsam, einem jeden fest ins Auge schauend, zuletzt mir. »Es wird nicht ungerächt bleiben, was ihr dem Glauben angetan habt. Ihr seid Kinder und aus dem Kreis der Kinder wird die Rache sein.« Mit diesen Worten verließ uns Rabbi Ben Levi. Zurück blieben bedrückt schweigende Männer, die nicht wussten, was sie nun sagen oder tun sollten. Es war Ben Noahs Pflicht als Gastgeber, wieder Heiterkeit unter sie zu bringen. Also forderte er uns auf, mit ihm seinen Garten zu begehen. Ben Noahs großer Stolz waren die Wasser, die er an mehreren Stellen hatte anlegen lassen. Gespeist von tiefen Quellen, deren kühles Nass für eine erträglichere Temperatur im Garten und im Haus sorgte, waren vier Teiche angelegt, verbunden durch kleinere Kanäle, und in dem vierten führten bunte Fische ein munteres Leben. Ben Noah zeigte sie gerne seinen Besuchern, denn es waren keine Fische aus dem nahe gelegenen See, sondern Tiere, die er unter großen Mühen von weither nach Tiberias verbracht hatte. Ihr schillerndes Schuppenkleid blitzte in der Nachmittagssonne und ließ uns Rabbi Ben Levi und seine düsteren Prophezeiungen schon bald vergessen.

Als über den Bäumen der frühe Mond heraufzog, blass am noch hellen Himmel stehend, reichten die Frauen das abendliche Mahl. Es war Sitte unter den Juden von Tiberias, nicht lange Nächte zu feiern, sondern den Tag gemeinsam zu beschließen, dann aber alsbald nach Hause zu gehen. Anders als bei den strenggläubigen Moslems war es im Kreise der jüdischen Händler Brauch, dass man die Mahlzeiten mit der ganzen Familie teilte. Also setzten sich die Frauen und Kinder hinzu, wenn auch etwas zur Seite hin, und lauschten dem Gespräch der Besucher und pflegten selbst ihre munteren Plaudereien. Gerne hätte ich besser verstanden, was sie sagten, denn stets erschien mir das, was die Frauen zu bereden hatten, erquicklicher als das, womit die Männer prahlten und worauf sie schimpften – und selbst wenn die Frauen schimpften, klang es aufregender, leidenschaftlicher, weniger lebensbedrohlich. So aber, da ich auch hier allenthalben an die Grenzen meiner Sprachen stieß, teilte ich Samiras Stille und horchte auf die munteren Reden hier und die bedeutenden Vorträge da. Unbemerkt unterdessen ließ ich meine Hand unter die Bank gleiten und strich meiner Frau übers Bein, was sie mit strengen Blicken beantwortete, ohne meinem Treiben jedoch Einhalt zu gebieten. Es wäre ihr ein Leichtes gewesen, sich mir zu entziehen. Da sie es nicht tat, wusste ich, dass sie es mochte, und fuhr kühn mit meiner Unschicklichkeit fort, wie ich glaubte, unbemerkt von den anderen, die inzwischen so fern von der Begebenheit waren, die mit mir zusammenhing, dass sie mich vielleicht schon vergessen hatten. Jean krabbelte zwischen den Gästen herum, bald würde er einschlafen. Ich hatte öfter beobachtet, wie müde er plötzlich wurde, wenn die Dunkelheit hereingebrochen war. Ich war stolz auf ihn. Schon begann er, sich an allen Schemeln, an jedem Zweig und vor allem an jeder Frau der Familie hochzuziehen, um auf wackeligen Beinchen zu stehen, bis er sich selbst zu schwer wurde und auf sein kleines Hinterteil fiel. Er hatte meine goldenen Locken geerbt, was in der Familie Verzückung und Empörung zugleich ausgelöst hatte. Natürlich gehörte es sich nicht, dass ein jüdisches Kind in einer jüdischen Familie in Galiläa blond gelockt war. Es war beinahe ein Gebrechen. Aber es sah für die Menschen hier, wie ich immer wieder bemerkte, bezaubernd aus. Da es in diesen Landen keine blonden Menschen gab, jedenfalls so wenige, dass ich bisher noch keines einzigen ansichtig geworden war, wirkte Jeans helles Haar noch tausendmal leuchtender, als es war.

Nie war ich so sehr im Einklang mit meinem Leben gewesen wie in diesem Augenblick, als mein Weib an meiner Seite saß, entgegen ihren entrüsteten Blicken ganz mit mir und meinem

Tun einverstanden, eine Verschwörerin gegen alle Welt umher, und unser Sohn zu unseren Füßen spielte, ein munteres Kind, Glück aus Glück geboren.

Es konnte nicht ausbleiben, dass ich entdeckt wurde. Zur gleichen Zeit, als Samiras Mutter mit schreckgeweitetem Blick zu uns herüberstarrte, rief plötzlich der feiste Ben Jelou: »Seht euch das Bürschchen an! Kann nicht erwarten, dass wir alle nach Hause gehen.«

Die versammelte Gesellschaft blickte zu uns her. Samira, die vor Scham zu einer Erbse hätte zerschmelzen können, wandte den Kopf ab, ich aber, noch immer an ihr klebend wie ein Säugling, wusste nichts anderes zu tun als hilflos zu grinsen und die Schultern zu heben.

Ben Noah war es, der mir die Peinlichkeit abnahm, etwas sagen zu müssen. Er begann plötzlich laut zu lachen und hob seinen Kelch. »Lasst uns auf das Glück der Erde trinken, das in der Gemeinsamkeit liegt. Wo zwei sich verstehen, ist kein Platz für Traurigkeit!« Die anderen Männer murmelten und hoben ihre Becher ebenfalls, um sich dem Trinkspruch anzuschließen.

Samira verschwand nach einigen Augenblicken, kaum hatte sich die Aufmerksamkeit wieder von uns abgewandt. Ich ging ihr nicht nach, um nicht noch mehr Anlass für Vergnügungen auf unsere Kosten zu geben. Bald würde die Gesellschaft das Beisammensein aufheben. Dann könnte ich das Versprechen einlösen, das wir uns in unserer Berührung gegeben hatten.

Weithin glaubten wir

WEITHIN GLAUBTEN WIR, die Oase zu sehen, der sich unser Zug über die Dünen hinweg entgegenschob. Doch immer wieder waren es nur Trugbilder, die das Auge betörten und die Seele betrogen, immer wieder war es, als würde die rettende Zuflucht uns einem Feenwesen gleich locken, um uns sodann tiefer und tiefer in die Weiten der Wüste zu ziehen. Als dann, beinahe gegen Abend, die Spitzen der Bäume über einige schroffe Felsen blickten, hätten wir sie fast übersehen, so unerwartet nah, so plötzlich hatte sich der Ort des Lebens vor uns aufgetan.

Es bedurfte keiner Worte, die Reisenden vom falschen Wege weg- und auf die Oase zuzubewegen. Schweigend schwenkten wir mit den Tieren seitwärts und zwischen hoch aufragenden Felsen hindurch, ein wenig schneller wohl als während der letzten Stunden und sicherlich voll der Erleichterung, da uns nunmehr die Wüste nichts mehr würde anhaben können. Die Nacht würde sehr rasch über uns hereinbrechen. Und die Nächte in den Wüsten waren kalt, das galt auch für die große Wüste, die sich im Süden von Bassora bis tief in die arabische Halbinsel hinein erstreckte. Erst in zwei Wochen würden wir einige Zeit nahe der Küste entlangziehen. Bis dahin waren wir den Launen von Stein und Sand ausgesetzt.

Für Saadi war diese Reise ein *Hadsch*, eine Pilgerreise, deren Ziel Mekka er nicht zum ersten Mal, zum ersten Mal aber auf diesem Wege suchte. Wie jedem gläubigen Moslem war auch ihm diese Pflicht, die durch den Propheten kundgetan worden war, ein Herzensanliegen. Dabei schienen mir die Mekkapilger ungleich friedvoller und andächtiger als die christlichen Pilger auf dem Weg nach Rom oder ins Heilige Land. »Du musst bedenken«, erklärte mir Saadi, »dass allen Moslems der Hadsch heilig ist. Ein Pilger auf dem Weg nach Mekka wird auch von den übelsten Halunken ungeschoren bleiben, wenn sie nur sein Ziel kennen und Brüder im Glauben sind.« Im Denken hatte er damit zweifellos Recht. Jedoch nicht tatsächlich. Doch das musste auch Saadi erst am eigenen Leib erfahren.

Die Oase war klein und karg. Wenige Bäume nur und keineswegs ein Teich klaren Wassers, sondern nur eine Zisterne, aus der es stank, weil auch ihr Wasser faulig roch und wie das Waschwasser aus dem Totenhaus schmeckte. Die Tiere weigerten sich, es zu trinken, was es auch uns schwer machte, war doch die Prüfung an einem Esel oder Maultier immer noch der erste und oft auch der beste Beweis dafür, ob man das Wasser eines Brunnens oder Tümpels trinken durfte oder ob man lieber davon Abstand nahm.

»Wir sollten eine Münze werfen!«, rief ein besonders munterer Mitreisender, der immerzu aus allem einen Scherz machte und uns anderen damit abwechselnd viel Vergnügen bereitete oder ausnehmend lästig wurde.

»Besser, wir werfen dich!«, hielt seine Frau dagegen, die ein lautes und lebenslustiges Weib war. Es war selten, dass man ein Paar zusammen, aber ohne Kinder reisen sah. Eigentlich war mir dies nie begegnet. Immer reiste entweder ein Mann allein oder samt seiner gesamten Nachkommenschaft, wenn man von jungen Paaren einmal absah. Dieses Paar war indes sichtlich schon lange zusammen. Stets gab ein Wort das andere, und ich hatte nicht selten den Eindruck, dass ein jeder schon sehr gut erahnte, welche Antwort er auf seine Spötteleien bekommen würde. So erwiderte also der Mann, indem er sein langes, weites Hemd raffte und weit über die Schenkel hochzog: »Ich hätte den Mut! Du würdest ja nicht einmal den Mut haben, dein Hemd so weit hochzuziehen! Wenn du es tust, steige ich hinunter und hole dir einen Krug von diesem köstlichen Nass herauf, um deine Füße zu benetzen.«

»Willst du, dass mir die Nägel abfaulen? Nein, mein Lieber, ehe dieses Wasser meine Haut berührt, berührt das Wasser deines Esels meinen Magen.« Unter dem Gelächter der Umstehenden band sie die Bündel von dem armen Graufell los und bereitete ein Lager unter einem Strauch, in dessen Dornen sie einige Tücher hängte. Die Mittel mancher Pilger waren einfach. Sehr unterschiedlicher Herkunft waren die Reisenden, die diese Karawane – wie die meisten Karawanen – begleiteten. Einige der Mitziehenden waren Scheichs, von Adel, aus einflussreichen oder immerhin aus reichen Sippen stammend, andere trugen wenig mehr als ihr Hemd auf dem Leib, angewiesen auf Almosen Mitreisender oder Allahs Güte unterwegs. In einem Tross arabischer Edelleute, der weitgehend getrennt von uns anderen ritt, umgab sich Scheich Walid Ibn Hadschadsch Omar mit zahleichen Sklaven und Kriegern. Nächtens, so wie auch jetzt, ward ihm ein Zelt aufgeschlagen, das einem Fürsten zur Ehre gereicht hätte. Die weiten Tücher umspannten eine Fläche, wie wir Zeltlosen sie beinahe gemeinsam benötigten, um unsere Lager zu bereiten. Seine Finsternis wurde bewacht von zwei Bewaffneten und seine Lampe warf ihr Licht, vor den Blicken der anderen Reisenden verborgen, auf mehr als eine Schönheit, die am Tag wohl versteckt in einer Sänfte auf dem Kamel ritten. Lediglich auf ihrem Weg vom Reittier hin zum schützenden Dach des Zeltes konnten die zwei Frauen nicht ungesehen bleiben. So war mir schon am zweiten Abend unserer Reise, die nun bereits drei Wochen dauerte, aufgefallen, dass der Scheich zwei seiner Frauen, vielleicht auch seiner Sklavinnen, bei sich führte. In schmalen Kisten zu beiden Seiten eines Kamels hängend, begleiteten sie den Tross, ohne ihm doch anzugehören. Die Enge musste grausam, die Hitze unerträglich sein, wenn die Sonne die längere Zeit des Tages ungehindert auf diese engen Kabinen herabgestochen hatte. Bisweilen wurde über die fein geschnitzten Kisten ein Tuch gebreitet, das beiderseits herabhing und wohl für ein wenig Linderung der größten Hitze sorgte. Das Kamel erlangte dabei eine Größe wie ein Elefant, eine jener riesigen und dennoch völlig friedvollen Kreaturen, die man in Ländern südlich des Meers kannte und sehr zum Vorteil der Menschen einsetzte.

Scheich Walid war karg an Worten und sprach einen Dialekt, den ich kaum verstehen konnte. Womöglich bediente er sich dieser Sprache auch nur gegenüber seinen Untergebenen. Seine Haut war dunkel und von grünlicher Färbung wie die Wasser des Tigris, an denen wir einige Tage entlanggezogen waren. Sein Bart, mit silbernen Fäden durchsetzt, reichte wenig weiter als bis zum Ansatz seines Halses, war aber so dicht, dass er vom Kinn abstand wie der Pelz eines seltenen und wertvollen Tieres. Entgegen allen Gepflogenheiten, soweit ich das beurteilen konnte, trug er ein grünes Gewand, das wohl aus einem wertvollen, glänzenden Stoff gewoben, im Übrigen aber sehr einfach bestickt war. Saadi hatte schon bald bemerkt, dass ich den Mann beobachtete, vielleicht, weil auch er sein forschendes Auge auf ihn gerichtet hatte. »Des Edlen Stirn trägt die Züge der Wüste«, sagte er und nickte in Richtung auf Ibn Hadschadsch. »Sein Auge aber blickt aus dem Norden herab.«

»Wie allzu oft, mein lieber, Freund, sprecht Ihr in Rätseln«, rügte ich Saadi. Weise lächelnd enthielt er mir die Antwort auf meine ungestellte Frage vor. Stattdessen murmelte er nur: »Wir werden uns zu gegebener Zeit befragen lassen, um zu erfahren, was wir wissen wollen.«

So wortreich wie die Begrüßung

So wortreich wie die Begrüßung fiel auch die Verabschiedung der Gäste aus. Ben Noahs Runde machte sich auf den Weg, sorgsam um die eigene Form und die ihrer Sprache bedacht. Ben Noah war stets stolz, wenn ihm hoch geachtete Gäste die Ehre gaben, was man ihm ansah. Mit vielerlei Huldigungen überschüttete er die Herren, denen er schon morgen wieder ein heftiger Konkurrent sein würde und die ihm das Leben so schwer machen würden, wie er es ihnen machte. Und doch war der Respekt, den man einander zollte, groß.

Ich stand neben Ben Noah, David und Saul, vielleicht einen halben Schritt hinter ihnen, den Gästen und dem Haus zugewandt, in dessen Tür plötzlich Samira auftauchte, ein einziger Schrei. Stumm und dabei alle Geräusche der Welt übertönend rief sie mich mit weit aufgerissenen Augen herbei, mir ein Zeichen machend, wo Jean sei. Ich hatte gedacht, sie hätte ihn mit ins Haus genommen. Doch nun, da sie allein dastand, zitternd vor Angst, war mir klar, dass der Kleine bei mir geblieben war. Ich aber hatte mich nicht gekümmert. Ich stieß Ben Noah und seine Söhne zur Seite und rannte zurück zur Tafel, wo wir vor kurzem noch gesessen hatten. Jean war nicht da. Die anderen wurden aufmerksam. Samiras Mutter war ihr nachgefolgt und klärte die anderen auf, dass das Kind fehlte, während ich durch den Garten stürmte, hinter jeden Strauch schauend, unter jedem Zweig suchend, in jeden Winkel blickend. Jean war verschwunden. Ich sah zu den Türen. Jeder Weg, den der Garten nach draußen nahm, führte durch das Haus. Dort aber war der Junge nicht. Ich versuchte mich zu erinnern. Sah aber nur sein lachendes Gesicht zwischen unseren Beinen, wie er zu uns hochblickte, sehr zufrieden mit seinem Platz. Auch die anderen Männer suchten jetzt, während die Frauen in ein zielloses Hinundherlaufen verfielen und jammerten. Samira stand immer noch in der Tür, nur ihr Gesicht war plötzlich erloschen. Sie blickte auch nicht mehr zu mir herüber, sondern starr vor sich hin, als lauschte sie einer heimlichen Stimme, ehe sie auf die Knie fiel und in stumme Tränen ausbrach. Ich war entsetzt. Was bedeutete das? Warum suchte Samira nicht mit uns anderen das Kind? »Jean!«, rief ich, brüllte seinen Namen, als könnte er mir entgegenrufen: »Hier bin ich, Papa! – Jean!«

Nach einigen Augenblicken stand Samira auf und ging an mir vorbei geradewegs in den Garten. Es war dunkel, während jeder sonst sich um eine Fackel bemühte, schritt sie wie eine Traumwandlerin in die Dunkelheit, angezogen von der Gewissheit, die sie fand, als hätte sie nur ihren Körper dorthin gehen lassen, wo ihr Geist bereits war: zum Teich mit den bunten Fischen. Dort blieb sie stehen. Ich war sicher, dass sie dort nichts sehen konnte, so finster war die Stelle. Sie aber beugte sich hinab und tauchte mit ihrem Arm in die Tiefe des Wassers. Und während ich neben sie trat, sah ich, wie an seine Oberfläche der Leib meines Kindes emporstieg, weiß und leicht wie eine Taube, die in den Himmel steigt. *Das Glück und das Unglück deines Lebens werden dir widerfahren in den verbotenen Gärten.*

Dies ist kein Tag zum Sterben

»Dies ist kein Tag zum Sterben«, hatte ich gesagt und dabei meinen Großvater gehört. Und ich hatte gewusst, dass mein Flehen an Gott scheitern würde, der dem Willen meines geliebten Menschen gegenüber so wohlwollend war, dass mir alsbald aller Schmerz dieser Welt widerfahren würde. Samira hatte gelächelt und mir einen Blick wie ein Kuss geschenkt. Auch in diesen Momenten, da sie leicht wie eine Feder geworden war, hatte sie schöner ausgesehen als Worte es zu beschreiben vermögen.

An dies dachte ich, im halbdunklen Raume liegend, von Saadi und vor allem von Leyla gepflegt, die sich rührend um mich kümmerte. Seit Tiberias hatte ich mich Samira nicht mehr so nah gefühlt wie in dieser Zeit der Fesselung und der erzwungenen Ruhe, da ich in einer dunklen Kammer lag und zwischen Fieber und Kälte schwankte, den Tod ersehnend und fürchtend. »Wenn sie mich nicht verlassen hätte, nach dem Tod von Jean nicht von mir gegangen wäre und wenn sie nicht in ihrem Leid versunken wäre«, klagte ich, mich unablässig selbst bemitleidend, »so könnte sie alle Jahre mit mir zugebracht haben. Sie wäre mit mir vielleicht in die Heimat gegangen und wir hätten dort eine neue Familie gegründet.« Die Heimat, das war mir in diesen Wochen mehr als der Ort, an dem ich geboren worden war und an dem ich meine Jugend verlebt hatte. Ich spürte, wie sich mein Körper zu der Erde hinsehnte, der er entsprungen war. Man sagt, ein schweres Schicksal ist das

Begräbnis in der Fremde. Im Halbschlaf sah ich vor mir die Krieger, die in Kämpfen zwischen Lehensfürsten gefallen waren und deren Leichname oft tagelang nach Hause transportiert wurden, auf ihren Pferden oder auf Karren festgebunden, auf dass sie nicht herunterfielen. Wer immer den Weg der Toten querte, bekreuzigte sich und hielt inne in seinem Tun.

»Niemand weiß, wie weit von ihrer Heimat entfernt Samira begraben liegt.«

Leyla ergriff meine Hand. »Ist sie nicht in der Stadt aufgewachsen, in der Ihr mit ihr gelebt habt?« Selten richtete sie das Wort an mich, doch in dieser trostlosen Zeit zügelte sie ihre Zunge nicht.

»Ja, das ist sie. Kann das Heimat sein?«

»Heimat ist immer die Erinnerung.«

»So wird sie wohl in einem Teil der Heimat begraben liegen«, tröstete ich mich. »Wer könnte es je erfahren. Schon als sie lebte, hat sie nie gesprochen.«

»Niemals?«

»Niemals.« Niemals. Samiras Stimme durfte ich nur ein einziges Mal hören. Ich werde es nie vergessen. Es war am Tag, als sie starb. Nach Jeans Tod hatte sie aufgehört zu leben. Sie verließ ihre Kammer nicht mehr, sie aß nichts mehr und ging auf niemanden mehr ein. Ein letztes Mal ließ sie die Sonne auf ihr Haupt blicken, als wir in einem einzigen unendlichen Schmerz unseren Sohn beerdigten, im Süden der Stadt, dort, wo in alten Zeiten der Friedhof von Hammar gelegen hatte. Ich selbst war an diesem Tag so in mir gefangen gewesen, dass ich nicht nur Samiras Schweigen teilte, sondern mich kaum zurechtfand. Das Begräbnis hatte so kurz nach dem Tod des Jungen stattgefunden, bereits am nächsten Tag, dass es keine Zeit gab, mit dem Geschehenen ins Reine zu kommen. Doch das war mir letztlich für den Rest meines Lebens nicht gelungen. Ich war es gewesen, der den Kleinen nicht im Auge gehabt hatte. Alles hatte mit meiner Wollust begonnen, die mich benebelt und dazu geführt hatte, dass ich unachtsam geworden war. Ich hätte auf Jean aufpassen müssen. Doch ich hatte es nicht getan. Meinetwegen war er ums Leben gekommen. Mehr hatte ich in jenen Tagen nicht zu denken vermocht.

Samira indes hatte mich mit mildem Blick angesehen. Sie hatte nicht geweint, sie hatte mich nicht angeklagt. Sie hatte am ersten Tag nach Jeans Tod wie auch am zweiten Tag geschwiegen. Am dritten Tag hatte ich bemerkt, dass sie sich zurückgezogen hatte, mehr, als es gut für sie war. Und dass sie nichts gegessen hatte seit dem Unfall. Sie hatte auch am vierten Tag nichts gegessen und nichts angerührt von dem, was ich ihr gebracht hatte. Yakub Ben Noah hatte mich zu sich gebeten und auf mich eingeredet, Samira von ihrer Verweigerung abzubringen. Ich hatte es versprochen, wissend, dass auch ich damit nur scheitern konnte. Samira war stärker gewesen als ich.

Am sechsten Tag hatte sie die Ohnmacht zum ersten Mal befallen. In Panik hatte ich sie an den Schultern gepackt, um sie wachzurütteln. Sie hatte sich so leicht angefühlt, dass ich erschrak. Was ich bereits gewusst, aber mir nicht zu denken erlaubt hatte, war mir in diesem Augenblick bewusst geworden: Samira würde sterben. Nicht, weil sie es musste, sondern weil sie es wollte.

Am siebten Tag hatte Samira unerwartet die Augen geöffnet und mich liebevoll angeblickt. Ihr Mund hatte sich geöffnet und sie hatte mir ihre Stimme geschenkt, ehe sie Abschied nahm: »Hüte dich vor den bösen Weissagungen«, hatte sie gehaucht. »Sie haben Recht. Ich gehe mit Jean. Tröste dich. Du wirst auch dein Glück finden, so wie du es verloren hast.« Dann hatte sie die Augen und den Atem geschlossen und uns verlassen.

Ich ließ diese Worte erneut vor mir erstehen und war erstaunt, dass ich Samira im Nachhinein nicht zustimmen konnte. Das Glück meines Lebens hatte ich wohl verloren, doch nie wieder gefunden. War das ein Grund weiterzuleben? Konnte ich in diesen Worten etwas finden, das mir die Kraft gab, jetzt und hier nicht aufzugeben und mich Gottes Obhut zu empfehlen?

Ich lag die Nacht wach, auch den folgenden Tag und eine weitere Nacht, ehe mir verständlich wurde, dass es nicht die Botschaft war, sondern die Worte, die den Schlüssel zu Samiras Auftrag darstellten. Sie hatte einmal, ein einziges Mal in all den Jahren, einmal nur in ihrem Leben jenseits der Kindheit gesprochen. Sie hatte sich dies für den wichtigsten Satz aufgehoben, den sie zu sagen hatte, für den wichtigsten Anlass, der sich ihr bot. Im Augenblick ihres Todes hatte sie das Wort an mich gerichtet. Was konnte mehr Zeichen für mich sein, dass sie großes Gewicht auf die Botschaft legte. Ja, ich musste dieser Wahrheit, die sie mir offenbart hatte, die Möglichkeit geben einzutreten. Ich musste weiterleben, um dem Glück begegnen zu können, das sie mir prophezeit hatte.

Seid willkommen, Verlorene

»Seid willkommen, Verlorene, auf diesem Schiff«, begrüßte uns ein prächtig gekleideter, aber von oben bis unten besudelter fetter Mann, an dessen Sprache man hörte, dass er ein Vornehmer war, einer aus den Kreisen der Herrscher. In der Tat stellte er sich als der Zeremonienmeister des Hofes zu Bagdad vor. Er war derjenige Vertraute des Kalifen, der stets um ihn herum war, um darauf zu achten, dass kein Mensch dem Oberhaupt der Gläubigen zu nahe kam oder ihm ungebührlich begegnete, der auf eines jeden Mannes Fuß- und Kopfbedeckung achtete und jedem Wort beschied, ob es der Kalif zu hören bekam oder nicht! »Tretet näher, um Euch an unseren Lustbarkeiten zu erfreuen und Euer letztes Fest mit uns zu feiern!«

Während Abdallah kaum wusste, wohin er seine Augen richten sollte, versuchte ich, mich zu fassen und zu begreifen, was hier vor sich ging. »So ist dies das Schiff des Kalifen?«

»Tatsächlich!«, rief der Zeremonienmeister, der sich als Ali Abdel Assadallah vorgestellt hatte. »Dies war die Barke des Kalifen.«

»War? So ist sie nun Euer?«, fragte ich und konnte es nicht glauben. Assadallah lachte vergnügt, als hätte ich einen besonders gelungenen Scherz gemacht. »Sie war die Barke des Kalifen, da der Kalif nicht mehr ist.«

Abdallah fiel, als er dies hörte, auf die Knie und begann, die Hände vor das Gesicht geschlagen, zu schluchzen. Ich beugte mich hinab und legte ihm den Arm um die Schulter. »Abdallah«, sagte ich und wusste nicht recht, wie ich ihn trösten sollte. »Es ist schrecklich. Doch die Seele des Kalifen ist ins Paradies eingegangen. Das ist kein schlimmes Schicksal für ihn.« Der Junge jedoch konnte sich nicht beruhigen, sondern wurde beinahe rasend. Immer wieder schlug er sich mit den Händen auf den Kopf und wand sich in den grässlichsten innerlichen Schmerzen, so dass mir bange wurde um ihn. Ali Abdel Assadallah sah mich trotz seiner verkommenen Erscheinung mit würdevollem Blick an und stellte fest: »Ihr seid kein Moslem.«

»Ich bin kein Moslem«, sagte ich und hob die Arme. Es schien mir sinnlos, mich in einer so unwirklichen Situation zu verstellen. Wer vermochte schon zu sagen, was kommen würde.

»Er weint nicht um den Kalifen«, klärte mich Assadallah auf.

»Sondern?«

»Sondern um seine Seele – und vielleicht um unser aller Seelen.« Er lehnte sich an die reich geschnitzte Tür, die zu dem großen und prunkvollen Raum führte, in dem das Fest gefeiert wurde. »Seht, es heißt, wenn der Kalif ermordet wird, dann ist das das Ende der Welt.« Wie zum Beweis wies er auf die Feiernden, von denen viele bereits besinnungslos in den Ecken oder vergraben unter einigen Kissen lagen.

»So wurde der Kalif ermordet?«, fragte ich und kannte die Antwort. »Wie schrecklich. Gab es denn kein Entkommen?«

»Oh, es gab viele Wege zu entkommen. Doch der Weg trägt nur den, der ihn beschreitet.«

»So wähnte sich der Kalif sicher?«

»Er glaubte wohl, der Khan würde niemals seine Ermordung wagen.«

»Gab es jemals eine Seele, die der Gewissenlose nicht ohne Zögern geschlachtet hätte?«

Der feiste Mann hob den Finger und spitzte die Lippen: »Glaubt nicht, er hätte den Kalifen einfach so hinrichten lassen. Es wurde lange überlegt, wie mit ihm zu verfahren sei. Denn so brutal der Khan auch ist, so vorsichtig ist er doch in Dingen des Glaubens. Der Kalif, das ist nicht irgendein Sultan, und sei er noch so mächtig. Der Kalif, das ist das Oberhaupt aller Gläubigen!«

»Der Khan zauderte?«

»Er zauderte.«

»Was aber hat ihn überzeugt, das Sakrileg zu begehen?«

»Es war sein Wazir«, sagte Assadallah und schüttelte den Kopf. Vor seinem inneren Auge musste sich all das abspielen, was geschehen war. »Er sah die Bedenken des Khans und riet ihm, seinen Soldaten zu befehlen, den Kalifen in einen Teppich zu wickeln. ›Du musst ihn nicht töten. Lass die Soldaten den Teppich nur ein wenig rollen.‹ Und so rollten sie den Teppich. Sie rollten ihn sacht. Und immer ein bisschen enger. Man hörte keinen Ton vom Kalifen. Auch nicht, als sich unter dem Teppich eine Blutlache zu bilden begann, in der am Ende die Soldaten knieten, ehe sie den sehr eng gerollten Teppich über die Mauern des Palastes warfen.

Ich brauchte eine Weile, bis ich die Tragweite dieser Geschehnisse erfasste: Der Kalif, der Herrscher der Gläubigen, war ermordet worden, nicht irgendwie, sondern auf höchst entwürdigende Weise. Dies hatte der Khan angeordnet, ohne doch eigentlich seinen Tod anzuordnen, denn er hatte nur befohlen, den Kalifen in einen Teppich zu wickeln. Hatte am Ende der Tatar Angst vor dem Gott der Moslems, aber doch vor ihrem Glauben keinen Respekt?

Abdallah jedenfalls fürchtete das Ende der Welt. Er war an Deck gelaufen und hatte sich übergeben. Unten im Schiff fluchten einige Sklaven, die an der Stelle vergeblich versuchten, die Barke aus ihren Verkantungen zu befreien.

»Seid Ihr Zeuge dieser Tat geworden?«

»Wo denkt Ihr hin!«, rief Assadallah aus. »Alle, die sich zu der Zeit im Palast befanden, wurden ermordet. Das heißt, außer einem Eunuchen, den man verschont hat, damit er der Welt vom Ende des Kalifen berichten kann. Er wurde hier an Bord erschlagen, nachdem er seinen Bericht gegeben hatte. Überbringer schlechter Nachrichten haben einen schweren Stand.«

»Ihr aber feiert Euer letztes Fest im Angesicht des Untergangs der Welt«, stellte ich mehr fest, als dass ich fragte.

»Nun, geschätzter Franke, wenn es der Untergang der Welt ist, dass der Kalif ermordet wird, so habt Ihr wohl Recht. Wenn es der Tod ist, den die schwarzen Iblis über das Land und die Gläubigen bringen, so habt Ihr ebenso Recht. Wenn es aber ein Ende ist, wie es sich ein gläubiger Moslem denkt, so ist es nicht das, was uns widerfahren wird. Sonst hätte Allah längst sein letztes Gericht gehalten.« Er zuckte die Schultern. »Seit langem gibt es welche, die behaupten, die Steppenkrieger hätte Allah gesandt, um die Gläubigen zu sich zu befehlen. Weshalb aber sollte sich Allah die Mühe machen, auch Ungläubige von ihnen hinmetzeln zu lassen? Nein. Dies ist eine Katastrophe. Aber es ist nicht das Ende der Welt, es ist nur unser Ende, das wir hier erwarten.«

Man schickt nach Euch

»Man schickt nach Euch, Herr.«

»Wer schickt nach mir?«, fragte Saadi, ohne von dem Spiel aufzusehen, das wir mit einfachsten Mitteln auf den dürftig beleuchteten Wüstenboden gezeichnet hatten und zu dem wir uns einiger Kiesel bedienten, die Saadi mit kleinen Zeichnungen unterscheidbar gemacht hatte.

»Scheich Walid Ibn Hadschadsch Omar, Allah möge ihm ein langes und ruhmreiches Leben gewähren!«, ereiferte sich der Sklave. Mich erstaunte, wie wunderbar seine Sprache war, so rein und sorgfältig, wie ich sie nie bei einem Sklaven gehört hatte.

»Sag ihm, es wird mir eine Ehre sein, seinem Ruf zu folgen – wenn ich mein Spiel mit diesem Scheich beendet habe.«

Ohne noch etwas darauf zu erwidern, eilte der Junge fort, hin zu den Zelten des eigentümlichen Wüstensohnes, der mit seinem Tross die halbe Karawane bevölkerte. Ibn Hadschadsch Omar war erst nach Jericho mit seinen Leuten zu uns gestoßen und hatte seither reichlich für Gesprächsstoff bei den einfacheren Reisenden gesorgt, da er sich von den übrigen Pilgern zurückzog und seinen Blick auch während der Gebete und in den Abendstunden verschleiert hielt. Ich erinnerte mich des arabischen Sprichworts: »Wer seinen Turban nicht vom Haupt nimmt, der hat etwas zu verbergen.« Hatte Scheich Walid etwas zu verbergen? Ich schmunzelte: »Ich wusste nicht, dass ich inzwischen ein Scheich bin.«

»Bist du denn kein Edelmann?«

»Gewiss, mein lieber Ibn Mosleh. Doch bin ich kein Sohn der Wüste.«

»Das sind bei weitem nicht alle Scheichs«, legte mir Saadi dar, das Feld unseres Königsspiels nicht aus dem Auge lassend. »Vielmehr gibt es die unterschiedlichsten Arten von Scheichs. Genau genommen wird mit dem Begriff Schindluder getrieben.«

»Bist du denn nicht auch Scheich, Ibn Mosleh?«

»Seht, das beweist nur, dass ich Recht habe.«

Saadi war guter Laune und das Erscheinen des Lakaien schien seine Laune noch verbessert zu haben, obwohl ich mir nicht erklären konnte, weshalb. »Was glaubst du«, forschte ich also, »ist der Grund dafür, dass man nach dir schickt?«

»Wa Allah, ich habe nicht nach ihm geschickt, also muss er nach mir schicken.«

»Das mag mein Verstand leider nicht zu fassen.«

»Nun, ich genieße, wie du weißt, eine gewisse Bekanntheit unter den Gläubigen und namentlich unter den Belesenen unter ihnen. Ich habe nur dafür gesorgt, dass Ibn Hadschadsch Omar davon erfährt, dass sich Mosleh ad-Dîn von Schirâz bei der Karawane befindet.«

Nachdem wir unser Spiel mit dem traditionellen Sieg Mosleh ad-Dîns beendet hatten und ich um einige Erkenntnisse in strategischen Dingen bereichert worden war, begab sich mein persischer Freund zu den Zelten des arabischen Edelmanns und ich mich zu unseren Tieren und Habseligkeiten. Doch die Nacht war jung und mein Herz war aufgewühlt von der Erinnerung an Samira, die mich bisweilen so schmerzhaft überkam, dass mir jede Bewegung wehtat. Also zog ich meinen Umhang enger und machte mich auf, noch ein wenig zwischen Schlangen und Skorpionen zu wandeln, die hier draußen fast so häufig waren wie in meiner fernen Heimat Würmer und Hornissen. So fein der Sand auch war, der in diesen Breiten den Boden bestäubt hatte, und so angenehm die Wärme war, die er in der strengen Nacht nach einem glühenden Tag abgab, so wenig legten wir doch allenthalben unser Schuhwerk ab.

Wir lagerten in einer kleinen Oase, deren Bäume sich hinter alte Mauern duckten und darauf warteten, endlich vom Sand der nahen Wüste begraben zu werden wie tausend Oasenbäume vor ihnen. Ein Wasserloch spendete trinkbares, ein kleiner Teich etwas weiter ab immerhin Wasser, das gut genug war, um sich darin zu waschen, im Übrigen aber nur von den Kamelen getrunken werden konnte, die sich indes weigerten, solange sie besseres bekamen.

Hier setzte ich mich auf eine der morschen Mauern, die schon den römischen Soldaten als Rastplatz gedient haben mochten, und streckte die Füße ins Wasser. Über den mageren Baumkronen hing der volle Mond, den die Araber besangen und mit dem sie all ihre Liebe verglichen: *Mondgleiche*, das war das Wort, das für die Schönste der Schönen stand – *Mahpâreh*.

»Im Mond spiegelt sich das Antlitz der Schönheit«, hörte ich eine Frauenstimme behutsam neben mir sprechen. »Er leuchtet für die Glücklichen und für die Wahren. Der Mond zeigt den Weg dir zu deiner Liebe.«

So nah, dass ich sie hätte berühren können, stand eine zypressengleiche Gestalt, die an mich herangetreten war, ohne dass ich sie bemerkt hatte. In dunkles Tuch gehüllt oder doch in Tuch von tiefer Farbe, die im fahlen Schein des Gestirns beinahe schwarz wirkte, stand sie da und rührte sich nicht. Sie stellte sich nicht vor, ebenso wenig wie ich es tat. Doch wusste ich, wer sie war: Sie war eine der zwei Frauen, die in der Gefolgschaft des Scheichs Walid Ibn Hadschadsch Omar reisten, eine der Wohlgehüteten, der Blickentrückten. Ich wusste nicht, was ich sagen sollte, und sie spürte das. »Sprecht nicht«, gebot sie mir und setzte sich neben mich, was mich zugleich in eine leise Furcht versetzte und auf merkwürdige Art erregte. Während Saadi bei ihrem Mann in dessen Zelten saß und vermutlich einen gelehrten Disput führte, einen nächtlichen Trunk zu sich nahm, von seinen Reisen berichtete oder sich über gemeinsame Bekannte austauschte, saß diese Frau neben mir, dem Ungläubigen, da doch schon die gläubigsten Moslems ihrer nicht ansichtig werden durften.

Als hätte sie meine Gedanken geahnt, sprach sie im feinsten Arabisch, doch mit trauriger Stimme: »Der Scheich hat einen bedeutenden Gast in dieser Nacht. Er wird noch lange mit ihm beschäftigt sein.« Damit streifte sie ihre leichten Stoffschuhe ab und entblößte zierliche Füße. An beiden Fesseln trug sie feine goldene Ketten, die im Mondlicht schimmerten. Endlich wagte ich, sie direkt anzusehen. Doch ihr Gesicht war verschleiert. Während sie ihren Arm auf meine Schulter legte, versuchte ich, ihren Schleier zu lüften. Doch sie hielt mich zurück. Von diesem Augenblick an schwieg auch sie. Zweimal noch sollten wir eine nächtliche Begegnung haben, bei der sie diesen Schleier nicht lüftete. Zweimal noch würde sie ihren Kopf an meine Schulter legen und meine Nähe suchen und ihr heimliches Zittern mit mir teilen. Über und über duftete sie nach Amber, Zimt und Blüten, wie ich sie wohl niemals in meinem Leben sehen würde. Später sollte mir so mancher liebliche Duft die Erinnerung an jene Blüte wiederbringen, die sich nur nachts zeigte.

Ich sprach an den Tagen nicht viel mit Saadi, sondern hoffte darauf, dass er schon bald seinen vermeintlichen Freund, den Scheich, besuchen möge, auf dass sein Weib meine Gesellschaft suchen würde. An manchen Tagen ritt ich wie benebelt durch die Wüste und spürte weder die Hitze noch den Sand noch Hunger oder Durst. Sicher und zuverlässig trug mich mein Kamel durch die Lande, manchen Hügel hinab und zahllose *Wadis* entlang, endlos sich erstreckende ausgetrocknete Flussbetten, bis ein weiterer Tag sich dem Ende zuneigte und die heraufziehende Nacht mir die Möglichkeit bot, sie wieder zu sehen.

An manchem langen Tag zog jenes Kamel, auf dem die beiden Kabinen festgebunden waren, ein Stück weit vor mir her. Hinter einem dieser Kästen verbarg sich die nächtliche Besucherin. Doch hinter welchem mochte sie sein, wohin sollten meine Gedanken sich richten? Selbst wenn die Sänften nicht verschlossen gewesen wären, hätte ich sie nicht erkannt, da sie mir ihr Antlitz niemals offenbart hatte. War sie ein Mondgesicht oder verbarg sie sich, weil sie sich ihres Gesichtes schämte? War sie entstellt, vielleicht gar durch die

Gewalt ihres Mannes? Meine Vorstellungen trieben unter der brennenden Sonne bisweilen wilde Blüten. Ein wenig war es gewiss die Sehnsucht nach Samira, die ihre Gegenwart zu stillen half, weshalb ich mich in das Schweigen, das sie angestimmt hatte, gern fügte und nur auf ihren Körper und ihren Atem lauschte, wie ich es damals getan hatte in meinem anderen Leben in Tiberias, wo mir die Götter gnädig gewesen waren.

In Bassora trennten sich unsere Wege

In Bassora trennten sich unsere Wege. Abdallah hatte wieder zu Kräften gefunden und war nun in der Lage, ohne meine Hilfe zu tun und zu lassen, was ihm beliebte. Zu meinem Bedauern beliebte ihm, eigene Wege einzuschlagen, statt mich nach Schirâz zu begleiten. Doch ich konnte ihn verstehen. Es war kaum weniger gefährlich, zu zweit zu reisen als allein. Also hatte er beschlossen, die Flucht nach Süden fortzusetzen und den langen Weg, den wir von Bagdad gemacht hatten, zu einem Hadsch auszudehnen und weiterzureisen nach Mekka. Dazu hatten die Geschehnisse um den Kalifen beigetragen. In der Nacht ehe wir Bassora erreichten, eröffnete mir Abdallah: »Herr, Ihr habt mich gerettet und ich habe Euch gerettet. Ich habe zu Allah gebetet, er möge die Welt nicht an ihr Ende kommen lassen. Und die Welt besteht noch!«

Ich lächelte und dachte eine Weile nach. Er war noch ein Kind. Doch hatte er mehr Grausamkeiten erlebt als die meisten Menschen am Ende ihres Lebens. Er war nicht sehr gesprächig gewesen während der Tage und Nächte, die wir zusammen verbracht hatten. Doch mochten das auch die Ereignisse gewesen sein, die seinen Mund verschlossen hielten. Indes war mir an dem wenigen, was er gesagt hatte, mehrmals aufgefallen, dass er ein guter Junge war, der Anteil an seiner Welt und seinen Glauben ernst nahm. So verwunderte es mich nicht, dass er glauben konnte, er hätte die Welt mit seinem Gebet errettet. Ich achtete ihn noch mehr, als er fortfuhr: »Ich habe gelobt, den

Hadsch zu machen, wenn Allah mein Gebet erhört. Deshalb werde ich nicht mit Euch nach Fars gehen, sondern nach Mekka. Seid Ihr damit einverstanden?«

»Abdallah«, sagte ich, »Allah hat mir wohl die Möglichkeit gegeben, dein Leben zu retten, und ich bin glücklich, dass ich sie ergriffen habe und sich alles glücklich fügte. Doch du bist ein freier Mann. Deine Seele ist nicht mein. Dass du auch um meinetwillen um die Rettung der Welt gebetet hast, dafür danke ich dir. Du wirst tun, was du tun möchtest und was du tun musst. Ich wünsche dir, dass Allah dir immer gewogen sein möge.«

Der Junge hatte meine Worte sehr sorgfältig verfolgt. Anders, als ich erwartet hatte, war er bei dem Wort »Mann« nicht stolzer und aufmerksamer geworden. Vielmehr nickte er nach meinen Worten nur und legte sich auf den nackten Boden, um zu schlafen.

Nun standen wir in Bassora, wohin die Horden des Khans noch nicht vorgedrungen waren. Dennoch war die Stadt in heller Aufregung. Die Menschen, wenn sie sich überhaupt aus ihren Häusern trauten, liefen geduckt umher und freudlos. Alles sah nach Abreise aus. Wer immer auf den Straßen war, trug ein oder mehrere Bündel mit sich, zog eine Ziege hinter sich her oder scheuchte seine Kinder, um schneller wieder hinter vermeintlich sicheren Wänden zu sein.

Unser Abschied war kurz und wortkarg. »Allah sei mit dir«, sagte ich nur und Abdallah entgegnete: »Und mit Euch, Herr.« Dann umarmten wir uns wie alte Freunde und er begab sich zum Hafen, wo er hoffte, ein Schiff zu finden, auf dem er für die Passage nach Süden würde arbeiten können.

Ich versuchte ebenfalls, meine Dinge möglichst rasch zu ordnen, was mir leicht fiel, hatte ich doch mein Vermögen, das ich in Gold im Gürtel trug, mit meiner Haut retten können. Noch am Abend desselben Tages fand ich eine Unterkunft für die Nacht, nahm ein Bad sowie eine kräftige Mahlzeit zu mir und handelte mit dem Kapitän eines schnellen Seglers, wie sie in den südlichen arabischen Ländern üblich waren, meine Überfahrt nach Bandar e-Bushehr aus.

Ein Weib, das fromm und schön

»Ein Weib, das fromm und schön und willig ist zugleich, macht einen armen Mann wie einen Sultan reich«, rezitierte Saadi einen seiner liebsten Verse, den er nach eigenem Bekunden schon als junger Mann in Bagdad gedichtet hatte. Mich überraschte dieser Reim an diesem Ort, litten doch alle Männer, die allein auf Reisen waren, unter der Entsagung, ein jeder aber, ob allein oder mit Frau, auf dem *Hadsch*, da es dem gläubigen Muselman verboten war, sich der körperlichen Liebe hinzugeben. Saadi indes sprach seine Verse weiter und pflegte dabei einen eigentümlichen Unterton: »Von Sittsamkeit verhüllt, ein schönes Angesicht, entschleiert es sich dir, umfängt dich Himmelslicht.«

Die Nacht war kurz gewesen, Saadi war kaum vor dem Morgengrauen zu unserem Lager zurückgekehrt, von einem Sklaven des Hadschadsch Omar geleitet und mit größten Ehren entlassen. Die Wüste begann zu erwachen und ich war froh darüber, hatte ich doch die restliche Nacht kein Auge zugetan, sondern die Nähe der jungen Frau des Scheichs gesucht. Wieder war sie so heimlich zu mir gekommen wie bisher, wieder hatte sie sich ohne Scheu genähert – wieder hatte sie ihren Schleier nicht vom Haupte genommen. Im schwachen Schein des jungen Mondes waren meine Augen über ihre feine Gestalt geglitten und ich hatte mich gefragt, ob sie mir dabei zusah, wie ich sie betrachtete, oder ob sie unter dem feinen Tuch die Augen geschlossen hielt, ob sie ein Lächeln auf den Lippen trug oder furchtsam blickte. Wie eigenartig waren diese Begegnungen, so unwirklich, dass ich manches Mal glaubte, ich hätte all dies nur geträumt.

»Worum drehen sich eure langen Gespräche in diesen Nächten«, fragte ich Saadi, um mich selbst abzulenken von diesen Gedanken und sein unübliches Verhalten zu überspielen.

»Bei Scheich Walid?«

»Hast du denn noch andere Besuche getätigt?«

»Nun, Ibn Hadschadsch Omar ist ein gelehrter Mann. Er hat eine der größten Sammlungen von Büchern der Dichtung und Wissenschaften in Palästina. Er ist der Bruder eines meiner Mitschüler auf der Nizamije zu Bagdad. Wir haben zusammen den Koran studiert und die Tavernen. Auch Walid, der nur wenig jünger ist als sein Bruder, war auf der Nizamije. Er hat einige Jahre in Kufa gelehrt, ehe er nach Jericho gegangen und dort als Arzt und Gelehrter reich geworden ist. Das Wort mit ihm zu wechseln ist ergötzlich und bringt einen zu mancher Erkenntnis.«

Ich begann wie er, mein Reittier für den kommenden Tag zu rüsten. »Und welche Erkenntnis hast du heute erlangt, mein Freund?«

»Dass es besser ist, wenn ich diese nächtlichen Gespräche im Zelt des Hadschadsch Omar aufgebe«, antwortete Saadi in knappem Ton, worauf er mich mit einer Mischung aus Belustigung und Entrüstung anblickte.

In mir keimte ein vager Verdacht, doch konnte ich noch nicht so damit umgehen, dass ich das rechte Wort auf diese unerwartete Auskunft hätte erwidern können. Deshalb schwieg ich.

»Man sagt«, begann Saadi nach einer kleinen Weile von neuem, »die *Schirâzi* kann man daran erkennen, dass sie den Duft ihrer Stadt mit sich tragen. Natürlich ist das nur eine Redensart. Doch steht sie für etwas Wahres: Du erkennst den Menschen an seiner Herkunft.«

»*Wa Allah*, Mosleh ad-Dîn, wieder einmal sprichst du in Rätseln«, beschwerte ich mich. Ich kannte ihn zu gut: »Du willst mir mit einem Rätsel den Schlüssel für ein anderes geben. Aber ginge es nicht auch einfacher?«

Saadi lachte und warf seinen Burnus ab, um mit dem kühlen Sand der Wüste eine symbolische Waschung zu vollziehen, wie es der gläubige Moslem in Ermangelung von Wasser vor dem Gebet zu tun pflegt. Zuerst mit den Füßen, dann mit Händen und Unterarmen und schließlich mit der Stirn berührte er den Boden, ehe er seinen Teppich ausbreitete und in Richtung Mekka niederkniete. Bevor er aber das Gebet begann, lächelte er mich an wie ein gutmütiger Lehrer seinen Schüler und erklärte: »Natürlich ginge es auch einfacher. Doch du hast es mir so schwer gemacht, dass es vermessen wäre, nun mit so einfachen Worten deine Frage aus der Welt zu schaffen.«

Er betete. Saadi betete immer sorgfältig und ausgiebig. Oft hielt er inne und lauschte seinem Wort nach, oft wiederholte er, was ihm nicht hinreichend deutlich erschien. Das Wort, das er nicht im geradesten Ton und der deutlichsten Aussprache gesagt hatte, galt ihm nichts. Er sprach es noch mal und noch mal und jedes Mal mit noch mehr Inbrunst. Keinen Pfarrer hatte ich seine Predigt jemals mit solchem Eifer vortragen, keinen Einsiedler das Wort des Herrn mit solchem Feuer verkünden hören. Diesmal aber übertraf Saadi alles, was ich bisher an Gebeten bei ihm beobachtet hatte. Seine Andacht nahm schier kein Ende. Sein Esel und mein Kamel scharrten bereits unruhig mit ihren Hufen, als er sich endlich zum letzten Mal erhob und seinen Teppich sorgsam einzurollen begann.

»Man erkennt die Schirâzi an ihrem Duft?«, fragte ich.

»Die Schirâzi riecht man nicht. Es ist nur eine Redensart«, erläuterte er und mit einem Mal wurde mir klar, was mir in all den vergangenen Tagen nicht in den Sinn gekommen war: Der betörende Duft, den sie verströmte, blieb an mir haften. Man erkannte *mich* an *ihrem* Duft! Ich schlug die Hände vors Gesicht. »Ibn Mosleh, was habe ich getan?« Es war nur ein Ächzen, ich war nicht einmal sicher, ob auf Arabisch oder auf Französisch. Ob er mich überhaupt verstand? Beinahe schwanden mir die Sinne.

Saadi trat zu mir, legte mir den Arm um die Schulter, sog tief die frische Luft des Morgens durch seine Nase, lächelte und sagte: »Zum einen muss ich sagen, Allah hat deinen Sinnen vielerlei Segnungen zuteil werden lassen und die Segnung des Duftes ist nicht die Geringste. Zum anderen ist es vielleicht kein Frevel, wenn ich vermute, er hatte bei diesem Abenteuer die Hand im Spiel.«

»Ich verstehe nicht.«

»Wie solltest du? Du kennst ja nur die junge Frau.«

»Seine Frau!«, rief ich und schlug erneut die Hände vor das Gesicht.

»Seine Tochter!« Saadi klang dabei so amüsiert, als sei die Sache äußerst harmlos, obschon sie ohne jeden Zweifel lebensgefährlich gewesen war – und vor allem in höchstem Maße verräterisch, wie mir erst durch dieses Gespräch klar geworden war.

Ich war ehrlich verblüfft: »Sie ist seine Tochter?« Ich wusste nicht, ob ich das besser oder schlimmer finden sollte. Erst als wir längst in den Sätteln saßen und uns etwas abseits der anderen Reisenden befanden, war ich in der Lage, das Gespräch fortzusetzen: »Wie aber, lieber Mosleh ad-Dîn, kommst du darauf, dass Allah dabei mitgespielt haben könnte. Denkst du an das Schicksal, das sein ist?«

»Nicht nur.« Saadi kaute, wie so oft auf Reisen, zumal durch trockene Gegenden, auf einer unreifen Feige, die den Mund lange Zeit frisch und den Geist wach hielt. »Vielmehr gibt es einen Grund für diese Reise.«

»Den Hadsch.«

»Ich meine, es gibt einen Grund für diesen Hadsch.«

»Muss nicht jeder gläubige Muselman den Hadsch machen?«

Saadis Blick schalt mich einen einfältigen Franken. »*Wa Allah*, du kannst oder du willst mich nicht verstehen. Es gibt einen Grund für *diesen* Hadsch. Das Mädchen hätte wohl noch weit mehr Jahre Zeit, auf die Reise zu gehen, als ihr Vater. Der hat die Pilgerfahrt nach Mekka schon dreimal unternommen, Allah sei seiner Seele allzeit wohlgesonnen. Nein, wie so viele Frauen, die den Weg nach Mekka auf sich nehmen, hofft sie auf die Segnung der Fruchtbarkeit, da sie noch ohne Kind ist im dritten Jahr ihrer Ehe.«

»Sie ist verheiratet?«

»Sie ist die Frau eines reichen *Bazaris*, den die Geschäfte in Jerusalem zurückhalten und der sich deshalb einverstanden erklärt hat, sie ihrem Vater auf den Hadsch mitzugeben.« Und mit einem listigen Lächeln fügte er hinzu: »Wer weiß, vielleicht kennst du ihn sogar. Sie scheint den Zweck der Reise sehr ernst zu nehmen und Allah bei seinem Geschäft behilflich sein zu wollen.«

Als wir nachts unsere Lager richteten und Saadi sein feines Schreibgerät untersuchte, die Feder mit einem kleinen, aber sehr scharfen Messer ein wenig anspitzte und – bloße Übung eines Meisters – einige Koranverse auf ein viel beschriebenes Pergament schrieb, das er später, wenn wir längst wieder in einer unserer vielen Heimaten wären, sorgsam abschaben würde, auf dass es ihm für neue Übungen nützlich sein mochte, als wir also beisammen saßen in der milden Nacht nahe dem Tigris, wo der Lärm der Grillen über die Ebene gellte, legte er seinen milden Blick auf mich und meinte: »Du hast natürlich falsch gehandelt und du weißt es. Doch ich kann es dir nicht verdenken. Wenn ich mir vorstelle, wie viel gepriesen die Schönheit von Walids Tochter ist und wie betörend allein du duftetest, nachdem du ihr begegnet warst, so mag es verständlich sein, dass du nur allzu gern in das Netz geschwommen bist, das sie dir ausgelegt hat. Auch sie hat eine Sünde begangen, nein, viele Sünden! Doch wie verzweifelt ist die Frau, die nicht Mutter werden kann und die weiß, dass es am Manne liegt. Denn es ist längst nicht immer die Frau, der es an Fruchtbarkeit mangelt.«

Ich holte tief Luft. »So er aber keinen Samen hat, muss er doch wissen, dass die Hadschie seiner Frau niemals erfolgreich sein wird.«

»Ich denke nicht, dass es ihm am Samen ermangelt. In diesem Fall hätte er seine Frau keinesfalls auf diese Reise geschickt. Zu groß sind die Gefahren, denen alle Reisenden, zumal die Frauen, ausgesetzt sind. Er ist ein weitsichtiger und vorsichtiger Mann. Nein, das wird es nicht sein. Doch ist sie nicht sein erstes Weib und nicht sein einziges. Keine Frau, der er beiwohnte, hat ein Kind ausgetragen. So verflucht er, was er ehelicht – und ist dabei der Fluch im Leben dieser Frauen. Was immer es ist, es kann nur an ihm liegen.«

»Und ich helfe Allah, ihm zu helfen?«

»Du hilfst vielleicht der Frau, die sich ein Kind wünscht und die ohne ein Kind ein elendes Leben fristen wird. Vielleicht hilfst du ihr.« Und nach einer kleinen Pause, in der er sein feines Schreibgerät wieder einpackte, ohne etwas damit geschrieben zu haben: »Sicher aber hilfst du dir, eine lange Reise leichter zu überstehen.«

»Vielleicht aber, lieber Saadi«, sagte ich, »sucht sie auch nur die Nähe eines Menschen, der nichts von ihr erwartet und alles Verständnis der Welt hat, weil er nichts versteht.«

Er lachte, erhob sich und ging in die Wüste hinaus, um zu beten, wie er es jede Nacht tat, ehe er sein Haupt niederlegte und sich Gott anempfahl.

Wenige Tage später erreichten wir die heilige Stadt der Moslems. Im Dreigestirn der Festung und der Hügel *Dschebel Ahmer* und *Dschebel Omar* lag die Stadt Mekka und in ihrer Mitte das Heiligtum, das Ziel Tausender von Reisenden. Zwischen dem äußeren Pilgerlager und den Mauern der Stadt erstreckte sich eine weite Sandebene, auf der sich unablässig zahlreiche weiß gewandete Pilger dahinschoben, kräftige junge Männer und alte Weiblein, Greise und Kinder, deren Folgsamkeit mich überraschte. Vermutlich lag es an der ungeheuren Ausstrahlung, die die heiligen Orte ausübten. Selbst mich, der ich den Glauben der *Hadschi*, wie man die Pilgerreisenden nach Mekka nennt, nicht teilte, befiel ein seltsames Gefühl, als ich mich der Stadt näherte, die ich mir so viel größer und prächtiger vorgestellt hatte. Doch Mekka war nicht das Rom der Moslems, es war nur eine kleine Stadt, aus der der große Prophet stammte, Mohammed, dessen Glanz nicht durch Prachtbauten und götzengleiche Denkmäler getrübt werden sollte. Stattdessen wurde die ganze Stadt beherrscht von der Großen Moschee, die sich unmittelbar neben dem Haus des Propheten befand, das sich so klein und unbedeutend duckte wie alle anderen Gebäude, die den Menschen als Obdach dienten, das aber anders als jene von einer großen Anzahl von Gläubigen umgeben war, die ihre Hände auf diese Mauern legen wollten, aus denen ihr Glaube entsprungen war.

Ich war des Morgens mit Saadi an einen der vier großen Brunnen gegangen, die in der Nähe der Pilgerlager angelegt und von mächtigen Palmen umsäumt waren. Saadi wusch sich mit solcher Inbrunst, als wollte er heute schon die heiligen Stätten aufsuchen. Doch sein erster Weg sollte ihn ans Grab des Mahmud führen, dessen letzte Ruhe jenseits des alten Friedhofs am Fuße des *Dschebel Ahmer* lag. »Du solltest besser dein Haar schneiden und vor allem deinen Bart abnehmen, anstatt dich so ausgiebig zu waschen«, stichelte ich. Es war dumm, doch ich fühlte mich nicht wohl in meiner Haut hier vor dieser Stadt, in die mir als Ungläubigem der Zutritt verwehrt sein sollte und in der der Glaube etwas Beängstigendes an sich hatte und mir so fremd war, wie es mir überhaupt möglich schien. Überall liefen die Pilger in Scharen in ihren weißen Kleidern umher, Soldaten gleich, selbst die Frauen ohne Unterschied zu den Männern, vom Schleier abgesehen. Ich hatte mich in derselben Weise gekleidet, kam mir dabei aber falsch und verschlagen vor.

»Der Hadschi schert nicht sein Haar noch seinen Bart, noch schneidet er die Nägel!«, legte Saadi mit ruhigen Worten dar, fügte aber sogleich mit deutlich schärferem Ton hinzu: »Er benutzt keine duftenden Essenzen und enthält sich des geschlechtlichen Verkehrs!«

Ich entschied mich, darauf nicht zu antworten, sondern schloss mich der Waschung an, wenn auch ungleich weniger eifrig.

Alles an diesem Ort schien Eifer zu sein. Selbst der Weg zum Grabmahl des Mahmud war gesäumt von Pilgern, die laut Allah und seinen Propheten priesen. Sie waren so in sich und ihren Glauben versunken, dass ich letztlich alle Sorge verlor, ich könnte als Ungläubiger unter Gläubigen entdeckt werden. »Du musst wissen, mein Freund«, hatte Saadi am Vorabend der Ankunft in der heiligen Stadt Mekka zu mir gesagt, »dass ein Ungläubiger die Heilige Stadt und die heiligen Orte durch seine Anwesenheit entweiht. Es ziemt sich nicht, sich ihnen zu nähern, da du kein Moslem bist. Du hast die Reise auf dich genommen, weil du unseren Glauben ehrst, bedenke aber, dass es deiner Ehre schadet, wenn du dich respektlos gegen die Regeln benimmst.« Ich hatte diesen Worten schweigend gelauscht und Saadi weder zugestimmt noch widersprochen. Die Frage war mir belanglos erschienen. Doch nun, da ich den Fuß an die Grenzen der Stadt jenseits der großen arabischen Wüste gesetzt hatte, wandelte ich in einer anderen Welt. Ich konnte die Regeln nicht als dieselben erkennen, die in der Welt jenseits des Sandmeeres geherrscht hatten. Die Menschen hier waren nicht dieselben, die Luft war nicht dieselbe, man atmete Koransuren und fromme Sprüche – und ein Strom aus Gottergebenheit zog einen mit sich, wie ich ihn nirgendwo sonst erlebt hatte, ein Sog der Reinheit, eine Bewegung ohne alle Eitelkeit und ohne jeden Hochmut. Kein hoffärtiges Wort verpestete die flirrende Luft, kein niederer Drang beschmutzte den Willen, Gott nah zu sein. Ob es in Rom ähnlich war? Ob die Kirche des heiligen Petrus von ähnlicher Wirkung war wie die Große Moschee der Muselmanen zu Mekka?

Ich ging zu weit: Ich betrat die Stadt und ich setzte meinen Fuß über die Schwelle der Moschee aller Moscheen, um die sagenumwobene Kaaba zu sehen, die sie hier *tawaf* nannten, um sie siebenmal zu umrunden wie ein Moslem und mein Antlitz in ihre Grotte zu tauchen, da Saadi in seiner Andacht kein Widerwort gegen mein Tun sprechen und mein Handeln nicht unterbinden konnte. Siebenmal umkreiste ich das Heiligtum. Siebenmal aber verfluchte mich Saadi am Vorabend unserer Abreise aus der Stadt Mekka. Es waren die letzten Worte, die er an mich richtete.

In einem grünen Tal

In einem grünen Tal lag Schirâz am Flusse Rudkhâneje-Khoshk, dem »Trockenen Fluss«, der die meiste Zeit des Jahres kein oder wenig Wasser führte, nur im Ausklang des Winters, wenn von den Bergen, die weitaus höher waren als die Gebirge meiner Heimat, der Schnee herabschmolz und sich für kurze Wochen gewaltige Wasserströme bildeten. Man erreichte die Stadt auf drei Wegen, von Südwesten oder von Osten kommend, wobei der südwestliche Weg über den Dast-e Arzan und, wenn man es darauf anlegte und die bequemere Strecke vorzog, durch die Ortschaft Kashan führte – oder natürlich aus dem Norden, von Isfahan her. Ich war von Südwesten gekommen und hatte Kashan ausgelassen. Nicht, weil ich es mir schwer machen wollte, sondern weil ich aus der Ferne wohl das Bild eines Gefolgsmanns des Propheten abgab, doch bei näherer Betrachtung gut als Jünger Christi entlarvt werden konnte, insbesondere wenn ich genötigt wurde, meine bescheidenen Kenntnisse des *Farsi* zu offenbaren.

Als hätte Saadi sie so benannt, hießen die umgebenden Berge das Allah-o Akbar-Gebirge. »Gott ist groß«, das hatte ich mir auch gedacht, als sich dieser stadtgewordene Park unter mir ausbreitete wie ein Gebetsteppich aus besonders erfahrener Manufaktur. Gleich einem Meisterwerk aus Tabrîz wurde die Mitte von einem großen Gelände beherrscht, das nach den vier Himmelsrichtungen in prachtvollen Facetten auslief. Die Shohada-Moschee, das prächtige Grabmal des Hazrat-e Mir

Seyyed Ahmad, eines Bruders des von den Persern hochverehrten Imam Reza, die trutzige Zitadelle, die sich merkwürdig schroff gegen die umgebenden feinsinnigen Bauten abhob, sowie die Freitagsmoschee beherrschten das Bild.

Saadis Haus aber stand abseits. Unscheinbar etwas nördlich des Flusses errichtet, entzog es sich dem Prunk der Paläste, die sich das Geschlecht des jetzigen und früherer Fürsten zwischen dem Shohada- und dem Moshir-Platz, den beiden Zentren des gesellschaftlichen Lebens der Stadt, errichtet hatte. Hier also war vor Monaten die Reise meines Lebens angekommen, und dies auf mehr als eine Weise.

Als die Vögel Persiens die ersten Sonnenstrahlen ankündigten, erwachte ich und fühlte ihr Haupt auf meiner Schulter ruhen. Ihre Hände dufteten nach Safran, mein ganzer Körper musste nach dieser Nacht nach Safran gerochen haben. In diesem Augenblick wusste ich, halb trunken noch von Schlaf und Liebe, dass ich meinem alten Freund, dem gütigen Saadi, mit der Wahrheit würde unter die Augen treten müssen.

Zahras Leib schmiegte sich an meinen. Die Nacht war heiß gewesen und dort, wo sich unsere süchtigen Körper berührten, rannen unaufhörlich kleine Rinnsale unserer Wasser in die leinenen Tücher, die die Dienerschaft – oder Zahra? – mit Rosenwasser getränkt hatte und die mit jeder kleinen Befeuchtung zu duften begannen und uns also in eine Wolke betörender Gerüche hüllten. Ihre Haut war dunkel, obwohl sie sicherlich nie der Sonne ausgesetzt gewesen war. Noch dunkler verlief die feucht schimmernde Linie ihres Rückgrats auf ihre Hüften zu. In mir spielte Musik, ganze Feste feierten meine Sinne, die zugleich von der anstrengenden Nacht so müde waren, dass sie nichts als weiterträumen wollten. Die Nacht sollte dauern, lange noch! Doch die Dämmerung im Orient war kurz. So wie die Nacht binnen weniger Augenblicke über die Lande stürzte, so zog auch der Tag wie ein Krieger herauf, erbarmungslos und ohne Einsehen mit den Liebenden. Wenig später war auch sie wach. Doch schien sie nicht unter besonderen Gewissensqualen zu leiden. Stattdessen strich sie sich die Haare aus der Stirn und lächelte mich mit noch halb geschlossenen Augen an. Ich konnte meinen Blick nicht von ihrem Mund wenden, während sie mir Worte zumurmelte, die wohl mein Ohr erreichten und ihm schmeichelten, die ungewöhnlich tief und wohlig klangen, deren Sinn ich aber nicht aufzunehmen vermochte.

Mein Herz jedoch hoffte auf die Worte, die da lauteten: »Deine Reise ist zu Ende. Du hast die Heimat gefunden, die du einst aufgegeben hast, bist zurückgekehrt an den Ort, wo du verstanden wirst.«

So lag dies göttliche Geschöpf an meiner Seite – doch lag ein Fluch auf mir oder durfte ich tatsächlich hoffen, dass sich dieser Vertrauensbruch zum Guten wenden würde?

Langsam erhob sie sich, stand im Zimmer, schöner, als je ein Weib in Gottes Pracht auf Erden gestanden hatte. Ganz unbefangen, als sei ich seit Jahren ihr Gatte, begann sie, ihre Kleider überzustreifen, zog ihr Kopftuch über und kehrte noch einmal zu unserem Lager zurück. »Es wird sich alles fügen«, sagte sie nur und hauchte mir einen Kuss auf die Lippen. Ehe sie aber meine Kammer verließ, setzte sie sich noch einmal an meine Seite und strich mir mit sanfter Hand über das Haar: »Du hast mir von deinem Jungen erzählt, den der Tod dir so früh entriss, der ertrank in einem lieblichen Teich.«

Ich nickte stumm.

»In jener Nacht im Garten, als wir im Mondschatten des Brunnens beisammen waren…« Sie hielt inne und lauschte. Dann lächelte sie mich mit glitzernden Augen an: »Allah ist mit dir, Abu Jân.« Kaum konnte ich ihre Stimme hören, beinahe musste ich die Worte von ihren Lippen lesen wie einst bei Samira: »Er wird dir wieder ein Kind schenken. Es ist gewiss.« Und sie legte meine Hand auf ihren Bauch.

Am zweiten Tag des Monats Âbân

Am zweiten Tag des Monats *Âbân* fiel von der letzten Blüte in Saadis Garten das letzte Blatt. Das Licht über den Bergen war bereits blasser geworden, bald würden die Falken wieder tiefer ins Tal herabkommen. Schirâz begab sich in die karawanenlose Zeit, die Zeit der kargen Wege und der trockenen Wasserläufe. Der Rudkhâneje Khoshk würde demnächst versiegen, die Ziegen in die Ställe getrieben und die Kaffeehäuser besser besucht werden.

Saadi klopfte an meine Türe, um mich zu einem Spaziergang im Garten aufzufordern. Ich trug mein schweres Herz hinaus und begleitete den alten Freund, dessen Heiterkeit mich kaum tröstete. Ein halbes Jahr, nein, länger hatte ich in diesem Haus verbracht, ein Leben hatte ich in diesem Park gewonnen und mein Glück gefunden, als ich meine Seelenruhe verloren glaubte. In diesen späten Jahren Saadis, nach so langer Zeit der Trennung, hatte ich Aufnahme in die Familie meines ältesten, meines einzigen Freundes gefunden.

Ich blickte mich zum Haus hin um: Am Fenster stand Zahra, die mit jedem Tag schöner wurde. Sie trug ein leichtes Kleid, das sich bereits ein wenig über dem Bauch zu wölben schien. Aber vielleicht bildete ich mir das auch nur ein. Es war erst der Zweite des Monats *Âbân*, der Herbst hatte gerade begonnen, das Kind in ihrer Mitte konnte kaum größer sein als eine Rosenknospe.

»Abu Jân«, sagte Saadi und hielt sogleich inne, um erst nach einigen Augenblicken fortzufahren: »Vielleicht wird man dich bald auch nach einem anderen Kind nennen.« Er lächelte. »Wir werden sehen. Abu Jân, erinnerst du dich an mein Versprechen? Wir gingen diesen Weg und du trugst einen Arm voll Rosen.«

»Ich erinnere mich gut, mein Freund. ›Was willst du mit diesen Blüten?‹, fragtest du mich. ›Sie werden bald verblüht sein.‹«

»So ähnlich werde ich es gesagt haben«, stimmte Saadi zu. »Und ich versprach dir, einen Rosengarten zu schaffen, der von Dauer ist.«

»Du versprachst, einen solchen *Gôlestân* zu schaffen, ehe die Rosen in diesem Garten verblüht sind!«

»*Wa Allah*, so sagte ich es.« Und Saadi senkte sein Haupt. »Der Allmächtige, dessen Glanz die Erde überstrahlt, Er hat mich einmal mehr die Demut gelehrt. Sieh dich um, keine Blüte ist mehr an diesen Sträuchern, nirgendwo findet sich noch ein verlorenes buntes Blatt. Gestern noch sah ich zwei lieblich sich zugeneigte Köpfe, schwer geworden von der Reife, doch von zarter Farbe noch. Heute schon sind sie verblüht, geflohen vor des Winters schnellen Schritten. Ich bin mit meinem Werk nicht fertig geworden in der Zeit meines Versprechens. Erst heute Nachmittag habe ich meine Feder weggelegt und die letzte Silbe meines Rosengartens aus Worten trocknen sehen.« Saadi griff unter seinen Burnus und nahm ein Bündel hervor, das in dünnes Leder eingeschlagen und mit einer goldenen Kordel von Seide verschnürt war. Es war Papier, beschriebene Seiten, einige hundert. »Diesen *Golestân* will ich dir geben, auf dass du dich an ihm erfreust in den langen Monaten, in denen uns die Gärten um uns herum nicht erfreuen. Er wird dir ein innerer Rosengarten sein, in dem du wandeln kannst, wann immer dein Herz es sich wünscht.«

Da fiel ich auf die Knie und packte den alten Freund am Mantel: »Saadi, mein guter alter Saadi. Ich bin nicht würdig, dass du mir ein solches Geschenk darbringst. Von allen Geringen, die dir in deinem gesegneten Leben begegnet sind, bin ich der Geringste. Von allen Strafen, die der Mensch verdient, verdiene ich die härtesten und schmerzvollsten, denn ich habe deiner Freundschaft Gewalt angetan und deine Treue betrogen!«

Saadi blieb einen Augenblick schweigend stehen, trat dann aber neben mich und sank neben mir auf die Knie. »Gilt das nicht für alle Gläubigen? Ist die Sünde uns nicht eigen?«

Ich barg das Gesicht in den Händen. »Du verstehst mich nicht! Du kannst mich gar nicht verstehen! Was ich getan habe, ist so grausam, dass du es dir nicht denken kannst. Und dass du es kaum wirst glauben können.«

»Wer weit gereist ist und wer lange gelebt hat, für den gibt es nichts, was er nicht glaubt, und wenig, was er sich nicht denken kann. Lass mich für dich beten.« Er verneigte sich nach Süden in Richtung Mekka und murmelte ein Gebet, ehe er sich aufrichtete. »Und lass uns beten für die Menschen, die du liebst. Denn auch ich liebe sie.« Er verneigte sich abermals und sprach sein Gebet. Als er fertig war, wollte ich erneut das Wort an ihn richten, um ihm endlich die ganze Wahrheit zu sagen und zu bekennen, welche unverzeihliche Sünde ich begangen hatte. Doch Saadi gebot mir zu schweigen. »Es wird nichts besser«, sagte er, »dadurch, dass du dein Haupt mit Asche bedeckst. Es wird nichts besser dadurch, dass du dich in Selbstverachtung ergehst. Du kamst von weit her in diese Stadt, um einen alten Freund zu suchen, hast ihm neuen Lebensmut gegeben, ihn gar dazu bewogen, sich wieder der Welt zuzuwenden und ein großes Werk zu schreiben. Der Fürst hat ein Fest für dich gegeben, die Schirâzi haben dich als einen der ihren anerkannt – ist es ein Wunder, wenn meiner Tochter Auge auf dir haften bleibt?«

Mein Gott, er hatte es geahnt! Ich wagte nicht, ihn anzusehen, er jedoch drehte meinen Kopf zu sich und küsste mich auf beide Wangen. »Du bist einer meiner ältesten Freunde«, sagte er. »Und sicher einer meiner besten. Du bist einer der besten Menschen, die ich in meinem langen Leben kennen lernen durfte. Ich habe so viel verloren in all meinen Jahren. Deine Reise aber hat mir einen guten alten Freund zurückgebracht. Wenn meine Tochter dich heiratet, so wird sie dir *inschallah* ein Kind gebären und Allah wird auch mir den Sohn zurückbringen, den mir das Schicksal vor vielen Jahren geraubt hat. Und einen Enkel noch dazu. Bedenke auch, was uns der Koran lehrt: ›Allahs ist das Königreich der Himmel und der Erde. Er schafft, was ihm beliebt. Er beschert Mädchen, wem Er will, und Er beschert Knaben, wem Er will. Oder Er gibt beides, Knaben und Mädchen; und Er macht unfruchtbar, wen Er will. Wahrlich, Er ist allwissend, allmächtig.‹«

Meine Verblüffung darüber, dass er ahnte, stand mir zweifellos ins Gesicht geschrieben, denn er lachte auf und fügte hinzu: »Denkst du, Allah hätte mich so blind gemacht, dass ich die leuchtenden Augen meiner Tochter nicht mehr sehe? Sie wünscht sich ein Kind – und der Vater, der dies nicht erkennt, verdient seine Tochter nicht.« Und nach einer kleinen Pause: »Natürlich ist es recht, dass du dir Vorwürfe machst. Denn es geht nicht an, sich einer Frau zu nähern, ohne ihren Vater zu fragen. Allein, Allah, der ewig gepriesen sei in Seiner unendlichen Weisheit, möge dir verzeihen, da du nicht im Kreise der Gläubigen aufgewachsen bist, und möge dir erlauben, zwei gute Taten auch in der falschen Abfolge zu seinem Gefallen zu vollbringen.«

»So fluchst du meiner nicht, da ich die Tochter zuerst fragte und nun erst dich?«

»Soll ich die ganze Familie ins Unglück stürzen? So weise bin ich doch geworden in meinen späten Jahren, dass des Vaters Fluch nicht gottgefällig ist. – Natürlich erwarte ich, dass ihr alsbald heiratet.«

»O Saadi«, rief ich aus, »nichts will ich im Leben lieber tun als ebendies!« Ich holte tief Luft, und ganz Schirâz muss es gehört haben, als ich in den Tag hinausrief: »Allah ist groß und Dank sei Ihm! Und der größte unter Seinen Dienern ist Mosleh ad-Dîn Saadi, mein Freund, dessen Glück ewig und dessen Ruhm unvergänglich sein möge!«

»So spricht ein wahrer Moslem!«, lachte Saadi über meinen Ausbruch und rief, wenn auch erheblich leiser: »Zahra, mein Kind, tu nicht so, als hättest du uns nicht beobachtet! Komm zu uns, damit wir alle uns in die Arme schließen können!«

Dies ist ein Tag zum Sterben

Dies ist ein Tag zum Sterben. Die Sonne strahlt über Isfahan, die Menschen vergnügen sich, die Stürme der Zeit sind vorübergegangen. Isfahan und die Welt sind nicht mehr die Alten, doch alles hat sich gefügt. Ich lausche den Stimmen, die vom Platz heraufdringen an mein müdes Ohr, vielfältig und wirr. Dazwischen sind irgendwo die Stimmen meiner Lieben, meiner Frau Zahra, die beinahe noch so schön ist wie am ersten Tag, als ich sie in Schirâz kennen lernte, unserer Tochter Maryam, deren guter Mann diese oder nächste Woche mit einer Karawane von Tûs heimkehren und Allah preisen wird, weil er nicht glauben kann, dass seit seiner Abreise der kleine Mosleh Ibn Jân schon wieder ein Stück größer geworden ist.

Die Welt schreitet weiter, Reiche erstehen und vergehen, die Zeiten treiben uns vor sich her, bis wir erstaunt feststellen, wie rasch wir ihnen entschwunden sind. Dann folgen Kinder und auf sie Enkel – und alles beginnt von neuem. Jerusalem ist wieder moslemisch und es hat sich nichts geändert. Ich habe noch einmal den Hadsch gemacht, nur um diesmal die Stadt und die Kaaba nicht zu betreten. Auch bin ich einmal noch in meine Heimat zurückgekehrt, ins Burgund, wo ich die alte Burg in Trümmern fand, einer Fehde zum Opfer gefallen und einer anschließenden Feuersbrunst. Das Land war mir kalt und hart erschienen, der Wein herb und dünn, alle, an denen mein Herz einst gehangen hatte, waren entweder tot oder schon vor langer Zeit an andere Orte gegangen. So fühlte ich mich fremd in der

Heimat, so fremd, wie ich mich in der Fremde zu Hause zu fühlen gelernt hatte. Von dieser letzten großen Reise abgesehen, bin ich in Isfahan geblieben, wo mich Zahra glücklich gemacht und mir einen Mittelpunkt gegeben hat. Ich habe für die Händler im Bazar übersetzt und mehr noch für die Karawansereien und bin dabei wohlgelitten gewesen und auch zu bemerkenswerten Ehren gekommen. Der Hof hat sich meiner Fähigkeiten bedient, was mir nicht immer lieb war, sich jedoch nicht vermeiden ließ.

Nun habe ich meine Feder bemüht und alles das, was ich über die vielen Jahrzehnte meines Lebens mit mir trug, dem Papier anvertraut, ohne zu wissen, für wen oder wozu. Vielleicht war es nötig, um mich endlich von diesem Paradies trennen zu können, um in ein anderes eingehen zu können. Meine Hand ist so müde, als habe die Geschichte, die sie niedergeschrieben hat, alles Leben aus ihr gesaugt.

Wenn ich mich ein wenig aufrichte, was mir immer schwerer fällt, so kann ich über den weiten Platz vor dem Bazar sehen. Und wenn mir das Glück hold ist, so erblicke ich Moscharef ad-Dîn, unseren Sohn, der uns stolz macht, weil er klug und tüchtig ist. Er sieht seinem Großvater, Saadi, sehr ähnlich, hat aber mein helles Haar geerbt. Das mag ihm zugute kommen, falls er seine Absicht wahr macht, nach Frankreich zu gehen, um das Land seiner Vorväter zu sehen. Natürlich ist er viel zu jung, um ein solches Abenteuer zu unternehmen. Und natürlich bin ich viel zu alt, um dafür Verständnis zu haben. Natürlich sorgt sich seine Mutter noch viel mehr, dass er diese Gedanken in die Tat umsetzt und wir eines Tages aufwachen und er das Haus heimlich verlassen hat. Wann wäre es jemals anders gewesen.

Ich sehe meine Mutter vor mir, wie sie mich mit ihren kummervollen Blicken begleitet. Wie lange mag sie wohl schon tot sein? Auch meinen Großvater sehe ich vor mir, der vielleicht so alt war wie ich heute, als sein Auge brach. Wie viel schwerer muss ihm der Abschied gefallen sein. Er hatte sein Haus nicht bestellt. Er blickte auf die Ruinen einer Familie, als er starb. Wie viel glücklicher bin ich, der ich mich in der Mitte einer Familie finde, umgeben von einer Frau, von Kindern und einem Enkelkind, die mein Herz täglich tanzen lassen, auch wenn die

Krankheit es schwach gemacht hat in den letzten Wochen. Wie gütig kann das Leben doch sein, wenn Gott einem sein Lächeln schenkt.

Saadi hat uns schon vor vielen Jahren verlassen. Obgleich er sehr alt geworden ist. Da es keinen Menschen mehr gab, der vor ihm zur Welt gekommen wäre, konnte bei seinem Begräbnis niemand sagen, wie viele Jahre ihm Allah geschenkt hatte. Sein Ruhm war unvergleichlich. In den Tagen der Trauer nach der Beisetzung besuchten mehr als zehntausend Menschen sein Haus und die nahe Moschee, in der er in seinen letzten Jahren gebetet und manchmal noch gepredigt hatte.

Zahllose Verehrer Saadis sind über die Jahre auch zu mir gekommen, um mich nach ihm zu fragen und seinen Worten durch mich zu lauschen. Allein der *Gôlestân*, den er mir einst im Garten seines Hauses versprochen und geschenkt hatte, wurde von wissensdurstigen Schülern wohl ein Dutzend Mal in diesen Räumen, wo ich ihn sorgsam verwahre, kopiert, und draußen in der Welt wohl Tausende von Malen. Mich hat man dafür gepriesen, dass ich im Besitze eines so wunderbaren Werkes bin, was kein Verdienst ist, und man hat mich als vorbildlichen Moslem anerkannt, obwohl ich mit zunehmendem Alter auch meinem christlichen Glauben wieder näher gekommen bin. Sogar die Bibel habe ich endlich wieder gelesen. Sie liegt nun neben dem Koran als steter Begleiter meiner Stunden an meiner Bettstatt. Manchmal stelle ich mir vor, Saadi säße neben mir und ich läse ihm etwas aus einem der heiligen Bücher vor. Dann denke ich an meinen alten Freund Noah Ben Itzhak, der mich damals auf der Karawane von Damaskus nach Tiberias begleitet hatte und der mir aus dem Koran zitiert und mich glauben gemacht hatte, er zitiere die Bibel. Es war das erste Mal gewesen, dass ich über die Unterschiede im Glauben verunsichert war. Saadi, mein Freund, der du den unvergänglichen Rosengarten geschaffen hast, gedenke der Worte, die da geschrieben stehen:

»Was sichtbar ist, das ist zeitlich; was aber unsichtbar ist, das ist ewig.«

Als angenehme Muse mir vergönnet war
im tausendvierhundertneunundsiebzigsten Hedschra-Jahr,
da hab ich guten Rat gegeben unverhohlen,
drauf alles Allah anvertraut und mich empfohlen.

NACH SAADI

Nachwort

Ein alter Freund, so heißt es, habe den großen Dichter Saadi besucht, als dieser eben beschlossen hatte, nie mehr ein Wort zu sagen. Er hat ihn zum Sprechen gebracht und ihm auf einem Spaziergang einen Strauß Rosen gepflückt. Saadi versprach ihm darauf, einen Rosengarten (*Gôlestân*) zu schaffen, der niemals verblühen würde – und zwar noch ehe die Rosen im Garten verblüht seien.

Der Roman basiert auf dem historisch belegten Leben Muslih ad-Dîn Saadis. Das meiste liegt im Dunkeln, die wichtigsten Stationen jedoch gelten als gesichert, insbesondere sein hohes Alter, seine weiten Reisen (einschließlich der meisten Orte) – und natürlich sein ruhmreicher Status schon zu Lebzeiten. Die meisten beschriebenen Bauwerke existierten zur Zeit des Romans bereits (oder immer noch) tatsächlich (z. B. sowohl das damaszener Badehaus wie auch die dortige Große Moschee) und historische Ereignisse fanden zeitnah zu ihrer fiktionalen Verknüpfung statt. Manches, was wir heute sehr konkret nachvollziehen können, weil uns die Forschung mit den Fakten bekannt gemacht hat, war für die Menschen, auf die es sich unmittelbar auswirkte, nicht so erkennbar. Das Leben ist voller Irrtümer, die oft erst viel später, manchmal auch nie aufgeklärt werden. Deshalb sind in diesem Roman auch persönliche Irrtümer der Helden und historische Irrtümer enthalten. So werden etwa die Mongolen – ein praktisch damals auf drei Kontinenten verbreiteter Irrglaube – als »Tataren« betrachtet und bezeichnet, obwohl historisch die Tataren nur ein kleiner Stamm der turkomongolischen Bevölkerung Zentralasiens waren, die zu allem Überfluss auch noch dramatisch von Dschingis Khans Horden dezimiert wurden.

Manchmal aber habe ich mir auch ein wenig dichterische Freiheit zu Lasten der historischen Korrektheit erlaubt, etwa was die Rolle der Frauen anbelangt. So ist ein Spaziergang eines unverheirateten Paars, wie ihn Jean und Zahra unternehmen, kaum möglich gewesen. Zumindest wäre es ein Skandal gewesen und von den Ordnungshütern nicht toleriert worden. Eine Ehe seiner Tochter mit einem Nichtmoslem würde Saadi zweifellos nie akzeptiert haben, nicht, weil er ein intoleranter Mensch war, sondern weil er sich dies nicht hätte vorstellen können. Es war damals im wahrsten Sinne des Wortes undenkbar. Man bedenke: Noch heute erkennt weder der Islam noch etwa die katholische Kirche eine solche Ehe an. Hätte ich mich an diese Zwänge gehalten, so wäre eine reine Männergeschichte aus dem Buch geworden. Aber was wäre die schönste Geschichte ohne Frauen …

Der Garten, der als Sinnbild in der Erzählung immer wieder auftaucht, spielt im Islam und den Ländern des Orients eine besondere Rolle. »Das Glück und das Unglück deines Lebens werden dir widerfahren in den verbotenen Gärten. Leben und Tod werden dir begegnen in den verbotenen Gärten«, wird dem Helden am Anfang des Romans geweissagt. Darin ist die halbe moslemische Welt enthalten. Denn am Anfang und am Ende von allem steht der Garten: Das Schicksal des Menschen wird umfasst vom Garten Eden, aus dem das Menschengeschlecht entsprungen ist, und dem Paradies, in das der Gläubige nach seinem Tod eingeht. Es gibt vielfältige Beschreibungen insbesondere des Paradieses im Koran, denen die Gärten des Orients nachgebildet sind. Man kann sich unschwer vorstellen, dass in den weiten Gegenden des Nahen und Mittleren Ostens, aber auch des Maghreb, in denen Wüsten verbreitet sind und waren, der Garten als das Sinnbild des Schönen und Lebenspendenden einen wesentlich höheren Rang hat als in den christlichen Ländern. Zugleich ist der Garten kein jedem offen stehender Bereich, sondern nur für bestimmte Menschen zugänglich, worauf schon das aus dem Persischen stammende Wort »Paradies« (von *pairi*, ringsum, und *daiza*, Mauer) hinweist. Der Garten also ist das heilige Symbol für Leben und Tod, Glück und Unglück des Menschen.

An manchen Stellen bedient sich die Erzählung einiger Anleihen aus Saadis Werk. Zugrunde liegen dabei insbesondere die Übersetzungen von Friedrich Rückert, u.a. 1988 von Fredun Rainer Kirsch und Brigitte Denzer bei Ehrenwirth ediert, und Karl Heinrich Graf, neu aufgelegt bei Hyperion in München 1920 in einer sehr schönen Ausgabe, und 1982 von Dieter Bellmann sehr sorgsam bearbeitet und bei Gustav Kiepenheuer veröffentlicht. Der Koran wurde insbesondere nach der in Ghôm vom Zentrum Islamischer Studien herausgegebenen und von Rudi Paret übersetzten Version zitiert. Viele Passagen wurden auch von mir bearbeitet, manche aus den genannten Ausgaben zitiert.

Bedanken möchte ich mich zuerst natürlich und ganz besonders bei meiner Frau, ohne die dieses Buch nicht möglich gewesen wäre, bei meinen Schwiegereltern, die mir mit großem sachkundigen Rat zur Seite standen, bei meiner Verlegerin Doris Janhsen, die an mich geglaubt hat, und bei meiner Lektorin Bettina Blumenberg, der viele wichtige Anregungen zu verdanken sind.

München, im März 2001
Thomas M. Montasser